本书为以下项目的阶段性成果：

2023 年度广东省教育科学规划课题（高等教育专项）：新文科背景下广东省高校辞书通识教育实施路径研究（2023GXJK306）

广东海洋大学博士及研究生培养经费项目：16—20 世纪中外汉字辞书交流史研究（R18012）

中國歷代經典語文辭書文獻序跋及體例導讀

裴梦苏 编著

厦门大学出版社
XIAMEN UNIVERSITY PRESS
国家一级出版社
全国百佳图书出版单位

图书在版编目（CIP）数据

中国历代经典语文辞书文献序跋及体例导读 / 裴梦苏编著. -- 厦门 : 厦门大学出版社，2023.12
ISBN 978-7-5615-9233-5

Ⅰ. ①中… Ⅱ. ①裴… Ⅲ. ①序跋-作品集-中国 Ⅳ. ①I26

中国国家版本馆CIP数据核字(2023)第252483号

责任编辑 王鹭鹏
美术编辑 李嘉彬
技术编辑 朱 楷

出版发行 厦门大学出版社
社 址 厦门市软件园二期望海路 39 号
邮政编码 361008
总 机 0592-2181111 0592-2181406(传真)
营销中心 0592-2184458 0592-2181365
网 址 http://www.xmupress.com
邮 箱 xmup@xmupress.com
印 刷 厦门市明亮彩印有限公司

开本 720 mm×1 000 mm 1/16
印张 22.25
插页 2
字数 330 千字
版次 2023 年 12 月第 1 版
印次 2023 年 12 月第 1 次印刷
定价 80.00 元

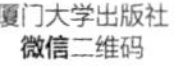

厦门大学出版社
微信二维码

厦门大学出版社
微博二维码

序

张之洞在《书目答问》中说过："由小学入经学者，其经学可信；由经学入史学者，其史学可信；由经学、史学入理学者，其理学可信；以经学、史学兼词章者，其词章有用；以经学、小学兼经济者，其经济成就远大。"

这一段话，是很多学者经常引用的，都把它作为认识清代人文社会科学各学科的"基础""核心""边缘"及"交叉"等各类关系的理据。可以看出，张之洞道出了清代人文社会科学学者学科知识结构与能力培养取向的真谛，小学是核心与基础，但同时，与经学、史学又有交叉。逐级梯次扩大学术领地外延，蚕食式突进教学，从传统"四部"学科知识结构与能力教学体系的情况来看，这是成立的。如果从现代"七科"之学的角度去解释，还有些凌乱不整，二者很难一一对应。但文史哲法不分，讲求博通百科的"通人之学"，是总的趋势和特点，与今天欧美通行的所谓打通各个学科界限，进行"通识"或"淹博"教育的理念一脉相承。只不过，今天"通识"或"淹博"的范围，已经不再局限于文史哲法艺术，还要扩大到理农工商医百科，全面铺开，时空间更为广泛。这是一个大科学教育理念，涵盖几乎所有学科教育范畴。

二十世纪初叶，留日学生在中国开启了对现代"七科"之学，即文、理、法、农、工、商、医（数、理、化、文、史、哲、政、经、法、地、农、工等）诸多学术门类的区辨，当时借鉴了西方学术门类划分从学术研究基本范畴着眼的习惯。清末民初，中国学术从"四部之学"转向

“七科之学”，实际上就是由传统“四部”之学向近代分科治学的“专门之学”转变。自那以后，学科越分越细，学科之间的壁垒越来越坚厚。一九四九年以后，中国大陆接受前苏联的那一套学科设置，后来已然成为思维定式，把中国学者害得好苦，没有“大师”，只有“专家”，其悲惨情景难以言表。近二十年来，我们注意学习欧美大格局学术，一再强调要打破这个“封闭”状态，但这个“封闭”状态却十分顽固，到现在还看不到被打破而重新布局的希望，很多人急迫地搞所谓通识教育，只不过学其皮毛而已。这让人们感到，长期积累的“封闭”包袱是多么的沉重不堪啊！

回过头再去看张之洞的真实“可信性”定律，会让人们重新燃起希望之火。为何小学是经学的根基？又为何经学是史学的根基？弄清楚此问题，当理解中国传统知识结构与“倒三角”层级形势教学规范间的内在联系。小学等同于今天的汉语言文字学。要进行经学教学，就要从识字、读音、辨义开始，只有具备汉语言文字学知识结构与能力，才能扫清语言文字的表层障碍，然后才得以进入经学深层次内容的教学。而经学教学，以儒家经典著作所构成的知识结构与能力养成教育是构筑中国传统文化结构的核心，具备经学的知识结构与能力才有资格进入史学，所以，具备经学知识结构与能力是通向史学的必经之路，有史学知识结构与能力才是传统教育的理想境地。我曾经给博硕士生讲“当代学术思潮”课，专门讲顾炎武、戴震、王氏父子以及清华国学院四大导师的超凡知识结构和能力，他们无一不是以“小学”为根基的“通人”。他们才是传统“四部”之学和“七科”或“百科”之学“人才”培养的经典性标志。

一九七三年，麦可利兰博士在《美国心理学家》杂志上发表文章 *Testing for Competency Rather Than Intelligence*，他把直接影响工作业绩的个人条件和行为特征称为 Competency，应该翻译为能力素质。随着进一步的研究，麦可里兰将 Competency 明确界定为：

能明确区分在特定工作岗位和组织环境中杰出水平和一般水平的个人特征。Competency Model（能力素质模型）被定义为担任特定的任务角色所需要具备的能力素质的总和。麦可利兰把能力素质划分为五个层次：知识（Knowledge）；技能（Skill）；自我概念（Self-concept）和态度，以及价值观和自我形象等；特质（Traits）；动机（Motives）。

麦可利兰认为，不同层次的能力素质在个体身上的表现形式不同。他把人的能力素质形象地描述为漂浮在海面上的冰山（冰山理论）。知识和技能属于海平面以上的浅层次的部分，而自我概念、特质、动机属于潜伏在海平面以下的深层次的部分。研究表明，真正能够把优秀人员与一般人员区分开的是深层次的部分。因此，麦可利兰把不能区分优秀者与一般者的知识与技能部分称为基准性素质（Threshold Competencies），也就是从事某项工作起码应该具备的素质；而把能够区分优秀者与一般者的自我概念、特质、动机称为鉴别性素质（Differentiation Competencies）。通常从能力素质的适用范围，将其分为核心能力素质（Core competency）和专业能力素质（Specific competency）。

如果把大学中文本科知识与能力系统拆分开的话，有一些能力素质就应该是鉴别性素质，属于核心能力素质，而那些一般知识和技能基准性素质就可以称为专业能力素质。比如文学文体写作能力、文艺理论、汉语言文字学就被大多数学者认定为属于鉴别性的核心能力素质。其他学科知识和能力，大多是基准性的素质，属于专业能力素质。汉语言文字学，其内容包括语音、语法、词汇、文字等。我们说，汉语言文字学知识门类虽然多，但可以简化，最核心的部分却是文字学和音韵学，而文字学和音韵学最核心的内容集中在两本书里——《说文解字》与《广韵》。

《说文解字》与《广韵》的知识类型范畴，从所属传统“小学”学科知识和能力范畴来说，包括文字、训诂、音韵三个学术范畴。文字、训诂、音韵三个学术范畴的知识结构和能力，作为核心能力素质的辐射和波及的范围非常之广的，且穿透力很强。就中文学科来说，以上三者几乎决定性制约了属于基准性专业能力素质的其他全部学科范畴。

对中国古典文学的认识与把握，自然离不开文字、训诂、音韵知识结构和能力。以诗词曲而言，离开《广韵》知识结构和能力如何理解唐诗格律？如何理解唐诗韵律与内在的形式，甚或理解其文学“意象”？高友工、梅祖麟合作的《唐诗的魅力》就是对此问题给出答案。对中国古典文献学知识结构能力的认识与把握，比如校勘、辑佚、版本、目录等，自然离不开文字、训诂、音韵知识结构和能力的助力，这是必然的。对中国现当代文学知识结构能力的认识与把握，同样也离不开文字、训诂、音韵的帮助。因为，文学是以语言为载体的符号系统。从符号学、解释学等角度来看，能离开《说文解字》与《广韵》去解释带有韵律的诗歌与戏曲吗？对文艺学知识结构能力的认识与把握，必然涉及传统文论当中的诗话学、词话学、曲话学，无论是钟嵘的《诗品》还是严羽的《沧浪诗话》，还是胡应麟的《诗薮》、王国维的《人间词话》，哪一个与《说文解字》和《广韵》无关？就是对比较文学与世界文学的知识结构能力的认识与把握，同样如此。比较研究的基本方法就是，超越时间和空间的相互参照。研究者的知识结构与能力决定着比较对象双向对应互动的运动形式以及接触、渗透程度。其间必然涉及核心能力素质的较量，而不是基准性专业能力素质的较量。

由此，基准性专业能力素质之外的核心竞争力指标就是核心能力素质是否达到一定高度，这就成为衡量中文教学质量要素之一。

在许多大学里设置的中文学科课程中，以《说文解字》与《广韵》为代表的文字、训诂、音韵三门课程被定位为与古代汉语课相配套的专业选修课。选修的意思，就是学生可以根据的个人兴趣爱好而定，由此，此类课的开设取决于学生的随机选择和主动选择。实际上，这就将此类核心能力打入一般知识和技能基准性素质之外的“冷宫”里。如此这般，如何奢望中文系本科学生能像老北大中文系学生那样具有核心竞争力？北京大学解放以前的课程设置，迄今仍然为后人所津津乐道，而且，台湾大学中文系还有意继承其衣钵，这是不是值得深思？我们现在是不是走偏了？是不是该刹车停下脚步，回过头去仔细看一看曾经宁静而诗意的深邃风景，去体会一下它的深刻意蕴？

如果承认文字、训诂、音韵属于核心能力素质，就应该像当年老北大、老清华那样把它设置为专业必修课，在一年级开设。最好进行一个彻底的改革，将古代汉语课替换成《说文解字》课与《广韵》课。这就避免把古代汉语课讲成“文选课”或古汉语知识的“通论课”，就像人们所说的，古汉语知识的“通论课”属于“银样镴枪头，中看不中用”的“花架子”。设置《说文解字》与《广韵》课，可以一步到位，并真正回归到中文“小学”的“核心”传统，与欧美“通识”或“淹博”等国际主流教学思维模式接轨。

具体教学中，教师就不再以“通论”式的宏论代替严格而残酷的操作训练。学《说文解字》，以段玉裁《〈说文解字〉注》为教材，就要把五百四十个部首，九千个字的形音义一体化“死记硬背”，让学生全面而系统地掌握，而不是老师包办代替。让学生会读，会写，解义，进而让学生把段玉裁的《〈说文解字〉注》烂熟于心。然后，才选择一定数量的甲骨文、金文、战国文字“原版”，让学生读、写并疏通解义，做到融会贯通。学《广韵》，以《宋本〈广韵〉》为课本，两万六千字的音韵地位，声母韵目声调摄等呼，基本上都要掌握，方法也是“死记硬背”，别无他途。与《说文》知识体系打通，立体学习，如此，才具有核心能力素质。

中文系学生具备鉴别《说文解字》与《广韵》的核心能力素质，也就奠定了掌控一般知识和技能基准性素质的基础，何愁不具有核心竞争力，何愁与其他专业的学生没有区别，谁敢称中文系学生“百无一用是书生”?

中文系学生有别于其他专业学生的鉴别性核心能力素质就是由《说文解字》与《广韵》两座柱石构成的传统小学基础与以文艺学为根基的分析性理论基础。还有就是挥洒自如的文学文体写作能力，这也是中文系学生的看家本领。由此而延伸到中文其他学科，诸如语言学及应用语言学、古代文学、文献学、现当代文学等，以上核心能力素质也使学习这些学科变得容易而有效。在此基础上，可以进一步拓展中文之外又与之相关联的学科空间，比如书法艺术，不仅仅是庾肩吾的《书品》、王僧虔的《书赋》、孙过庭的《书谱》、张怀瓘的《书断》，还有成公绥的《隶书体》、卫恒的《四书体势》、索靖的《草书状》等，也触手可及，融会贯通，更不用说掌握对对子、即兴赋诗等“雕虫小技”。这就是核心能力素质的力量。这才能真正兼顾培养“作家”与“学问家”的大目标，这才是中文系成功培养高素质学生的前提。

改革中文课程体系和教学方法，从提高学生对《说文解字》与《广韵》的掌握等学科核心能力素质入手，必将促成中文教学传统的理性回归，期待以增强中文核心竞争力教学为变革目标的时代早日到来。

熟悉《说文解字》《广韵》，仅为中文本科阶段学习打好小学方面的基础，若想在语言文字领域持续深耕，还当扩展阅读，打通上下脉络，了解文献间的起承关系。然而，学习、使用原典若无指引，恐怕难觅门径。《中国历代经典语文辞书文献序跋及体例导读》恰为语文辞书阅读的导引之作。导读之“导”，重在启发，只有说清楚经典为何为经典，才能调动读者的阅读兴趣，正文前对每部辞书的简介，正起到引导之功，譬如结交新友，读其名帖，心中便有了大概。导读之“读”，重在本味：序跋之原典，不乏名篇，辞书之时代背景、编写初衷、编纂特色、学界评价尽现，不啻为辞书学经典论文集，可谓中国辞书史、古代语言学史学习之辅翼；内容之原典，更直接呈现辞书编纂的微观结构，同样的内容，纵横对比，可一览古今辞书编纂之演进，是向辞书原典过渡的津筏。此外，该书的编纂不乏巧思，如对所涉辞书当前版本及研究情况的概述、辞书内文书影的择选及对内文原典的评述按语等，足见编者之用心。作者裴梦苏在厦大中文系跟随我学习汉语史，研究生期间，主要从事域外《康熙字典》一系辞书文献的研究工作，积累了丰富的辞书史料，也常谈及此一方面的打算。该书还未启动时，便常同我讨论编纂这样一部序跋原典集的可能，了解她编写此书主要受这些想法的启发，今乐睹其书成，特增益旧文，仍为序。

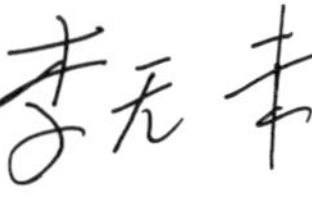

（该文原发表在《中国大学教学》2016 年第 8 期）

自序

在中国，辞书编纂的传统源远流长，佳作云集。辞书是现代人辨章学术、考镜源流不可或缺的重要工具，也是学习、了解古代语言、文化的必要参考。语言一直处于运动、变化、发展的状态中，随着社会生活的发展，语言的面貌悄然改变。语文辞书是学习、研究语言的重要工具，依据实际调整内容，帮助人们解惑。许慎因不满“马头人为长”“人持十为斗”“虫者屈中也”这类对汉字的误解而作《说文》。陆法言的时代，虽已有丰富的韵书，但却“各有乖互”无法统一，故撰《切韵》。对语言文字古今变化的洞察与对混乱现状的不满，激发学者们搜集资料，编写辞书，将自己的语言文字观一以贯之。故而，语文辞书文献不仅留存了丰富的历史语料，也为汉语史研究提供了独特视角。辞书的序、跋，或自述或旁观，介绍编纂的初衷、原则、方法、过程、体例，不失为重要的史料，其中很多篇章已成经典。段玉裁、王念孙、王引之、钱大昕、罗振玉、王国维、梁启超、陆费逵、黎锦熙等学者所撰的序跋，均为本书所收录，其对辞书史、汉语史研究的重要价值自不必说，也将裨益学习者初探古典辞书学门径。

从事文史研究，必然要重视一手文献的阅读与使用。学术史实际上是借他人之眼，概览学术发展之境，即便其评述得再精当，也很难代替读者亲口品尝梨子的味道。然而“原汁原味”的一手文献难读、难啃是不争的事实。本书的编写，恰起到桥梁的作用，一方面从辞书史的角度全面介绍辞书的背景、价值、体例、作者，另一方面又呈现辞书的序跋、体例、部分正文，以读本的形式一步步引导读者进行辞书原典文献的阅读及使用。近年来，电子辞书风行，传统辞书渐成式微。就此对多所高校的中文系本科学生辞书使用情况进行调查发现，近七成的学生在过去半年中从未翻阅过纸质辞书，多依赖辞书手机软件或互联网查疑解惑，这虽提高了效率，但接受的是系统化信息的碎片，查考仅停留于结果，鲜少在意信息来源、查检过程，更无暇关注辞书的序跋及凡例。忽略辞书的性质与时代，所获信息便为无源之水、无本之木，更无从判断信息的正误优劣。本书的出版，恰是对当下这一缺憾的补救。

日本电影《编舟记》讲一群辞书人用尽一生编纂辞典《大渡海》的故事，其中一句台词让人动容："词语的海洋浩瀚无边，辞典是那片大海中的一叶扁舟，人类靠着这叶名为辞典的扁舟渡海，找寻最能表达自己心情的言语，那是找到独一无二言语的奇迹，献给想与人关联，期望渡过浩渺大海人们的辞典，那便是《大渡海》。"中国自己的辞书史上也不乏辞书人用尽心血铸造的洪舟巨舶。王念孙于不惑之年撰写《〈广雅〉疏证》，每日限定校正三字，日日不停坚持了近十年，书成后仍不停订补全书五百余处，这种锲而不舍、精益求精的精神，让浮躁的我们汗颜。《辞源》的主编陆尔奎，呕心沥血，书成后不久便因劳累而双目失明，但仍叮嘱后学修订完善。一代代学人无私忘我的奉献与付出，才有这一部部辞书佳作，点亮薪火相传的灯塔。辞书人的故事就是最好的素材，其深刻性、思想性、教育性都值得挖掘。当下，课程思政已然成为课程改革的主流方向，在语言类这种偏重客观、理论的课程中春风化雨、润物无声地开展有效的思政教育，是我们应当思考的问题，而辞书故事无疑是开展语言类课程思政的好材料。

限于篇幅，本书仅选取各个时代最具特色的辞书经典，以时间为序，起于《尔雅》，讫止《国音字典》，时间跨度达两千余年，共收录经典辞书二十五部，所涉序跋、凡例七十篇。内容上主要包括字书(典)十一部——《说文解字》《玉篇》《干禄字书》《类篇》《龙龛手镜》

《字汇》《正字通》《康熙字典》《〈说文解字〉注》《中华大字典》《国音字典》;词典九部——《尔雅》《方言》《释名》《广雅》《埤雅》《经籍纂诂》《〈广雅〉疏证》《辞源》《辞海》;韵书四部——《广韵》《集韵》《洪武正韵》《中原音韵》;类书一部——《佩文韵府》。本书收录序跋等皆出自这些语文经典辞书,其中部分序跋鲜见整理版。收集、整理、点校、注释这些材料,颇花费了一番功夫,但这一工作无疑将裨益读者了解、学习辞书相关知识,便利辞书研究。

阅读此书,能概览了解辞书经典要籍,对辞书史有粗略印象。由于序跋、凡例多为文言,因此对部分生僻、古今异义的词语进行注释,也对文中所涉的人物、官职、典章名物进行必要的说明。人物、官职注释主要参考《辞海》《中国历代职官辞典》,略作补充、修改。此外,本书在序跋凡例原典前著文介绍每部辞书的成书时代、背景、编著者、内容、学史评价、后续版本及研究情况。其后,选取"天""地""玄""黄"(《千字文》首句)为例字(部分辞书收字不全,则如实尽录;部分辞书未收此四字,则另选该书首字;部分辞书释义过繁,一字释义达数千文,则仅录"天"字),摘录具体辞书训释内容,为读者提供微观视角,方便了解相同类别辞书的发展过程。读者也可以对比不同类别辞书的释义侧重。本书以按语形式讲解、评述这些摘录的内容,以助阅读。为还原辞书原貌,全书以繁简两种文字形式呈现:目录、序、后记及对每部辞书的介绍均采用简体字,方便读者阅读;序、跋、凡例及摘录的辞书原文(后来再版部分则据实际录入简体,如《辞海》)采用繁体字,所涉异体字尽力保留,力求贴近原始文献。期间或存在繁简、异体字型转化问题,原文部分依原始文献照录,简体字则据《现代汉语词典》中所列正体字录入。部分序跋或无明确标题,编者则据内容自拟,如《〈《广雅》疏证〉段玉裁序》《〈《广雅》疏证〉自序》;当并列多篇序跋时,在题目上标注作者以示区别,如《〈经籍纂诂〉王引之序》《〈经籍纂诂〉钱大昕序》。此外为顾全书体例，一些标题略作调整，如《上谕》改作《〈康熙字典〉上谕》，《编辑大纲》改作《〈辞海〉编辑大纲》。序跋原文中的夹注，用括号标记，以求版面整齐。此外，本书为每部辞书精选一页辞书内文图片，以便读者了解辞书的体例、版式，增强感性认识。

现下的中文系本科教育，鲜少将辞书史相关内容独立出来教授，多将其设置于古代汉语理论范畴之下。学生对这些经典辞书仅有课堂得来的粗浅认识，加之当下电子辞书资源丰富，去图书馆翻阅辞书古籍似乎并非学习的必要环节，更不必说精读这些辞书的序跋与凡例了。若不能摆脱对二手文献的依赖，开展更高阶段的研究则难上加难。本书的编纂就是为了打破原有教材理论部分讲解脱离原典之弊，以读本的形式，呈现辞书原典，为读者提供原典阅读之梯，真正使语文辞书经典为我所用，助力下一阶段的学习与研究。在倡导新文科教育的现在，打破学科壁垒应依靠坚实的文献阅读基础，正因于此，本书可作为中文本科教育阶段古代汉语、语言学史、汉语史相关课程的辅助资料，亦可为相关文史专业通识教育提供阅读补充。若将本书视为一般的人文读物，无论对提高古文阅读能力，抑或补苴辞书史，都将有所助益。

目录

尔雅

《〈尔雅〉注》序 …… 4
《〈尔雅〉疏》叙 …… 6

方言

《方言》序 …… 15
刻《方言》后序 …… 17
李刻《方言》跋 …… 20

说文解字

《说文解字》叙 …… 25
《说文解字》后叙 …… 33
进《说文解字》表 …… 35

释名

刻《释名》序 …… 41
《释名》序 …… 43

广雅

上《广雅》表 …… 47
《广雅》序 …… 51

玉篇

《玉篇》序 …… 58
《玉篇》启 …… 62

干禄字书

《干禄字书》序 …… 68
《干禄字书》后序 …… 72

广韵

《大宋重修广韵》敕 …… 78
《切韵》序 …… 80
《唐韵》序 …… 83

集韵

《集韵》序 …… 90

类篇

《类篇》序 …… 96

埤雅

《埤雅》序 …… 103
重刊《埤雅全集》序 …… 105

龙龛手镜

《龙龛手鉴》释智光序 …… 110

《龙龛手鉴》徐㔩序 …… 114
《龙龛手鉴》钱大昕跋 …… 116
《龙龛手鉴》张元济跋 …… 118

中原音韵

《中原音韵》虞集序 …… 123
《中原音韵》自序 …… 126

洪武正韵

《洪武正韵》序 …… 132
《洪武正韵》凡例 …… 138

字 汇

《字汇》序 …… 146
《字汇》凡例 …… 151

正字通

《正字通》张贞生叙 …… 158
《正字通》廖文英叙 …… 162
《正字通》凡例 …… 165

佩文韵府

御制《佩文韵府》序 …… 176

康熙字典

《康熙字典》上谕 …… 183
御制《康熙字典》序 …… 184
《康熙字典》凡例 …… 187

《说文解字》注

《〈说文解字〉注》序 …… 195
《〈说文解字〉注》后叙 …… 197
《〈说文解字〉注》跋 …… 200
《〈说文解字〉读》序 …… 202

经籍纂诂

《经籍纂诂》王引之序 …… 210
《经籍纂诂》钱大昕序 …… 215
《经籍纂诂》臧镛堂后序 …… 218
《经籍纂诂》凡例 …… 220

《广雅》疏证

《〈广雅〉疏证》自序 …… 230
《〈广雅〉疏证》段玉裁序 …… 233
《〈广雅〉疏证》罗振玉跋 …… 235
《〈广雅〉疏证》黄海长跋 …… 238
《〈广雅〉疏证》王国维跋 …… 240

辞 源

《辞源》说略 …… 245
《〈辞源〉续编》说例 …… 252

中华大字典

《中华大字典》叙一 …… 260
《中华大字典》叙二 …… 262
《中华大字典》叙三 …… 264
《中华大字典》叙四 …… 266

《中华大字典》叙五 …… 270
《中华大字典》叙六 …… 273
《中华大字典》叙七 …… 276
《中华大字典》叙八 …… 279
《中华大字典》凡例 …… 282

辞海

《辞海》序 …… 294
《辞海》编印缘起 …… 303
《辞海》编辑大纲 …… 307
《辞海》合订本缘起 …… 312

国音字典

《国音字典》序 …… 316
《国音字典》凡例 …… 333

尔雅

“尔雅”之“尔”(后世写作“迩”)训“近”,“雅”训“正”。雅言为春秋时的共同语,即当时社会推崇的语言典范、权威。“尔雅”即用通行的雅正之语去解释文献中出现的古语和方言,使之通俗规范。《尔雅》成书较早,成书时间及作者尚无定论,据其所引述内容及史料资讯,推断成书时间当在战国末年至西汉间,由学者缀辑周汉诸书旧义,递相增益而成。《尔雅》收录的词语多出自五经,因此一度被认为是经学附庸,谓与《诗经》关系尤近。后世学者通过考据与整理,发现其内容不限于五经,当为独立的辞书。作为中国第一部词典,《尔雅》的内容、结构、训释方式都对后世辞书有深远的影响,是中国词典的开山之作。

《尔雅》依义分类,现通行版本共设十九篇,收录四千三百余词,总计两千余条。其十九篇为《释诂》《释言》《释训》《释亲》《释宫》《释器》《释乐》《释天》《释地》《释丘》《释山》《释水》《释草》《释木》《释虫》《释鱼》《释鸟》《释兽》《释畜》。前三篇《释诂》《释言》《释训》专释语言中相对抽象的词义:《释诂》所释多涉古今异言;《释言》多解古今方言;《释训》则“以物之义、形、貌告道人”“以双音词语为主”,专门解释描写事物情貌的叠音词或联绵词。后十六篇多依事物类别分类训释,在训释词义的同时兼示百科,其内容关涉人事、天文、地理、自然各类。

《尔雅》多通过分类、归同、寻异、分解的方法训释词义。分类,即依其义,归入所属十九个大类中,大类下再分小类,通过归属类别释义。如《释地》下设九州、十薮、八陵、九府、五方、野、四极七类。归同,则是找到词义共性,用通行之语解释。如《释诂》:“如、适、之、嫁、徂、逝,往也。”寻异,即将同义词并举,寻其差异,如《释乐》:“大箫谓之言,小者谓之筊。”分解,即将被释词拆解为若干部分,再分别说明。如《释天》:“大辰,房,心,尾也。”与现代辞书的释义相比,《尔雅》的释义模式略显粗糙,但初步奠定了中国早期语文辞书释词的体例。

自《尔雅》后,“雅学”辞书成为一类,中国古代的语文词典基本沿用此模式扩充、发展,出现《小尔雅》《广雅》《通雅》《骈雅》《埤雅》《别雅》等一系列冠以“雅”的义类辞书。近代以降,语文词典的体例与形式发生转型,“以字引词”的模式取代了雅学类义类词典所用的模式,“以字引词”的模式,即字书在字头释义后,加上与之相关的双音节词、多音节词的释义及引例,后来成为中国词典的常用范式。义类词典的模式现多为百科辞书采用。

汉魏有犍为文学、刘歆、樊光、李巡、孙炎五家注,现均已亡佚。晋有郭璞注,现仍存。梁陈有沈旋、施乾、谢峤、顾野王四家注,均亡。宋陆佃、邢昺、郑樵,清郝懿行、阮元、严元照等学者也对此书进行过校注,成果尚存。

历史上研究《尔雅》的成果有不少,如清代有余萧客《〈尔雅〉古经解钩沉》、臧镛堂《〈尔雅〉汉注》、朱彝尊《经义考·〈尔雅〉》、朱祖延《〈尔雅〉诂林》、胡承珙《〈尔雅〉古义》、钱坫《〈尔雅〉古义》、李拔式《〈尔雅〉蒙求》、叶惠心《〈尔雅〉古注斠》、王祖源《〈尔雅〉直音》、严元照《〈尔雅〉匡名》、严万里《〈尔雅〉一切注音》、潘衍桐《〈尔雅〉正郭》、王树枏《〈尔雅〉郭注佚存补订》、刘玉麐《〈尔雅〉校议》等。当下学界关于《尔雅》的研究成果相当丰硕,包括丁忱《〈尔雅〉〈毛传〉异同考》、顾廷龙《〈尔雅〉导读》、管锡华《〈尔雅〉研究》、林寒生《〈尔雅〉新探》、李冬英《〈尔雅〉普通语词研究》、徐朝华《〈尔雅〉精注》、王建莉《〈尔雅〉新注》等。亦包括一些普及性著作,如张善文等《〈尔雅〉开讲》、王世伟《〈尔雅〉史话》、刘松来《〈尔雅〉精解》。

《尔雅》所见版本有:元大德三年平水曹氏进德斋刊本、《五雅》本、明嘉靖十七年刊本、清嘉庆四年臧镛堂重刊元雪窗书院本、清嘉庆十一年吴门顾氏思适斋刊本、清同治十三年湖南尊经阁刊本、清同治年间崇文书局刊本、“古逸丛书”本、“天禄琳琅丛书”本、“四部丛刊”本、“四部备要”本。

本书所收的两篇序均为后世校注者所作,分别为晋郭璞的《〈《尔雅》注〉序》及宋邢昺的《〈《尔雅》疏〉叙》。两篇文章介绍了校书因由、传承、价值,为研究《尔雅》提供参考。

【例字分析】

<table>
<tr><td>天</td><td>释诂</td><td>林、烝、天、帝、皇、王、后、辟、公、侯，君也。</td><td rowspan="4">按：此四例，“天”“黄”例为归同训释，即对近义词进行总结。“地”例为分解，“镘”“椹”“地”“墙”均与宫室建造相关事物：“镘”、“杇”（粉刷墙的工具）、“椹”、“榩”（斫木垫板）为修建工具，“黝”（涂地黑色的涂料）、“垩”（涂墙白色的涂料）为修建材料，由此可知“谓之”并非单纯地为同义词训释，还要结合《尔雅》释义语境来分析。“玄”例为寻异，寻觅不同月份别称，以示区别。</td></tr>
<tr><td>地</td><td>释宫</td><td>鏝謂之杇，椹謂之榩。地謂之黝，墻謂之堊。</td></tr>
<tr><td>玄</td><td>释天</td><td>正月爲陬，二月爲如，三月爲寎，四月爲余，五月爲皋，六月爲且，七月爲相，八月爲壯，九月爲玄，十月爲陽，十一月爲辜，十二月爲涂。</td></tr>
<tr><td>黄</td><td>释诂</td><td>黄髮、齯齒、鮐背、耇、老，壽也。</td></tr>
</table>

《〈爾雅〉注》序

晋・郭璞[①]

夫《爾雅》者,所以通詁訓之指歸[②],叙詩人之興詠[③],摠絶代之離詞[④],辯同實而殊號者也[⑤]。誠九流之津涉[⑥],六藝之鈐鍵[⑦],學覽者之潭奥[⑧],摛翰者之華苑也[⑨]。若乃可以博物不惑[⑩],多識於鳥獸草木之名者,莫近於《爾雅》。

《爾雅》者,蓋興於中古[⑪],隆於漢氏,豹鼠既辯[⑫],其業亦顯。英儒贍聞之士[⑬],洪筆麗藻之客,靡不欽玩耽味[⑭],爲之義訓。璞不揆檮昧[⑮],少而習焉,沉研鑽極,二九載矣。雖注者十餘,然猶未詳備,並多紛謬,有所漏略。是以復綴集異聞,會稡舊説[⑯];考方國之語[⑰],采謡俗[⑱]之志;錯綜樊、孫,博關群言[⑲];剟其瑕礫[⑳],搴其蕭稂[㉑];事有隱滯,援據徵之;其所易了,闕而不論;别爲《音圖》[㉒],用袪未寤[㉓]。輒復擁篲清道[㉔],企望塵躅者[㉕],以將來君子爲亦有涉乎此也。

注释:

①郭璞(276—324),東晋文學家、訓詁學家。字景純,河東聞喜人。博學,好古文奇字,又喜陰陽卜筮之術。東晋初爲著作佐郎,後王敦任爲記室參軍。敦欲謀反,命其卜筮,璞謂其必敗,爲敦所殺。王敦平,追贈弘農太守。擅長詩賦。所作《游仙詩》,通過描繪神仙境界,表現憂生避禍的心情。所作《江賦》頗著名。所著《〈爾雅〉注》《〈爾雅〉音》《〈爾雅〉圖》《〈爾雅〉圖贊》,集爾雅學之大成。今存《〈爾雅〉注》三卷,刊入《十三經注疏》中。又有《〈方言〉注》,以晋代語詞解釋古語,可考見漢、晋語言的流變。另有《〈山海經〉注》《〈穆天子傳〉注》。原有文集已佚,今傳《郭弘農集》係明人所輯。

②詁訓,猶訓詁。指歸,主旨,意向。

③興詠,歌詠。詠,同“咏”。

④摠,同“總”。絶代,久遠的時代。離詞,異詞。

⑤同實,同一事物。殊號,不同名稱。

⑥九流,泛指各種學術流派。津涉,渡口,比喻爲學的門徑。

⑦鈐鍵,鎖鑰,比喻事物的核心、關鍵。

⑧學覽,廣學博覽。潭奥,深室,引申爲深奥之處。

⑨摛翰,猶摛藻,鋪陳辭藻,意謂施展文才。華,英華,精華。苑,學術薈萃之處。

⑩若乃,至於。用於句子開頭,表示另起一事。

⑪中古,虞夏時期。

⑫豹鼠,豹文鼠的省稱,即鼮鼠。因身有豹文(纹),故名。《爾雅·釋獸》:“豹文,鼮鼠。”郭璞注:“鼠文采如豹者。漢武帝時得此鼠,孝廉郎終軍知之,賜絹百匹。”宋王楙《野客叢書·豹文鼮鼠》:“考前漢諸書,不聞終軍有此事。讀《後漢·竇攸家傳》:‘光武宴百僚於雲臺,得豹文之鼠,問群臣,莫知之。惟竇攸曰:“此鼮鼠也。”詔問所出,曰:“見《爾雅》。”驗之果然。賜絹百匹,詔公卿子弟就攸學《爾雅》。’是以徐陵《謝啓》曰:‘雖賈逵之頌神爵,竇攸之對鼮鼠……方其寵錫,獨有光前。’得非即此事而誤以爲終軍乎?”

⑬英儒,猶碩儒,學識淵博的儒士。贍聞,博聞。

⑭欽玩,欽佩敬重,玩味欣賞。耽味,意思是深切體味。

⑮檮昧,愚昧。多作自謙之辭。檮,táo。

⑯會稡,會集、聚集。稡,zuì。

⑰方國之語,即方言。

⑱謡俗,風俗習慣。

⑲錯綜,交錯配合。樊、孫,漢代樊光與三國孫炎,二人均注過《爾雅》。

⑳剟,删削。瑕礫,比喻東西之粗劣者。

㉑搴,拔取。蕭稂,猶“瑕礫”。

㉒《音圖》,即《〈爾雅〉音圖》,郭璞曾著此書,已亡,現存《〈爾雅〉音圖》已非郭璞原本。

㉓祛,除去,驅逐。寤,通“悟”。

㉔擁篲,即執帚。帚用以掃除清道,古人迎候賓客,常擁篲以示敬意,引申爲掃清障礙。

㉕企望,盼望。塵躅,踪迹。躅,zhú。

《〈爾雅〉疏》敘

宋·邢昺[1]

夫《爾雅》者，先儒授教之術，後進索隱[2]之方，誠傳注之濫觴[3]，爲經籍之樞要[4]者也。夫混元[5]辟而三才[6]肇位，聖人作而六藝[7]斯興。本乎發德於衷[8]，將以納民於善。洎[9]夫醇醨[10]既異，步驟不同，一物多名，繫方俗之語；片言殊訓，滯今古之情，將使後生若爲鑽仰[11]？繇[12]是聖賢間出[13]，詁訓遞陳，周公倡之於前，子夏和之於後[14]。蟲魚草木，爰自爾以昭彰；禮樂詩書，盡由斯而紛鬱[15]。然又時經戰國，運曆[16]挾書[17]，傳授之徒浸[18]微，發揮之道斯寡，諸篇所釋，世罕得聞。惟漢終軍[19]獨深其道，豹鼠既辨，斯文遂隆。其後相傳，乃可詳悉。其爲注者，則有犍爲文學[20]、劉歆[21]、樊光[22]、李巡[23]、孫炎[24]，雖各名家，猶未詳備。惟東晋郭景純用心幾二十年，注解方畢，甚得六經之旨，頗詳百物之形。學者祖焉，最爲稱首。其爲義疏者，則俗間有孫炎、高璉，皆淺近俗儒，不經師匠[25]。今既奉敕校定，考案其事，必以經籍爲宗；理義所詮，則以景純爲主。雖復研精覃思[26]，尚慮學淺意疏。謹與尚書駕部[27]員外郎直秘閣[28]杜鎬[29]，尚書都官[30]外郎、秘閣校理[31]舒雅[32]，太常[33]博士、直[34]集賢院[35]李維，諸王府侍講、太常博士兼國子監[36]直講孫奭，殿中丞[37]李慕清，大理寺丞[38]、國子監直講王煥，大理評事[39]、國子監直講崔偓佺，前知洺州永年縣事劉士玄等，共相討論，爲之疏釋，凡一十卷。雖上遵睿旨[40]，共竭於顓蒙[41]，而下示將來，尚慚於疏略。謹敘。

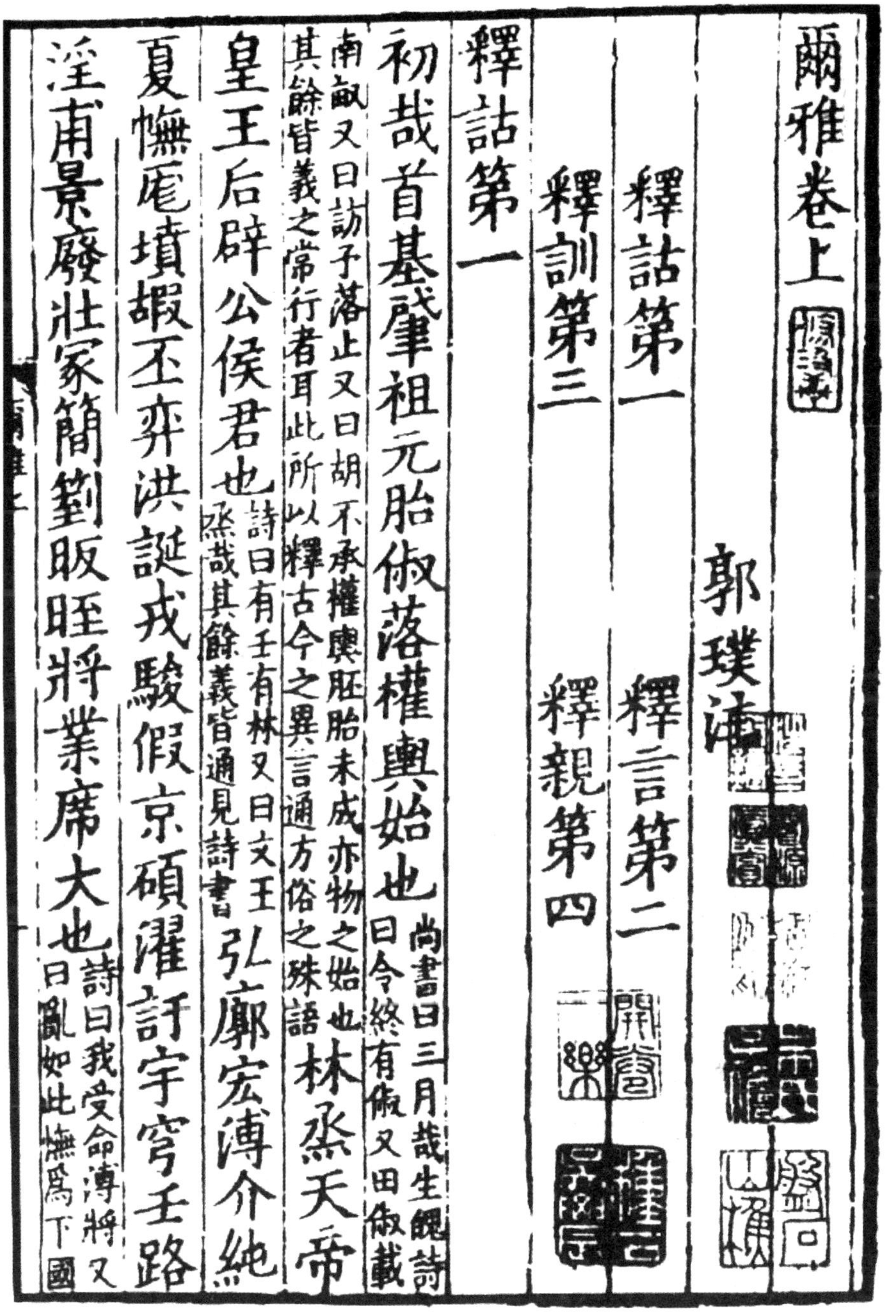

爾雅卷上　郭璞注

釋詁第一　釋言第二

釋訓第三　釋親第四

釋詁第一

初哉首基肇祖元胎俶落權輿始也尚書曰三月哉生魄詩曰令終有俶又曰俶載南畝又曰訪予落止又曰胡不承權輿胎未成亦物之始也其餘皆義之常行者耳此所以釋古今之異言通方俗之殊語

林烝天帝皇王后辟公侯君也詩曰有壬有林又曰文王烝哉其餘義皆通見詩書

弘廓宏溥介純夏幠厖墳嘏丕奕洪誕戎駿假京碩濯訏宇穹壬路淫甫景廢壯冢簡箌昄晊將業席大也詩曰我受命溥將又曰亂如此幠爲下國

爾雅上

图 1 《尔雅》四部丛刊本书影

注释：

①邢昺(932—1010)，北宋經學家。字叔明。曹州濟陰人。太宗太平興國初年擢九經及第，後官至禮部尚書。所撰《〈論語〉正義》，討論心性命理，爲後來理學家所采納。另有《〈爾雅〉疏》和《〈孝經〉正義》，均收入《十三經注疏》中。

②索隱，對古籍的注釋考證。

③濫觴，語出《孔子寄語·三恕》，“夫江始出于岷山，其源可以濫觴”，說長江發源于岷山，源頭的水小得只能浮起酒杯。喻事情的開始。

④樞要，中心核心。

⑤混元，天地元氣，亦指天地。

⑥三才，天、地、人。

⑦六藝，即禮、樂、射、御、書、數。

⑧衷，内心。

⑨洎，到、及。

⑩醇醨，chún lí，指厚酒與薄酒，引申爲酒味的厚與薄。用以喻教化、風俗等的敦厚與澆薄。

⑪鑽仰，深入研求。語出《論語·子罕》：“仰之彌高，鑽之彌堅。”邢昺疏：“言夫子之道高堅，不可窮盡……故仰而求之則益高，鑽研求之則益堅。”

⑫繇，同“猶”。

⑬間出，每隔一段時間即出現。

⑭“周公倡之於前，子夏和之於後”，相傳周公與子夏均參與過《爾雅》的編纂。《西京雜記》：“郭威，字文偉，茂陵人也，好讀書，以謂《爾雅》周公所製。而《爾雅》有‘張仲孝友’。張仲，宣王時人，非周公之製明矣。余嘗以問揚子雲，子雲曰：‘孔子門徒游、夏之儔所記，以解釋六藝者也。’家君以爲：‘《外戚傳》稱“史佚教其子以《爾雅》”，《爾雅》，小學也。’又《記》言：‘孔子教魯哀公學《爾雅》。’《爾雅》之出，遠矣。舊傳學者，皆云周公所記也。‘張仲孝友’之類，後人所足耳。”

⑮紛鬱，多盛貌。

⑯運曆，天命運數。

⑰挾書，私藏書籍。

⑱浸，逐漸。

⑲終軍(約前133—前112)，西漢時濟南人，字子雲。十八歲選爲博士弟子，上書評論國事，武帝時任謁者給事中，遷諫大夫。後奉命赴南越，被殺。死時二十餘歲，時稱“終童”。《漢書·藝文志》記儒家有《終軍》八篇，今佚，有清馬國翰等人輯本。

⑳犍爲文學，陸德明《經典釋文》曰：“犍爲郡文學卒史臣舍人，漢武帝時詔……舍人在漢武帝時釋經之最古者，本多異字，尤可與後改者參校而得《爾雅》之初義焉。”犍爲文學是最早對《爾雅》進行注釋的人。

㉑劉歆(約前50—後23)，字子駿，後改名秀，字穎叔，沛人。劉向子。曾任黄門郎、中壘校尉。西漢末古文經學派的開創者，也是目録學家、天文學家。繼承父業，總校群書，撰成《七略》，包括輯略(總論)、六藝略、諸子略、詩賦略、兵書略、術數略和方技略。其主要内容保存在《漢書·藝文志》中，對目録學的建立有一定貢獻。自稱校書時發現《左傳》，大好之，並請將《左傳》及《毛詩》《逸禮》《古文尚書》列於學官，遭到今文博士的反對。王莽執政，立古文經博士，歆任“國師”。後謀誅王莽，事泄自殺。著有《三統曆譜》，造有圓柱形的標準量器。根據量器的銘文計算，所用圓周率世稱“劉歆率”。原有集，已佚，明人輯有《劉子駿集》。近代章炳麟有《〈七略别録〉佚文徵》。

㉒樊光，《隋書·經籍志》：“《爾雅》三卷。漢中散大夫樊光注。”

㉓李巡，《經典釋文》：“汝南人，後漢中黄門。”《隋書·經籍志》：“有中黄門李巡《爾雅》三卷，亡。”

㉔孫炎，《經典釋文》：“孫炎注三卷，音一卷。”《隋書·經籍志》：“《爾雅》七卷，孫炎注。”“梁有《爾雅音》二卷，孫炎撰。”

㉕師匠，可以爲人取法者。

㉖覃思，深思。覃，深廣。

㉗駕部，官職名，掌輿輦、傳乘、郵驛、廄牧之事。

㉘秘閣，古代宫廷中收藏珍貴圖書之處。自漢迄唐，都屬秘書監掌管。宋太宗時，于崇文院中堂建造秘閣，選擇史館、昭文館、集賢院所貯書籍真本萬餘卷及古畫墨迹，藏於其中，並設直秘閣(官名)執掌其事(有時由其他官員兼任)，下設校理、檢討等官。

㉙杜鎬(938—1013),字文周,常州府人。北宋目録學家。

㉚都官,以之入官名者,以東漢司隸校尉之屬員都官從事爲最早。此官秩僅百石,而掌糾察舉劾百官,權勢頗重。東晋省司隸校尉,遂省。以後惟北魏一度以之爲司州牧、司州刺史之屬員。十六國之夏始設都官尚書,以都官爲尚書省諸曹之一。都官不僅入官名,且列於官署名之中。南北朝皆置。南朝都官尚書領都官、水部、庫部、功論四郎曹。北齊都官尚書領都官、二千石、比部、水部、膳部五郎曹。則都官尚書職掌範圍甚廣,其下又有同名都官之郎曹。隋初改爲領都官、刑部、比部、司門四郎曹,改掉了職掌範圍雜亂的狀態。開皇三年(583),改名刑部,歷代因之,從此以都官爲名的機構只有刑部的都官司。其長貳初爲郎、承務郎,唐改爲郎中、員外郎。唐高宗時曾改名司僕,旋復原名。明初以都官爲刑部的四屬部之一。洪武二十三年(1390),分四部爲河南、北平等十二部(二十九年,改"部"爲清吏司)。都官之名遂罷。至其職掌範圍,則歷代皆有變化,約言之,都官從事糾察舉劾百官的功能早已消失無餘,隋、唐、兩宋的都官所掌不出涉及吏、役、徒、流等人員之事務而已。

㉛校理,執掌校勘整理宫廷藏書。唐置集賢殿校理,宋因之。

㉜舒雅(939—1009),字子正。歙縣人。南唐保大八年(950)狀元,入宋後,爲監丞,校訂《文苑英華》《史記》《〈論語〉正義》等書。

㉝太常,官名。秦置奉常,西漢景帝時改稱"太常"。掌宗廟禮儀,兼掌選試博士,秩中二千石,位居九卿之首,多由列侯充任。轄太祝、太樂、太宰諸官署。歷代沿置,專司祭祀禮樂。北魏稱"太常卿",北齊稱"太常寺卿",北周稱"大宗伯"。南北朝時禮儀及郊廟制度等皆由尚書裁定,此職位尊而清閑。隋至清代皆稱"太常寺卿",清末廢。

㉞直,攝官,代理。

㉟集賢院,官署名。唐開元十三年(725)改麗正殿修書院爲集賢殿書院,簡稱"集賢院",掌修書之事。以宰相一人爲學士,知院事。一度設大學士。宋代設昭文館、史館、集賢院,稱爲"三館",掌理秘書圖籍等事。集賢院置大學士,以宰相充任。並設學士、直學士、修撰、校理等官,無常員。元豐改制,並歸秘書省。

㊱國子監,晋代以後最高學府和教育管理機構。西晋咸寧二年(276)始

設,與太學並立。南北朝時,或設國子學,或設太學,或兩者同設。北齊改名國子寺。隋文帝時以國子寺總轄國子、太學、四門等學,煬帝時改爲國子監。唐宋亦以國子監總轄國子、太學、四門等學。元代設國子學、蒙古國子學、回回國子學,亦分别設監領學。明清僅設國子監,爲教育管理機關,兼具國子學性質。清光緒三十一年(1905)設學部,遂廢。國子學(國子寺、國子監)與太學,名稱雖異,歷代制度亦有變化,但俱爲最高學府。唯當兩者並設時,國子學之教育對象屬更高級統治者子弟。

㊲殿中丞,官名。唐改殿内省爲殿中省,殿中丞爲其屬官。北宋前期京朝官本官階,有出身轉太常博士,無出身轉國子博士。

㊳大理寺丞,官職名,晉武時爲廷尉設置丞,南朝沿置,北魏亦存。北齊時以大理寺爲署名,稱"大理丞"。在不同的朝代,大理寺丞的品級和職責範圍有所變化。北宋初爲寄禄官,元豐改制後爲正八品職事官。

㊴評事,官名。漢代始置廷尉平,與廷尉正、廷尉監同掌决斷疑獄。南北朝改"平"爲"評",隋以後改稱"評事",明、清分設左右評事,均隸大理寺。清末廢。北洋政府時期設平政院以理行政案件,其中亦設有評事。

㊵睿旨,聖人的意旨。後稱皇帝的詔令。

㊶蒙,愚昧。

方 言

《方言》一书，全名为《輶轩使者绝代语释别国方言》。“輶轩”本古代使臣出使所乘轻车。据传周朝时每年八月便会派遣使者乘轻车去各地采风，这些采集者便称为“輶轩使者”。所采之物，主要是“九服之逸言”，即方言，此外还有“六代之绝语”，也就是古语。正因于此，“方言”并不能完全概括全书内容，因为本书内容也包括对“绝语”（古语）的考释。考释各地的方言，主要为了了解各地风俗，这自然是加强统治的政治需要。同时，也正因方言材料有保留古语的特性，可作为释词正音的参考。此传统在秦以后便未延续，秦火后，前代系统的采集材料也已零落散佚。

扬雄，亦有文献作“杨雄”，字子云，蜀郡郫县人。少年好学，博览群书，长于辞赋。编著《方言》，因其在严君平门下求学时得睹其师收集的前代方言材料，受到启发，在汉成帝时又“得观书于石室”（皇家藏书之处），校书于天禄阁。此外，临邛的林闾翁孺也将其收集到的部分方言材料提供给他。这些经历，使其得以继续搜集、考据、整理，前后共花费二十七年，最终将这些田野资料编纂成方言训诂词典，时人赞叹其为“悬诸日月不刊之书”。同时，《方言》也是世界上第一部方言辞书。

《方言》全书本为十五卷，今本只存十三卷，疑似后人曾增补此书，今本字数比应劭所说的九千字多出约三千字。全书共收录六百六十九条，一万一千九百余字。《方言》的体例及训释均有模仿《尔雅》的痕迹，全书所收之词虽未标目，但大体依照《尔雅》义类编次，《方言》的一至三卷为语词部分，卷四释衣服；卷五释器皿、家具、农具等；卷六、七释语词；卷八释动物；卷九释车、船、兵器等；卷十也释语词；卷十一释昆虫；卷十二、十三大体与《尔雅》的《释言》相类，因此有学者怀疑卷十二、十三仅为提纲，并未真正完成。此外《尔雅》训释所采用的归同、寻异等方法也被《方言》广泛采用。

该书内容广采黄河流域及长江流域绝大部分地区的方言，包括部分少数民族语言，如狄、蛮、羌语等。全书将所搜集的材料分为四类：一是共同语，即"通语""凡语""凡通语""通名""四方之通语"；二为各地方言，即"某地语""某地某地之间语""某地某地间通话"；三为古代不同的方言，即"古今语""古雅之别语"；四为因时地迁移，声音转变而产生的语言变体，如"转语""代语"。

《方言》的刻本有北宋的国子监本，南宋的蜀本、闽本和赣本。现存的宋本是南宋庆元六年(1200)浔阳太守李孟传的刻本。由于其成书时代较早，在内容传抄过程中多有错漏，晋代郭璞曾作《〈方言〉注》，说明补正原书内容的同时也引入晋代方言相参证、补充，丰富了原书的内容，也为我们了解两汉魏晋语言变迁提供参考。清代朴学振兴，《方言》的价值被清儒所重视，戴震(有《〈方言〉疏证》)、卢文昭(有《重校〈方言〉》)、钱绎(《〈《方言》笺〉疏》)、王念孙(《〈《方言》疏证〉补》)等学者均对《方言》进行校勘与疏证。此外，后代清学者杭世骏搜集唐宋前文献中方言词语续写《方言》，作《续〈方言〉》，清程际盛《〈续《方言》〉补正》、沈龄《〈续《方言》〉疏证》、程先甲《广〈续《方言》〉》、张慎仪《〈续《方言》〉新校补》均是对此书的校注。清张慎仪搜集唐以后群书中的方言，作《〈方言〉别录》。清李调元《〈方言〉藻》辑录古今诗词中方言一百余条。章炳麟作《新方言》，搜集方言异语，注意考据方言材料的时地关系，将音韵之法引入方言训诂，其学术价值远超清儒。今人周祖谟的《〈方言〉校勘》综合参校前人成果，旁征字书、类书、韵书三十三种，校正原书错讹，可谓是《方言》集大成之善本。

当下相关研究著作包括刘君惠等《扬雄〈方言〉研究》、李恕豪《扬雄〈方言〉与方言地理学研究》、王智群等《扬雄〈方言〉校释汇证》、王智群《〈方言〉与扬雄词汇学》，王彩琴《扬雄〈方言〉用字研究》，华学诚《扬雄〈方言〉校释论稿》，雷虹霁《秦汉历史地理与文化分区研究——以〈史记〉〈方言〉为中心》、王宝刚《〈方言〉简注》、濮之珍《扬雄〈方言〉的研究》、吴吉煌《两汉方言词研究：以〈方言〉〈说文〉为基础》。

本部分所收录的三篇序文，皆由《方言》校注者所作，介绍了《方言》的成书背景、学术价值及后世影响，为今人了解、研究《方言》提供参考。

【例字分析】

天	第十一	蟦蠀，謂之蟦。自關而東謂之蝤蟦，或謂之蚻蠾，或謂之蝗蝥。梁益之間謂之蚗，或謂之蠘，或謂之蛭蛒。秦晉之間謂之蠹，或謂之天螻。四方異語而通者也。	按：此三例均为辨析动物在各地的名，“蚍蜉”“鹂（鸝）黄”常见于诗文，傅玄《短歌行》有：“蚍蜉愉乐，粲粲其荣。”韩愈《调张籍》有：“蚍蜉撼大树，可笑不自量！”《诗经・秦风・黄鸟》所言“交交黄鸟，止于棘”之“黄鸟”即“鸝黄”，可互为参证。
玄	第十一	蚍蜉，齊魯之間謂之蚼蟓，西南梁益之間謂之玄蚼，燕謂之蛾蛘。	
黄	第八	鸝黄，自關而東謂之創鶊，自關而西謂之鸝黄。或謂之黄鳥，或謂之楚雀。	

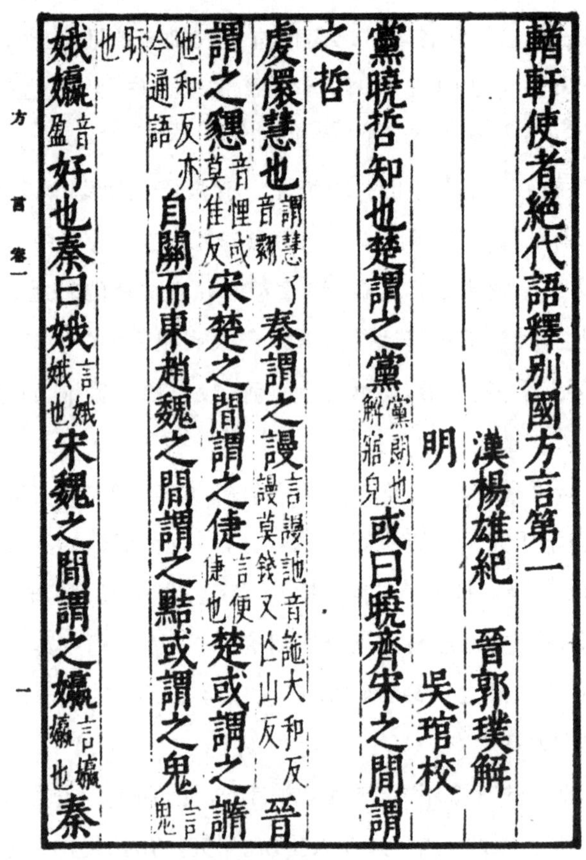
輶軒使者絕代語釋別國方言第一
漢楊雄紀　晉郭璞解
明　吴琯校
黨曉哲知也楚謂之黨（黨朗也解寤皃）或曰曉齊宋之間謂之哲
虔儇慧也（謂慧了音翾）秦謂之謾（言謾詑音施大和反謾莫錢又亡山反）晉謂之懇（音悝或莫佳反）宋楚之間謂之倢（言便倢也）楚或謂之譎（他和反亦今通語）自關而東趙魏之間謂之黠或謂之鬼（言鬼眎也）
娥𡣍好也（音盈）秦曰娥（言娥娥也）宋魏之間謂之𡣍（言𡣍𡣍也）秦
方言　卷一　一

图 2 《方言》商务印刷馆一九三六年本书影

《方言》序

晋·郭璞

蓋聞《方言》之作，出乎輶軒之使[①]，所以巡游萬國，采覽異言[②]。車軌之所交，人跡之所蹈[③]，靡不畢載，以爲奏籍。周秦之季，其業隳廢[④]，莫有存者，暨乎揚生[⑤]，沈淡[⑥]其志，歷載構綴[⑦]，乃就斯文。是以三五之篇著[⑧]，而獨鑒之功顯，故可不出户庭[⑨]，而坐照四表[⑩]，不勞疇咨[⑪]，而物來能名。考九服之逸言[⑫]，標六代之絶語[⑬]，類離詞之指韵[⑭]，明乖途而同致[⑮]，辨章風謡而區分[⑯]，曲通[⑰]萬殊而不雜，真洽見[⑱]之奇書，不刊之碩記也[⑲]。余少玩雅訓[⑳]，旁味《方言》[㉑]，復爲之解，觸事廣之，演[㉒]其未及，摘其謬漏，庶以燕石之瑜[㉓]，補琬琰之瑕[㉔]。俾後之瞻涉者[㉕]，可以廣寤多聞爾[㉖]。

注释：

①輶軒，yóu xuān，古代使臣乘坐的輕車，後代稱使臣。據傳周朝時，每年八月，政府派遣"輶軒使者"到各地搜集方言，並記録整理。

②異言，非通語之言。

③蹈，踐也，履也。跡，同"迹"。

④隳廢，huī fèi，毀壞，破壞。

⑤暨，到、至、及。揚生，揚雄。揚雄據前代散亂的方言資料整理而成《方言》。

⑥沈淡，沉静淡泊，亦寫作"沈澹"。沈，同"沉"。

⑦歷載，經歷多年。構綴，編輯。

⑧三五篇，即十五篇，《方言》原本十五篇，今十三篇本傳世。著，顯著。

⑨户庭，指門庭、家門。

⑩坐照，猶内觀，通過内觀，觀照正理。四表，四方極遠之地，泛指天下。

⑪疇咨，chóu zī，訪問、訪求。

⑫九服，王畿以外的九等地區，指全國各地。逸言，散失之言。

⑬六代，指黄帝、唐、虞、夏、殷、周。絶語，久遠時代的語言。

⑭類，類推。離詞，異詞。指韵，音義。

⑮乖，不順，違背。乖途，歧途。同致，同歸。

⑯辨章，使昭然顯明、彰明較著。風謡，謡傳，未經證實的消息。

⑰曲，屈曲委細。通，通達。

⑱洽，遍也。

⑲不刊，不可改易。古代的文書刻在竹簡上，錯了就削去，這叫"刊"。碩記，廣博的記載。

⑳玩，習。雅訓，正確的訓釋。

㉑旁，廣大，普遍。味，玩味，體會。

㉒演，演繹，推理。

㉓燕石，亦稱"燕珸"。《太平御覽》卷五一引《闞子》："宋之愚人得燕石於梧臺之東，歸西藏之，以爲大寶。周客聞而觀焉，主人端冕玄服以發寶，華匱十重，緹巾十襲。客見之，盧胡而笑曰：'此燕石也，與瓦甓不異。'主人大怒，藏之愈固。"後以"燕石"喻不足珍貴之物，用爲自謙凡庸之詞。

㉔琬琰，wǎn yán，泛指美玉，此處比喻品德或文詞之美。

㉕贍，文辭廣博華麗。涉，涉獵，學習。

㉖寤，通"悟"，理解，明白。

刻《方言》後序

南宋·李孟傳[①]

西漢氏[②]古書之全者,如《鹽鐵論》[③]、揚子雲《方言》,其存蓋無幾。《鹽鐵論》,前輩每恨其文章不稱漢氏[④],唯《方言》之書最奇古。孟傳頃聞之[⑤],曾文清公嘗以三詩答呂治先[⑥],有云:"傷心昨夜杯中物,不對王郎對影斟。"紫微呂居仁次韻云:[⑦]"書來肯附銅魚使,記我今年病不斟。"自注云:"出子雲《方言》。"今所在鏤板[⑧],輒誤作"病不禁"(案王應麟《困學紀聞》云:"《方言》:'斟,益也。凡病少愈而加劇謂之不斟。'"呂居仁答曾吉父詩記"我今年病不斟",蓋用此。而不知者改爲"不禁",與此所言同)。此書世所有而無與是正[⑨],知好之者少也。山谷詩云"追隨富貴勞牽尾"[⑩],乃用《太玄經》語。紹興初,胡少汲、洪玉父、李文若諸人校黄詩刊本,乃誤作"榮牽尾",自此他本遂承誤。"鬱蒼蒼"三字,文人多愛之,亦或鮮記,其出於《太玄》[⑪]。大抵子雲精於小學,且多見先秦古書,故《方言》多識奇字。《太玄》多有奇語,然其用之亦各有宜。子雲諸賦多古字,至《法言》《劇秦》所用則無幾,古人文章蓋莫不然。西漢一書唯相如[⑫]、子雲等諸賦,韓退之文唯《曹成王碑》[⑬],柳子厚自騷詞[⑭]、《晋問》[⑮]等,他皆不用古字。[⑯]本朝歐文忠、王荆公、蘇長公、曾南豐諸宗工文章[⑰],照映今古,亦不多用古字。得非[⑱]以謂古文奇字聲形之學,雖在所當講,而文律之妙則不專在是,若有意用之,或反累正氣也邪?學者要知所以用之,當其可則盡善耳。今《方言》自閩本外不多見,每惜其未廣。予來官尋陽,有以大字本見示

者,因刊置郡齋⑲而附以所聞一二⑳,蓋惜前輩之言久或不傳也。㉑

注释:

①李孟傳(1136—1219),南宋學者、藏書家。字文授。越州上虞人。以父蔭官至太府丞。著有《磐溪詩文稿》《宏詞類稿》《左氏説》《讀史》《雜志》等。

②氏,古代傳説的人物或國名、朝代等,均繫以氏。

③《鹽鐵論》,西漢桓寬根據著名的"鹽鐵會議"記録整理撰寫的重要史書,體裁爲對話體。書中記述了漢始元六年(前81)針對漢昭帝時期的政治、經濟、軍事、外交、文化進行的一場大辯論。不稱,不顯揚,不表彰。

④恨,遺憾。

⑤頃,往昔,當時。

⑥曾文清(1085—1166),曾幾,字吉甫,號茶山居士,謚文清,南宋詩人。吕大器,字治先,生年不詳,卒于1172年,曾幾女婿、吕祖謙的父親。宋代學者,河南人,累官尚書倉部郎。得家學,與弟大倫、大猷、大同築豹隱堂以講學。

⑦紫微,唐開元元年(713)改中書省爲紫微省,中書舍人爲紫微舍人。後凡任職中書省的,皆喜"紫微"稱之。居仁,即吕本中(1084—1145)其字,世稱東萊先生,祖籍萊州,壽州人。仁宗朝宰相吕夷簡玄孫,哲宗元佑年間宰相吕公著曾孫,南宋東萊郡侯吕好問子。宋代詩人、詞人、道學家。次韵,指舊時古體詩詞寫作的一種方式。按照原詩的韵和用韵的次序來和詩。次韵就是和詩的一種方式。也叫步韵。

⑧鏤板,亦作"鏤版"。謂雕版印刷。

⑨無與,不給予。是正,訂誤,修正。

⑩山谷,即黄庭堅(1045—1105),北宋詩人、書法家。字魯直,號山谷道人、涪翁,洪州分寧人。治平進士。以校書郎爲《神宗實録》檢討官,遷著作佐郎。後以修實録不實的罪名,遭到貶謫。出於蘇軾門下,爲"蘇門四學士"之一,又與蘇軾齊名,世稱"蘇黄"。其詩多寫個人日常生活,且謂詩歌不當有"訕謗侵陵"的内容,若干作品中表現出傾向舊黨的政治態度。在藝術形式方面,講究修辭造句,追求奇拗瘦硬的風格。論詩標榜杜甫,尤重其夔州詩,提倡"無一字無來處"和"點鐵成金"。在宋代影響頗大,開創江西詩派。被元方

回尊爲江西詩派“三宗”之首，又能詞。兼擅行、草書，初以周越爲師，後取法顔真卿及懷素，受楊凝式影響，尤得力於《瘞鶴銘》。以側險取勢，縱横奇倔，自成風格，爲“宋四家”之一。有《山谷集》，另有詩文集《山谷精華録》、詞集《山谷琴趣外篇》，又名《山谷詞》。書迹有《〈華嚴〉疏》《松風閣詩》《王史二氏墓志銘稿卷》及草書《廉頗藺相如傳》等。

⑪《太玄經》，古代哲學著作，西漢揚雄撰，也稱《揚子太玄經》，簡稱《太玄》《玄經》。

⑫相如，司馬相如（約前 179—前 118），西漢辭賦家。字長卿，蜀郡成都人。景帝時爲武騎常侍，因病免。去梁，從枚乘等游。所作《子虛賦》爲武帝所賞識，因得召見。又作《上林賦》，武帝用爲郎。曾奉使西南，後爲孝文園令。其賦大都用極其鋪張的手法，描寫帝王苑囿之盛、田獵之壯觀。場面宏大，文辭富麗，於篇末則寄寓諷諫。爲漢代大賦的代表作家，對後世影響較大。原集已散佚，明人輯有《司馬文園集》，今人有《司馬相如集校注》。

⑬韓退之，韓愈（768—824），字退之。《曹成王碑》係由韓愈撰文，記述李皋生平事迹。

⑭柳子厚，即柳宗元（773—819），唐代文學家，字子厚。自，假如，苟。騷詞，騷體詩的文詞。

⑮《晋問》，柳宗元創作的散體辭賦。

⑯古字，古代字詞界域含糊，是指較爲生僻的古義。這裏説的是這些生僻古字人們日常較少使用，偶見於上述文學作品。

⑰歐文忠，歐陽修（1007—1072），字永叔，號醉翁、六一居士，别號歐文忠。王荆公，王安石（1021—1086），字介甫，晚號半山，小字獾郎，封荆國公，故世人又稱王荆公。蘇長公，蘇軾（1037—1101），號東坡，因排行居長，故又稱其爲“蘇長公”。曾南豐，曾鞏（1019—1083），字子固，建昌軍南豐人，後居臨川，北宋散文家、史學家、政治家。

⑱得非，恐怕、是不是，表推斷語氣。

⑲郡齋，郡守起居之處。

⑳本文落款爲“慶元庚申仲春甲子，會稽李孟傳書”。慶元庚申，即慶元六年（1200）。

李刻《方言》跋

南宋·朱質[1]

漢儒訓詁之學惟謹,而揚子雲尤爲洽聞[2]。蓋一物不知,君子所耻,博學詳説,將以反約[3]。凡其辨名物,析度數[4],研精覃思,毫氂必計[5]。下而五方[6]之音,殊俗之語,莫不推尋其故,而旁通其義。非徒猥瑣[7]拘泥而爲是,弗憚煩也。世之學者忽近而慕遠,捨實而狥名[8],高談性命[9],過自賢聖,視訓詁諸書往往束之高閣,盍亦思夫周官太平之典,其道甚大,百物不廢,雖醫卜方技,纖[10]悉畢載。聖門學詩,不獨取其可興可觀可群可怨,而鳥獸草木之名亦貴多識,本末精粗,業行[11]而不相悖。故漢儒尊經重古,純慤有守之風[12],類非後人所能企及。子雲博極羣書[13],於小學奇字無不通,且遠採諸國[14],以爲《方言》,誠足備《爾雅》之遺闕。平時所以用力於此深矣,世之好之者蓋鮮。前太守尚書郎李公,一日語餘,苦無善本,質偶得諸相識,字書落落可觀,因以告而鋟之木[15],輒並附管見[16]云。[17]

注释:

①朱質,生卒年不詳。字仲文,南宋人。婺州府義烏縣西人。著有《易説舉要》《奏議詩文雜稿》。

②洽聞,博文多識。

③反約,返回來歸納要點。反,後來寫作"返"。

④度數,標準、規則。

⑤氂,同"厘"。

⑥五方,東南西北中各方向。

⑦猥瑣,繁雜瑣碎。

⑧狥,通“殉”。狥名,捨身求名。

⑨性命,中國古代哲學範疇。指萬物的天賦和禀受。

⑩纖,微小。

⑪業行,學業與德行。

⑫純愨,淳樸誠實。純,純正、純粹。愨,què,誠實、謹慎。有守,有操守、有節操。

⑬羣,同“群”。

⑭採,同“采”。

⑮鋟,雕刻。

⑯管見,謙辭,指自己的見識、看法淺陋,像從管子裏看東西。

⑰本文落款爲“慶元庚申重午日東陽朱質書”。重午日即五月五日端午。

说文解字

《说文解字》，是中国现存最早的系统讲解汉字形体的字书。正文十四卷，另有叙目一卷。收字（小篆）九千三百多个，又重文（古文、籀文等异体字）近一千两百个。首创部首编排法，按汉字形体分为五百四十部。以通行小篆为主体，列古文、籀文等异体字为重文。每字均按“六书”（指事、象形、形声、会意、转注、假借）分析字形，诠解字义。书中保留大量古文字资料，对后来的古文字研究有极高的参考价值。

《说文解字》，为东汉文字学家许慎所撰。许慎生平资料不多，《后汉书·儒林列传》载：“许慎，字叔重，汝南召陵人也。性淳笃，少博学经籍，马融常推敬之，时人为之语曰：‘《五经》无双许叔重。’为郡功曹，举孝廉，再迁，除洨长。卒于家。初，慎以《五经》传说臧否不同，于是撰为《五经异义》，又作《说文解字》十四篇，皆传于世。”许慎所处的时代，汉字刚刚经历一场巨大变革，小篆向隶书转变，意味着汉字脱离古文字形体。然而，在这一转型过程中，汉字形体理据渐失，依据汉隶形体妄解字形之风盛行，《说文叙》中提及的“马头人为长”“人持十为斗”“虫者屈中也”“苛人受钱，苛之字，止句也”等例都反映出时人不识古文肆意说解汉字的情况。造字之旨渐失，势必导致语义的偏离，自然无法正确理解先贤圣哲的思想。许慎立志扭转这一现状，师从古文经学家贾逵，系统学习古代经典。后在洛阳东观整理典籍，得见秘笈。汉和帝永元十二年（100），许慎完成《说文》初稿，又花费二十年对全书进行修改增补。汉安帝建光元年（121）终于完成此书，派其子许冲进献给朝廷。

《说文》曾经历几次重大修订与勘误。唐代宗大历年间，李阳冰曾刊定《说文》二十卷，对其中内容大加改动，加入很多自己的认识，从此《说文》渐失本貌。南唐许锴撰《〈说文〉系传》勘正《说文》，作《祛妄》一文，驳斥李阳冰臆说。宋太宗雍熙三年（986），徐锴之兄徐铉奉诏同葛湍、王惟恭等校订《说文解字》。此次修订不仅根据《唐韵》为《说文》所收之字添加反切注音，还补入十三个《说文》未收字，加入按语及参校成果。自此徐本通行，李阳冰本渐出历史舞台。到了清代，乾嘉学派成为主流，成就最大的当属段玉裁的《〈说文解字〉注》、朱骏声的《〈说文〉通训定声》、桂馥的《〈说文〉义证》、王筠的《〈说文〉释例》《〈说文〉句读》，他们被后人称为《说文》四大家。近人丁福保作《〈说文解字〉诂林》，汇集一百八十二种一千零三十六卷注释和研究《说文》之著作，以许慎的原书次序为纲，于一九二八年出版，可谓集《说文》研究之大成。当代《说文》研究依旧是学界热点，成果丰富，相关著作包括陆宗达《〈说文解字〉通论》、蒋善国《〈说文解字〉讲稿》、马叙伦《〈说文解字〉研究法》、苏宝荣《许慎与〈说文解字〉》、张振中《〈说文解字〉研究》、孙华等《〈说文解字〉同声符字义通释例》、蔡英杰等《〈说文解字〉的阐释体系及其说解得失研究》、殷寄明《〈说文解字〉精读》、王璇《〈说文解字〉的设计解读》、张纲《〈说文解字〉广部疏》等。

亦有学者利用出土文献订《说文》之讹，主要有董莲池《〈说文解字〉考正》、季旭升《〈说文〉新证》。

当下所见《说文》主要版本有陈昌治同治十二年(1873)闰六月刻本、孙星衍五松书屋嘉庆甲子年仿宋刻本、额勒布刊印藤花榭本、“续古逸丛书”影宋本。

《说文解字》共收录许慎所撰的《前叙》(即后文的《〈说文解字〉叙》)和《后叙》。据清代学者王鸣盛《蛾术篇》称，《前叙》作于全书草创之时，“盖初下笔，先定其规模而作”，《后叙》作于汉和帝永元十二年(100)，其书稿草成之时。学习、研读《说文解字》，必从精读《前叙》开始，它是全书的总纲，其中包括许慎对于汉字起源、流变、构造的基本认识，亦讲明了其撰写《说文解字》的初衷与目的。这是最早的关于文字学研究的论文，该文首次阐释“六书”理论，并举出相关例字。其中对象形、指事、会意、形声理论的阐述，学界分歧不大。存在争议较大的是“转注”，学界众说纷纭，至今无法统一。转注属于用字法范畴，不会产生新字，因此有学者提出没必要耗费精力对其一探究竟。“假借”理论部分争议不大，但是所举例字“令”“长”应为词义引申，并非假借。可见，虽《说文》为文字之宗，却不可迷信。《进〈说文解字〉表》则为许慎子许冲进献《说文解字》所作的表文，可助读者了解与之相关的历史细节。

【例字分析】

<table>
<tr><td>天</td><td>卷一·一部</td><td>顛也。至高無上，从一大。他前切。</td><td rowspan="4">按：《说文》训释结构可概括为：释义＋分析字形＋指明字际关系＋字音。其释义方法多样，层次丰富，体例不一。如以“颠”释“天”，即用声训的方法；“元气初分，轻清阳为天，重浊阴为地”，则转引《黄帝内经》为训；亦有直训例，如“玄”“黄”。关于《说文》分析汉字部分，当注意其说解体例及术语，才能弄清其六书归属；如“从某某”（“天”例）为释会意字的术语；“从某，某声”（“地”例）为释形声字的术语；“从某从某，某亦声”为训亦声字术语（“黄”例）；象某某，或为释象形字术语或为释指事字术语（“玄”例为象形）。反切注音为后代徐铉所加，取自孙愐《唐韵》。</td></tr>
<tr><td>地</td><td>卷十三·土部</td><td>元气初分，輕清陽爲天，重濁陰爲地。萬物所陳𨋮（列）也。从土也聲。墬，籀文地，从隊。徒内切。注：埅、坔、嶳、墜，亦古文“地”。</td></tr>
<tr><td>玄</td><td>卷四·玄部</td><td>幽遠也。黑而有赤色者爲玄。象幽而入覆之也。凡玄之屬皆从玄。串，古文“玄”。胡涓切。</td></tr>
<tr><td>黄</td><td>卷十三·黄部</td><td>地之色也。从田从炗，炗亦聲。炗，古文“光”。凡黄之屬，皆从黄。灮，古文“黄”。乎光切。</td></tr>
</table>

《説文解字》叙

漢·許慎[1]

古者庖羲[2]氏之王[3]天下也,仰則觀象於天,俯則觀法於地。視鳥獸之文[4]與地之宜[5],近取諸[6]身,遠取諸物。於是始作《易》八卦,以垂[7]憲象。及神農氏結繩[8]爲治,而統其事,庶業其繁,飾僞萌生。黄帝之史倉頡[9],見鳥獸蹏迒[10]之迹,知分理可相别異也,初造書契[11],百工以乂[12],萬品[13]以察。蓋取諸《夬》[14],"夬,揚於王庭"。言文者,宣教明化於王者朝廷,君子所以施禄及下,居德則忌也[15]。

倉頡之初作書,蓋依類象形,故謂之文[16];其後形聲相益,即謂之字。文者,物象之本。字者,言孳乳而浸多也[17]。著於竹帛謂之書。書者,如也[18]。以迄五帝三王[19]之世,改易殊體,封於泰山者七十有二代,靡有同焉。

周禮[20],八歲入小學,保氏教國子[21],先以六書[22]。一曰"指事"。指事者,視而可識,察而可見,"上""下"是也。二曰"象形"。象形者,畫成其物,隨體詰詘[23],"日""月"是也。三曰"形聲"。形聲者,以事爲名,取譬[24]相成,"江""河"是也。四曰"會意"。會意者,比類合誼[25],以見指撝[26],"武""信"是也。五曰"轉注"。轉注者,建類一首,同意相受,"考""老"是也。六曰"假借"。假借者,本無其字,依聲託事,"令""長"是也。

及宣王太史籀[27]著大篆[28]十五篇,與古文[29]或異。至孔子書六經,左丘明述春秋傳,皆以古文,厥意可得而説[30]。其後諸侯力政[31],不統於王。惡禮樂之害己,而皆去其典籍,分爲七國,田疇異畝,車塗異軌,律令異法,衣冠異制,言語異聲,文字異形。

秦始皇帝初兼天下，丞相李斯[32]乃奏同之，罷其不與秦文合者。斯作《倉頡篇》，中車府令趙高作《爰曆篇》，太史令胡毋敬作《博學篇》[33]，皆取史籀大篆，或頗省改，所謂小篆者也。是時秦燒滅經書，滌除舊典，大發隸卒，興戍役官，獄職務繁，初有隸書，以趣約易[34]，而古文由此絶矣。

自爾秦書有八體：一曰"大篆"，二曰"小篆"，三曰"刻符"[35]，四曰"蟲書"[36]，五曰"摹印"[37]，六曰"署書"[38]，七曰"殳書"[39]，八曰"隸書"。

漢興，有草書。尉律[40]：學僮十七以上始試，諷[41]籀書九千字，乃得爲吏。又以八體試之，郡移太史並課[42]，最者爲尚書史，書或不正，輒舉劾之。今雖有尉律，不課；小學，不修。莫達其説久矣[43]。

孝宣時，召通《倉頡》讀者[44]，張敞[45]從受之。涼州刺史杜業[46]、沛人爰禮、講學大夫秦近，亦能言之。孝平皇帝時，徵禮等百餘人，令説文字於未央廷中[47]，以禮爲小學元士[48]。黄門侍郎楊雄采以作《訓纂篇》[49]。凡《倉頡》以下十四篇，凡五千三百四十字，群書所載，略存之矣。

及亡新居攝[50]，使大司空甄豐等校文書之部，自以爲應製作，頗改定古文。時有六書[51]：一曰"古文"，孔子壁中書也[52]；二曰"奇字"，即古文而異者也；三曰"篆書"，即小篆，秦始皇帝使下杜人程邈[53]所作也；四曰"佐書"[54]，即秦隸書；五曰"繆篆"[55]，所以摹印也；六曰"鳥蟲書"，所以書幡信[56]也。

壁中書者，魯恭王壞孔子宅[57]，而得《禮記》《尚書》《春秋》《論語》《孝經》。又北平侯張倉獻《春秋左氏傳》。郡國亦往往於山川得鼎彝[58]，其銘即前代之古文，皆自相似。雖叵復見遠流[59]，其詳可略得説也。而世人大共非訾[60]，以爲好奇者也，故詭[61]更正文，鄉壁虚造不可知之書，變亂常行，以耀於世。諸生競説字解經誼，稱秦之隸書爲倉頡時書，云“父子相傳，何得改易”，乃猥[62]曰“馬頭人爲長”[63]，“人持十爲斗”[64]，“蟲者屈中也”[65]。廷尉説律，至以字斷法，“苛人受錢，苛之字，止句也”。[66]若此者甚衆[67]，皆不合孔氏古文，謬於史籀。俗儒啚[68]夫翫[69]其所習，蔽[70]所希聞，不見通學，未嘗覩字例之條，怪舊埶而善野言[71]，以其所知爲秘妙，究洞聖人之微恉[72]。又見《倉頡篇》中“幼子承詔”[73]，因號“古帝之所作也，其辭有神仙之術焉”，其迷誤不諭，豈不悖哉！

《書》曰“予欲觀古人之象”，言必遵修古文而不穿鑿[74]。孔子曰“吾猶及史之闕文，今亡也夫”[75]，蓋非其不知而不問人，人用其私，是非無正，巧説邪辭，使天下學者疑。蓋文字者，經藝之本，王政之始，前人所以垂後，後人所以識古。故曰“本立而道生”，“知天下之至嘖而不可亂也”[76]。

今叙篆文，合以古籀，博采通人，至於小大[77]，信而有證，稽撰其説，將以理群類，解謬誤，曉學者，達神恉。分别部居，不相雜廁[78]。萬物咸睹，靡不兼載。厥誼不昭[79]，爰明以諭。其偁《易》，孟氏[80]；《書》，孔氏[81]；《詩》，毛氏[82]；《禮》，周官；《春秋》，左氏；《論語》《孝經》皆古文也。其於所不知，蓋闕如[83]也。

注释：

①許慎(約58—約147)，字叔重，汝南召陵人，東漢經學家、文字學家。師事賈逵。曾任太尉南閣祭酒、校長。博通經籍，有“五經無雙許叔重”之譽。著有《説文解字》十四卷並“叙目”共十五卷，集古文經學訓詁之大成，爲後代研究漢字及編輯字書最重要的根據。又著有《五經異義》十卷，專主古文經學，後鄭玄撰《駁〈五經異義〉》一書加以駁難。《五經異義》及《駁〈五經異義〉》均佚，清代陳壽祺輯有《〈五經異義〉疏證》，輯注較備。

②庖羲，我國古代傳説中的人物。古帝，即太昊。《白虎通考》："三皇者，何謂也？伏羲、神農、燧人也。"按：伏羲，亦作"庖義""伏戲""皇羲""宓犧""包犧"。始畫八卦，造書契，教民佃、漁、畜牧。

③王，wàng，治理、管理。

④文，鳥獸足迹。

⑤宜，規律。

⑥諸，之於。

⑦垂，猶"示"。

⑧結繩，在文字出現以前古人用繩子結扣來記事，相傳大事打大結，小事打小結。

⑨倉頡，也叫"蒼頡"。傳説他擔任過黄帝的史官，是漢字的創造者。

⑩蹏迒，tí háng，亦寫作"蹄迒"，蹄爪的痕迹。

⑪書契，文字。

⑫乂，yì，治。

⑬萬品，猶萬物，萬類。

⑭夬，六十四卦之一，卦形爲乾下兑上。

⑮"君子所以施禄及下，居德則忌也"，見《易·象傳·夬》，意思是君子應該自覺地向下层民众廣施恩德，如果高高在上，不施恩德，就會遭到忌恨。

⑯文，《説文》："錯畫也。象交文。"許慎在本文中提出"獨體爲文，合體爲字"的觀點，文爲獨體字。

⑰字，《説文》："乳也。"本義爲在屋内生養孩子，引申爲繁殖繁衍。孳乳，繁殖，派生。這裏指用有限的文生出無限的字。浸，逐漸。

⑱"書者，如也"，此爲聲訓，意思是文字依物之體賦形。

⑲五帝三王，泛指遠古時代的帝王。

⑳周禮，這裏指周代的禮制。

㉑保氏，古代職掌以禮義匡正君王、教育貴族子弟的官員。國子，公卿大夫的子弟。

㉒六書，六種造字方法及用字方法。

㉓詰詘，jí qū，屈曲，屈折。

㉔譬，指譬况，指古代用音近字注音的方法。

㉕比類和誼，意思是連綴、排比同類事物，歸納、綜合其義。誼，意義，意思。

㉖指撝，猶指揮，這裏指向新的意義。撝，huī。

㉗太史，官名。籀，人名。

㉘大篆，周朝的字體，是筆劃較繁複的篆書。

㉙古文，當屬六國文字，

㉚厥，代詞，同“其”。

㉛力政，以武力爲政，暴政。

㉜李斯，生年不詳，卒于前208年，秦朝政治家，楚上蔡人。初爲郡小吏，後從荀卿學。戰國末入秦，初爲呂不韋舍人，後被秦王政（秦始皇）任爲客卿。秦王政十年（前237），以韓國水工鄭國事件，宗室貴族建議逐客，他上書諫阻，爲秦王采納。旋任廷尉，建議對六國采取各個擊破的政策，對秦始皇統一六國，起了較大作用。秦統一後，任丞相，反對分封制，主張焚《詩》《書》，禁私學，以加强專制主義中央集權的統治；並以“小篆”爲標準，整理文字，對中國文字的統一有一定貢獻。秦始皇死後，他與趙高合謀篡改遺詔，迫令秦始皇長子扶蘇自殺，立少子胡亥爲二世皇帝，即秦二世。後爲趙高所陷害，被腰斬於市。工書，泰山、琅琊等處刻石，傳説均爲李斯所書。著有《諫逐客書》和《倉頡篇》（今佚，僅有出土漢代殘簡，王國維有《重輯〈倉頡篇〉》二卷）。

㉝《倉頡篇》《爰曆篇》《博學篇》，皆是秦“書同文”後出現的啓蒙識字課本，此三書皆亡佚。《漢書·藝文志》：“上七章，秦丞相李斯作。《爰曆》六章，車府令趙高作。《博學》七章，太史令胡毋敬作。”這三者合成一篇，統稱《倉頡》，共二十章。

㉞趣，通“趨”。

㉟刻符，刻於符節上的文字。

㊱蟲書，又名鳥蟲書，它是春秋中後期至戰國時代盛行於吴、越、楚、蔡、徐、宋等南方諸國的特殊美術文字。

㊲摹印，古代印璽上用的字體。

㊳署書，題寫在封檢、門榜上的文字。

㊴殳書，古代刻於兵器或觚形物體上的文字。

㊵尉律，漢律令。因爲廷尉所掌管，故稱“尉律”。

㊶諷，《説文》：“諷，誦也。”

㊷“郡移太史並課”，意思是通過郡試之後，交給中央太史令再考試。課，試也。

㊸達，通“曉”。“今雖有尉律……莫達其説”意思是：如今法律條令雖在，却停止考核，文字之學不講習，士人不通漢字之學很久了。

㊹“召通《倉頡》讀者”，意思是召可以通讀《倉頡》的人。

㊺“張儆從受之”，見《漢書·藝文志》：“《倉頡》多古字，俗師失其讀。宣帝時，徵齊人能正讀者，張敞從受之。”

㊻杜業，張敞的外孫，字子夏，魏郡繁陽人。涼，同“凉”。

㊼未央廷，即未央宫。宫殿名。故址在今陝西西安市西北長安故城内西南隅。漢高帝七年（前200）建，常爲朝見之處。新莽末毁。

㊽元士，天子之士爲元士。漢班固《白虎通·爵》：“天子之士獨稱元士何？士賤不得體君之尊，故加‘元’以别諸侯之士也。”

㊾楊雄，一作揚雄（前53—18）。字子雲，蜀郡成都人。西漢文學家、哲學家、語言學家。成帝時爲給事黄門郎。王莽時，校書天禄閣，官爲大夫。曾作《劇秦美新》以諛莽。爲人口吃，不能劇談，以文章名世。早年好辭賦，曾模仿司馬相如賦作《長楊》《甘泉》《羽獵》諸賦。後主張一切著述都應以“五經”爲準則，以爲“辭賦非賢人君子詩賦之正”，乃鄙薄爲“雕蟲篆刻，壯夫不爲”，轉而研究哲學。仿《論語》作《法言》，仿《易經》作《太玄》。提出以“玄”作爲宇宙萬物根源的學説。强調如實地認識自然現象的必要，認爲“有生者必有死，有始者必有終”，駁斥神仙方術的迷信。在社會倫理方面，批判老莊“絶仁弃義”的觀點，而重視儒家的學説。認定“人之性也善惡混，修其善則爲善人，修其惡則爲惡人”（《法言·修身》）。於語言學，曾著《方言》叙述西漢時代各地方言，爲研究古代語言的重要資料。又續《倉頡篇》編成《訓纂篇》。另有集，已散佚，明人輯有《揚侍郎集》，今人有《揚雄集校注》。

㊿亡新居攝，指王莽攝政期間。“新”是王莽代漢以後的國號，被劉秀所滅，所以許慎以“亡新”稱王莽。

⑤1六書，此“六書”指當時流行的六種字體，並非上文所説造字法、用字法的六書。

⑤2壁中書，戰國時期魯國文字。

⑤3程邈，生卒年不詳，字元岑，秦朝書法家，内史，秦内史下邽人。相傳他首先將篆書改革爲隸書。蔡邕稱其“删古立隸文”。唐代張懷瓘《書斷》稱：“傳邈善大篆，初爲縣之獄吏，得罪始皇，繫雲陽獄中，覃思十年，損益大小篆方圓筆法，成隸書三千字，始皇稱善，釋其罪而用爲御史，以其便於官獄隸人佐書，故名曰‘隸’。”

⑤4佐書，非當時正體，是爲了抄寫方便衍生出来的輔助字體，爲隸書前身。

⑤5繆篆，用以摹刻印章的字體，也稱摹印篆。繆，miù。

⑤6幡信，題表官號以爲符信的旗幟。

⑤7魯恭王，漢景帝之子劉餘，封國在魯，謚號爲恭。爲了擴大王府，他拆毁了孔府房屋，在夾壁中發现一些前代藏書，藏書所用文字稱爲“孔壁古文”。

⑤8鼎彝，皆爲古代祭器，上面多刻有表彰有功人物的文字。

⑤9叵，不可。遠流，遠方的河流，代指過去的事。

⑥0大共，共同。非訾，誹謗；詆毁。非，通“誹”。

⑥1詭，欺詐、假冒。

⑥2猥，淺薄。

⑥3“馬頭人爲長”，今文經學派認爲漢隸“馬”字，上爲馬頭，下爲人。從古文字字形來看，“馬”本爲象形字。

⑥4“人持十爲斗”，今文經學派認爲漢隸“斗”字左從人，又從十。從古文字字形來看，“斗”字本象長柄勺形。

⑥5“蟲者屈中也”，今文經學派認爲漢隸“虫”字似爲“中”字彎曲，“蟲”古字爲“它”，象毒蟲形。以上三例均爲不識古今漢字形體變化致誤例。

⑥6苛通“訶”，斥責。“苛人受錢”，漢律本爲：主治人而接受被治人的錢，當受到苛責。漢隸“苛”上爲“止”，下似“句”（通“拘”），那麼便誤解爲：爲拘止人而取其錢。

⑥7眾，同“衆”。

⑥8啚，同“鄙”。

㊾翫，同“玩”，賣弄。

⑳蔽，蒙蔽。

㉑覩，同“睹”。埶同“藝”。野言，無根據的話。

㉒微恉，精神微妙的意旨。

㉓承詔，謂師之教告。

㉔穿鑿，非常牽强地解釋。

㉕“吾猶及史之闕文，今亡也夫”，語出《論語·衛靈公上》：“子曰：‘吾猶及史之闕文也，有馬者借人乘之，今亡矣夫！’”意思是：“我還能够看到史書中存疑空闕的地方。有馬的人自己不會調教，先借給别人騎，現在没有這樣的了。”

㉖嘖，zé，通“賾”，精微，深奥。

㉗小大，猶云一切、所有。

㉘雜廁，混雜，夾雜。廁，同“厕”。

㉙昭，明顯、顯著。

㉚偁，同稱。“《易》，孟氏”，漢代孟喜注《易》。

㉛“《書》，孔氏”，漢代孔安國注《尚書》。

㉜“《詩》，毛氏”，漢代毛亨注《詩》。

㉝闕如，空缺。

《説文解字》後叙

漢・許慎

叙曰:此十四篇,五百四十部,九千三百五十三文,重一千一百六十三,解説凡十三萬三千四百四十一字。其建首也,立一爲耑①。方以類聚,物以群分。同牽條屬,共理相貫。雜而不越,據形系聯。引而申之,以究萬原。畢終於亥,知化窮冥②。於時大漢,聖德熙明③,承天稽唐④,敷崇殷中⑤。遐邇被澤,渥衍沛滂⑥。廣業甄微,學士知方。探嘖索隱,厥誼可傳。粵在永元⑦,困頓之年,孟陬⑧之月,朔日甲申。曾曾⑨小子,祖自炎神⑩。縉雲⑪相黄,共承高辛⑫。太嶽⑬佐夏,吕叔⑭作藩。俾侯於許,世祚⑮遺靈。自彼徂召⑯,宅此汝瀕。竊卬景行⑰,取涉聖門。其弘如何?節彼南山⑱。欲罷不能,既竭⑲愚才。惜道之味,聞疑載疑。演贊其志,次列微辭⑳。知此者稀,儻昭所尤㉑。庶有達者,理而董之㉒。

注释:

①耑,duān,古字,今字"端",始也。

②知化,通曉事物變化之理。窮冥,深邃的宇宙。

③熙明,政治興盛清明。

④承天,承奉天道。稽,通"及"。唐,唐堯。

⑤敷崇,猶廣興。殷中,正中。

⑥沛滂,猶廣大。

⑦粵,助詞。古與"聿""越""曰"通用,用於句首或句中。永元,東漢皇帝劉肇的第一個年號,起 89 年,終 105 年,共十七年。

⑧孟陬，孟春正月。正月爲陬，又爲孟春月，故稱。

⑨曾曾，曾孫的曾孫，最小的後輩。

⑩炎神，炎帝神農氏。

⑪縉雲，古官名。遠古傳説黄帝時夏官爲縉雲，並以爲族氏。唐代以縉雲爲兵部之别稱。

⑫共，通“恭”。承，受。高辛，帝嚳受封於辛，後即帝位，號高辛氏。

⑬太嶽，夏禹時的太岳，姓姜，曾受封爲吕侯。嶽，同“岳”。

⑭吕叔，周武王時的吕侯文叔。

⑮世祚，同“世胙”。世代享有封爵。

⑯“自彼徂召”，從那裏（許）遷往召陵。許慎家在召陵萬歲里。

⑰竊，謙敬副詞。用於自稱。卬，即“仰”。景行，大道。

⑱節彼南山，出自《詩經》，節通“巀”，嵯峨之義。

⑲既竭，二字同義。既，完；竭，盡。此二句化用顔回稱贊孔子的話，見《論語·子罕》：“夫子循循然善誘人。博我以文，約我以禮。欲罷不能，既竭吾才。”

⑳微辭，委婉而隱含諷諭的言辭；隱晦的批評。

㉑尤，過錯。

㉒理，治。董，正。

進《説文解字》表[①]

漢·許沖

臣伏見陛下,神明盛德,承遵聖業,上考度於天[②],下流化[③]於民。先天而天不違,後天而奉天時。萬國咸寧,神人以和。猶復深惟五經[④]之妙,皆爲漢制。博采幽遠,窮理盡性,以至於命。先帝詔侍中騎都尉賈逵[⑤],修理[⑥]舊文。殊藝異術,王教一耑,苟有可以加於國者,靡不悉集。《易》曰:"窮神知化,德之盛也。"《書》曰:"人之有能有爲,使羞其行,而國其昌。"臣父故太尉南閣祭酒[⑦]慎,本從逵受古學。蓋聖人不空作,皆有依據。今《五經》之道,昭炳光明。而文字者,其本所由生。自《周禮》、漢律,皆當學六書,貫通其意。恐巧説邪辭,使學者疑。慎博問通人,考之於逵[⑧],作《説文解字》。六藝群書之詁,皆訓其意。而天地鬼神、山川艸木[⑨]、鳥獸蚰蟲、雜物奇怪、王制禮儀、世間人事,莫不畢載。凡十五卷十三萬三千四百四十一字。慎前以詔書校書東觀,教小黄門[⑩]孟生、李喜等,以文字未定,未奏上。今慎已病,遣臣齎詣闕[⑪]。慎又學《孝經》孔氏古文説。古文《孝經》者,孝昭帝時,魯國三老所獻,建武時,給事中議郎衛宏所校[⑫],皆口傳,官無其説,撰具一篇並上[⑬]。

注释:

①本書題注原爲"召陵萬里公乘草莽臣沖,稽首再拜,上書皇帝陛下"。

②考度,考慮,估計。

③流化,流布,教化。

④五經，五經之名始於漢武帝，即五部儒家經書——《易》《書》《詩》《禮》《春秋》。

⑤侍中，秦朝始置，即原丞相史，往來殿中奏事，故名。西漢爲加官，凡列侯、將軍、卿大夫、將、都尉、尚書以至郎中，加此可入侍宫禁，親近皇帝。騎都尉，秦末漢初爲統領騎兵之武職。賈逵(30—101)，字景伯，扶風縣人，東漢著名經學家、天文學家。

⑥修理，此處爲研究整理。

⑦祭酒，學官名。原意指祭祀或宴會時，由年高望重者一人舉酒領祭，爲榮譽。如荀子在齊國稷下學宫"三爲祭酒"。漢武帝設五經博士，首長稱博士僕射，東漢改爲博士祭酒，祭酒遂成爲學官名。西晋改爲國子祭酒，主管國子學或太學。隋以後稱國子監祭酒，爲國子監的主管者。其後沿設之。清光緒三十一年(1905)，廢國子監，設學部，國子監祭酒不復存在，學部首長稱學部尚書。

⑧逵，即賈逵。

⑨屮，同"草"。

⑩小黄門，漢有小黄門，秩六百石，由宦官任職。侍皇帝左右，受尚書事，爲關通宫外人員。諸公主及王妃有病時，使問之。

⑪齎，同"賫"，jí。送給，交給。詣闕，赴朝堂。

⑫給事中，官名。以在殿中給事(執事)得名。秦置。西漢爲大夫、博士、議郎的加官，掌顧問應對，位在中常侍之下。東漢省。魏重置，或爲加官或爲正員。晋始全爲正員，員無定，在散騎常侍下、給事黄門侍郎上。衛宏：字敬仲，東漢東海郡人，師從杜林學習《古文尚書》，曾任中議郎，著有《漢舊儀》四篇等。

⑬此處原文爲"臣冲誠惶誠恐，頓首頓首，死辠死辠，臣稽首再拜，以聞皇帝陛下。建光元年九月己亥二十日戊午上"。辠，同"罪"。建光，爲東漢安帝第四個年號，建光元年，121 年，終建光二年，122 年。

說文解字弟一上

漢 太 尉 祭 酒 許 愼 記

宋 右 散 騎 常 侍 徐 鉉 等校定

十四部 六百七十二文 重八十一

凡萬六百三十九字

文三十一 新附

一 一 惟初太始道立於一造分天地化成萬物凡一之屬皆从一 於悉切 弌 古文一

元 元 始也从一从兀 徐鍇曰元者善之長也故从一 愚袁切

天 天 顚也至高無上从一大 他前切

丕 丕 大也从一不聲 敷悲切

吏 吏 治人者也从一从史史亦聲 徐鍇曰吏之治人心主於一故从一 力置切

文五 重一

說文一上 一部 上部 一

上 丄 高也此古文上指事也凡丄之屬皆从丄 時掌切 上 篆文丄

帝 帝 諦也王天下之號也从丄朿聲 都計切 帝 古文帝古文諸丄字皆从一篆文皆从二二古文上字辛示辰龍童音章皆从古文上

旁 旁 溥也从二闕方聲 步光切 旁 古文旁 旁 亦古文旁 旁 籒文

下 丅 底也指事 胡雅切 下 篆文丅

文四 重七

示 示 天垂象見吉凶所以示人也从二二古文上字 三垂日月星也觀乎天文以察時變示神事也凡示之屬皆从示 神至切 𥘅 古文示

祜 祜 上諱 臣鉉等曰此漢安帝名也福也當从示古聲 侯古切

禮 禮 履也所以事神致福也从示从豊豊亦聲 靈啓切 𥘆 古文禮

禧 禧 禮吉也从示喜聲 許其切

禛 禛 以眞受福也从示眞聲 側鄰切

說文一上 上部 示部 二

祿 祿 福也从示彔聲 盧谷切

褫 褫 福也从示虒聲 息移切

禎 禎 祥也从示貞聲 陟盈切

祥 祥 福也从示羊聲一云善 似羊切

祉 祉 福也从示止聲 敕里切

福 福 祐也从示畐聲 方六切

祐 祐 助也从示右聲 于救切

祺 祺 吉也从示其聲 渠之切 禥 籒文从基

祗 祗 敬也从示氐聲 旨移切

禔 禔 安福也从示是聲易曰禔旣平 市支切

七

图 3 《说文解字》清陈昌治本书影

释 名

世间万物，纷繁复杂，各有其名，难免会勾起人们的好奇心，探究命名的理据。《释名》便是一部探求事物得名之由的训诂辞书，也是我国早期语源学研究的重要著作。

《释名》以前，《尔雅》《方言》等辞书已经对汉语共同语、方言词汇进行全面搜集与整理。《说文》在对语言文字材料搜集、描写的基础上，更多加入解释学的视角，即用六书理论及相关训诂学的方法探求造字的理据。《释名》便是这种辞书编纂思路的延伸，即试图为汉语词汇的构词理据寻找合理的解释。

《释名》在体例上仿造《尔雅》，"自六经出，而《尔雅》作，《尔雅》作而《释名》著"，正是对二书关系最恰切的写照。《释名》依类分为二十七篇，包括释天、释地、释山、释水、释丘、释道、释州国、释形体、释姿容、释长幼、释亲属、释言语、释饮食、释采帛、释首饰、释衣服、释宫室、释床帐、释书契、释曲艺、释用器、释乐器、释兵、释车、释船、释疾病、释丧制，所释名物典礼共计一千五百余条。

内容上，《释名》对《尔雅》也有继承，其对很多词的训释可以看作对《尔雅》的补充，如《尔雅・释亲》："妻之父为'外舅'，妻之母为'外姑'。女子谓姊妹之夫为'私'。"如《释名・释亲属》："妻之父曰'外舅'，母曰'外姑'。言妻从外来，谓至已家为归，故反以此义称之，夫妻匹敌之意也。姊妹互相谓夫曰'私'，言于其夫兄弟之中此人与已姊妹有恩私也。"正因《释名》与《尔雅》间有延续关系，明代的郎奎金曾把《释名》同《尔雅》《小尔雅》《广雅》《埤雅》刻在一起，称之为"五雅"，自此得别称《逸雅》，将其归属为雅学类辞书文献。

利用声训，即用声音探求意义理据，是《释名》的特色，也是其最具争议之处。声训并非《释名》所创，此前的《汉书》《白虎通》《说文解字》《方言》等都曾用声训的方法训释词义，但所释之词通常较抽象、神秘，如四时、五行、五方、五声、干支等。《释名》却打破原有的范围限域，使声训得以最广泛地应用。其中，虽有分析合理的部分，如"浍，注沟曰'浍'。浍，会也；小沟之所以聚会也"。但牵强附会之处也不少，如"眼，限也。童子限限而出也"（《释形体》），再如"痔，食也，虫食之也"（《释疾病》）。王力曾指出："刘熙的声训，跟前人一样，是唯心主义的。他随心所欲地随便抓一个同音字（或音近的字）来解释，仿佛词的真诠是以人的意志为转移似的。"确实，声训的滥用对后来的语言学研究产生诸多不良影响，后来的"右文说"便为贻害。但是，声训也对后世清儒"因声求义"的训诂研究有所启发。声训材料所保留的语音线索，客观上为后来的上古音研究提供诸多参考。如现代很多学者以《释名》"寡（上古声母拟音为 k），倮（上古声母拟音为 l）也，倮然单独也"作为证明上古复辅音声母 kl 存在之证，因为声训就是用读音相近、相同的字进行训释。除声训外，《释名》也利用义训法训释词义，多有可取之处。在保留方言、古语方面，《释名》的价值同样不容小觑。

清代毕沅曾作《〈释名〉疏证》疏释校辑《释名》。嘉庆年间张金吾撰《广〈释名〉》，用《释名》之前的材料补正《释名》内容。清末王先谦的《〈释名〉疏证补》则为集解性质，集成前人研究著作，最便于研读，有"经训堂丛书"本，"丛书集成"本据此影印。三国时期韦昭曾撰《辩〈释名〉》，清任大椿、马国翰、黄奭、顾震福及近人龙璋各有辑一卷。

当下所见版本包括："五雅"本、"古今逸史"本、"夷门广牍"本、"小学汇函"本（"丛书集成初编""丛书集成"新编本同）、清道光吴氏璜川书塾本、"龙溪精舍丛书"本、"四部丛刊"影印明嘉靖翻宋书棚本等。

研究著作包括：陈建初《〈释名〉考论》、王国珍《〈释名〉语源疏证》、李冬鸽《〈释名〉新证》、胡佩迦等《〈释名〉认知研究》、魏宇文《刘熙〈释名〉语源与文化探析》《清代〈释名〉注疏研究》等。

本书所收的两篇序文，一篇为刘熙的自序，另一篇为明代刻者所作，可助读者了解《释名》的成书背景、学术价值及流传影响情况。

【例字分析】

<table>
<tr><td>天</td><td rowspan="2">卷第一・释天</td><td rowspan="2">天，豫、司、兖、冀以舌腹言之。天，顯也，在上高顯也。青、徐以舌頭言之。天，坦也，坦然高而遠也。春曰“蒼天”。陽氣始發，色蒼蒼也。夏曰“昊天”。其氣布散，顥顥也。秋曰“旻天”。“旻”，“閔”也。物就枯落，可閔傷也。冬曰“上天”。其氣上騰，與地絶也。故《月令》曰：“天氣上騰，地氣下降。”《易》謂之“乾”：“乾，健也，健行不息也。”又謂之“玄”：“玄，懸也，如懸物在上也。”</td><td rowspan="5">按：《释名》多以声训释义。声训也就是用音同音近的字词释义。这种方法有其科学性与合理性，汉语中确实存在大量同源词，因其由同一语源孳乳，因此语音相同或相近，意义相关。如“命”与“令”、“背”与“负”等。考释同源词有其严格的原则与方法，具体可参王力的《同源字典》。《释名》的说解有滥用声训之嫌，很多解释牵强附会。比如《说文》训“天”为“颠”，确有上古音依据，此外其义相关，古人造字近取诸身，远取诸物，故以头顶喻天。然而，《释名》将其训为“显也”，二字虽然上古韵部相同，但声母相距较远，同时意义关联性不大，“显”本义为头上的饰物，硬将其与“天”联系，认为“在上高显也”，过于牵强。“地”“玄”“黄”亦同理。但是另一方面，《释名》又保留了当时丰富的语音、词汇信息，其中的声训材料，至今仍是学者研究上古音的重要材料。</td></tr>
<tr><td>玄</td></tr>
<tr><td>地</td><td>卷第一・释地</td><td>地，底也，其體底下載萬物也。</td></tr>
<tr><td rowspan="2">黄</td><td>卷第一・释地</td><td>徐州貢土五色，色有青黄赤白黑也。土青曰“黎”，似藜草色也；土黄而細密曰“埴”。埴，膱也，黏胒如脂之膱也。土赤曰“鼠肝”，似鼠肝色也。土白曰“漂”，漂，輕飛散也。土黑曰“盧”，盧然解散也。</td></tr>
<tr><td>卷第四・释采帛</td><td>黄，晃也，猶晃晃，象日光之色也。</td></tr>
</table>

刻《釋名》序

明·儲良材[①]

《釋名》者,小學文字之書也。古者,文字之書有三焉。一體制,謂點畫有縱横曲直之殊,若《説文》《字原》之類是也。二訓詁,謂稱謂有古今雜俗之異,若《爾雅》《釋名》之類是也。三音韵,謂呼吸有清濁高下之不同,若沈約《四聲譜》及西域反切之文是也。三者雖各自名家,要之皆小學之書也。夫自六經出而《爾雅》作,《爾雅》作而《釋名》著,是故漢《藝文志》[②]以《爾雅》附《孝經》,而《經籍志》[③]以附《論語》,蓋崇之也。漢劉熙所著《釋名》,翼[④]雅者也。宜與雅並傳。《爾雅》故有鏤本[⑤],而《釋名》久無傳者。余按《全晋》[⑥],偶得是書於李僉憲川甫[⑦],川甫得諸蔡中丞[⑧]石岡,石岡得諸濟南周君秀,因託吕太史仲木校正[⑨],付太原黄守刊布[⑩]焉,然則翼雅之書,詎[⑪]止於是乎?郭璞有《圖》[⑫],沈璇有《注》[⑬],孫炎有《音》[⑭],江瓘有《贊》[⑮],邢昺有《正義》[⑯],張揖有《廣雅》[⑰],曹憲有《博雅》[⑱],孔鮒有《小爾雅》[⑲],劉伯莊有《續爾雅》,揚雄有《方言》,劉霽有《釋俗語》,盧辨有《稱謂》,沈約有《俗説》,張顯有《古今訓》,韋昭有《辨釋名》[⑳]。凡讀《爾雅》者,皆當參覽,其可以小學之書而忽之哉。[㉑]

注释:

①儲良材,生卒年不詳,字邦掄,廣西柳州馬平人。明正德十二年(1517)進士。江西道御史。曾刻《釋名》八卷。

②《藝文志》,《漢書·藝文志》。

③《經籍志》,《隋書·經籍志》。

④翼，幫助，輔佐。

⑤鏤本，刻印本。

⑥《全晋》，或爲《晋書》，唐房玄齡等撰。一百三十卷。紀傳體，東、西晋史。

⑦僉憲，僉都御史的美稱。川甫，即李濂(1489—1566)，明河南祥符人，字川甫，作《祥符鄉賢傳》《汴京遺迹志》等。

⑧中丞，明、清巡撫别稱。因巡撫多帶"副都御史"銜，與御史中丞地位相當，故稱。

⑨吕太史仲木，即吕柟(1479—1542)，字大棟，又字仲木，陝西高陵縣人，明代官員、學者。

⑩刊布，刻版或排版印行。

⑪詎，豈、何，表示反問的語氣。

⑫圖，即晋郭璞曾注《〈爾雅〉音圖》。

⑬"沈璇有注"，《隋書·經籍志》："《集注〈爾雅〉》十卷，梁黄門郎沈璇注。"

⑭音，即三國孫炎曾著《〈爾雅〉音義》。《隋書·經籍志》："梁有《〈爾雅〉音》二卷，孫炎、郭璞撰。

⑮賛，同"贊"。《新唐書·藝文志》："江灌《圖贊》一卷。又《音》六卷。"

⑯"邢昺有《正義》"，此處疑誤。宋邢昺曾著《〈爾雅〉疏》。《〈爾雅〉正義》是清代邵晋涵所著。

⑰"張揖有《廣雅》"，東漢張揖，生卒年不詳，古漢語訓詁學者，字稚讓，清河人，曾著《廣雅》。

⑱"曹憲有《博雅》"，《新唐書·藝文志》："曹憲《〈爾雅〉音義》二卷。又《博雅》十卷。"曹憲(約541—645)，揚州江都人。曹憲曾訓注張揖所撰《博雅》，成《〈博雅〉音》十卷，煬帝令藏之秘閣。《博雅》即《廣雅》，爲避煬帝名諱而改。

⑲孔鮒(約前264—前268)，秦末儒生，本名鮒甲，字子魚，魯國曲阜人，曾著《小爾雅》。

⑳《隋書·經籍志》："《辯〈釋名〉》一卷，韋昭撰。"韋昭(204—273)，三國吴訓詁學家。字弘嗣，晋避司馬昭諱，故作曜，吴郡雲陽人，享歲七十。少好學，善屬文。

㉑本文落款爲"嘉靖甲申冬十二月既望谷儲良材邦掄父撰"。嘉靖甲申，嘉靖三年，即1524年。

《釋名》序

東漢・劉熙[①]

熙以爲，自古造化製器立象[②]，有物以來，迄於近代，或典禮[③]所製，或出自民庶[④]，名號雅俗，各方名殊。聖人於時就而弗改[⑤]，以成其器著於既往[⑥]，哲夫巧士以爲之名[⑦]，故興於其用而不易其舊，所以崇易簡省事功也[⑧]。夫名之於實[⑨]，各有義類，百姓日稱而不知其所以之意，故撰天地、陰陽、四時、邦國、都鄙、車服、喪紀，下及民庶應用之器，論叙指歸[⑩]，謂之《釋名》，凡二十七篇。至於事類，未能究備[⑪]，凡所不載，亦欲智者以類求之。博物君子[⑫]，其於答難解惑，王父幼孫，朝夕侍問以塞[⑬]，可謂之士，聊可省諸[⑭]。

注释：

①劉熙，生卒年不詳，東漢末訓詁學家。字成國，北海人。以語源學觀點和聲訓方法研究訓詁。所著《釋名》，以音同音近的字解釋字義，探求事物得名之由，並注意到當時的語音與古音的異同，爲漢語語源學的重要著作。

②造化，自然創造化育。立象，取法萬物形象。

③典禮，指掌管禮儀之官，周時爲太史。

④民庶，民間、百姓。

⑤於時，在當時。就，完成。

⑥著，通“貯”，居積。既往，過去的事情。這裏指古代聖人取法萬物形象製器，留給後人。

⑦哲夫，足智多謀的人。巧士，擅長某種技藝的人。

⑧崇，推崇。事功，功夫。

⑨實，這裏指詞義。

⑩指歸，所屬分類。

⑪備，全部、完全。

⑫博物君子，指博學多識的人。

⑬王父，對老人的敬稱。塞，答。根據王先謙《〈《釋名》疏證〉補》注釋，此處疑脱文。

⑭聊，姑且、勉强。

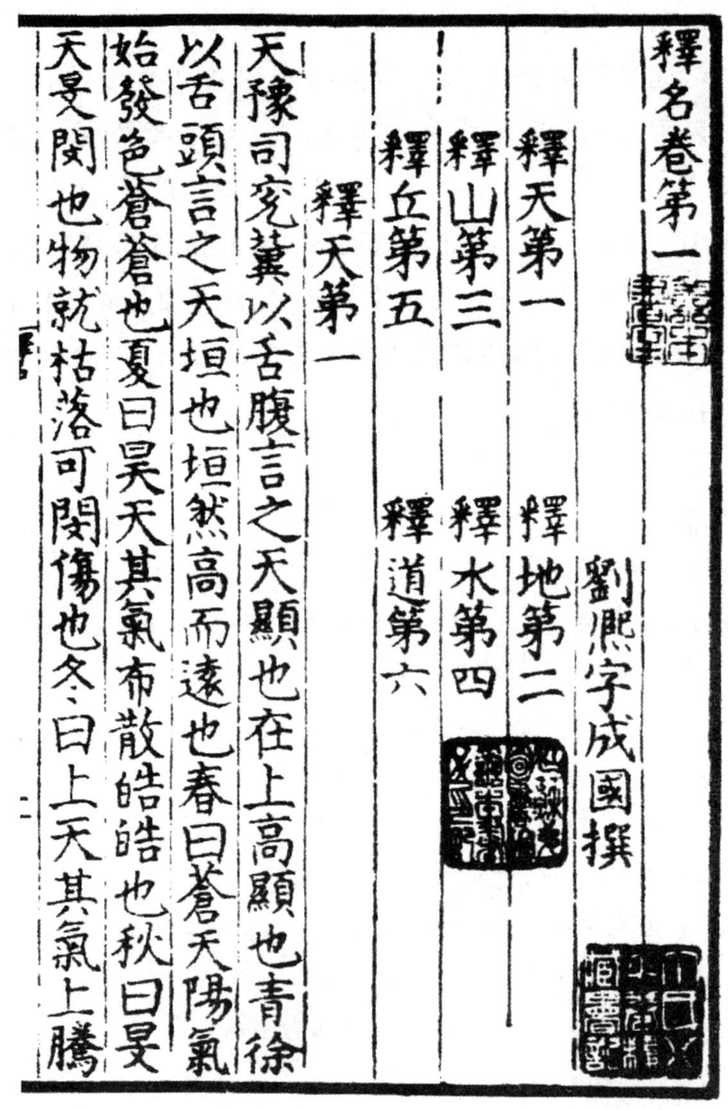

釋名卷第一

劉熙字成國撰

釋天第一　釋地第二

釋山第三　釋水第四

釋丘第五　釋道第六

釋天第一

天豫司兗冀以舌腹言之天顯也在上高顯也青徐以舌頭言之天坦也坦然高而遠也春曰蒼天陽氣始發色蒼蒼也夏曰昊天其氣布散皓皓也秋曰旻天旻閔也物就枯落可閔傷也冬曰上天其氣上騰

图 4 《释名》四部丛刊本书影

广雅

词汇反映社会生活的变迁，正因于此，相对于其他辞书，词典的内容更迭得最快。自《尔雅》后，雅学类辞书勃兴，相继出现《小尔雅》《尔雅翼》《广雅》《骈雅》《埤雅》等一系辞书，张揖的《广雅》就是其中之一，该书成书于三国魏明帝太和年间，是第一部值得重视的《尔雅》式词典。“广雅”之“广”便为“增广”之意，旨在扩充《尔雅》的内容。隋代为了避隋炀帝杨广讳，改称“博雅”。

《广雅》全书分上中下三卷。唐以来析为十卷，共收录词汇一万八千余个，是《尔雅》的四倍有余。原书延续《尔雅》十九篇结构，并不创设新类。主要增加内容如序中所言：“择撢群艺，文同义异，音转失读，八方殊语，庶物易名不在《尔雅》者，详录品核。”具体主要补充《尔雅》内容，但是其体例、术语等仍沿用《尔雅》，对比二者内容便易见区别。

《尔雅·释诂·第一》：初、哉、首、基、肇、祖、元、胎、俶、落、权舆，始也。

《广雅·释诂·第一》：古，昔，先，创，方，作，造，朔，萌芽，本，根，蘖，鼃，苯，昌，孟，鼻，业，始也。

此外，《广雅》还增加了许多《尔雅》中未见的类目，如《广雅·释器》中收录了有关骨骼、肌肽、脏腑、饮食等词，皆为《尔雅》所无，这些内容亦可窥社会之变迁、词汇之孳乳，亦可作为研究风俗名物的重要史料。

由于《尔雅》成书时代较早，因此引述内容不多，《广雅》可征引的材料相对丰富，王念孙指出：“其自《易》《书》《诗》、三礼、三传，经师之训，《论语》《孟子》《鸿烈》《法言》之注，楚辞汉赋之解，谶纬之记，《仓颉》《训纂》《滂喜》《方言》《说文》之说，靡不兼载。盖周秦两汉古义之存者，可据以证其得失，其散逸不传者，可借以窥其端绪，则其书之为功于诂训也大矣。”由此可知《广雅》有巨大的训诂资料价值。

隋代曹宪为其加注语音，作《博雅音》十卷，但是曹宪的注音方法多用反切与直音，如“鼃，户瓜反”，“芋，籲”。清代训诂学家王念孙的《〈广雅〉疏证》也是研究《广雅》的力作，补充原书的内容，订正了书中的错误，在提供更佳版本的同时，充分挖掘原书的学术价值。清代钱大昭作《〈广雅〉疏义》，以钱大昕《广雅》校注本为蓝本。清代卢文昭作《〈广雅〉注》，与王念孙的《〈广雅〉疏证》、钱大昭的《〈广雅〉疏义》，并称为清代治《广雅》的三大著作。当下学界对《广雅》进行的研究取得丰硕成果，主要有李增洁《〈广雅〉逸文补辑并注》、徐复《〈广雅〉诂林》、胡继明《〈广雅〉研究》。《广雅》现行版本主要包括：《博雅》十卷，“广汉魏丛书”本、增订“汉魏丛书”本；《博雅音》十卷，“畿辅丛书”本、“四部备要”本等。

【例字分析】

<table>
<tr><td>天</td><td rowspan="2">释诂</td><td rowspan="2">道，天，地，王，皇，蘴，龻，博，殷，粗，兄，荒，沛，祏，衍，臨……衮，萬緒，都，大也。</td><td rowspan="3">按：《广雅》内容之丰富，远超《尔雅》。但与《尔雅》一样，对于词义说解过于简略，这是其泥于《尔雅》体例之弊。“天”“地”例，大为其特点，但是将其直训为大，又缺乏相关语用例证，难以让人信服。“黄”例则体现出《广雅》内容之丰富，可为考释名物，研究民俗文化提供参考。</td></tr>
<tr><td>地</td></tr>
<tr><td>黄</td><td>释室</td><td>五帝廟，蒼曰“靈府”，赤曰“文祖”，黄曰“神昇”，白曰“顯紀”，黑曰“玄矩”，獄犴也。</td></tr>
</table>

上《廣雅》表

三國·张揖①

博士②臣揖言：臣聞，昔在周公③，纘述唐虞④，宗翼文武⑤，克定⑥四海，勤相成王⑦。踐阼⑧理政，日昃不食⑨。坐而待旦⑩，德化宣流⑪。越裳倈貢，嘉禾貫桑⑫。六年制禮，以導天下。箸⑬《爾雅》一篇，以釋其意義，傳于後孠，歷載五百⑭，墳典⑮散零，唯《爾雅》恒存。《禮·三朝記》："哀公曰：'寡人欲學小辨，以觀於政，其可乎？'"⑯孔子曰："《爾雅》以觀於古，足以辯言矣。"《春秋元命包》⑰言："子夏⑱問夫子：'作《春秋》不以"初哉首基"爲始何？'"是以知周公所造也。率斯以降⑲，超絶六國⑳，越踰㉑秦楚，爰暨帝劉㉒。魯人叔孫通撰置《禮記》㉓，文不違古，今俗所傳三篇《爾雅》，或言仲尼所增，或言子夏所益，或言叔孫通所補，或言沛郡梁文所考，皆解家所説，先師口傳，既無正驗，聖人所言，是故疑不能明也。夫《爾雅》之爲書也，文約而義固，其敶道也㉔。精研而無誤，真七經之檢度㉕，學問之階路㉖，儒林之楷素也㉗。若其包羅天地，綱紀人事㉘，權揆㉙制度，發百家之訓詁，未能悉備也。臣揖體質蒙蔽㉚，學淺詞頑㉛，言無足取，竊以所識，擇撢群蓺㉜，文同義異，音轉失讀，八方殊語，庶物易名，不在《爾雅》者，詳録品覈㉝，以著于篇。凡萬八千一百五十文，分爲上中下，以須方倈俊哲，洪秀偉彦之倫㉞，扣其兩端㉟，摘其過謬，令得用諝㊱，亦所企想㊲也。臣揖誠惶誠恐，頓首頓首，死罪死罪。

注释：

①張揖，生卒年不詳。三國時訓詁學者，字稚讓，清河人，魏明帝太和中爲博士。

②博士，官名。源於戰國。許慎《五經異義》："戰國時，齊置博士之官。"《漢書·百官公卿表上》："博士，秦官，掌通古今。"秦及漢初，博士的職責主要是掌管圖書，通古今，以備顧問。漢爲太常屬官，秩比六百石，員額多至數十人。漢武帝時，用公孫弘議，設五經博士，宣帝時增至十二人。博士置弟子，初爲五十人。自武帝後，博士專掌經學傳授，與文帝、景帝時的博士有異。唐置國子、太學、四門等博士。另有"律學博士""書學博士""算學博士""府學博士""州學博士""縣學博士"之稱，均爲教官，而非中央官學傳授儒經學官的專稱。明清亦有國子博士。

③周公，生年不詳，卒于前1105年，西周初期政治家。姓姬名旦，也稱叔旦。文王子，武王弟，成王叔。輔武王滅商。武王崩，成王幼，周公攝政。東平武庚、管叔、蔡叔之叛。繼而厘定典章、制度，復營洛邑爲東都，作爲統治中原的中心，天下臻於大治。後多作聖賢的典範。

④纘述，繼承傳述。唐虞，唐堯與虞舜的並稱。亦指堯與舜的時代，古人以爲太平盛世。纘，繼承。

⑤宗，尊崇。翼，取法。

⑥剋定，又作"克定"，《詩·周頌·桓》："桓桓武王，保有厥土，於以四方，克定厥家。"鄭玄箋："能定其家先王之業，遂有天下。"後因稱安定或平定爲"克定"。剋，kè，同"克"，戰勝。

⑦勤，帮助。相，辅佐。成王，周成王。姬誦，生年不詳，卒于前1021年，姬姓，名誦。周朝第二位君主，周武王之子。繼位之初，年紀尚幼，由皇叔周公旦攝政，平定三監之亂。

⑧阼階，上阼階主位，古代廟寢堂前兩階，主階在東，稱阼階，阼階上爲主位。此處指即位，登基。阼，階。

⑨日昃不食，太陽已偏西還不吃飯，形容專心致志，勤勉不懈。

⑩坐而待旦，坐着等天亮，這裏形容成王勤政。

⑪德化宣流，德行教化，宣揚，流布。

⑫"越裳倈貢，嘉禾貫桑"，此典出自《韓詩外傳》："成王之時，有三苗貫桑而

生,同爲一秀,大幾滿車,長幾充箱。成王問周公曰:'此何物也?'周公曰:'三苗同一秀,意者,天下殆同一也。'比期三年,累有越嘗氏重九譯而至,獻白雉於周公。"

⑬箸,古同"著"。

⑭孠,同"嗣",後孠,即後代子孫。厯,同"歷"。

⑮墳典,是三墳、五典的並稱,後轉爲古代典籍的通稱。"三墳",即伏羲、神農、黄帝之書。"五典",即少昊、顓頊、高辛、堯、舜之書。

⑯《禮·三朝記》,爲《大戴禮記·三朝記》。小辨,亦作"小辯",從細微處進行分别,實爲詭辯。

⑰《春秋元命包》,書名全稱當爲《春秋緯元命包》,"包"也作"苞",二字古通用。漢代緯書《春秋緯》中的一種,作者不詳,著作時代大約是西漢末、東漢初,魏宋均注。

⑱子夏,生于前507,卒年不詳,春秋末晋國温人,一説衛國人。卜氏,名商。孔子學生。爲莒父宰。以文學著稱,才思敏捷,受孔子稱贊。孔子死後,到魏國西河講學。主張國君要學習《春秋》,吸取歷史教訓,防止臣下篡奪。强調"學以致其道",注重踐行。提出"仕而優則學,學而優則仕"和"大德不逾閑,小德出入可也"(《論語·子張》)等觀點。李悝、吴起都是他的學生,魏文侯也尊以爲師。相傳《詩》《春秋》等儒家經典是由他傳授下來的。

⑲率,沿,顺。以降,以後。

⑳六國,指戰國時函谷關以東六國,即齊、楚、燕、韓、趙、魏。

㉑越踰,謂越過等位。踰,同"逾"。

㉒爰曁,到了。帝劉,即漢高祖劉邦。

㉓叔孫通,《楚漢春秋》作"叔孫何"(一説"通"爲其字),生卒年不詳,薛縣人,劉邦統一天下後,廢除秦的儀法,叔孫通爲漢王制定朝儀,采用古禮並參照秦的儀法而制禮。

㉔敶道,陳述。敶同"陳"。

㉕七經,漢以來歷代封建王朝所推崇的七部儒家經典。七經名目,歷來説法不一。東漢《一字石經》作《易》《詩》《書》《儀禮》《春秋》《公羊》《論語》。檢度,規矩,法度。

㉖階路,台階。

㉗楷素,楷模。

㉘綱紀，治理。

㉙揆，管理。

㉚體質，猶資質。蒙蔽，有所遮蔽、不明。此句爲謙辭。

㉛頑，愚鈍。

㉜撢，同“探”。群蓺，即“群藝”，猶六藝。蓺，同“藝”。

㉝品覈，評論，品評。覈，hé，同“核”。

㉞洪秀、偉倫，皆爲才華横溢之輩代稱。方徠，即將到來。倫，猶輩。

㉟叩其兩端，意思是能够完全理解認識問題。出自《論語·子罕》：“吾有知乎哉，無知也，有鄙夫問於我，空空如也，我叩其兩端而竭焉。”

㊱令，使。諝，智慧，才能。令得用諝，這裏是借後人才能訂誤補正本書。

㊲企想，猶希望。

《廣雅》序

明·吴本泰[①]

《廣雅》者,博士張揖所纂,輯以廣《爾雅》者也。《爾雅》蓋傳自卜商氏[②],説者以爲周公所造,學士無從考信。莊生之重言十七[③],安知《爾雅》之託周公,不猶方書之託軒轅[④],兵法之託尚父乎[⑤]?然其叙次典質,文辭古奥,如鼎彝法物,非周漢以上人不能作也。自終軍之辨豹鼠,蔡司徒之誤彭蜞[⑥],而此書遂大顯於世。乃張氏以爲文約而義固,其於撰百物通訓[⑦],故未能悉備也。由是撣掞群秇[⑧],劉覽方域。凡《爾雅》所不經載者,詳録品覈,著於篇,以廣厥義。予聞之:神明無象,要言不煩。《爾雅》之列於十三經[⑨],已弁髦[⑩]之,是编不贅疣[⑪]甚乎?雖然,儒者冠圜冠[⑫],知天時,履地屨,知地形。一物不知,昔人所耻。彼眯目而枵腹者[⑬],雖擁比[⑭]説經,提槧白戰[⑮],其亦昧谷[⑯]之民已矣。大易之廣,卦象乃至,萑葦[⑰]、果蓏[⑱]、蠃蚌[⑲]、龜鱉,此太極之真形也。浮屠氏有方廣[⑳]諸經,乃至析塵爲墨,不能罄書[21],此即威音[22]以前消息也。《廣雅》一書,其藻翰之资糧[23],抑亦玄悟之關鑰歟[24]。且於《爾雅》,拓境開疆,厥功非尠[25]。而吾郡郎公在[26]兄弟,有康成[27]、茂先[28]之好,振奇[29]人也。其先公明懷先生,浮湛仕路[30],一氊故吾[31],编纂最富。公在兄弟發父書讀之,手校卒業,懸諸國門。揖《表》所云:“方徠俊喆洪秀偉彦之倫[32],叩其兩端,摘其過謬。”乃今得之郎氏,斯亦揖之功臣已。夫海人汎舟[33],蒼茫無際,望見魚背,以爲崕岸[34],其廣也,不知又有廣焉者也。盧敖蒙谷之游,睹聳身而入雲清者[35],則恧然色沮矣[36]。讀《廣雅》者,其更廣之,無爲若士所咲[37]。

注释：

①吴本泰，生于1573年，卒年不詳，字美子，號藥師。崇禎七年(1634)進士。官吏部郎中。

②卜商氏，即子夏。

③莊生，莊周。重言十七，指假託别人所説的話占了十分之七。

④方書，醫書。軒轅，傳説中的古代帝王黄帝的名字。傳説姓公孫，居於軒轅之丘，故名曰軒轅。曾於阪泉戰勝炎帝，於涿鹿戰勝蚩尤，諸侯尊爲天子。後人以之爲中華民族的始祖。傳説《黄帝内經》爲黄帝所作，但後世較爲公認此書最終成型於西漢，作者亦非一人，而是由中國歷代黄老醫家傳承增補發展創作而來。

⑤尚父，亦作"尚甫"，指周朝吕望，即姜子牙。

⑥"蔡司徒之誤彭蜞"，出自《世説新語》："蔡司徒渡江，見彭蜞，大喜曰：'蟹有八足，加以二螯。'令烹之。既食，吐下委頓，方知非蟹。後向謝仁祖説此事，謝曰：'卿讀《爾雅》不熟，幾爲《勸學》死！'"彭蜞，蟹的一種，體小少肉。

⑦揆，掌握。通訓，訓詁術語，即在字書或古書的注釋中，對多義詞根據通常使用的意義所加的解釋。

⑧秇同"藝"。

⑨十三經，南宋最終確定成的十三部儒家經典，爲歷代儒客文人推崇。分别是《易經》《尚書》《詩經》《周禮》《儀禮》《禮記》《春秋左傳》《春秋公羊傳》《春秋穀梁傳》《孝經》《論語》《孟子》《爾雅》。

⑩弁，黑色布帽；髦，童子眉際垂髮。古代男子行冠禮，先加緇布冠，次加皮弁，後加爵弁，三加後，即弃緇布冠不用，並剃去垂髦，理髮爲髻。因以"弁髦"喻弃置無用之物。

⑪贅疣，指皮膚上長的肉瘤，也用作比喻多餘無用的東西。

⑫圜冠，鷸冠，以鷸羽爲飾，古時亦爲知天文者之冠。圜，huán，圜形。

⑬眯目，上下眼瞼微合之狀，引申爲受蒙蔽。枵腹，空腹，謂饑餓，比喻空疏無學之人。

⑭比，當爲"筆"。

⑮槧，古時記事寫字用的木板。槧，qiàn。白戰，空手作戰。

⑯昧谷，古代傳説西方日入之處。昧谷之民，形容缺乏見識之人。

⑰萑葦，兩種蘆類植物，蒹長成後爲萑，葭長成後爲葦。萑葦，huán wěi。

⑱果蓏，瓜果的總稱。蓏，luǒ。

⑲蠃，蟲名，螔蝓也。

⑳方廣，佛教語。大乘經典、教義的通稱。

㉑罄書，寫盡，寫完。

㉒威，同“滅”。威音，即滅絶佛音，此處當指三武一宗滅佛事件。

㉓藻翰，即美丽的羽毛，引申爲華麗的文辭。资糧，糧食。

㉔玄悟，深悟、妙悟。關鑰，鎖匙，比喻關鍵。

㉕尠，同“鮮”，稀少。

㉖郎公在，生卒年不詳，即明代郎奎金，字公是，兆玉子，浙江省錢塘縣人。曾將《爾雅》《釋名》(此稱《逸雅》)《小爾雅》《廣雅》《埤雅》五書合一，定名《五雅》。

㉗康成，即鄭康成、鄭玄(127—200)，東漢經學家。字康成，世稱“後鄭”，以别於“先鄭”鄭興、鄭衆父子。北海高密人。入太學學今文《易》和公羊學，又從張恭祖學《古文尚書》《周禮》《左傳》等，最後從馬融學古文經。游學歸里後，聚徒講學，弟子衆至千人。以黨錮之禍被禁，潛心著述，以古文經説爲主，兼采今文經説，遍注群經，成爲漢代經學的集大成者，稱“鄭學”。在整理古代歷史文獻上頗有貢獻。但喜綜合，以《周官》爲真周制，凡不合者皆歸入殷制；以《禮》注《詩》，造成許多附會。今通行本《十三經注疏》中《毛詩》、“三禮”注，即采用鄭注。另注《周易》《論語》《尚書》和緯書；又作《發墨守》《箴膏肓》《起廢疾》，以反駁何休。並撰《六藝論》《駁〈五經異義〉》等，均佚，清袁鈞《鄭氏佚書》、馬國翰《玉函山房輯佚書》有輯本。孔廣林《通德遺書所見録》、黄奭《高密遺書》也有輯載。

㉘茂先，即張華(232—300)，西晋大臣、文學家。字茂先，范陽方城人。晋初任中書令，加散騎常侍。排除異議，力勸武帝定滅吴之計。統一後出爲持節都督幽州諸軍事，加强了對東北地區的統治。惠帝時，歷任侍中、中書監、司空，封壯武郡公。後被趙王司馬倫和孫秀所殺。以博洽著稱，其詩委婉妍麗，《詩品》評爲“兒女情多，風雲氣少”，也有感慨憂時之作。原有集，已散佚，明人輯有《張茂先集》，收入《漢魏六朝百三名家集》。另著有《博物志》。

㉙振奇，發揚新奇。

㉚浮湛，隨波逐流。喻升降、盛衰、得失。仕路，進身爲官之路，指官場。

㉛氈,同"氈"。一氈,僅有一塊氈席。一氈故吾,是指安貧樂道,保持本我。

㉜喆,同"哲"。

㉝汎,同"泛"。

㉞崕岸,山崖,堤岸。崕,yá,同"崖"。

㉟"盧敖蒙谷之游,睹聳身而入雲清者",此二句指《神仙傳》所載盧敖事迹。盧敖(前275—前195),燕國人,在嶧山修仙,後雲游名川大山,至北海,在月圓之夜,上到月亮之上,然後從月亮上進入入道之門,最後來到蒙轂山。後遇一道士(若士),對其點化後,縱身從蒙轂山飛入雲霧中。

㊱恧然,慚愧貌。恧,nǜ,慚愧。色沮,神情沮喪。

㊲無爲,不要。咲,同"笑"。本文落款爲"丙寅冬日吴本泰書於艇軒"。丙寅,明熹宗天啓元年,1621年。

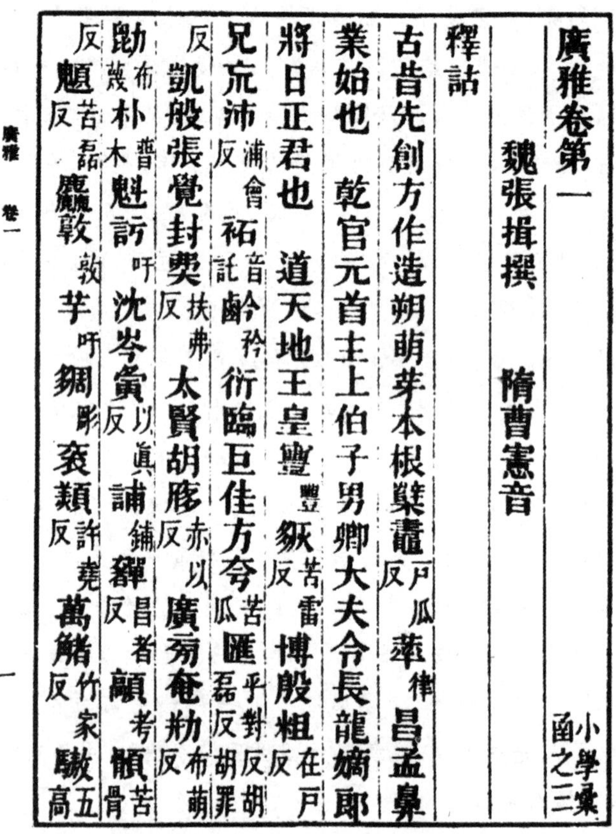
廣雅卷第一　小學彙函之三
魏張揖撰　隋曹憲音
釋詁
古昔先創方作造朔萌芽本根蘖鼃戶瓜反蓽律昌孟鼻
業始也　乾官元首主上伯子男卿大夫令長龍嫡郎
將日正君也　道天地王皇蠻豐豯苦雷反博般粗在戶
兄宂沛浦會反祏音託齡音玲衍臨巨佳方夸苦瓜匯乎對反磊胡罪胡
凱般張覺封奘扶弗反太賢胡彤赤以反廣翁奄㧑布萌反
勵布蔑朴普木魁訏吁沈岑以真反寅誧鋪䩞昌者反顴考頫苦骨
反魋苦磊反龐敦敦芋吁𡖖彤袞類許堯反萬艒竹家反駿五高
廣雅　卷一　一

图5　《广雅》武林郎奎金堂策檻本书影

玉篇

中国人独爱玉温润的气质，所珍所爱之物喜冠以“玉”字，如“玉体”“玉人”“玉心”“玉文”……不胜枚举。顾野王的《玉篇》以“玉”为名，自此字书便常以“玉”为称，“玉篇”也成为字书的代称，足见其影响之深远。

同为字书，与前代《说文》相比，《玉篇》主要的改动体现在以下六个方面：

一是字体上的变迁，《玉篇》训释的主要对象为楷书，因此本书也是中国第一部楷书字典，这与《说文》主训小篆有所不同。楷体为当时的正体，为通行文字，这也说明辞书编纂趋势由《说文》时代的关注“援古”变而为“证今”。

二是释义重点的更迭，《玉篇》主训汉字音义，但解释汉字形体构造并非重点，这与《说文》以六书理论分析汉字的做法不同，体现当时辞书编纂已将关注点更多投射到现实层面。

三是辞书结构上的变化，《玉篇》一改《说文》五百四十部首体系，将其调整为五百四十二部首体系。部序也打破原有《说文》“据形系联”的原则，将“以类相从”作为首要的排序方法，如将与人相关的部首字“人”“儿”“父”“臣”“男”等列在一处，更便于查检。

四是《玉篇》加入反切注音，今本《说文》虽也有反切注音，但多为后人所加，原本《说文》注音方法多为直音、譬况、读如、读若。将反切法引入辞书，一改原有注音方式单一粗陋之弊，不可不谓是种进步。

五是收字上的改变。据唐代封演《闻见记》所考，原本《玉篇》共一万六千余字，现存本为二万二千余字，疑为后人增订。汉字孳乳本是时代发展的必然趋势，因此，后代辞书收字上自然会超越前代。

六是引证内容上的丰富，《说文》以降出现系列字书，如《古今字诂》《字林》《古今文字》《字统》《字书》《广雅》《埤仓》等，这些辞书现多不存，但是却为《玉篇》的编纂提供丰富的引证参考。

《玉篇》的作者为南朝梁顾野王，原名顾体伦，因其仰慕西汉名仕冯野王，改名顾野王。字希冯，吴郡吴县人。南朝梁陈间官员、著名地理学家、文字训诂学家、史学家。居于亭林，人称顾亭林。梁武帝大同四年(538)任太学博士，陈时为国子博士、黄门侍郎、光禄大夫，通经史，擅丹青。陈太建十三年(581)卒，诏赠秘书监、右卫将军。

《玉篇》撰于梁武帝大同九年(543)，此后，唐上元元年(674)，孙强增收了一些汉字，世称上元本，已佚。之后，宋大中祥符六年(1013)，陈彭年、吴锐、丘雍等奉命收集并重新编修，即《大广益会玉篇》，原本《玉篇》由于被后人改动甚大，已本貌尽失。后来，原本《玉篇》残卷在日本被发掘，学界将其称为《玉篇零卷》，这些零卷注文相近，引证丰富，不乏顾氏所注按语，可惜所存太少，不过原书十之一二。日本空海和尚曾于唐贞元二十年(804)来华留学，有幸得睹原本《玉篇》，以为基础编纂了日本第一部汉字字典——《篆隶万象明义》。正因于此，该书对我们研究原本《玉篇》亦有一定参考价值。

《大广益会玉篇》现存版本有“小学汇函”本，“泽存堂”本、曹寅“楝亭五种”本三种。

当下《玉篇》研究著作包括周祖庠《原本〈玉篇〉零卷音韵》、朱葆华《原本〈玉篇〉文字研究》、李浩《〈玉篇〉文献考述》、李浩《珍本〈玉篇〉音义集成》、李昕皓《重要日本汉籍引原本〈玉篇〉辑考》等。

《玉篇》东传朝鲜半岛及日本后，对其汉字辞书的影响甚大，出现系列衍生文献，日本的“倭玉篇”、“和玉篇”已成为固定辞书体式。后来“玉篇”成为朝日汉字辞书的代称，如日本明治二年(1869)讷堂真谊《校刻新增玉篇》、明治五年(1872)中村原八郎《四声玉篇大全》、朝鲜《全韵玉篇》(编者不详，成书约为18世纪末)。在相当长的历史时期，中国辞书是汉字文化圈国家学习、效仿的对象，“墙内开花墙外香”的现象时有发生，后来的《字汇》《康熙字典》亦有类似的情况。

本书所收的两篇序文皆为顾野王所作，详述其编著此书之因由，文辞骈俪古雅，学习之余，亦可作为美文赏析。

【例字分析】

<table>
<tr><td>天</td><td>第一・上部</td><td>他前切。《説文》曰:“天,顛也,至高無上,從一、大。”《爾雅》曰:“春爲‘蒼天’,夏爲‘昊天’,秋爲‘旻天’,冬爲‘上天’。”《詩傳》云:“尊而君之則稱‘皇天’,元氣廣大則稱‘昊天’,仁覆閔下則稱‘旻天’,自上降監則稱‘上天’,據遠視之蒼蒼然則稱‘蒼天’。”《吕氏春秋》云:“天有九野:東方蒼,東南方陽,南方炎,西南方朱,西方顥,西北方幽,北方玄,東北方變,中央鈞。”《太玄經》曰:“九天:一爲中,二爲羨,三爲從,四爲更,五爲睟,六爲廓,七爲減,八爲沈,九爲成。”《釋名》曰:“天,豫、司、兗、冀以舌腹言之;天,顯也,在上高顯也;青、徐以舌頭言之:天,坦也,坦然高而遠也。”</td><td rowspan="4">按:此四字选自《大广益会玉篇》,其释义体例基本按照“反切+引书释义/释义+字际关系”。其中对于《说文》的引用,有的字引其对字形的分析,有些字则删略此部分内容,或因楷书字体改变,部分《说文》析字内容不再适用所致。</td></tr>
<tr><td>地</td><td>第二・土部</td><td>題利切。《説文》曰:“元氣初分,輕清陽爲天,重濁陰爲地,萬物所陳列也。”《周禮》:“司徒掌土會之灋,辨五地之物生。一曰山林,動物宜毛,植物宜皁;二曰川澤,動物宜鱗,植物宜膏;三曰丘陵,動物宜羽,植物宜覈;四曰墳衍,動物宜介,植物宜莢;五曰原濕,動物宜贏,植物宜叢。”墬,籒文。</td></tr>
<tr><td>玄</td><td>第三百十九・玄部</td><td>胡淵切。幽遠也,妙也。又黑色。𢆯,古文。</td></tr>
<tr><td>黄</td><td>第二・黄部</td><td>胡光切。中央色也。馬病色也。</td></tr>
</table>

《玉篇》序

南朝梁·顧野王

昔在庖犧,始成八卦;暨乎蒼頡[①],肇創六爻[②]。政罷結繩,教興書契[③],天粟晝零,市妖夜哭[④],由來尚矣。爰至玄龜龍馬負河洛之圖[⑤],赤雀素鱗摽受終之命[⑥],鳳羽爲字,掌理成書[⑦]。豈但人功,亦猶天授。故能傳流奥典,鉤探至賾[⑧],揚顯聖謨[⑨],耀光《洪範》[⑩]。

文遺百代,則禮樂可知;驛宣萬里[⑪],則心言可述。授民軌物[⑫],則縣方象魏[⑬];興功命衆,則誓威師旅。律存三尺,政仰八成。聽稱責於附别,執士師於兩造[⑭]。勒功名於鐘鼎,頌美德於神祇。故百官以治,萬民以察。雕金鏤玉[⑮],升崧岱而告平[⑯];汗竹裁練[⑰],寫憲章而授政。莫不以版牘施於經緯[⑱],文字表於無窮者矣。所以垂帷閉户而覿遐年之世[⑲],藏形晦迹而識遠方之風[⑳]。遵覽篆素以測九垓[㉑],則靡差膚寸[㉒];詳觀記録以游八裔[㉓],則不謬毫釐。鑒水鏡於往謨[㉔],遣元龜於今體[㉕]。仰瞻景行[㉖],式備昔文;戒慎荒邪[㉗],用存古典。故設教施法[㉘],無以尚兹[㉙];經世治俗,豈先乎此?但微言[㉚]既絶,大旨亦乖。故五典三墳[㉛],競[㉜]開異義;六書八體,今古殊形。或字各[㉝]而訓同,或文均[㉞]而釋異。百家所談,差互不少;字書卷軸,舛錯尤多。難用尋求,易生疑惑。猥承明命,預纘過庭[㉟],總會衆篇,校讎群籍,以成一家之制,文字之訓備矣。而學慙[㊱]精博,聞見尤寡;才非通敏[㊲],理辭彌躓[㊳]。既謬先踪,且乖[㊴]聖旨。謹當端笏擁篲[㊵],以俟嘉猷[㊶]。

注释：

①暨，至也。

②肇，創，開端。六爻，《易》卦之畫曰爻。六十四卦中，每卦六畫，故稱。

③“政罷結繩”，此處可參《〈說文〉敘》：“及神農氏結繩爲治，而統其事，庶業其繁，飾僞萌生。”隨着文明的發展，社會事務愈發複雜，統治者無法再用結繩的方法管理政務。教，教化。

④“天粟晝零，市妖夜哭”，見《淮南子·本經訓》：“昔者蒼頡作書，而天雨粟，鬼夜哭。”

⑤爰，介詞，從，到。河洛之圖，語出易經《系辭·上》“河出圖，洛出書”。這是古代儒家關於《周易》卦形來源及《尚書·洪範》“九疇”創作過程的傳説。河，黄河。洛，洛水。據漢儒孔安國、劉歆等人的解説：伏羲時有龍馬出於黄河，馬背有旋毛如星點，稱作龍圖。伏羲取法以畫八卦，生蓍法。夏禹治水時有神龜出於洛水，背上有裂紋，紋如文字。禹取法而作《尚書·洪範》“九疇”。見《書·顧命》《洪範》之孔傳、《漢書·五行志上》。古人認爲出現“河圖洛書”是帝王聖者受命之祥瑞。

⑥赤雀，傳説中的瑞鳥。素鱗，白色的魚。摽，通“標”，標志。受終，承受帝位。

⑦掌理，主管辦理。

⑧鉤探，搜尋探取。鉤，同“鈎”。賾，深奥。

⑨聖謨，出自《書·伊訓》：“聖謨洋洋，嘉言孔彰。”本謂聖人治天下的宏圖大略，後亦爲稱頌帝王謀略之詞。

⑩《洪範》，《尚書》篇名。洪，大。範，法、規範。舊傳爲商末箕子向周武王陳述的“天地之大法”；近人或疑爲戰國時期的作品。文中提出治國理政的各項政治經濟原則，分爲九疇（九類），認爲龜筮可以預卜人事吉凶禍福，國家的治亂興衰能影響氣候的變化，後成爲漢代“天人感應”等學説的理論根據。其中以水、火、木、金、土五行説來闡釋自然現象，是中國古代哲學思維的萌芽，後來與陰陽説結合在一起。

⑪驛，《正字通》：“稱頌人曰驛其聲而吟之。”

⑫軌物，軌範，準則。

⑬象魏，古代天子、諸侯宫門外的一對高建築，亦叫“闕”或“觀”，爲懸示教令的地方。

⑭“聽稱責以附别”，鄭玄注：“稱責，謂貸子。”賈公彦疏：“貸子者，謂貸而生子者，若今舉責。”“責”，古“債”字。附别，謂券書也。聽訟責者以券書决之。附，附著約束於文書；别，别爲兩，兩家各得一也。士師，古代法官的通稱。兩造，法律行爲或訴訟行爲的雙方當事人，如原告和被告，其中的一方稱爲“一造”。這兩句是説文字在社會中的實際功用。

⑮雕金鏤玉，刻鏤的金飾、玉石，比喻寫作華美的文辭。

⑯升，登。崧，同“嵩”。崧岱，嵩山和泰山的並稱。告平，祭告平安。

⑰汗竹，借指史籍、書册。裁，删削。練，撿，選。

⑱經緯，指文章結構的縱横條理。

⑲垂帷閉户，指專心讀書。覿，dí，見。遐年，久遠的年代。

⑳晦，昧也。風，風俗。

㉑篆素，寫篆書於素帛。九垓，亦作“九陔”，中央至八極之地。

㉒靡，不。膚寸，古代長度單位。一指寬度爲寸，伸直四指的寬度爲膚（一膚爲四寸）。

㉓八裔，八方邊遠地區。

㉔水鏡，猶明鏡，明澈如水之映物，故稱。謨，計謀，策略。

㉕元龜，大龜。古代用於占卜。借指謀士。今體，指楷書書體。

㉖景行，出自《詩經·小雅·車轄》“高山仰止，景行行止”。景行，大路，比喻行爲光明正大。

㉗戒慎，指警惕謹慎。荒邪，荒蠻不正。

㉘設教，實施教化，指辦學。施法，施行法力。

㉙尚，超過。

㉚微言，含蓄而精微的言辭。

㉛五典三墳，猶言“三墳五典”。泛指古代典籍。

㉜競，争相。

㉝各，彼此不同。

㉞均，等同。

㉟纘，zuǎn，繼承。過庭，典故名，典出《論語・季氏》。孔鯉"趨而過庭"，其父孔子教訓他要學詩、學禮。後因以"過庭"指承受父訓或徑指父訓，亦喻長輩對晚輩的訓誡。

㊱慙，cán，亦作"慚"，羞愧。

㊲通敏，意思是通達聰慧。

㊳彌，滿，遍。躓，zhì，受挫不順。

㊴乖，違背。

㊵端笏擁簪，古代笏以記事，簪筆以備寫，臣僚奏事執笏簪筆。

㊶嘉猷，治國的好規劃。

《玉篇》啓

南朝梁·顧野王

竊聞,兩儀俶啟[①],九皇始君[②]。情性初動,有巢肇制[③],三聖代立[④],十紀遞興[⑤]。龍牒浮河,龜書起洛。八卦既陳,六爻攸敘[⑥]。篆素之流,是焉而出。至於精課源妙[⑦],求其本始;末學敷淺[⑧],誠所未詳。雖復研考六經,校讎百氏[⑨],殊非庸菲所能與奪[⑩]。謹依條例同異,具以上呈。

伏惟聖皇馭寓[⑪],膺籙受圖[⑫],德尚昊軒,功超媯姒[⑬],通妙廣運[⑭],乃聖乃神。經天曰文,止戈爲武。百工維理[⑮],庶績咸熙[⑯]。勸以九歌[⑰],撝之八柄[⑱]。修文德以來要服[⑲],舞干戚以格有苗[⑳]。是故仁風所扇,九服蒙靈[㉑]。正朔可班[㉒],四荒懷德[㉓]。取衣雒樹,則肅慎識受命之興[㉔];夷波海水,則越裳知聖人之德[㉕]。豈但中和樂職[㉖],近播岷峨[㉗];德廣所覃[㉘],旁流江漢。殿下天縱岳峙[㉙],叡哲淵凝[㉚]。三善自然[㉛],匪須勤學;六行前哲[㉜],寧以勞喻。是以聲覃八表,譽泱九垓[㉝],規範百司[㉞],陶鈞[㉟]萬品,猶復留心圖籍[㊱],俛情篆素[㊲],糾先民之積謬,振往古之重疑。簡册所傳,莫令比盛[㊳]。

野王沾濡聖道[㊴],沐浴康衢[㊵],不揆愚淺,妄陳狂蜎[㊶],徒夢收腸,終當覆瓿[㊷],空思朱墨[㊸],耀必無傳,悚悸交心[㊹],罔知攸錯。謹啓[㊺]。

注释:

①兩儀,即天地。俶啟,猶開始。俶,chù,開始。啟,同“啓”。

②九皇,統稱少典之前的九位部落首領。《史記·秦始皇本紀》:“古有天皇,有地皇,有泰皇,泰皇最貴。”後期著作增補了前後三皇,故有前三皇、中三皇、後三皇之分,合爲九皇。

③有巢,又稱“有巢氏”,號“大巢氏”。五氏之一,是昊英氏之後的又一位遠古時代部落首領,居住在古黄河下游一帶。肇制,創制,創立制度。

④三聖,三個聖人。指堯、舜、禹。代立,繼位爲君。立,通“位”。

⑤十紀,古代傳説,自天地開闢,人皇以來,至春秋魯哀公十四年,共二百七十六萬年,分爲十紀——九頭、五龍、攝提、合雒、連通、序命、循蜚、因提、禪通、疏訖,見《廣雅·釋天》。遞興,交替興起,依次興起。

⑥攸,文言虚詞,無實義。

⑦課,占卜。

⑧末學,指非正統之學。敷淺,敷,通“膚”,“敷淺”同“膚淺”。

⑨百氏,猶言諸子百家。

⑩菲,菲薄。

⑪馭寓,同“馭宇”,統治宇内。寓,籀文“宇”。

⑫膺,接受,承擔。籙,同“箓”,謂天賜符命之書,作爲御制天下的憑證。受圖,意思是帝王受命登位。

⑬昊,昊英,傳説中的古帝。《商君書·畫策》:“昔者昊英之世,以伐木殺獸,人民少而木、獸多。”軒,代指軒轅,傳説中的上古帝王黄帝的名號。嬀,guī,《説文》:“虞舜居嬀汭,因以爲氏。”姒,sì,《康熙字典》:“姓也,禹之後。”昊、軒、嬀、姒代指遠古帝王,“德尚昊軒,功超嬀姒”用以贊譽聖上。

⑭廣運,猶廣遠。

⑮百工,各類手工業。理,治。

⑯庶績,各種事業。熙,興盛。

⑰勸,鼓勵,勉勵。九歌,古代樂曲,相傳爲禹時樂歌。

⑱撝,wéi,輔佐。八柄,古代帝王統馭臣下的八種手段,即爵、禄、予、置、生、奪、廢、誅。

⑲來,使動用法,使之歸順。要服,泛指邊遠地區。

⑳舞干戚,古代武舞執干戚。格,擊打。有苗,即三苗,古代一個部落。

㉑九服，王畿以外的九等地區，即侯服、甸服、男服、采服、衛服、蠻服、夷服、鎮服、藩服。《周禮·夏官·職方氏》："乃辨九服之邦國。"後泛指全國各地區。《宋書·武帝紀中》："王略所宣，九服率從。"蒙，蒙受。靈，福，善。

㉒正朔，帝王新頒的曆法。班，頒布，後作"頒"

㉓四荒，四方荒遠之地。懷德，懷念恩德。

㉔肅慎，古民族名。古代居於我國東北地區。周武王、成王時曾以楛矢、石砮來貢。一般認爲漢以後的挹婁、勿吉、靺鞨、女真都與之有淵源關係。亦泛指遠方之國。

㉕越裳，亦作"越常"，亦作"越嘗"，古南海國名。

㉖中和，中正平和。樂職，樂於職守。劉向《説苑·君道》："是以主無遺憂，下無邪慝，百官能治，臣下樂職，恩流群生，潤澤草木。"

㉗岷峨，岷山和峨眉山的並稱。播，傳揚。

㉘覃，延長，延及。

㉙天縱，上天賦予，才智超群，多用對帝王諛辭。岳峙，亦作"岳跱"，謂如高山聳立。

㉚叡哲，神聖而明智，古代頌揚帝王的用語。叡，同"睿"。淵凝，謂深厚。

㉛三善，指臣事君，子事父，幼事長的三種道德規範。自然，不經人力干預而自由發展。

㉜六行，西周大司徒教民的六項行爲標準，即孝、友、睦、姻、任、恤，見《周禮·地官司徒》。前哲，前代的賢哲。

㉝覃，tán，延長延及。八表，八荒，指極遠之地。九垓，亦作"九陔"，中央至八極之地。垓，gāi，荒遠之地。

㉞百司，大臣，王公以下百官的總稱。

㉟陶鈞，比喻治國的大道。萬品，指萬類。

㊱圖籍，圖簿，地圖和户口册。常指疆土、百姓。

㊲俛，同"俯"。

㊳比，能够匹配。

㊴沾濡，浸濕，多指恩澤普及。聖道，聖人之道，也特指孔子之道。

㊵康衢，四通八達的大路。

㊶陳，陳述。狂蝟，亦作“狂猥”，狂妄褊急。書疏中常用作謙辭。

㊷徒夢收腸，《文選·揚雄〈甘泉賦〉》題解，“李善注”引漢桓譚《新論》：“雄作《甘泉賦》一首，始成，夢腸出，收而内之，明日遂卒。”後用“夢腸”形容寫作構思之苦。覆瓿，喻著作毫無價值或不被人重視，亦用以表示自謙。瓿，bù。

㊸朱墨，古代官府文書，用朱墨二色，因用作公文代稱。

㊹悚悸，亦作“悸竦”，恐懼。

㊺啓，稟報。

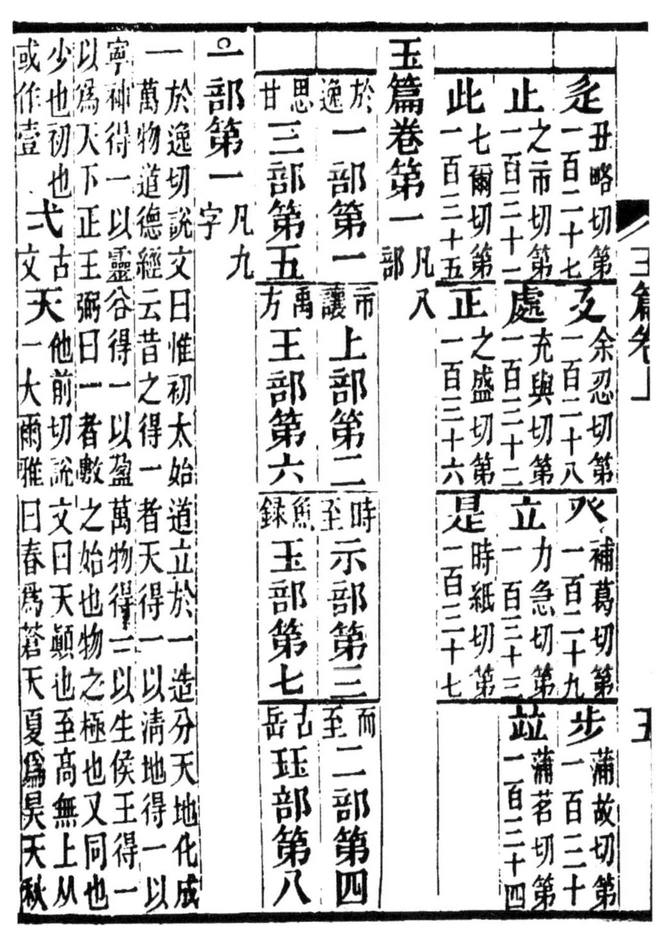
辵 丑略切第一百二十七　廴 余忍切第一百二十八　癶 補葛切第一百二十九　步 蒲故切第一百三十
止 之市切第一百三十一　處 充與切第一百三十二　立 力急切第一百三十三　竝 蒲茗切第一百三十四
此 七爾切第一百三十五　正 之盛切第一百三十六　是 時紙切第一百三十七

玉篇卷第一 部凡八

一部第一 於逸　上部第二 市讓　示部第三 時至　二部第四 而至
三部第五 思甘　王部第六 禹方　玉部第七 魚錄　珏部第八 古岳

一部第一 凡九字

一 於逸切說文曰惟初太始道立於一造分天地化成萬物道德經云昔之得一者天得一以清地得一以寧神得一以靈谷得一以盈萬物得一以生侯王得一以爲天下正王弼曰一者數之始也物之極也又同也少也初也或作壹 弌 古文 天 他前切說文曰天顛也至高無上从一大爾雅曰春爲蒼天夏爲昊天秋

图 6 《玉篇》张世泽春堂本书影

干禄字书

《论语》有“子张学干禄”语，“干禄”意为求取俸禄，也就是求官。颜元孙的《干禄字书》便是一部功能明确，旨在指导人们规范使用汉字，满足求官取仕之需的规范辞书。中国自古便有“学而优则仕”的传统，书写规范的正字为科举求官的必需，但确定何为正字并非易事。究其根本，在于前代魏晋南北朝，地方割据，南北阻隔，文字趋简，俗讹激增，渐失规范。唐统一后，便开始采取系列措施，规范文字，辨别俗讹异体，于是涌现大量起到规范、正字作用的“字样”辞书，《干禄字书》为其中代表。

颜元孙出自历史上著名的琅琊颜氏，其族人在语言文字领域颇有建树，如颜之推、颜师古、颜真卿。颜元孙相关生平可参《大唐朝议大夫守华州刺史上柱国赠秘书监颜君神道碑铭》。少孤，寄居于舅父殷仲容家，由殷氏教授书法。自幼聪颖超群，善于文辞，工于书隶。垂拱初年，举进士，历官长安县尉、太子舍人，出任滁、沂、濠三州刺史。开元二十年(732)秋七月初三，逝于绛州翼城县官舍。广德二年(764)春三月廿二日，追赠秘书监。唐玄宗时，身遭诬奏，黜归田里，乡居十载，写成《干禄字书》。

《干禄字书》编纂参照的蓝本为颜师古的《颜氏字样》、杜延业的《群书新定字样》等字样书。全书收字一千四百八十五个，共七〇七组，说明收字并不全面，仅收需要辨析形体之字。先依平上去入四声分部，再按平水韵排列，次以偏旁排列，这种依照语音、形体双重标准的辞书结构有别前代字书，应是受韵书结构的影响。《干禄字书》所收字依俗、通、正三体排列，若无通、俗体则不列。有别于传统字书讲解汉字形音义三方面信息，该书主要辨析汉字俗通正三体，音义方面信息极少，偶尔出现也多为辨析字体。正因于此，《干禄字书》有别于传统字书，并不能充分地满足人们查疑解惑之需，但可作为辨析字际关系的重要参考。书中的“俗”指“例皆浅近，唯借账文案、券契、药方”与当下“俗体字”相类——即为民间流传，不符合规范的汉字；“通”指“相承久远，可以施表奏笺，尺牍判状”，即沿用已久，通行公文的异体字；“正”为“并有凭据，可以施著述文章，对策碑碣”，指写入著作、有历史来源依据的文字。颜元孙认为俗体“非涉雅言，用亦无爽，傥能改革，善不可加”。他认为通体虽然“固免诋诃”，但“若须作文言及选曹铨试，兼择正体用之佳”。正体的地位最高，故而，“进士考试，理宜必遵正体”。可见，《干禄字书》定俗、通、正三体并非为了消灭异体，而是限定汉字的使用范围，旨在为为官之人公文写作规范使用汉字提供参考。

宋娄机曾撰《广〈干禄字书〉》五卷，为续颜元孙的《干禄字书》而作，今已失传。现存《干禄字书》版本有明万玉堂刊本、明崇祯十三年张延登刊本、“格致从书”本、“夷门广牍”本、《说郛》本、《同文考证》本、“后知不足斋丛书”本、“丛书集成初编”影印“夷门广牍”本、“四库全书”本、清顺治间宛委山堂刻本、清道光钟谦钧辑本、日本宝永四年刻本。研究著作包括刘中富《〈干禄字书〉字类研究》。

【例字分析】

<table>
<tr><td>聰</td><td rowspan="4">平声</td><td>聡聦聰，上中通，下正，諸從悤者並同，他皆放此。[①]</td><td rowspan="4">按：由于原定例字该书无，故选《干禄字书》前四例分析。其内容主要分辨字际关系，此外也说明古今用字习惯差异。如“童”“僮”，《说文》，“僮，未冠也，从人童声”“童，男有辠曰‘奴’，奴曰‘童’，女曰‘妾’”。二字字义古今交错，如不分辨，确实会困扰阅读。此外，原文为竖版，故用“上”“中”“下”表述字序。</td></tr>
<tr><td>功</td><td>㓛功，上俗下正。</td></tr>
<tr><td>蒙叢箭</td><td>蒙蒙藂叢筩箭，並上通下正。</td></tr>
<tr><td>童</td><td>上童，幼下。僮，僕。古則凡是，今則不行。</td></tr>
</table>

《干禄字書》序

唐·顔元孫[1]

《史籒》[2]之興，備存往制。筆削[3]所誤，抑[4]有前聞。豈唯豕上加三[5]，蓋亦馬中闕五[6]，迨斯以降，舛謬是繁[7]，積習生常[8]，爲弊[9]滋甚。元孫伯祖，故秘書監[10]，貞觀中刊正[11]經籍，因録字體數紙[12]，以示讎校。楷書當代共傳，號爲《顔氏字樣》[13]，懷鉛是賴[14]，汗簡攸資[15]，時訛頓遷，歲久還變，後有《群書新定字樣》[16]，是學士杜延業續修，雖稍增加，然無條貫，或應出而靡載，或詭衆而難依[17]。且字書源流起於上古，自改篆行隸[18]，漸失本真，若總據《説文》，便下筆多礙，當去泰去甚[19]，使輕重合宜。不揆庸虚[20]，久思編緝，頃因閒暇[21]，方契宿心[22]。遂參校是非，較量同異，其有義理全僻，罔弗畢該[23]，點畫小虧，亦無所隱，勒成一卷，名曰“干禄字書”，以平上去入四聲爲次(每轉韵處，朱點其上)。具言俗通正三體(大較[24]則有三體，非謂每字總然)。偏旁同者，不復廣出(謂“忩”“殳”“氐”“囘”“臼”“召”之類是也)。字有相亂因而附焉(謂“彤”“肜”、“宂”“究”、“禕”“褘”之類是也)。所謂俗者，例皆淺近，唯藉帳、文案[25]、券契、藥方，非涉雅言，用亦無爽，儻能改革，善不可加。所謂通者，相承久遠，可以施表奏、箋啓，尺牘、判狀，固免詆訶[26](若須作文言及選曹銓試[27]，兼擇正體用之佳)。所謂正者，並有憑據，可以施著述、文章、對策、碑碣[28]，將爲允當[29](進士考試，理宜必遵正體，明經對策，貴合經注，本又碑書，多作八分[30]，任别詢舊則)。有此區别，其故何哉？夫筮仕觀光[31]，惟人所急，循名責實[32]，有國恒規，既考文辭，兼詳翰墨㉝，昇沉是繫㉞，安可忽諸？用捨之間，尤須折衷㉟，目以干禄，義在兹乎！綆短汲深㊱，誠未達於涯涘㊲，岐多路惑，庶有歸於適從㊳，如曰不然，請俟來哲㊴。

注释：

①顔元孫，生年不詳，卒于开元二十年(732)，字聿修。琅琊臨沂人。曾任洛陽丞、著作佐郎等職。玄宗監國，使獨掌令誥。文學家顔之推玄孫，學者顔師古從孫。

②《史籀》，亦爲《史籀篇》，蒙學課本。《漢書・藝文志》著録《史籀》十五篇，謂周宣王太史作，以教學童，字與孔子壁中古文異體，秦人所作《倉頡》《爰曆》《博學》，文字多取自此篇。

③筆削，指著述。筆，書寫記録；削，删改時用刀削刮簡牘。

④抑，表示推測。

⑤豕上加三，出自《吕氏春秋・察傳》："子夏之晋，過衛，有讀史記者曰：'晋師三豕涉河。'子夏曰：'非也，是己亥也。夫"己"與"三"相近，"豕"與"亥"相似。'至於晋而問之，則曰晋師己亥涉河也。"此处指文献傳抄過程中因字形相近导致的訛誤。

⑥馬中闕五，出自《史記・萬石張叔列傳》，石建上書誤寫"馬"字一事。"馬中闕五"即"馬"字在書寫時脱漏了一筆，下部表示馬尾和四蹄的五個筆劃有所缺失，出現錯别字。

⑦迨，等到。斯，這。以降，以後。是，同"實"。繁，多。

⑧積習，長久以來形成的習慣。生，正在學習的人。

⑨弊，弊病，弊害。

⑩"元孫伯祖，故秘書監"，此處指顔元孫的伯祖父顔師古。顔師古(581—645)，名籀，字師古，以字行。雍州萬年人，祖籍琅琊臨沂，經學家、訓詁學家、歷史學家，曾著《顔氏字樣》《匡謬正俗》《漢書注》《急就章注》等。

⑪刊正，校正。

⑫禄，同"録"。字體，同一種文字的書法的不同形體，如漢字手寫的楷書、行書、草書。

⑬《顔氏字様》,爲唐代初年顔師古所撰的字様書,顔師古于唐太宗時任秘書監,故又稱《顔監字様》,已佚。

⑭懷鉛,從事著述。

⑮汗簡,以火炙竹簡,簡會出汗,所以稱汗簡,也稱殺青,供書寫所用。

⑯《群書新定字様》,唐杜延業所作字様書。

⑰詭,違。

⑱隷,同"隸"。

⑲"去泰去甚",適可而止,不可過分。語本《老子》:"天下神器不可爲也。爲者敗之,執者失之……是以聖人去甚、去奢、去泰。"

⑳不揆,自谦之词,不自量。庸虚,才能低下,學識淺薄,自謙之詞。

㉑頃,剛剛。閒,同"閑"。

㉒方,正,恰。契,相合。宿心,本来的心意,向来的心愿,与"宿愿"意思相近。

㉓畢,全部。該,同"賅",完備。

㉔大較,大概,大略。

㉕藉,同"借"。

㉖詆訶,dǐ hē,亦作"詆呵"。詆毁,呵責,指責。

㉗選曹,官名。主銓選官吏事。銓試,通過考試進行選拔。

㉘對策,指古時就政事、經義等設問,由應試者對答。自漢起作爲取士考試的形式,也指對付的辦法或策略。碑碣,古人把長方形的刻石叫"碑"。把圓首形的或形在方圓之間,上小下大的刻石,叫"碣"。秦始皇刻石紀功,大開樹立碑碣的風氣。東漢以來,碑碣漸多,有碑頌、碑記、又有墓碑,用以紀事頌德,碑的形制也有了一定的格式。後世碑碣名稱往往混用。

㉙允當,平允,適當。

㉚八分,與隸書相近。一般認爲左右分背,勢有波磔,故稱"八分"。

㉛筮仕,古人將出做官,卜問吉凶;亦指初出做官。觀光,觀見國之盛德光輝。

㉜循名責實,按照名稱或名義尋求實際内容,使名實相符。《韓非子·定法》:"因任而授官,循名而責實。"循,依著。責,求。

㉝翰墨，原指筆、墨，借指文章、書畫。

㉞昇沉，升降。昇，同“升”。舊時謂仕途得失進退。繫，牽涉，關連。

㉟折衷，折中，調和各方面的意見，使之適中。

㊱綆短汲深，拴捅的繩子很短，却要打深井裏的水，比喻能力薄弱，難以勝任艱巨的任務；也比喻學識淺薄不足以領悟深刻的道理。也作“短綆汲深”。綆，gěng，汲水用的绳子。

㊲涯涘，水边，岸，引申爲盡頭。

㊳適從，猶依從。

㊴俟，等待。來哲，後世智慧卓越的人。

《干禄字書》後序

唐·楊漢公[①]

太師魯公[②],忠孝全德,儀刑[③]古今,存道没身,焕乎國史。文學之外,尤工隸書。盡鍾繇之精能,極逸少之楷則[④]。頃因左宦[⑤],曾牧兹郡[⑥],才大事簡,居多餘閑,録《干禄字書》,鐫於貞石[⑦],仍許傳本示諸後生一二。工人用爲衣食業[⑧],晝夜不息,刓缺[⑨]遂多。親侄禺[⑩]頃牧天臺[⑪],懼將磨滅,欲以文字移於他石,資用且乏,不能克終[⑫]。漢公謬憩棠陰[⑬],獲觀墨妙[⑭],得以餘俸成顧之意,自看模勒[⑮],不差纖毫,庶筆踪傳於永永[⑯]。

注释:

①楊漢公,生卒年不詳,字用義,唐虢州弘農人。累官至銀青光禄大夫,檢校户部尚書,使持節鄆州諸軍事,守鄆州刺史,充天平軍節度使,鄆、曹、濮等州觀察處置等使,御史大夫。勳位上柱國。爵弘農郡開國公,食邑二千户。大曆九年(774),顔真卿官湖州刺史時勒《干禄字書》。楊漢公以"餘俸"支付工匠"衣食",故其模本"特爲精詳"。開成四年(839),重刻該書。

②魯公,即顔真卿(709—784),唐代宗時官至吏部尚書、太子太師,封魯郡公,人稱"顔魯公"。

③儀刑,典範,典型。

④鍾繇(151—230),字元常。潁川長社人。三國時期曹魏著名書法家、政治家。精能,精通熟練。逸少,王羲之(303—361),東晋書法家。字逸少,琅琊臨沂人。出身貴族。官至右軍將軍、會稽内史,人稱王右軍。因與王述不和辭官,定居會稽山陰。曾與謝安、孫綽等宴集蘭亭,寫下《蘭亭序》。工書法,早年從衛夫人學,後改變初學,草書學張芝,楷書學鍾繇,博采衆長,精研

體勢，推陳出新，一變漢、魏以來質樸的書風，成爲妍美流便的新體。其書備精諸體，尤擅楷行，字勢遒美多變化，爲歷代學書者崇尚，有“書聖”之譽。與子獻之並稱“二王”。與三國魏鍾繇並稱“鍾王”。書迹刻本甚多，散見宋以來所刻叢帖中。行書保存在唐僧懷仁集書《聖教序》内最多。草書有《十七帖》等。真迹無存，唯有唐人雙勾廓填的行書《姨母帖》《奉橘帖》《喪亂帖》《孔侍中帖》及草書《初月帖》等。楷則，法式，楷模。此二句爲贊譽顔真卿的書法才能。顔真卿因遭遇官場排擠由江西撫州刺史改爲湖州刺史。

⑤頃，最近。左宦，降官，貶職。

⑥兹郡，指湖州。

⑦貞石，碑石的美稱。

⑧衣食業，指維持生活的職業。這裏説的是顔真卿本《干禄字書》拓印較多，流傳較廣。

⑨刓缺，亦作“刓闕”。磨損殘缺。刓，wán，削，刻。

⑩親侄禺，即顔真卿親侄。顔禺，一作“顔顒”。

⑪天臺，位於浙江省東中部。

⑫克終，謂善終。

⑬棠陰，棠樹樹蔭，喻惠政或良吏的惠行。周武王之弟召公，巡行鄉邑，有棠樹，决獄事其下，自侯伯至庶人各得其所，無失職者。召公卒，而民人思召公之政，懷棠樹不忍伐，歌之咏之，作《甘棠》之詩。

⑭墨妙，精妙的書法。

⑮模勒，仿照原樣雕刻。亦指雕刻之文。

⑯永永，謂長遠，長久。本文落款爲“時開成四年六月廿九日”。開成，唐文宗的年號。開成四年，即 839 年。

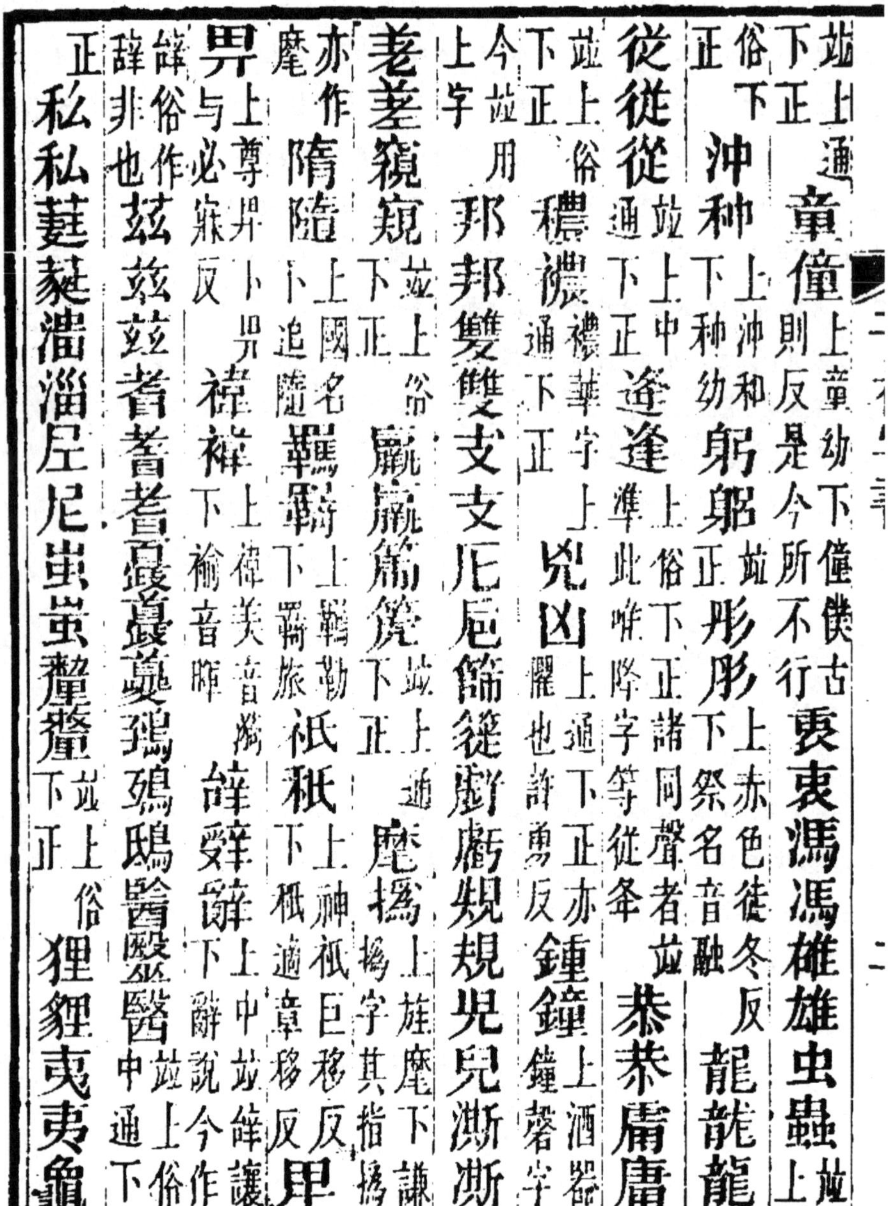

並上通下正 童僮 上童幼下僮僕古則反是今所不行 衷衷 馮馮 雄雄 虫蟲 並上
俗下正 沖沖 上沖和下沖幼 躬躳 並正 彤彤 上赤色徒冬反下祭名音融 龍龍龍
從從從 並上中通下正 逢逢 上俗下正諸同聲者並準此唯降字等從夅 恭恭 庸庸
並上俗下正 穠襛 上襛華字上通下正 兇凶 上通下正亦懼也許勇反 鍾鍾 上酒器下鐘磬字
今並用上字 邦邦 雙雙 支支 厄厄 篩簁 戲戲 規規 兒兒 澌澌
老差 窺窺 並上俗下正 麤麤 觽觽 並上通下正 麾撝 上旌麾下謙撝字其指撝
亦作麾 隋隨 上國名下追隨 羈羇 上羈勒下羇旅 祇祇 上神祇巨移反下祗適章移反 毘
毘 上尊毘下毗与必寐反 褘褘 上褘美音暉下褕音暉 辝辤辭 上中並辝讓下辭說今作
辝俗作辝非也 茲茲茲 耆耆耆 蔑蔑蔑 鴟鴟鴟 醫醫醫 並上俗中通下
正 私私 甦甦 淄淄 尼尼 蚩蚩 釐釐 並上俗下正 狸貍 夷夷 龜

图 7 《干禄字书》清道光钟谦钧辑本书影

广 韵

《切韵》,为隋代陆法言所作韵书,唐初作为官韵,后亡佚,仅余残卷。后人喜欢对其进行增补,知名的有唐王仁昫的《刊谬补缺切韵》、唐孙愐的《唐韵》。北宋陈彭年、丘雍奉命重修《切韵》,作《大宋重修广韵》,后人简称《广韵》。《广韵》之"广"为增广之意。《广韵》被学界视为中古音的代表,是音韵研究的经典。

《切韵》原书约收一万一千五百字,分一百九十三韵,其中平声五十四韵,上声五十一韵,去声五十六韵,入声三十二韵。《唐韵》《广韵》等后续韵书沿用其结构,收字更多,分韵更细,因此称这一时期后续韵书为《切韵》系韵书。《唐韵》共分共一百九十五韵,其中平声五十四韵,上声五十二韵,去声五十七韵,入声三十二韵,该书已佚,收字不详,但是通过《广韵》前所列敕文可知孙愐曾加字。该书虽亡,但宋代徐铉曾用其反切为《说文》注音,因此,《康熙字典》中所列《唐韵》皆出自《说文》。《广韵》全书分五卷,收录二万六千余字,注文十九万余字,分二〇六韵,其中平声五十七韵(上平二十八韵,下平二十九韵),上声五十五韵,去声六十韵,入声三十四韵。全书先分以四声,次依韵(韵腹韵尾相同即为一韵)分部,每韵下设小韵(即一种声母、韵母、声调的组合)。每一小韵下先列反切,收录若干同音字,每一字下列其义,但说解简短、凝练,有时也会转引他书释文。

音韵勃兴于魏晋,出现大批韵书文献,这情况在《切韵序》中已有说明。然而这些材料现均已亡佚,除却时间久远,保存不易等原因外,主要是其"各有乖互",无法被全社会认可,分韵方法无法同时获得各方言区人们的认同。参与草创《切韵》的八人,均为当时音韵领域颇有建树的学者,其中颜之推的《颜氏家训·音辞篇》更为音韵研究千古名篇。《切韵》音系的性质,一些学者认为其为一时一地之音,细者指其为隋唐时期洛阳音、长安方音,原因是颜之推曾在《颜氏家训·音辞篇》中指出:“自兹厥后,音韵锋出,各有土风,递相非笑,指马之谕,未知孰是。共以帝王都邑,参校方俗,考核古今,为之折衷。”可见颜之推认为正音当以“帝王都邑”为准。颜之推是草创《切韵》的学者之一,其关于正音的基本认识应不会与陆法言相左。另外一些学者认为其非一时一地之音,而是包含古今南北方音的复合音系,因为陆法言提及他在编纂《切韵》时“遂取诸家音韵,古今字书”,参考了一些历史文献。综合两种观点,我们认为《切韵》音系当以当时的洛阳音为基础,也吸收了南北方音的一些特点,也参考了历史文献,保留了一些古音。

《广韵》所见版本众多,主要包括:宋刊麻沙本、清康熙四十三年张士俊泽存堂刊本、来薰阁影印泽存堂本、“四部丛刊”影印宋刊巾箱本、“万有文库”本(“国学基本丛书”本同)、“古逸丛书”重刊宋本(“丛书集成初编”“丛书集成新编”“四部备要”本同)、“楝亭五种”本、元泰定二年圆沙书院刊本、“古逸丛书”重刊元泰定本(“丛书集成初编”“丛书集成新编”本同)、明内府刊本、清初昆山顾氏重刊明内府本、“小学汇函”本。此外亦有《钜宋〈广韵〉》,此书是宋孝宗乾道五年(1169)闽中建宁府黄三八郎书铺所刊,题名“钜宋《广韵》”。原书缺卷四去声一卷,旧以元刻略注本配补。内容与监本稍有不同,与南宋刊本、“楝亭五种本”、“四部丛刊”影印宋刊巾箱本有许多相似之处,可能属同一系统。

学界研究《广韵》的热度不减,著作颇丰,有张世禄《〈广韵〉研究》、白涤洲《〈广韵〉通检》、沈兼士《〈广韵〉声系》、方孝岳《〈广韵〉韵图》、闵家骥《怎样学习〈广韵〉》、林涛《〈广韵〉四用手册》、葛信益《〈广韵〉丛考》、李葆嘉《〈广韵〉反切今音手册》、余迺永《新校互注宋本〈广韵〉》、周祖谟《〈广韵〉校本》、李瑞禾《〈广韵〉与现代汉语方言》、黄侃《〈广韵〉校录》、《黄侃手批〈广韵〉》、蔡梦麒《〈广韵〉校释》、严学窘《〈广韵〉导读》、赵少咸《〈广韵〉疏正》、范祥雍《〈广韵〉三家校勘记补释》、朴贞玉《〈广韵〉版本考》、罗伟豪《〈广韵〉与广州话论集》等。

本书所收的三篇序文,第一篇为宋代修《广韵》所作两篇敕文,其一为宋真宗下令修《广韵》,其二是令在前一次的基础上继续刊修;第二篇则是《切韵》的作者陆法言所作的自序,读其可了解其编纂缘由及方法;第三篇序文则是唐代《唐韵》孙愐所作,讲述其增补《切韵》的方法及过程。

【例字分析】

<table>
<tr><td>天</td><td>下平声·一先·天小韵</td><td>上玄也。《説文》曰:“顛也,至高無上。从一大也。”《爾雅》曰:“春爲‘蒼天’,夏爲‘昊天’,秋爲‘旻天’,冬爲‘上天’。”他前切。六。兲。</td><td rowspan="4">按:《广韵》释义结构基本为“释义+引例+(反切)+异体字”模式,体例相对固定。虽为韵书,但其释义也非常丰富,不仅广泛收录前代辞书内容,也从各类文献材料中汲取精华,对姓氏、地理方面的信息考释尤其丰富。此外,不同释义间以“又”相隔,释义层次更为明显。本书所收的四字均为小韵字头,后标注的数字为各小韵所收的字数。如有古文、异体等则列于最后。</td></tr>
<tr><td>地</td><td>去声·六至·地小韵</td><td>土地。《説文》曰:“元气初分,輕清陽爲天,重濁陰爲地,萬物所陳列也。”《元命包》曰:“地者,易也。言養萬物懷任,交易變化,含吐應節。”故立字從大一,一者爲地。又虜複姓,有地連氏、地倫氏。徒四切。二。</td></tr>
<tr><td>玄</td><td>下平声·一先·玄小韵</td><td>黑也,寂也,幽遠也。又姓,《列仙傳》:“有玄俗河間人,無影。”胡涓切。十三。</td></tr>
<tr><td>黄</td><td>平生·十一唐·黄小韵</td><td>中央色也。亦官名,有乘黄令,晋官主乘与金根车也。又州名,古邾國,地秦屬南郡,漢西陵县也;隋为黄州,取古黄城为名。亦姓,出江夏陸終之後,受封于黄,後爲楚所灭,因以爲氏,漢末有黄霸。胡光切。三十。</td></tr>
</table>

《大宋重修廣韵》敕①

宋·趙恒②

四聲成文③,六書垂法④,乃經籍之資始⑤,寔簡册之攸先⑥。自吴楚辨音,隸古分體,年祀浸遠⑦,攻習多門,偏旁由是差譌⑧,傳寫以之漏落,矧⑨注解之未備,諒教授之何從⑩。爰命討論⑪,特加刊正,仍令摹印⑫,用廣頒行,期後學之無疑,俾永代而作則,宜令崇文院⑬雕印,送國子監,依九經⑭書例施行,牒至。准敕故牒,又准。⑮

道有形器之適,物有象數⑯之滋。一爻始畫於龍圖⑰,八體遂生於鳥迹,書契是造,文字勃興,踵事增華⑱,觸類⑲浸長。沿賡載⑳以變本,尚辞律之諧音㉑,集韵成書,抑亦久矣。朕聿遵先志,導揚素風㉒,設教崇文,懸科取士,考覈程準㉓,兹實用焉。而舊本既譌,學者多誤。必豕魚㉔之盡革,乃朱紫以洞分㉕。爰擇儒臣,叶宣精力㉖,校讎增損,質正刊修,綜其綱條。灼然叙列,俾之摹刻,垂于將來。仍特换於新名,庶永昭於成績,宜改爲《大宋重修廣韵》。牒至,准敕故牒。

注释:

①敕文原題"准,景德四年十一月十五日",景德爲宋真宗第二个年號,起1004年,終1007年,共四年。

②趙恒,即宋真宗(968—1022),北宋第三位皇帝,宋太宗第三子,母爲元德皇后李氏。初名德昌,後改元休、元侃。歷封韓王、襄王和壽王,曾任開封府尹。至道元年(995),立爲太子,改名恒。

③成文,形成文字,寫在紙上。

④垂法，垂示法則。

⑤資始，開始。

⑥簡册，書籍。攸，所。

⑦年祀，年歲。浸遠，漸遠。

⑧譌，同“訛”。

⑨矧，况且。

⑩諒，料想。教授，學官名。宋代始設，除諸王宫學、宗學、律學、醫學、武學等置教授傳授學業外，各路州、縣學均置教授，掌學校課試、執行學規等事，轄於提舉學事司。

⑪爰，於是。

⑫摹印，摹寫、印製書畫等。

⑬崇文院，官署名。唐置崇文館，設學士若干人，爲太子屬官，掌書籍及教授。宋初以昭文館、史館、集賢院並秘閣總爲崇文院。元豐改制後仍歸秘書省。

⑭九經，九部儒家經典的合稱包括《易》《書》《詩》《左傳》《禮記》《周禮》《孝經》《論語》《孟子》。

⑮敕文原題“大中祥符元年六月五日”，大中祥符爲宋真宗第三个年號，起于1008年，終于1016年，共九年。

⑯象數，易學術語。《易》的組成要素。在《周易》中："象"指卦象、爻象，即卦爻所象之事物及其時位關係；"數"指陰陽數、爻數，是占筮求卦的基礎。

⑰龍圖，即河圖。

⑱踵事增華，繼續前人的事業，使更加完善美好。

⑲觸類，指接觸相類事物。

⑳賡載，謂相續而成。

㉑辪，同“辭”。諧音，這裏指使語音和諧。

㉒素風，純樸的風尚，清高的風格。

㉓程準，規範、標注。

㉔豕魚，乃豕亥魚魯之略，代稱訛字。

㉕朱紫，紅色與紫色，喻正與邪、是與非、善與惡。洞然，清楚明了。

㉖叶，xié，和洽。宣，疏散。叶宣精力，意思是群體分工合作，精力得以妥善調用。

《切韵》序

隋·陸法言[①]

昔開皇初[②],有儀同劉臻等八人同詣法言門宿[③]。夜永酒闌[④],論及音韵。以(古)今聲调既自有别,諸家取捨亦復不同,吴楚則時傷輕淺,燕趙則多涉重濁[⑤];秦隴則去聲爲入,梁益則平聲似去[⑥]。又支(章移反)脂(旨夷反)、魚(語居反)虞(語俱反)共爲一韵[⑦],先(蘇前反)仙(相然反)、尤(於求反)侯(胡溝反)俱論是切[⑧]。欲廣文路,自可清濁皆通[⑨];若賞知音,即須輕重有異[⑩]。吕静《韵集》、夏侯該《韵略》、陽休之《韵略》、周思言《音韵》、李季節《音譜》、杜臺卿《韵略》等各有乖互。江東取韵與河北復殊[⑪]。因論南北是非、古今通塞,欲更捃選精切,除消疏緩[⑫]。蕭、顔多所决定[⑬]。魏著作謂法言曰:“向來論難[⑭],疑處悉盡,何爲不隨口記之!我輩數人,定則定矣。”法言即燭下握筆,略記綱紀。後博問英辯[⑮],殆得精華。於是更涉餘學,兼從薄宦[⑯],十數年間,不遑[⑰]修集。今返初服[⑱],私訓諸子弟,凡有文藻[⑲],即須明聲韵。屏居山野,交游阻絶,疑惑之所,質問無從。亡者則生死路殊,空懷可作之歎[⑳];存者則貴賤禮隔,以報絶交之旨[㉑]。遂取諸家音韵、古今字書,以前所記者,定之爲《切韵》五卷。剖析毫釐[㉒],分别黍累[㉓],何煩泣玉[㉔],未得懸金[㉕]。藏之名山,昔怪馬遷之言大[㉖];持以蓋醬[㉗],今歎揚雄之口吃。非是小子專輒,乃述群賢遺意,寧敢施行人世?直欲不出户庭。[㉘]

注释：

①陸法言，生于北齊太寧二年(562)，卒年不詳，隋音韵學家。名詞(一説名慈)，以字行，臨漳人。官承奉郎。開皇初與劉臻、蕭該、顔之推等討論音韵，評議古今是非、南北通塞，仁壽初編成《切韵》。自《切韵》出，六朝諸家韵書漸亡，唐宋韵書多以此爲藍本。

②開皇，隋文帝的第一個年號，起581年，終600年，共二十年，開皇初，約581年或582年。

③儀同，官名。"儀同三司"的省稱。南北朝使用廣泛，授予人數甚多。八人，指劉臻、顔之推、蕭該、魏彦淵、盧思道、李若、辛德源、薛道衡。

④永，長。酒闌，謂酒筵將盡。

⑤吴楚，泛指南方。傷，過分，過於。輕淺與後文的重濁相對，有人認爲是聲調的區别，有人認爲是前後元音不同，有人認爲是開合口的不同。燕趙，泛指北方。涉，與"傷"近，過於。

⑥秦隴，今陝甘一帶，泛指西北。梁益，今四川一帶，泛指西南。

⑦支脂、魚虞，支韵、脂韵有别，魚韵、虞韵有别，但當時的北方方言已經無法區别。

⑧"先仙尤侯，俱論是切"，"先""仙"反切上字雖然都屬於"心"母，但屬於不同聲類，分别屬於"心"類和"息"類。"尤"聲母爲"喻三"，"侯"聲母爲"匣"母，聲母不同。"俱論是切"指部分韵書用同一個反切上字。

⑨廣文路，文學創作。清濁，不同于現代語音學清濁概念，可能指韵母開合口。

⑩賞知音，爲精通音理，能夠真正理解並欣賞音韻之妙之人創作提供標準。

⑪江東，長江以東，指南方。河北，黄河以北，指北方。

⑫捃選，選。捃，jùn。精切，與疏緩相對。切，確切。這兩句説的是選擇他們認爲正確的音讀，除去他們認爲不正確的音讀。

⑬蕭，蕭該，蘭陵人。顔，顔之推，本琅琊人，出生金陵，長期在北朝爲官，了解北方方音。此二人可謂當時南北方音的代表專家。

⑭論難，争論焦點問題。

⑮英辯，審音功底高的人。

⑯薄宦，卑微的官職。有時用爲謙辭。

⑰遑，閑暇。

⑱初服，未入仕時的服裝，與“朝服”相對。

⑲文藻，文章，文字。

⑳歎，同“嘆”。

㉑“亡者則生死路殊……以報絶交之旨”，這裏是説，死去的人，我與他們生死異路，空懷讓他們復生的嘆息；活着的人，因爲貴賤不同路，與我漸行漸遠，我有與他們絶交的决心。

㉒毫氂，兩個很小的計量單位，極言數量之小。

㉓黍累，又作“黍絫”，古時極輕的重量單位。通常以十黍當一絫，比喻極其細微之處。

㉔何煩，何須，何必。泣玉，典出自《韓非子·和氏》：“楚人和氏得玉璞楚山中，奉而獻之厲王，厲王使玉人相之。玉人曰：‘石也’。王以和爲誑而刖其左足。及厲王薨，武王即位，和又奉其璞而獻之武王。武王使玉人相之，又曰：‘石也。’王又以和爲誑而刖其右足。武王薨，文王即位，和乃抱其璞而哭於楚山之下，三日三夜，泪盡而繼之以血。”後以“泣玉”指因懷才不遇而悲泣。

㉕懸金，典出自《史記·吕不韋列傳》：“吕不韋乃使其客人人著所聞，集論以爲八覽、六論、十二紀，二十餘萬言。以爲備天地萬物古今之事，號曰‘吕氏春秋’。布咸陽市門，懸千金其上，延諸侯游士賓客，有能增損一字者，予千金。”

㉖藏之名山，典出自《史記·太史公自序》：“厥協六經異傳，整齊百家雜語，藏之名山，副在京師，俟後世聖人君子。”

㉗蓋醬，典出自《史記·揚雄傳》：“家素貧，嗜酒，人希至其門。時有好事者載酒肴從游學，而巨鹿侯芭常從雄居，受其《太玄》《法言》焉。劉歆亦嘗觀之，謂雄曰：‘空自苦！今學者有禄利，然向不能明《易》，又如《玄》何？吾恐後人用覆醬瓿也。’雄笑而不應。”

㉘本文落款爲：“於時歲况辛酉，大隋仁壽元年也。”仁壽元年，601年。仁壽，爲隋文帝的第二個年號，起601年，終604年，共四年。

《唐韵》序

唐·孫愐[①]

蓋聞文字聿興[②],音韵乃作。《蒼頡》[③]《爾雅》爲首,《詩》《頌》次之,則有《字統》[④]《字林》[⑤]《韵集》[⑥]《韵略》[⑦],述作頗衆,得失互分。惟陸生《切韵》,盛行于世,然隨珠尚纇[⑧],虹玉仍瑕[⑨],注有差錯,文復漏誤。若無刊正,何以討論?我國家偃武修文[⑩],大崇儒術。置集賢之院,召才學之流。自開闢以来,未有如今日之盛。上行下效,比屋可封。[⑪]輒罄謏聞,敢補遺闕[⑫],兼習諸書,具爲訓解。州縣名號,亦據今時。字體從"木"從"才",著"彳"著"亻",施"殳"施"支",安"尒"安"禾",並悉具言,庶無紕繆。其有異聞、奇怪傳説、姓氏原由、土地物産、山河草木、鳥獸蟲魚,備載其間,皆引凴據[⑬],隨韵编紀,添彼數家,勒成一書,名曰《唐韵》。蓋取《周易》《周禮》之義也。及案:《三蒼》《爾雅》《字統》《字林》《説文》《玉篇》《石經》《聲韵》《聲譜》《九經》《諸子》《史》《漢》《三國志》《晋》《宋》《後魏》《周》《隋》《陳》《宋》《兩齊書》《本草》《姓苑》《風俗通》《古今注》、賈執《姓氏英賢傳》、王僧孺《百家譜》、周何潔集《文選》諸集、《孝子傳》、《輿地志》,及武德[⑭]已来創置,迄開元[⑮]三十年,並列注中。等夫輿誦[⑯],流汗交集[⑰],愧以上陳天心[⑱]。

又有元青子吉成子者,則汝陽侯榮之曾孫,卓尒[⑲]好古,博通内外,遁禄巖嶺[⑳],吐納自然,抗志鈐鍵[㉑],棲神梵宇[㉒],淡泊無事,希夷絶塵[㉓],倏忽風雲,靈談怡懌[㉔],考窮史籍,廣覽群書,欲令清濁昭然學之上,有終日而忘食,有連宵而不寐。

案:《搜神記》《精怪圖》《山海經》《博物志》《四夷傳》《大荒經》《南越志》《西域記》《西壑傳》《漢纂藥論》《證俗方言》《御覽》《字府》及九經、三史、諸子中遺漏要字,訓義解釋,多有不載,必具言之。子細研窮,究其巢穴,澄凝[25]微思,鄭重詳思,輕重斯分,不令恩糅[26],緘之[27]金篋,珍之寶之而已哉。寧辭阻險,敢不躬談?一訴愚心,克諧雅況[28],依次編記,而不别番。其一字數訓,則執優而尸之[29],劣而副之,其有或假,不失元本。以四聲尋譯[30],冀覽者去疑,宿滯者豁如也[31]。又紐其脣齒喉舌牙[32],部件而次之[33],有可紐不可行之[34],及古體有依約之,並采以爲證,庶無壅而昭其馮[35]。起終五年,精成一部。前後總加四萬二千三百八十三言。仍篆、隸、石經,勒存正體,幸不譏繁。于時歲次辛卯天寶十載也。

論曰:《切韵》者,本乎四聲,纽以雙聲叠韵,欲使文章麗則[36],韵調精明於古人耳。或人不達文性,便格[37]於五音爲足。夫五音者,五行之響,八音之和,四聲間迭,在其中矣。必以五音爲定,則參宫參羽,半徵半商,引字調音,各自有清濁。若細分其條目,則令韵部繁碎,徒拘桎[38]於文辭耳。

注释:

①孫愐,生卒不詳,唐音韵學家。天寶(742—756)時爲陳州司法參軍。撰《唐韵》五卷,增訂陸法言《切韵》的韵部,並增字加注。

②聿,文言助詞,無義,用於句首或句中。

③《蒼頡》,是秦"書同文"後出現的啓蒙識字課本,已亡佚。《漢書·藝文志》:"上七章,秦丞相李斯作。《爰曆》六章,車府令趙高作。《博學》七章,太史令胡毋敬作。"這三者合成一篇,統稱《蒼頡》,共二十章。

④《字統》,北魏陽承慶所撰字書,共二十卷,收字一萬三千餘,以《説文》爲本,但解説時有出入,已亡佚。

⑤《字林》,古代字書,晋代吕忱著,收字近一萬三千個,按《説文解字》五百四十部首排列,已亡佚。

⑥《韵集》，古代韵書，晋代吕静著，仿李登《聲類》編《韵集》五卷，已亡佚。

⑦《韵略》，音韵著作。北齊陽休之撰，今亡佚。

⑧隨珠，同“隋珠”，典出自《莊子·讓王》：“今且有人於此，以隋侯之珠，彈千仞之雀，世必笑之。是何也？則其所用者重，而所要者輕也。”纇，lèi，瑕疵，毛病；缺點。

⑨虹玉，彩色的美玉。

⑩偃武修文，停止武備，轉而修明文教。

⑪比屋可封，意思是在唐虞之時，賢人很多，差不多每家都有可受封爵的德行。後比喻社會安定，民俗淳樸。也形容教育感化的成就。

⑫罄，盡。謏，xiǎo，小。輒罄謏聞，爲謙辭，意思是就傾盡自己淺薄的見識。敢，冒味地。闕，訓詁學術語。表示對字的形、音或義不了解。

⑬馮，同“憑”，憑藉，依靠。

⑭武德，唐高祖唯一的年號，起618年，終626年，共九年，是唐朝的第一個年號。

⑮開元，爲唐玄宗李隆基的第一個年號。起713年，終741年，共二十九年。

⑯輿誦，衆人的議論。

⑰流汗，形容羞愧不安到極點。交集，指不同的事物、感情聚集或交織在一起。

⑱天心，本性，本心。

⑲卓尒，又作“卓爾”，高高直立的樣子。多形容一個人的道德學問及成就超越尋常，與衆不同。

⑳遁禄，逃避做官。巖嶺，山嶺。巖，同“岩”。

㉑抗志，指高尚的志向。鈐鍵，鎖鑰，比喻事物的核心、關鍵。

㉒棲神，亦作“栖神”，有“凝神專一、止息，安居”之意。梵宇，佛寺。

㉓希夷，謂清静無爲，任其自然。絶塵，超脱塵世。

㉔餤，同“焰”。怡懌，快樂。

㉕澄凝，沉静。

㉖慁，hùn，雜亂。糅，摻雜，混合。

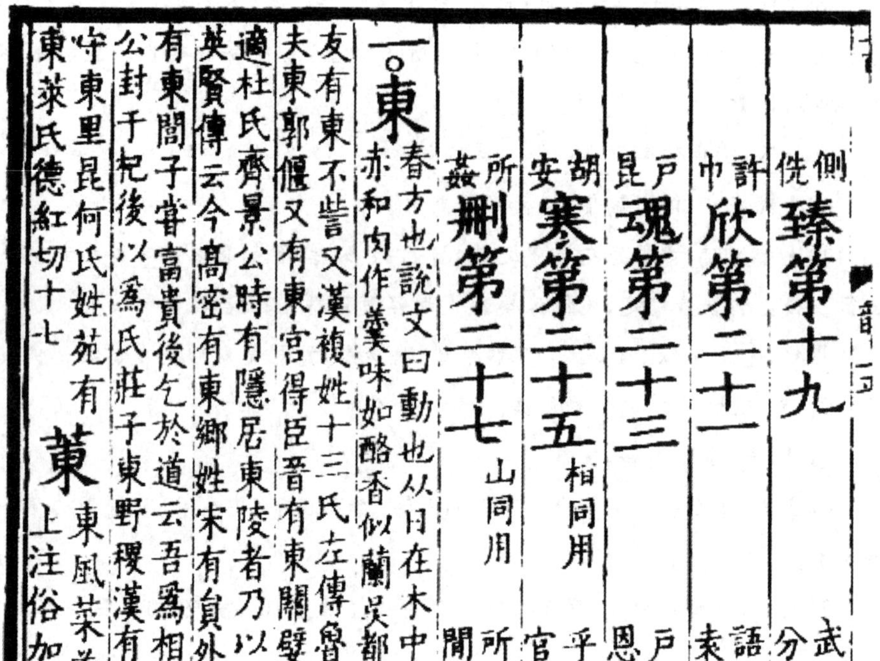

臻第十九側詵　文第二十武分　欣同用

欣第二十一許巾　元第二十二語袁　魂痕同用

魂第二十三戶昆　痕第二十四戶恩

寒第二十五胡安　桓同用　桓第二十六平官

刪第二十七所姦　山同用　山第二十八所閒

一東　春方也說文曰動也从日在木中亦東風菜廣州記云陸地生莖赤和肉作羹味如酪香似蘭吳都賦云草則東風扶留又姓舜七友有東不訾又漢複姓十三氏左傳魯卿東門襄仲後因氏焉齊有大夫東郭偃又有東宮得臣晉有東關嬖五神仙傳有廣陵人東陵聖母適杜氏齊景公時有隱居東陵者乃以爲氏世本宋大夫東鄉爲賈執英賢傳云今高密有東鄉姓宋有員外郎東陽無疑撰齊諧記七卷昔有東閭子嘗富貴後乞於道云吾爲相六年未薦一士夏禹之後東樓公封于杞後以爲氏莊子東野稷漢有平原東方朔曹瞞傳有南陽太守東里昆何氏姓苑有東萊氏德紅切十七　菄　東風菜義見上注俗加艹　鶇　鶇鵍鳥名美形出廣雅亦作鶇　䍶　獸名

图 8　《广韵》张氏泽存堂本书影

㉗緘，收，斂。

㉘克諧，意思是能够成功。雅況，意思指美好的賜予。

㉙尸，陳列。

㉚尋譯，即“尋繹”，反復探索，推求。

㉛宿滯，積久的弊病。豁如，明白，通曉。

㉜紐，這裏指聯繫。脣齒喉舌牙，五音，即五種聲母發音部位。這裏是説依五音順序排列。脣，同“唇”。

㉝部件，即“部伍”，“件”通“伍”。原指部隊編制，這裏引申爲對字在辭書中的順序進行編制。“部件而次之”的意思是新增的字，依照聲母的歸屬編屬入韵書。

㉞“有可紐不可行之”，説的是對新增字進行歸類的時候，一些字可以依據聲母分類，但這些字並非通行的正字。

㉟無壅，没有阻塞，暢通，没有積壓、積滯。凴，同“憑”，憑藉。

㊱麗則，出自漢代扬雄《法言・吾子》：“詩人之賦麗以則，辭人之賦麗以淫。”後以“麗則”指美麗典雅。

㊲格，推求。

㊳拘柽，猶如拘泥。

集韵

与《广韵》相类,《集韵》也是宋代官修韵书,二者成书时间相差不过三十年,为何要修订新的韵书呢?主要是宋祁、郑戬批评《广韵》多用旧文,取材亦欠匀称。于是宋仁宗敕令丁度等人重新修撰,于仁宗宝元二年(1039)完稿。司马光又续编此书,于宋英宗治平四年(1067)最终成稿。

《集韵》对于《广韵》的改动主要体现在如下五个方面:

一是收字上的增加,《集韵》共收录三万两千余个汉字,比《广韵》多收录六千余字。《集韵》号称收字达五万余字,但是实际收字量仅三万多,因为其以音为序排字,一些多音字被重复计算。收字增多的原因是《集韵》收录了更丰富的异体字形,不仅收录正体,也收录俗体、古体、或体,有的字甚至收录七八种写法。

二是将《广韵》中一些韵目用字改为古字,如"暮"改"莫","嶝"改"隥","标"改"栝","添"改"沾","酽"改"验"。

三是整合了训释原则,序中指出:"凡字训悉本许慎《说文》,慎所不载,则引它书为解;凡古文见经史诸书可辨说者取之,不然则否。"

四是删除了《广韵》训释中姓氏源流、州郡沿革内容。如"东"在《广韵》中关于姓氏的说解:

又姓,舜七友有东不訾。又汉复姓,十三氏。《左传》:"鲁乡东门襄仲,后因氏焉。"齐有大夫东郭偃,又有东宫得臣。晋有东关嬖。《五神仙传》有广陵人东陵圣母,适杜氏。齐景公时有隐居东陵者,乃以为氏。《世本》宋大夫东乡为贾执;《英贤传》云:"今高密有东乡姓。"宋有员外郎东阳无疑,撰《齐谐记》七卷:"昔有东闾子,尝富贵后,乞于道云:'吾为相六年未荐一士。'"夏禹之后,东楼公封于杞,后以为氏。《庄子》东野稷。汉有平原东方朔。《曹瞒传》有南阳太守东里昆。《何氏姓苑》有东莱氏。

而《集韵》将其简化为"又姓"。

五是订正《广韵》中的一些错误。清人方成珪于道光年间为其作勘误记——《〈集韵〉考正》十卷，此书以《类篇》《集韵》相互参校，又引据段玉裁、严杰、汪远荪、陈庆镛各家校勘，同时引《说文》《方言》《广雅》《经典释文》等。陈淮又作《〈《集韵》考证〉校记》，辨证《考证》内容。

现存《集韵》的版本包括：宋刊本、毛氏汲古阁影宋本、述古堂影宋钞本、清康熙四十五年扬州诗局刊“楝亭五种”本、清光绪二年川东官舍刊“姚氏从刻”本、《四部备要》据“楝亭五种”本排印“万有文库”本（附《〈集韵〉考证》）、一九五九年台北新兴书店影印本、一九八三年上海古籍出版社影印述古堂影宋抄本（一九八五年重印）、二〇一二年上海辞书出版社赵振铎《〈集韵〉校本》。

关于该书的研究论著包括赵振铎《〈集韵〉研究》、邵荣芬《〈集韵〉音系简论》、雷励《〈集韵〉〈广韵〉比较研究》。

【例字分析】

<table>
<tr><td rowspan="2">天兲𠀑</td><td>平声·一先·他年切</td><td>他年切。《説文》:“顛也，至高無上。”一曰刑名，剠鑿其額，曰‘天’，古作“兲”。唐武后作“𠀑”。</td><td rowspan="8">按：《集韵》训释重在说明字际关系，对字义的诠释相对简略。《集韵》虽引《说文》，但并不引用《说文》分析汉字本义的部分。确如序中所述，书中用了一些较新的材料，武后新字便是其中重要的一类。</td></tr>
<tr><td>平声·十八谆·鐵因切</td><td>鐵因切。顛也，至高無上。</td></tr>
<tr><td rowspan="2">地墬𡑞坔埊</td><td>去声·六至·徒二切</td><td>徒二切。《説文》:“元氣初分，清輕陽爲天，重濁陰爲地。萬物所列也。”籀作“墬”“𡑞”，或作“坔”，唐武后作“埊”。</td></tr>
<tr><td>去声·十二霁·大計切</td><td>元氣濁爲地。</td></tr>
<tr><td>玄𢆯</td><td>平声·一先·胡涓切</td><td>胡涓切。《説文》:“幽遠也，黑而有赤色者爲玄，象幽而入覆之。”亦姓。古文“𢆯”。</td></tr>
<tr><td>泫玄</td><td>去声·三十二霰·熒绢切</td><td>絃滑混合也。或省作“眩”。</td></tr>
<tr><td>黄𡕛</td><td>平声·十一唐·胡光切</td><td>胡光切。《説文》:“地之色也。”又姓。亦州名。古作“𡕛”。</td></tr>
</table>

《集韵》序

宋·丁度[①]

昔唐虞君臣，賡載[②]作歌，商周之代，頌雅参列。則聲韵經見[③]，此焉爲始。後世屬文[④]之士，比音擇字，類别部居[⑤]，乃有四聲。若周研、李登、吕静、沈約之流，皆有編著，近世小學寖廢，六書亡缺，臨文用字，不給所求。隋陸法言，唐李舟、孫愐，各加裒[⑥]撰，以裨其闕。

先帝時令陳彭年、丘雍，因法言舊説，就爲刊益。景祐四年，太常博士、直史館宋祁[⑦]，太常丞、直史館鄭戩建言[⑧]："彭年、雍所定，多用舊文，繁略失當。"因詔祁、戩與國子監直講賈昌朝、王洙，同加修訂；刑部郎中、知制誥丁度[⑨]，禮部員外郎、知制誥李淑[⑩]，爲之典領[⑪]。今所撰集，務從該廣[⑫]，經史諸子及小學書更相參定。凡字訓悉本許慎《説文》，慎所不載，則引它書爲解；凡古文見經史諸書可辨識者取之，不然則否；凡經典字有數讀，先儒傳授，各欲名家，今並論著，以稡群説[⑬]；凡通用韵中，同音再出者，既爲冗長，止見一音；凡經史用字，類多假借，今字各著義，則假借難同，故但言"通作某"；凡舊韵字有别體，悉入子注，使奇文異畫，湮晦難尋[⑭]，今先標本字[⑮]，餘皆並出，放卷求義，爛然[⑯]易曉；凡字有形義並同，轉寫或異。如"坪坙""叴叽""心小""水氵"之類，今但注曰或"書作某字"；凡一字之左，舊注兼載它切，既不該盡，徒釀[⑰]细文，况字各有訓，不煩悉著；凡姓望之出，舊皆廣陳名系，既乖字訓，復類譜牒[⑱]，今之所書，但曰"某姓"，惟不顯者，則略署著其人；凡字有成文，相因不釋者，今但曰“闕”，以示傳疑；凡流俗用字，附意生文，既無可取，徒亂真僞，今於正文之左，直釋曰“俗作某，非是”；凡字之翻切[19]，舊以“武”代“某”，以“亡”代“茫”，謂之“類隔”[20]，今皆用本字述。夫宫羽清重，篆籀後先，總括包並，種别彙聯，列十二凡[21]，著於篇端，總字五萬三千五百二十五，新增二萬七千三百三十一字，分十卷，詔名曰“集韵”。

注释：

①丁度(990—1053)，北宋文字訓詁學家。字公雅，祥符人。官至端明殿學士。仁宗時，奉詔與李淑等刊修《韵略》，改稱《禮部韵略》。又依例刊修《廣韵》成《集韵》，改並《廣韵》獨用韵爲同用的有十三處。

②賡載，謂相續而成。

③經見，意思是從經典中見到。

④屬文，撰寫文章。

⑤部居，謂以類相聚，按類歸部。

⑥裒，póu 聚集。

⑦太常博士，官名。秦代置博士，參議朝政及禮儀制度，備諮詢顧問，名義上隸太常。漢武帝獨尊儒術後，太常屬官有五經博士，掌教授儒家經學。三國魏初置太常博士，歷代沿襲，掌撰定五禮儀注，行禮時引導皇帝，監視儀物，討論王公大臣等謚法諸事。唐、宋時，地位頗高。明、清時，謚法掌於内閣，重大典禮由廷臣議定，其地位降低。清代，隸太常寺博士廳，置滿洲、漢軍、漢各一員。光緒三十二年(1906)罷。

⑧太常丞，漢制各主官之下皆有丞，即爲主官之佐貳，亦爲内部事務官性質。北朝末期立太常寺，置卿及少卿，仍置寺丞，與少卿無甚分别。鄭戩(992—1053)，字天休，蘇州吴縣人。北宋大臣，鄭載之弟，早孤。客居京師，師事楊億。娶李昌言第四女。天聖二年(1024)進士一甲第三名，授簽書寧國軍節度判官，曆越州通判、三司户部判官、知制誥，遷權知開封府、三司使，累官至樞密副使。慶曆元年(1041)，爲宰相吕夷簡所忌，以資政殿學士知杭州。

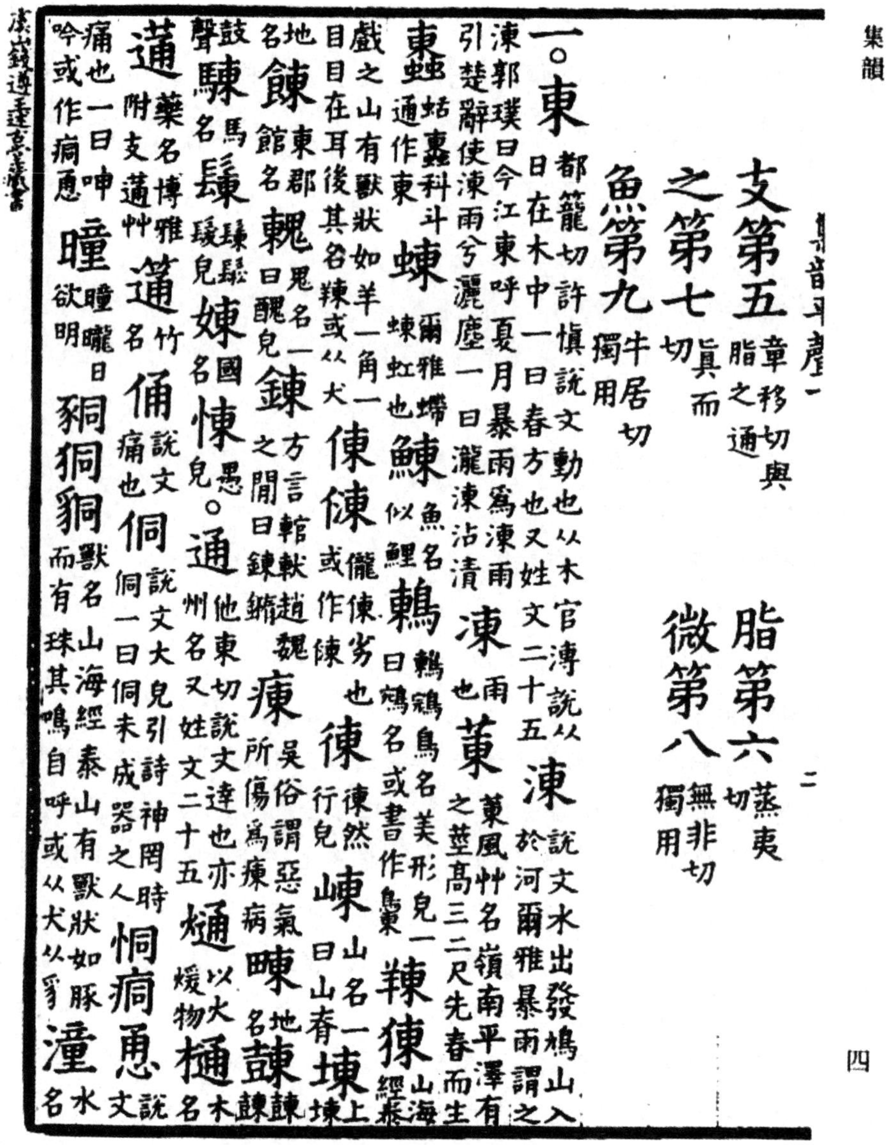

集韻 四

韻平聲一

支第五 章移切與脂之通

脂第六 蒸夷切

之第七 眞而切

微第八 無非切獨用

魚第九 牛居切獨用

一。東 都籠切許慎說文動也从木官溥說从日在木中一曰春方也又姓文二十五 涷 說文水出發鳩山入於河爾雅暴雨謂之涷郭璞曰今江東呼夏月暴雨爲涷雨引楚辭使涷雨兮灑塵一曰瀧涷沾漬 涷 雨也 蕫 蕫風艸名嶺南平澤有之莖高三二尺先春而生

蝀 蝀蛄螚科斗通作東 蝀 爾雅螮蝀虹也 鰊 魚名似鯉 鶇 鶇鶇鳥名美形皃一曰鶇鳥名或書作鶇 鶇 山海經𤜣

戲之山有獸狀如羊一角一目目在耳後其名辣或从犬 倲 倲 儱倲劣也或作倲 倲 倲然行皃 崠 山名一曰山脊 埬 埬上埬

地名 鯟 東郡館名 䰤 鬼名一曰䰤皃 錬 方言輨軑趙魏之間曰錬鏅 瘷 吳俗謂惡氣所傷爲瘷病 暕 地名 諌 諌諌

鼓聲 驡 馬名 鬃 騄騄鬃皃 婡 國名 憓 愚皃。 通 他東切說文達也亦州名又姓文二十五 樋 以大木 樋 名

蓪 藥名博雅附支蓪艸 蓪 竹名 俑 說文痛也 侗 說文大皃引詩神罔時侗一曰侗未成器之人 恫 痌 恿 說文痛也一曰呻吟或作痌恿

曈 曈曨日欲明 狪 狪 狪 獸名山海經泰山有獸狀如豚而有珠其鳴自呼或从犬从豸 潼 水名

虞山錢遵王述古堂藏書

圖9 《集韵》述古堂宋钞本书影

后遷給事中，累徙永興軍，奏歲減輸木二十餘萬，又奏罷括糴，治豪惡甚嚴，爲政有能績。後爲吏部侍郎，拜奉國軍節度使。皇祐五年(1053)卒，年六十二(一作六十三)，贈太尉，謚文肅。

⑨郎中，官名。漢武帝以郎官供尚書署差遣，後成定制。東漢尚書臺三十六郎，亦稱“郎中”，秩四百石，協助諸曹尚書處理政務，職顯權重。魏、晋、南北朝，爲尚書省郎曹長官，與“尚書郎”互稱。唐代爲尚書省左、右司及吏、户、禮、兵、刑、工六部所屬諸司長官。歷代因之。品級略有不同。

⑩禮部員外郎，官名。隋高祖開皇六年(586)始置，爲居尚書省禮部各司頭司的禮部司次官，佐司之長官禮部侍郎掌司事。李淑(1002—1059)，宋徐州豐縣人，字獻臣。真宗時賜進士及第。歷史館修撰、知制誥，爲翰林學士，進吏部員外郎。

⑪典領，主持領導，主管。

⑫該廣，廣博。

⑬稡，zuì，聚集。

⑭湮晦，埋没，消失。

⑮摽，同“標”。

⑯爛然，光明的樣子。

⑰釀，間雜。

⑱譜牒，是古代記述氏族世系的書籍。

⑲翻切，反切。

⑳類隔，音韵術語。凡反切上字與所切之字有重唇、輕唇或舌頭、舌上之異，叫作“類隔切”。隔者隔礙之謂，二者聲不同類，故名。

㉑凡，凡例。

类篇

《类篇》的编纂因《集韵》而起，宋宝元二年(1039)十一月，丁度等奏称："今修《集韵》，添字既多，与顾野王《玉篇》不相参协，欲乞委修韵官将新韵添入，别为《类篇》，与《集韵》相副施行。"仁宗命王洙、胡宿、张禹锡、张次立等人相继修纂，到治平三年(1066)由司马光接代，业已成书，治平四年(1067)缮写成功，上之于朝。因此，学界将《类篇》视为与《集韵》相配的字书。一来，二者性质皆为官修，时间相近，编纂人员有所重合；二来，内容也重合。因此，后人常将二书相互参校。黄侃曾评价其为"最完具之字书"，并认为《类篇》当与《说文》兼看，足以看出这部辞书的价值。

既然二书内容重合较多，为何要在《集韵》后再编一部字书与之配套呢？主要是查检方式。韵书以汉字的语音信息排列汉字，但若不知该字的读音，或搞不清其所属韵，查检便如大海捞针。字书主要依照汉字的形体分类，因此即便读者不知道某字音韵，也能依据其形体特点查检。《类篇》在《说文》基础上增加四部，总五百四十四部，主要是将草、石、木、水收字较多的四部一分为二。相比于《玉篇》五百四十二部，《类篇》的分部偏向保守，并未因楷书字体的变化，对五百四十部首进行调整。

全书共分十五卷，共收三万一千余字。较之《说文》，其收字扩大了三倍。而新增字形，除却一些后代所创新字，多为汉字的异体。如何用旧的部首系统，容纳新增的两万多个汉字，则是《类篇》必须解决的问题。正因于此，在其凡例中，编者创立了一套原则，以确定难检字归部、异体字是否另立字头等问题。《说文解字》为文字学的部首，部首的设定强调理据。《类篇》延续其部首体系，然而一些汉字字形经历变化，理据渐失，泥于旧传统便会折损字书的实用性。

《类篇》所见版本主要有：明抄本《类篇》、清康熙四十五年扬州诗局刊"楝亭五种"本、清光绪二年姚觐元复刊"楝亭五种"、一九八四年上海古籍出版社影印汲古阁影宋钞本。

相关研究论著包括：蒋礼鸿《〈类篇〉考索》、柳建钰《〈类篇〉新收字考辨与研究》等。

【例字分析】

<table>
<tr><td>天兲𠑺</td><td>一部</td><td>他年切。《說文》："顛也，至高無上。"古作"兲""𠑺"。唐武后所撰字别無典據。各附本文注下。</td><td rowspan="4">按：以上四例与《集韵》内容基本相同，但明显可见《类篇》对《集韵》的删并与更改。在收录异体字形方面，其较《集韵》保守，一些无据的异体字形并未收录。此外，《类篇》也删去冗余的语音层次以及姓氏、州名相关信息。但是原则贯彻不彻底，如"天"下列"唐武后所撰字别无典据"，但"地"下又收录武后造字。总的来看，《类篇》对于《集韵》的整理是必要且进步的。辞书的"存古"与"规范"在某种程度上是矛盾的，作为官修辞书编写时当有所决断。</td></tr>
<tr><td>地墬𡐞坔</td><td>土部</td><td>徒二切。《說文》："元氣初分，清輕陽爲天，重濁陰爲地。萬物所列也。"籀作"墬""𡐞"，或作"坔"。又大計切。唐武后作"埊"。</td></tr>
<tr><td>玄</td><td>玄部</td><td>《說文》"幽遠也，黑而有赤色者爲玄，象幽而入覆之"玄之類皆從玄。古文作"𢆯"。胡涓切。又作熒涓切。泫或作"玄"。</td></tr>
<tr><td>黄𡕛</td><td>黄部</td><td>黄地之色也。從田從炗，炗亦聲。古文"𡕛"。乎光切。</td></tr>
</table>

《類篇》序

宋・司馬光①

雖有天下甚多之物,苟有以②待之,無不各獲其處也③。多而至於失其處者,非多罪也,無以待之,則十百④而亂,有以待之,則千萬若一。今夫字書之於天下,可以爲多矣,然而從其有聲也,而待之以《集韵》。天下之字,以聲相從者,無不得也。從其有形也,而待之以《類篇》,天下之字,以形相從者,無不得也。既已盡之,以其聲矣,而又究之以其形,而字書之變曲盡⑤。蓋景祐⑥中,諸儒始受詔爲《集韵》之書,既而以爲有形存而聲亡者,不可以責得於《集韵》,於是又詔爲《類篇》,凡受詔累年⑦而後成。夫天下之物,其多而至,比於字書者,未始有也。然而多不獲其處,豈其無以待之?昔周公之爲政,登龜、取鼋、攻梟、去蛙之法⑧,無不備具⑨。而孔子之論禮,至於千萬而一有者,皆預爲之説。夫此將以應天下之無窮,故待天下之物,使處如治字書,則物無足⑩治者。凡爲《類篇》,以《説文》爲本,而例有九。

一曰,"槻""椝"異釋,而"吶""訥"異形,凡同音而異形者,皆兩見也。

二曰,天,一在"年",一在"真"⑪,凡同意而異聲者,皆一見也。

三曰,"鼒"之在"艸","亼"之在"亼",凡古意之不可知者,皆從其故也。

四曰,雺,古氣類也,而今附雨;韵,古口類也,而今附音。⑫凡變古而有異義者,皆從今也。

五曰,“壺”之在“口”,“無”之在“林”,凡變古而失其真者,皆從古也。

六曰,“兂”之附“天”,“𡈼”之附“人”⑬,凡字之後出而無據者,皆不得特見也。

七曰,“王”之爲“玉”,“𦣻”之爲“朋”,凡字之失故而遂然者,皆明其由也。

八曰,“邑”之加“邑”,“白”之加“𤽄”,凡《集韵》之所遺者,皆載於今書也。

九曰,“𡭴”之附小,“𣬈”之附“叕”,凡字之無部分者,皆以類相聚也。

推此九者,以求其詳,可得而見也。凡十四篇,目録一篇。每篇分上、中、下,總四十五卷,文三萬一千三百一十九,重音二萬一千八百四十六,具於後云。

注释:

①司馬光(1019—1086),字君實,號迂叟,陝州夏縣涑水鄉人,世稱涑水先生。北宋大臣、史學家。寶元元年(1038)進士。仁宗末年任天章閣待制兼侍講知諫院。英宗朝進龍圖閣直學士,判吏部流内銓。治平三年(1066),撰成戰國迄秦《通志》八卷上進,作爲封建統治之鑒,得英宗重視,命設局續修。神宗時賜名“資治通鑒”。王安石行新政,司马光竭力反對,與王安石在帝前争論,强調祖宗之法不可變。被命爲樞密副使,堅辭不就,於熙寧三年(1070)出知永興軍。次年退居洛陽,以書局自隨,繼續編撰《通鑒》,至元豐七年(1084)成書。從發凡起例至删削定稿,都親自動筆。八年,哲宗即位,高太后聽政,召他入京主國政。次年,任尚書左僕射兼門下侍郎,廢除絶大部分新法,罷黜新黨。爲相八個月,病死,追封温國公。著有《司馬文正公集》《稽古録》等。

②有以,有規律,有方法。

③處,地方。

图 10 《类篇》四库全书本书影

④十百，不及一百。

⑤曲盡，委曲而詳盡，竭盡。

⑥景祐，起1034年，終1038年，共五年，宋仁宗趙禎的年號。

⑦累年，指連年，歷年。

⑧登龜，尊龜。黿，yuán，動物名。爬蟲綱鱉科。似鱉而大，背甲近圓形，散生小疣，暗緑色，腹面白色。前肢外緣和蹼均呈白色。生活於河中。《禮記·月令》有："命漁師伐蛟取鼉，登龜取黿。"《周禮·秋官下》曰："蟈氏掌去蛙黽。"這裏指處理進獻之物。

⑨備具，齊備。

⑩無足，不够、配得上。

⑪"天，一在年，一在真"，此處所説"年""真"疑爲其所在韵不同。《類篇》所注，天有二音：先韵、他年切；真韵、鐵因切。

⑫雺，"氛"之異體。訡，"吟"之異體。附雨，這裏指歸雨部，"附音"類同。

⑬附，附列。"兲"爲"天"的古字。"垩"爲"人"的古字。這裏指這些出而無據的異體字均列於原字頭後。

埤雅

“埤”训增益，故“埤雅”即增广、丰富《尔雅》之意，本书是雅学类辞书中的重要一部，被后人列为“五雅”之一。作者为北宋陆佃，曾作《〈尔雅〉新义》二十卷，基于此，他自然对词汇的孳乳有所思考、发现。

《埤雅》成书于北宋宣和七年（1125）。全书共二十卷，卷一、二为《释鱼》，卷三、四、五为《释兽》，卷六、七、八、九为《释鸟》，卷十、十一为《释虫》，卷十二为《释马》，卷十三、十四为《释木》，卷十五、十六、十七、十八为《释草》，卷十九、二十为《释天》，全书共释近三百条。在每卷首列出该卷所收之词，卷末则为音释，即注音该卷中出现的各种生僻字，如有同音字则列直音，若无则列反切，如“虬，求”，“姤，古侯”。该书虽冠以“雅”之名，但不落传统仿雅类著作之窠臼，一改《尔雅》十九篇的结构，不求周遍、匀称而求专精，内容更偏重自然博物。与《尔雅》简约、概括的词语说解体例有所不同，《埤雅》以单篇笔记为章，对一名物的考据往往不惜笔墨，不仅从古今文献、方言俗语考据说明，有时也将个人阅历见闻融入其中，很多描写都饶有生趣，如他考据“鳢”时指出：

今玄鳢是也。诸鱼之中唯此鱼胆甘可食，有舌，鳞细，有花文，一名“文鱼”。与蛇通气，其首戴星，夜则北向，盖北方之鱼也。《诗》曰：“鱼丽于罶，鲿鲨。”其次曰“鲂鳢”，又其次曰“鰋鲤”。盖鲿鲨，小鱼；鲂鳢，中鱼；鰋鲤，大鱼。亦其鲿鲨之美不若鲂鳢，鲂鳢之美不若银鲤，故其序如此。今《鱼品》，齐鲁之間鲂为下色，鰋为中色，鲤为上色。《衡门》之诗先鲂后鲤，亦以此故。旧云：鳢是公蛎蛇所化，至难死犹有蛇性，故或谓之“鲣”也。《尔雅》曰：“鲣，大鲖；小者，鲵。”

再如他考据“鹿”时称：

《字统》曰：“鹿性警防，分背而食，以备人物之害。”盖鹿萃善走者，分背而食，食则相呼，群居则环其角外向，以防物之害己，故《诗》以况君臣之义。而《毛诗草虫经》曰：“鹿欲食，皆鸣相召，志不忌也。”《周官》曰：“视朝，则皮弁服。”皮弁正以鹿皮为之，盖取诸此。鹿爱其类，发于天性。《诗》曰，"王在灵沼，于牣鱼跃"，"王在灵囿，麀鹿攸伏"，正言鱼、鹿者，言人之与物异类，则鸟见之高飞，鱼见之深入，鹿见之决骤。今鱼乐于沼，鹿安于囿，如此，则以文王之德行于灵沼、灵囿故也。《尔雅》"麋"曰"其迹躔"，"鹿"曰"其迹速"，"麕"曰"其迹解"，"兔"曰"其迹远"，"豕"曰"其迹刻"，"狐"曰"其迹蹂"。盖麋性迷惑，故其迹躔而不解；麕性散惊，故其迹解而不迹；鹿善决骤，故其迹速而不蹂；狐善迟疑，故其迹内而不速；豕性追突，故其迹刻；兔性跳踯，故其迹远。今兔将伏，辄跳踯摆迹，人反以此得之。《韩子》曰："譬如兔得迹，安用东西跳也？"《小尔雅》曰："鸟之所乳谓之巢；鸡雉所乳谓之窠；兔之所息谓之窟；鹿之所息谓之场。"《诗》曰"町疃鹿场"，言町畦村疃之中无人焉，故鹿以为场也。旧说鹿者仙兽，常自能乐，性从其云泉，至六十年必怀琼于角下，角有斑痕，紫色如点。行或有涎出于口，不复能急走也。盖鹿戴玉而角斑，鱼怀珠而鳞紫。故有诸中，未有不形于外也。"

每一条训释都为一篇短小精湛的论文，这恰是宋代笔记体散文勃兴的写照，足可见陆佃考据之细密，见闻之博深。本书的分类，常被后人批评，如将《释马》与《释兽》并列，再如将羊、犬等家畜归入《释兽》卷，将龙归入《释鱼》卷。但瑕不掩瑜，本书开创笔记体雅学类辞书的先河，也使得语文辞书兼具百科辞书之功能，后世很多辞书，如《通雅》，均仿效这一体例。

作者陆佃(1042—1102)，字农师，号陶山，越州山阴人，陆游祖父。宋熙宁三年(1070)进士，授蔡州推官、国子监直讲。元丰时擢中书舍人、给事中。哲宗时徙知邓州、泰州、海州。徽宗即位，召为礼部侍郎，命修《哲宗实录》。后拜尚书右丞，转左丞。封吴郡开国公，赠太帅，追封楚国公。著有《陶山集》十四卷，除《埤雅》外，还著有《礼象》《〈春秋〉后传》《〈鹖冠子〉注》等。

当下《埤雅》衍生文献为明代牛衷《增修〈埤雅〉广要》四十二卷，该书在原书基础上增加门类和条目，有天道门、地道门、人道门、品物门等九个门类。《埤雅》所见版本包括："五雅"本、"五雅全书"本("丛书编成初编""丛书集成新编"本同)、明陈大科刊本、清康熙刊本、"玲珑山馆丛书"本、商务印书馆王敏红校注版。研究文献包括清代董桂新《〈埤雅〉物异记言八卷》、李涛《〈埤雅〉译注》。

本书所收的两篇序文，一篇为其子陆宰所作，一篇则是明代胡荣为重刊本所作。读此二序，可晓《埤雅》之功用，亦可知其训诂之功深。

【例字分析】

<table>
<tr><td>龍</td><td>卷一·釋魚</td><td>龍，八十一鱗，具九九之數；九，陽也。鯉，三十六鱗，具六六之數；六，陰也。龍亦卵生思抱，雄鳴上風，雌鳴下風而風化。有鱗曰"蛟龍"，有翼曰"應龍"，有角曰"虯龍"。益蟲莫智於龍，龍之德，不爲妄者，能與细細，能與巨巨，能與高高，能與下下，故《易》乾以龍御天，坤以馬行地。龍，天類也；馬，地類也。《易》曰："震爲龍。""震爲龍"，以動故也。《周易》以變者爲占，故乾六爻皆動，皆謂之龍，所謂初九、九二、九三、九四、九五、上九是也。蔡墨曰："龍，水物也。《周易》有之，在《乾》之《姤》曰'潛龍勿用'；其《同人》曰'見龍在田'；其《大有》曰'飛龍在天'；其《夬》曰'亢龍有悔'；其《坤》曰'見群龍無首，吉。'"蓋《乾》，初九變而之《姤》，九二變而之《同人》，九五變而之《大有》，上九變而之《夬》，六者俱動，變而之《坤》，是以蔡墨之言如此。知此則知"震"所以爲龍之義矣。賈誼《新書》曰："亢龍往而不能反，故《易》曰'有悔'。有悔者，凶也。潛龍入而不能出，故《易》曰'勿用'。勿用者，不可也。"觀誼之言，如曰"勿用"者，戒使勿爲潛龍也。故曰："潛之局言也，隱而未見，行而未成，是以君子弗用也。"蓋止使人無爲謂之"勿"，所謂"勿用娶女"，"勿用有攸往"，"小人勿用"之類，皆戒使勿爲也。俗云"龍精於目"，蓋龍聾，故精於目也。《陰陽自然變化論》曰："疆龍之眸，見百里纖芥。"又曰："龍能變水，人能變火。"又曰："龍不見石，人不見風，魚不見水，鬼不見地。"孫綽子曰："高祖御龍，光武御虎。"龍，韓、彭之類是也；虎，耿、鄧之類是也。《法言》曰："龍以不制爲龍，聖人以不手爲聖人。"手，取也，言雖容有飛禍而非其所取。《詩》曰："賓載手仇。"手，取也。酈元《水經》曰："魚、龍以秋日爲夜。"按：龍秋分而降，則蟄寢於淵。龍以秋日爲夜，豈謂是乎？《莊子》曰："朱评漫學屠龍於支離益，殫千金之産，三年技成，而無所用其巧。"此言技術雖高，而應世稍竦，則無所用之。是以君子因時施宜，事在於適而已，豈必一二以追先王之迹哉！舊説"鱉畏葱，蛟龍畏鐵"；又云"龍肉以醯渍之則文章生"。今相家説龍，人臣得其一體，當至公相。曾公亮得龍之脊，王安石得龍之睛。《内典》云："龍火得水而熾，人火得水而滅。"按：《葬書》以龍言山，以虎言水，六龍九虎是也，直山、直水謂之死龍、死虎。故曰：小頓大起，宛轉如盤龍，奮迅如舞鶴，謂之住岡。</td></tr>
<tr><td colspan="3">按："龙"作为传说神兽，自古便充满奇异色彩，作为中华文明特有的文化符号，其文化象征义丰富。散见于各类文献，却不为《尔雅》所收。《埤雅》征引各时代文献中关于龙的记述，相互参引补充，试图为相关说法予以合理解释。引证丰富是此书的特色，不仅征引经典，同时也兼顾民俗内容，可谓应收尽收，颇具百科性质。</td></tr>
</table>

《埤雅》序

宋・陸宰[①]

嘉祐[②]前,經義之未作也。先公[③]獨以説《詩》得名,其於鳥獸草木蟲魚,尤所多識。熙寧後[④],始以經術革詞賦。先公《詩》講義遂盛傳於時,學校争相筆受[⑤],如恐不及。元豐[⑥]間,預修《説文》,因進獲對,神考縱言[⑦],至於物性,先公敷奏稱旨[⑧],德音稱善[⑨],且恨古未有著爲書者。先公又奏:"臣嘗試爲之,未成未敢進也。"天意[⑩]欣然,便欲見之。因進《説魚》《説木》二篇,自是益加筆削[⑪],號物性門類,編纂將終,而永裕上賓[⑫]矣。先公旋亦補外[⑬],所至以平易臨民,故其事簡政清,因得專意論撰。既注《爾雅》,乃賡此書,號"埤雅",言爲《爾雅》之輔也。《埤雅》比之,物性門類,蓋愈精詳,文亦簡要。先公作此書。自初迨終。僅四十年,不獨博極群書,而農父牧夫,百工技藝,下至輿臺皂隷[⑭],莫不諏詢[⑮],苟有所聞,必加試驗,然後紀録,則其深微淵懿[⑯],宜窮天下之理矣。後有博雅君子覽之,當自識其美焉。[⑰]

注释:

①陸宰(1088—1148),字元鈞,越州山陰人,南宋藏書家。陸佃子,陸游父。

②嘉祐,是北宋時期宋仁宗使用的第九個年號,起1056,終1063年,共八年。

③先公,即亡父。

④熙寧,北宋神宗趙頊的第一個年號,共九年,起1068年,終1077年。

⑤受,用筆記下別人口授的話。

⑥元豐,是宋神宗趙頊的年號,共計八年,起 1078 年,終 1085 年。元豐八年二月宋哲宗即位沿用。

⑦神考,此處指宋神宗趙頊。縱言,廣泛談論。

⑧敷奏,陳奏,向君上報告。稱旨,符合上意。

⑨德音,合乎仁德的言語。稱善,贊同。

⑩天意,皇帝的心意。

⑪筆削,敬稱。請人修改文章。

⑫永裕,指永裕陵,宋神宗安葬之所。上賓,即作客於天帝之所。這裏暗指宋神宗去世。

⑬補外,即謂京官調外地就職。

⑭輿臺,輿和臺是古代奴隸社會中兩種低的等級奴隸的名稱,後來泛指奴僕及地位低下的人。皂隸,古代的賤役。

⑮諏詢,諮詢,詢問。諏,zōu,在一起商量事情。

⑯淵懿,深邃美好。

⑰本文落款爲"宣和七年六月日謹序",宣和七年,即 1125 年。宣和是宋徽宗第六個年號,起 1119 年,終 1125 年,共七年。

重刊《埤雅全集》序

明·胡榮①

孔子嘗語門人以學《詩》之益，有曰："多識於鳥獸草木之名。"宋儒陸佃，因著《埤雅》一集，爲《爾雅》之輔，其書自《釋魚》至《釋天》，凡二十卷，皆説《詩》之緒餘，而博極六經子史之旨。厥子宰已序其著書始末，刻於宣和七年，盛行當時矣。厥後五世孫鏧又刻諸贛州郡庠。屢經兵燹，書多殘缺，迄今百有餘年，未睹宣和舊書。同寅②劉君廷吉勤加搜訪，始得其全集於前兵部尚書杭城徐貞襄公之家，遂命工重刻以傳。屬③余序，引諸卷首。

夫萬物之理原於天，造化發育之初，人與物同具斯理也。故物之飛潛動植、精粗美惡、小大輕重，萬有不齊④，而人推言其性情，皆可得其所以然之故者，無他，一理之貫也。古聖賢究極斯理之原，明物察倫，酬應萬殊，卒能盡人物之性，而贊化育⑤，參天地，極其功用之大，皆妙吾一心之理也。人師聖賢以爲學，誠能窮格萬物之理，以實體諸身，則天人物我之間視之，豈有二乎哉？余觀是集中，釋"龍"之變化，本《易·乾六爻》"潛""見""飛""躍"之義，皆言聖人之動；《釋草》之"竹"，本《衛風·淇澳》詩，言"切磋""琢磨"之功。蓋比君子之德，以至"騶虞"之仁、"蜂蟻"之義、"雎鳩"之禮、"鵲獭"之智、"雞犬"之信⑥，亦皆五常之性，窮理盡性之學，可遣是物而不格乎？迨《釋天》之"雨"曰："周公之時，雨不破塊，風不鳴條，雨則必以夜。夜者，正雨之時也。"是又明德格天之休⑦，使仕而居輔相燮理之任，能因是思之，省雨暘之時⑧，恒察人事之得失，則其取法周公。明德勤施，旁作穆穆⑩，迓衡⑪之心，甯⑫容已耶？由是推之，凡講學之士，必觀物察己，順理應物，達内外，貫天人，合萬于一，斯見學之有益也。若乃博物洽聞，尚多學能識，而不知會萬理於一心，處萬物以一理者，恶足與語學乎？余職提學[13]十六載，每唧[14]經生學徒或昧理妄作，而莫求格致[15]之益，故因廷吉屬序而竊附愚意如此，用爲觀書者警云。[16]

注释：

①胡榮，生卒年不詳，明初大臣。山東濟寧人。洪武中期，長女入宫爲女官，因授錦衣衛百户。

②同寅，共事的官吏。

③屬，同"囑"。

④萬有不齊，指世上一切事物並不整齊劃一而是各有各的特殊情況。

⑤化育，化生長育，教化培育。

⑥騶虞、蜂蟻、雎鳩、鵲獺、雞犬皆爲《詩經》中的動物，皆有所喻。雞，同"鶏"。

⑦雨不破塊，雨水不會冲散土塊。風不鳴條，風不會使樹枝發出聲響，表示風力輕柔。這兩句用來指社會清平，風調雨順。

⑧格天，感通上天。語本《書·君奭》："在昔成湯既受命，時則有伊尹，格于皇天。"休，美善。

⑨燮理，協和，治理，出自《書·周官》。燮，xiè，和也。雨暘，雨天與晴天。暘 yáng，晴天。

⑩旁作，即遍作。穆穆，威儀盛大的樣子。

⑪迓衡，yà héng，謂迎太平之政。

⑫甯，通"寧"，豈。

⑬提學，官名。宋崇寧二年(1103)在各路置提舉學事司，掌管州縣學政。金設提舉學校官，元有儒學提舉司。明置提學道。清設督學道、提學使等，俱簡稱提學。

⑭唧，jī，多言也。

⑮格致，"格物致知"的略語，考察事物的原理法則而總結爲理性知識。

⑯本文落款爲"成化十五年，歲在己亥五月既望，賜進士浙江按察司副使新喻胡榮序"。成化十五年，即 1479 年。成化爲明憲宗年號，起 1465 年，終 1487 年，共二十三年。

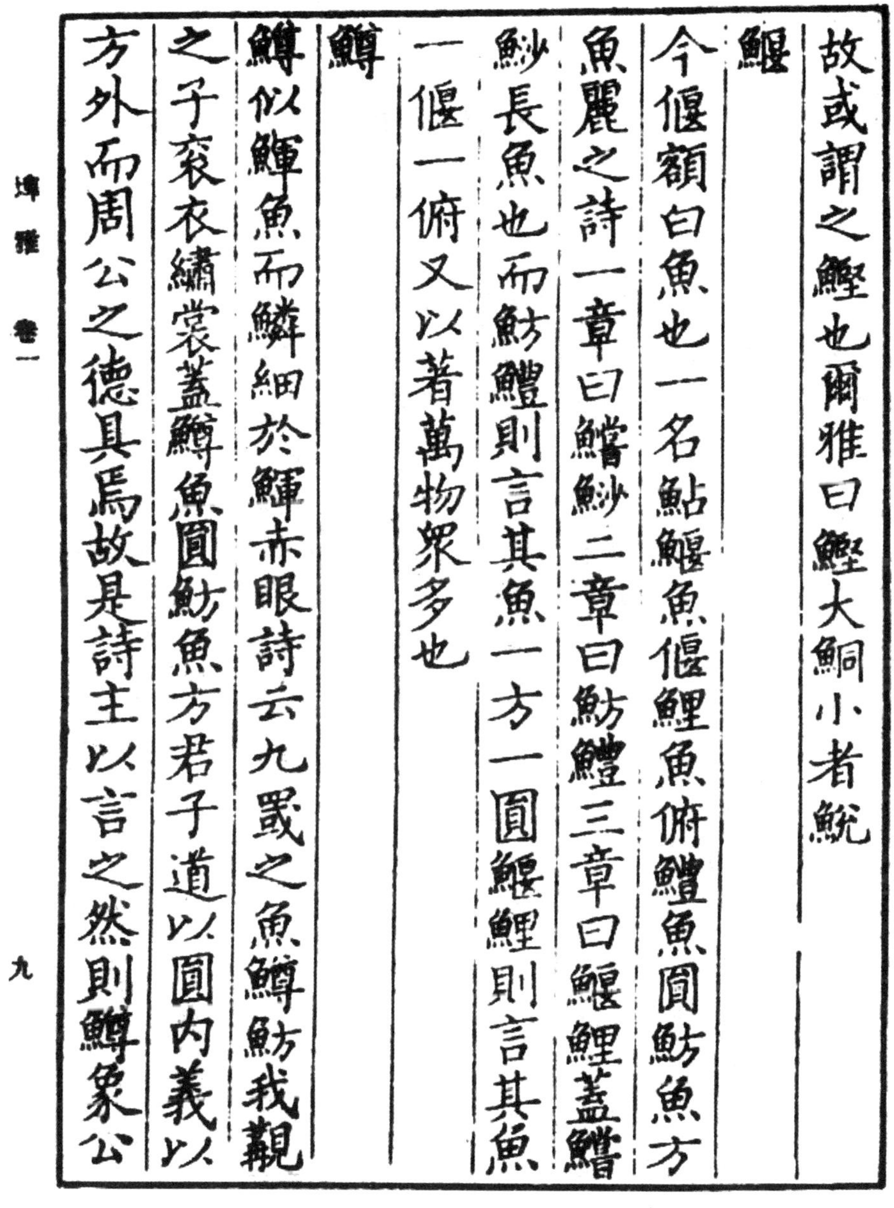

故或謂之鰹也爾雅曰鰹大鮦小者鮵

鰋

今偃額白魚也一名鮎鰋魚偃鯉魚俯鱧魚圓魴魚方魚麗之詩一章曰鱨鯊二章曰魴鱧三章曰鰋鯉蓋鱨鯊長魚也而魴鱧則言其魚一方一圓鰋鯉則言其魚一偃一俯又以著萬物衆多也

鱒

鱒似鯶魚而鱗細於鯶赤眼詩云九罭之魚鱒魴我覯之子袞衣繡裳蓋鱒魚圓魴魚方君子道以圓内義以方外而周公之德具焉故是詩主以言之然則鱒象公

埤雅 卷一 九

图 11 《埤雅》丛书集成初编本书影

龙龛手镜

“龙龛”，本为嵌佛像之石室或神椟，本书原为僧人读经服务，作者、例证、注音方面多涉释家，因此以“龙龛”命之。“手镜”，正如智光序中所称，“犹手持鸾镜，形容斯鉴，妍丑是分”。查考字书解惑，正如照镜，予人指引，使人分明。宋刻本因避宋太祖祖父赵敬讳而改为“龙龛手鉴”。

《龙龛手镜》成书于统和十五年(997)。作者释行均为辽代僧人，生卒年不详。仅通过智光的序了解，释行均为辽代蔚州金河寺僧人，俗姓于，字广济，山东出生，燕晋一带游历，善音韵、文字，不满意当时佛教训诂辞书，于是耗时五载作《龙龛手镜》。

本书结构较前代字书有较大创新。首先是设二百四十二部，既不同于《玉篇》，也不同于《说文》，该书设立了许多新的部首，如“亠”“其”等，这说明部首的设立开始关注查检功能，不再唯文字的义理是瞻，也重视文字的形体特征。其次，先按平上去入将部首字进行分类，其中平声九十七部，上声六十部，去声二十六部，入声五十九部，每部再以平上去入为次，此举与《干禄字书》相类，都是将形与音同作为检字依据，但是《干禄字书》的顺序为调—韵—形，《龙龛手镜》的顺序为调—形—调—韵。每部下所收字，并不按照笔画多寡排列，因此查考极不便。

全书一共收两万六千余字，包括正、俗、古各类字体，但对字际关系的辨析并不精当，讹乱较多，多被世人诟病。本书所收俗字丰富，成为后代辞书的重要参考，也为当下学界俗字研究留下丰富的资料。此外，作为与佛教有深厚渊源的字书，《龙龛手镜》的引据材料同样值得关注，《随函》《随经》《西川随函》《江西随函》《一切经音义》等佛教训诂辞书均被《龙龛手镜》引据。

《龙龛手镜》的版本主要包括宋高宗初刻本、宋嘉兴府刻本、清乾隆精刻本、嘉庆五年慎余堂刻本、清张丹鸣虚竹斋刊本、清刻姚觐元录钱保塘批校本、清汪氏“正谊斋丛书”本、“函海”本(“丛书集成初编”“丛书集成新编”本同)、“续古逸丛书”本、“四部丛刊”影印傅氏双鉴楼藏宋刊本、民国间武进董氏影印宋刊本、高丽《大藏经》收录本。

研究《龙龛手镜》的专著有陈飞龙《〈龙龛手鉴〉研究》、潘重规《〈龙龛手鉴〉新编》、郑宪章《〈龙龛手镜〉研究》、邓福禄《〈龙龛手镜〉疑难字丛考》等,此外,张涌泉《敦煌俗字研究》也辟专章探讨《龙龛》与敦煌俗字研究的关系。

【例字分析】

<table>
<tr><td>天</td><td>卷一·天部</td><td>天部第十七</td><td rowspan="10">按:该书对于常见字并不专释音义,因此该书所选例字皆仅列异体。足见该书所收录异体字数量之多,一些字形并不见于《集韵》。该书对于异体字的辨析试图模仿《干禄字书》,但体例不一,略显凌乱,如一些字二部重出(见“埊”)。该书另选“编”字为例,观察略次常用字之体例,音义释义也略简。总的来看,该书虽然也收录汉字的形音义信息,但其重点为字形,与前代字样辞书相类。</td></tr>
<tr><td>𠑺𠑹𠕂</td><td>卷三·一部</td><td>𠑺𠑹,二古文,音天。𠀘,古文,音天。
𠑹,上同。
𠕂,古文,音天。</td></tr>
<tr><td>宎</td><td>卷三·宀部</td><td>古文,“天”字。</td></tr>
<tr><td>旡、兂</td><td>卷三·雜部</td><td>旡,俗。兂,正,古文,音天。二。</td></tr>
<tr><td>𠂕</td><td>卷三·雜部</td><td>古文,“天”字。</td></tr>
<tr><td>埊墬坔
𡈽埅
埊</td><td>卷二·土部</td><td>埊墬坔,三古文,音地。𡈽埅,二古文“地”字。埊,古文“地”字。</td></tr>
<tr><td>埊嶳</td><td>卷一·山部</td><td>埊嶳,二古文“地”也。</td></tr>
<tr><td>𤆍</td><td>卷二·火部</td><td>𤆍,舊藏作“玄”。</td></tr>
<tr><td>黄</td><td>卷一·黄部</td><td>黄部第卌六。𪏽必連。</td></tr>
<tr><td>编</td><td>卷三·糸部</td><td>布玄反,次也,織也。又方典反,訓同。</td></tr>
</table>

《龍龕手鑒》釋智光序

辽·釋智光[1]

夫聲明[2]著論，乃印度之宏綱，觀迹成書，實支那之令躅[3]。印度則始標天語，厥號梵文，載彼貫線之花，綴以多羅[4]之葉，開之以字。緣字界，分之以男聲女聲。支那則創自軒轅，制于沮誦[5]，代結繩于既往，成進牘[6]以相沿。辨之以會意象形[7]，審之以指事轉注[8]。洎乎史籀變古文爲大篆[9]，程邈變小篆爲隸書[10]，蔡邕刊定于石經[11]，束晳網羅于竹簡[12]，九流競鶩[13]，若百谷之朝宗[14]。《七畧》遐分[15]，比衆星之拱極。尋源討本，備載于《埤蒼》《廣蒼》。叶律、諧聲咸究于《韵英》[16]《韵譜》[17]，專門則《字統》《説文》，開牖則《方言》《國語》[18]，字學于是乎昭矣。矧復釋氏之教，演于印度，澤布支那。轉梵及唐[19]，雖匪差于性相[20]，披教悟理[21]，而必正于名言，名言不正，則性相之義差，性相之義差，則修斷之路阻矣。故祇園[22]高士，探學海洪源，準的[23]先儒，導引後進[24]，揮以寶燭，啓以《隨函》[25]，《郭迻》[26]但顯于人名，《香嚴》[27]惟標于寺號。流傳歲久，抄寫時訛。寡聞則莫曉是非，博古則徒懷惋嘆。不逢敏達，孰爲編修？有行均上人，字廣濟，俗姓于氏。派演青齊[28]，雲飛燕晋[29]。善于音韵，閑于字書，睹《香嚴》之不精，寓金河[30]而載緝。九仞[31]功績，五變炎凉，具辨宫商，細分喉齒，計二萬六千四百卅餘字，註一十六萬三千一百七十餘字[32]，並注總一十八萬九千六百一十餘字。無勞避席[33]，坐奉師資[34]。詎假擔簦[35]，立袪疑滯。沙門智光，利非切玉[36]，分忝斷金[37]，辱彼告成，見命序引[38]，推讓而寧容閣筆[39]，俯仰而强爲抽毫[40]。矧以新音偏于龍龕,猶手持于鸞鏡[41],形容[42]斯鑒,妍醜是分,故目之曰"龍龕手鑒"。總四卷,以平上去入爲次,隨部復用,列之又撰《五音圖式》,附于後,庶力半功倍,垂益于無窮者矣。[43]

注释:

①釋智光,生卒年不詳。遼代燕臺憫忠寺僧人,字法炬。

②聲明,佛教語,五明之一,古印度的文法、聲韵之學。

③令躅,美好的行为。躅,zhú,足迹,引申爲行爲。

④多羅,梵文 Pattra 的譯音。亦譯作"貝多羅"。樹名。即貝多樹。形如棕櫚,葉長稠密,久雨不漏。其葉可供書寫,稱貝葉。

⑤沮誦,生卒年不詳。相傳爲黄帝的左史,與倉頡共造文字。

⑥進牘,古代進奉寫字用的木板或紙箋。

⑦會意象,指會意。

⑧洎,到,及。

⑨史籀,生卒年不詳,周宣王時爲史官。大篆,周朝的字體,是一種筆劃較繁複的篆書。秦朝創制小篆以後,把這種字體叫"大篆"。

⑩程邈,生卒年不詳,字元岑,秦朝書法家,内史下邽人。相傳他首先將篆書改革爲隸書。蔡邕稱其"删古立隸文"。

⑪蔡邕(132—192),東漢文學家、書法家。字伯喈,陳留圉人。靈帝時爲議郎,因上書論朝政闕失,遭到誣陷,流放朔方。遇赦後,亡命江湖十餘年。董卓專政,被迫爲侍御史,官左中郎將,人稱蔡中郎。卓被誅後,邕被王允所捕,死於獄中。通經史、音律、天文,善辭章。散文長於碑記,工整典雅,多用偶句,舊時頗受推重。工篆、隸,尤以隸書著稱,結構嚴整,有"骨氣洞達,爽爽有神"之評。由於揚名當時,不少漢末碑刻被後人附會爲蔡邕所書,致有"體法百變"之稱。熹平四年(175),朝廷"正定六經文字",部分由蔡邕書丹於石,立太學門外,世稱"熹平石經"。又曾於鴻都門見工匠用帚寫字,得到啓發,創"飛白"書。亦能畫。有《蔡中郎集》,係後人輯本。

⑫束皙(261—300),字廣微。西晋陽平元城人。太康二年(281),校理汲冢竹書,並以今文寫成。

⑬九流,即儒家、道家、陰陽家、法家、名家、墨家、縱横家、雜家、農家九家。競騖,意爲争馳。

⑭百谷,指众谷之水。朝宗,比喻小水流注大水。

⑮畧,同“略”。《七畧》,是西漢劉歆匯録的中國第一部官修目録和第一部目録學著作。作品分爲輯略、六藝略、諸子略、詩賦略、兵書略、數術略、方技略等七部。

⑯《韵英》,唐代元庭堅所撰韵書,已佚。

⑰《韵譜》,當爲當時韵書,無考。

⑱《國語》,相傳是春秋時左丘明所撰的國别體著作,以國分類,以語爲主,故名“國語”,其中包括各國貴族間朝聘、宴饗、諷諫、辯説、應對之辭以及部分歷史事件與傳説。

⑲轉梵及唐,指將佛經由梵語譯爲漢語。

⑳性相,性就是諸法永恒不變的本性,相就是諸法顯現於外可資分别的形相。

㉑悟理,領會道理,參悟佛理。

㉒祇園,“祇樹給孤獨園”的簡稱,梵文的意譯。

㉓洪源,指事物的根源、起源。準的,“準”“的”都是箭靶,即射擊目標,故引申爲標準。

㉔後進,是落後的委婉語,先進的反義詞。亦指學識或資歷較淺的人。

㉕《隨函》,即《新藏經音義隨函録》,佛教音義書,五代後晋天福五年(940)可洪撰。

㉖郭迻,生卒年不詳,唐代訓詁學家。《郭迻經音》屬於佛教音義類書,爲了幫助人們識讀佛經中的疑難文字而編。

㉗《香嚴》,即《香嚴字書》,佛教音義書,作者無考。

㉘派演,指宗族支派繁衍。青齊,指山東,山東古代屬於青州,山東的别稱又叫“齊”,故名。

㉙雲飛,猶游歷。

㉚金河，是其住持處，查閱《遼史》，應爲蔚州金河寺。

㉛九仞，六十三尺。一説七十二尺。常用以形容極高或極深。

㉜註，同“注”。

㉝無勞，猶無須，不煩。避席，离开座位说话，以示尊敬。

㉞師資，可以做老師的人才。

㉟詎假，同“不假”，不需要。擔簦，dān dēng，背着傘。謂奔走，跋涉。

㊱切玉，割玉。形容刀劍鋒利。

㊲忝，有愧於，常用作謙辭。斷金，猶切玉。

㊳序引，意思是序和引，二者皆爲文體名。“引”大致如序而稍簡短。

㊴閣筆，意思是停笔，放下笔。

㊵抽毫，抽筆出套，亦借指寫作。

㊶鸞鏡，妝鏡。

㊷形容，形體容貌。

㊸本文落款爲“時統和十五年丁酉七月一日癸亥序，燕臺憫忠寺沙門智光字法炬撰”。統和十五年，即998年，爲遼聖宗的第一個年號。起983年，終1012年，共三十年。

《龍龕手鑒》徐𤊹序

清·徐𤊹[①]

《夢溪筆談》[②]云:幽州僧行均,集佛書中字,爲切韵訓詁,凡十六萬字,分四卷,號"龍龕手鏡"。燕僧智光爲之序,甚有詞辨[③]。契丹重熙二年集[④]。契丹書禁甚嚴,傳入中國者,法皆死。熙寧中,有人自虜中得之,入傅欽之家,蒲傳正[⑤]帥浙西,取以鏤板,其序末舊云"重熙二年五月序",蒲公削去之。觀其字音、韵次、序,皆有理法,後世殆不以其爲燕人也。右《夢溪》所談如此,𤊹四十年前讀之。偶於萬曆己酉,過杭州,購得此書,乃高深甫[⑥]家所藏,宋板宋紙也,深甫有印記,前序有統和十五年丁酉,乃宋太宗至道三年也。寔契丹原本,非蒲帥重梓于浙西者。計今七百餘年,卷帙完好,《夢溪》所云,重熙二年者,又後統和三十餘年。予考其序,摠有一十八萬九千六百餘字也。行均,字廣濟。智光,字法炬。《夢溪》未詳矣。[⑦]

注释:

①徐𤊹(1563—1639),字惟起、興公,别號三山老叟、天竿山人、竹窗病叟、筆耕惰農、筠雪道人、緑玉齋主人、讀易園主人、鰲峰居士,祖籍侯官,閩縣鰲峰坊人,是明代藏書家、文學家、目録學家,畫家、書法家、金石學家、戲曲家、地方志作者。

②《夢溪筆談》,北宋科學家、政治家沈括撰,是涉及古代中國自然科學、工藝技術及社會歷史現象的綜合性筆記體著作。

③詞辨,能言善辯之才。

④重熙二年,即1033年,北宋明道二年。重熙是遼興宗耶律宗真的第二個年號,歷時近二十四年,起1032年,終1055年。

⑤蒲宗孟(1022—1088),字傳正,皇祐年間進士,曆官集賢校理、翰林學士、尚書右丞。

⑥高深甫,即高濂(1573—1620),明代戲曲作家,字深甫,號瑞南。浙江錢塘人。

⑦本文落款爲"崇禎戊寅元夕徐㶿興公識"。崇禎戊寅,崇禎十一年,1638年。

《龍龕手鑒》錢大昕跋

清・錢大昕[①]

契丹僧行均《龍龕手鑒》四卷，予所見者影宋鈔本，前有燕臺憫忠寺沙門智光（字法炬）序，題云“統和十五年丁酉七月”，即宋太宗至道三年也。書中於“完”字闕末一筆，知是南宋所鈔。晁氏、馬氏載此書本名“龍龕手鏡”[②]，今改“鏡”爲“鑒”，蓋宋人避廟諱嫌字，如“石鏡縣”改曰“石照”矣。注中所引有《舊藏》《新藏》《隨文》《隨函》《江西隨函》《西川隨函》諸名。又引“應法師音”“郭迻音”（或作郭氏）“琳法師説”。予考之宋《藝文志》，有可洪《藏經音義隨函》三十卷[③]，未知其爲《江西》與《西川》也。僧玄應有《一切經音義》[④]十五卷，其即應法師乎？

注釋：

①錢大昕（1728—1804），清學者。字曉徵，號辛楣，一號竹汀，晚稱潛揅老人，江蘇嘉定人。乾隆十九年（1754）進士，官至少詹事。曾參與編修《續文獻通考》《續通志》。乾隆四十年（1775）起，先後主講鐘山、婁東、紫陽等書院。治學涉獵頗廣，於音韵訓詁尤多創見，證明古無輕唇、重唇之分和舌頭、舌上之分。其説多散見於《潛揅堂文集》和《十駕齋養新録》中。於史學，以校勘考訂見長，撰有《廿二史考異》，又有志重修元史，補《藝文志》《氏族表》，並以所得資料撰成《元詩紀事》（原稿佚）。著作尚有《潛揅堂金石文跋尾》《恒言録》等。

②晁氏，晁公武（1105—1180），南宋藏書家。字子止，巨野人。乾道間爲臨安府少尹。自七世祖晁迥以下，均喜藏書。公武又受南陽井度贈書五十篋，合舊藏共二萬四千五百多卷。校讎異同，論述大旨，編成《郡齋讀書志》，爲宋代著名的提要目録。馬氏，即馬端臨（約 1254—1323），宋元之際史學家。

字貴與，饒州樂平人。宋相馬廷鸞之子。南宋咸淳九年(1273)漕試第一。元初任慈湖、柯山兩書院山長。著《文獻通考》，歷二十餘年始成，共三百四十八卷，爲記述歷代典章制度的重要著作。熟知宋時士大夫的議論，書中收采很多。以身當宋亡，對宋末統治集團的腐敗，時有憤慨批評。另有《多識録》《大學集注》等書，俱失傳。

③《藏經音義隨函》，簡稱《隨函》，爲五代可洪所撰，是對佛典中出現的字進行形體辨析、讀音標示、意義闡釋的書。

④《一切經音義》，唐代釋玄應、釋慧琳所編著的訓詁學音義類專書。

《龍龕手鑒》張元濟跋

張元濟[①]

卷首崇禎戊寅徐興公跋引《夢溪筆談》謂，熙寧間得自虜中之本，爲契丹重熙二年集。蒲傳正帥浙西，取以鏤板，序末舊有重熙二年五月序。此本智光序題統和十五年丁酉，前於重熙三十餘年，定爲契丹原本，非熙寧中蒲帥重梓浙西本云云。按是書原名"龍龕手鏡"。宋時重刻，避翼祖嫌諱[②]，始改"鏡"爲"鑒"。此本"鏡"已作"鑑"，必非契丹原本。序文標題，首冠"新修"二字，當亦非原本所有，而爲熙寧或後來刻本所增。卷二上聲一册，字迹勁挺厚重，有率更法度，的是北宋剞劂[③]。板心[④]每葉記刻工姓名中有徐彦、朱禮二人，見於紹興十九年明州所刻之《徐公文集》。考《宋史・蒲宗孟傳》"熙寧元年，宗孟改著作佐郎"，其徙知杭州當在神宗或哲宗時，距《徐公文集》刻成之歲，尚有四五十年。是書卷二所載刻工凡二十人。至紹興十九年，多已物化[⑤]，僅存二人。此二人者，當刻本書時，年事尚幼，居於杭州，或因南渡時移徙浙東，仍操故業，至四五十年後，尚能刻《徐公文集》，此以事理衡之，非不可能。其他平、去、入聲二卷，則刻工僅有五人，然均非卷二所有。版口[⑥]闊狹亦不同，筆意既殊，鐫法並異。就此觀之，其上聲一卷，可定爲是書由遼入宋最初覆刻，餘則爲後來再覆之本。卷三木部"構"字避宋諱[⑦]，是則已入南宋矣。昔錢遵王嘗得是書[⑧]，誇爲契丹鏤板，蕘圃[⑨]曾指其誤。余今誦興公之言，亦竊欲自比於黄氏云。

注释：

①張元濟(1867—1959)，出版家。字筱齋，號菊生，浙江海鹽人。清光緒十八年(1892)進士，曾任總理各國事務衙門章京。因參加維新運動，戊戌政變後被革職。後在上海致力文化事業，曾任南洋公學譯書院院長、南洋公學總理。光緒二十八年(1902)入商務印書館，歷任編譯所所長、經理、監理、董事長等。校印百衲本"二十四史"，影印"四部叢刊"。輯有"續古逸叢書"。新中國成立後任上海文史館館長、商務印書館董事長，並當選第一、第二屆全國人大代表。著有《校史隨筆》《涵芬樓燼餘書録》《寶禮堂宋本書録》《涉園序跋集録》等。

②翼祖，即宋翼祖赵敬，宋太祖赵匡胤的祖父。"敬""鏡"同音，故諱。

③剞劂，jī jué，雕版，刻印。

④版心，也稱"葉心"，或簡稱"心"，指古籍書葉兩半葉之間、没有正文的一行。爲折裝整齊，版心多刻有魚尾、口線等，爲便檢索，也常有書名、卷數、頁碼、每卷小題、刻工姓名等文字。因爲這一行居於兩版的中心，故稱版心。

⑤物化，去世，死亡。

⑥版口，又稱書口，或簡稱口。指書籍裝訂成册後開合一側的端面，有白口、黑口等款式。就書版而言它是版心。對於以包背裝或線裝的方式裝訂起來的書籍而言，這一部分爲書可以翻閱的開口，故稱書口。

⑦避宋諱，此處指避趙構諱。趙構，宋朝第十位皇帝，即宋高宗，字德基。

⑧錢遵王，錢曾(1629—1701)。字遵王，號也是翁，江蘇常熟人，清初藏書家。其藏書室名"述古堂"和"也是園"。輯有《述古堂藏書目》《也是園書目》，並選擇其中珍貴之書，爲撰《讀書敏求記》。

⑨蕘圃，即黄丕烈(1763—1825)，清藏書家、校勘學家。字紹武，號蕘圃，又號復翁，江蘇吴縣人。乾隆五十三年(1788)舉人，官分部主事。喜藏書，搜購宋本圖書百餘種，專藏一室，名爲"百宋一廛"，顧廣圻爲之撰《百宋一廛賦》，黄自作注釋，説明版刻源流和收藏傳授。勤於校勘，每得珍本，即作題跋，後人編集爲《士禮居藏書題跋》。

图 12 《龙龛手鉴》四库全书本书影

中原音韵

《中原音韵》是中国最早的曲韵著作，对元曲四大家——关汉卿、郑光祖、白朴、马致远作品中的韵脚字进行分类。严格来说，《中原音韵》并非韵书，因为其并不提供汉字的字义，收字也不全，但确实可为元曲写作提供参考，也正因于此，"四部全书"将其归为集部，并未像其他韵书一般归入经部。

《中原音韵》的作者周德清，"工乐府，善音律"，对元曲有较深的研究，不满当时作曲、唱曲的人都不拘格律的做法，认为北曲发展若要长远，必须规范、明确其体制、格律、语言，尤其不能忽视语音的规范性。但是作为江西高安人的周德清，又怎能搞清北韵的头绪？毕竟江西距离元大都千里之遥。据考证，周德清一生虽未去过大都，却常在江西吉安活动。江西吉安乃江西的交通枢纽，也是文化中心，北方驻军、文人骚客、羁旅行人常聚集于此，这为周德清考辨语音提供便利。加之周德清本就钟情于元曲，种种契机促使他编写《中原音韵》，书成于泰定元年(1324)。

《中原音韵》内容可分为两大部分，第一部为韵谱，即将曲词中常用的韵脚字按照读音分类。全书共分十九个韵部，分别为东钟、江阳、支思、齐微、鱼模、皆来、真文、寒山、桓欢、先天、萧豪、歌戈、家麻、车遮、庚青、尤侯、侵寻、监咸、廉纤。每一韵部下又分为平声阴、平声阳、入声作平声阳、上声、入声作上声、去声、入声作去声等类。每类之下又以"每空是一音"的体例，分列同音字组，共计一千五百八十六组。第二部分为《正语作词起例》，即为韵谱编制体例、审音相关说明，亦包括北曲体制、音律、语言以及曲词的创作方法的论述等。该书勇于突破长久以来因循《广韵》旧韵束缚，着眼当时活的语言，记述、反映了当时北方的实际语音，是研究近代共同语语音史的重要资料。

当前《中原音韵》的相关版本包括：《啸余谱》本、一九二一年长沙吴氏影钞原本、一九二二年瞿氏铁琴铜剑楼影印元刊本、"重订曲苑"本、"四库全书"

本、"中国戏曲论著集成"本、一九八四年抽印复制本、一九六〇年台北广大书局本等。

相关研究论著有赵荫棠《〈中原音韵〉研究》、杨耐思《〈中原音韵〉音系》、李新魁《〈中原音韵〉音系研究》、宁继福《〈中原音韵〉表稿》、薛凤声《〈中原音韵〉音位研究》、高福生《〈中原音韵〉新论》、张玉来等《〈中原音韵〉校本》、童琴《〈中原音韵〉与〈洪武正韵〉比较研究》等。

【例字分析】

<table>
<tr><td>天</td><td>先天·平</td><td>○天</td><td rowspan="4">按:《中原音韵》收字有明确范围,仅收录关、郑、白、马作品的韵脚字,致使很多字未收。仅对北曲韵脚字分类,并不解释,因此严格来看,《中原音韵》并非辞书,用其查考有诸多不便。但由于它跳脱原有中古韵书的框架,记述了元代北方话用韵,在语音史上有重要的意义,因此相关研究论著很多。</td></tr>
<tr><td>地</td><td>齐微·去</td><td>○帝谛缔弟娣第地遞蒂棣</td></tr>
<tr><td>玄</td><td>先天·阳</td><td>○玄</td></tr>
<tr><td>黄</td><td>江阳·阳</td><td>○黄簧潢篁艎蝗皇凰惶</td></tr>
</table>

《中原音韵》虞集序

元・虞集[①]

樂府作而聲律盛，自漢以來然矣。魏晋隋唐，體制不一，音調亦異，往往于文雖工，于律則弊。宋代作者如蘇子瞻[②]，變化不測之才，猶不免"製詞如詩"之誚[③]。若周邦彦、姜堯章輩[④]，自製譜曲，稍稱通律，而詞氣[⑤]又不無卑弱之憾。辛幼安[⑥]自北而南，元裕之[⑦]在金末國初，雖詞多慷慨，而音節則爲中州之正，學者取之我朝。混一[⑧]以來，朔南暨聲教[⑨]，士大夫歌咏，必求正聲，凡所製作，皆足以鳴國家氣化之盛，自是北樂府出，一洗東南習俗之陋。大抵雅樂之不作，聲音之學不傳也久矣。五方言語又復不類，"吴楚傷于輕浮，燕冀失于重濁，秦隴去聲爲入，梁益平聲似去"[⑩]，河北、河東取韵尤遠，吴人呼"饒"爲"堯"，讀"武"爲"姥"，説"如""近魚切"，"珍"[⑪]爲"丁心"之類。正音豈不誤哉？高安周德清，工樂府，善音律，自著《中原音韵》，一帙分若干部，以爲正語之本，變雅之端。其法以聲之清濁，定字爲陰陽，如高聲從陽，低聲從陰，使用字者隨聲高下措字爲詞，各有攸當[⑫]，則清濁得宜而無淩犯[⑬]之患矣。以聲之上下分韵爲平仄，如入聲直促，難諧音調，成韵之入聲，悉派三聲，誌以黑白[⑭]，使用韵者隨字陰陽置韵成文，各有所協，則上下中律而無拘拗之病矣。是書既行于樂府之士，豈無補哉？又自製樂府若干調，隨時體製，不失法度，屬律必嚴，比事必切，審律必當，擇字必精，是以和于宫商，合于節奏，而無宿昔聲律之弊矣。余昔在朝以文字爲職，樂律之事，每與聞之，嘗恨世之儒者，薄其事而不究心[15]，俗工執其藝而不知理由，是文律二者不能兼美[16]。每朝會大合樂，樂署必以其譜來翰苑請樂章，唯吴興趙公[17]承旨時，以屬官所撰不協，自撰以進，並言其故，爲延祐[18]天子嘉賞焉。及余備員[19]，亦稍爲隱括[20]，終爲樂工所哂，不能如吴興時也。當是時，苟得德清之爲人，引之禁林[21]，相與討論。斯事豈無一日起余之助乎？惜哉！余還山中，眊[22]且廢矣。德清留滯江南，又無有賞其音者。方今天下治平，朝廷將必有大製作，興樂府，以協律，如漢武宣之世，然則頌清廟歌郊祀，攄[23]和平正大之音，以揄揚[24]今日之盛者，其不在於[25]諸君子乎，德清勉之。[26]

注释：

①虞集(1272—1348)，字伯生，號道園，世稱邵庵先生、青城樵者、芝亭老人。祖籍成都仁壽，臨川崇仁人。任大都路儒學教授、國子助教、集賢殿修撰、奎章閣侍書學士、翰林侍講學士等。學者、詩人，南宋左丞相虞允文五世孫。

②蘇子瞻，即蘇軾(1037—1101)，字子瞻，號東坡居士，北宋著名文學家、書法家、畫家。

③誚，責怪。

④周邦彦(1056—1121)，北宋著名詞人。字美成，號清真居士，錢塘人。姜堯章(1154—1221)，姜夔，字堯章，號白石道人，江西鄱陽縣人，南宋詞人。輩，同“輩”。

⑤詞氣，即言語或文詞的氣勢。

⑥辛幼安，即辛弃疾(1140－1207)，原字坦夫，後改字幼安，號稼軒，山東東路濟南府曆城縣人。南宋豪放派詞人、將領，有“詞中之龍”之稱。

⑦元裕之，即元好問(1190—1257)，字裕之，號遺山，世稱遺山先生。太原秀容人。金朝末年至大蒙古國時期文學家、歷史學家。

⑧混一，指齊同，統一。

⑨朔，北。聲教，聲威教化。

⑩“吴楚傷於輕浮……梁益平聲似去”，此處轉引《〈切韵〉序》。

⑪珎，同“珍”。

⑫攸，所。當，應該。

⑬淩犯，干扰。淩同“凌”。

⑭誌，同“志”。

⑮究心，專心研究。

⑯兼美，猶言完善，樣樣擅長。

⑰吴興趙公，即趙孟頫(1254—1322)，字子昂，號松雪道人。元代書法家、詩人。

⑱延祐，元朝元仁宗的第二個年號。起1314年，終1320年，共七年。

⑲備貟，意思是湊足人員的數，充數。貟同“員”。

⑳檃括，矯正曲木的工具。詞的檃括指將其他詩文剪裁改寫爲詞的形式。檃，yǐn。

㉑禁林，翰林。

㉒眊，mào，眼睛看不清楚，引申爲糊塗。

㉓攄，shū，抒發、發表。

㉔揄揚，揮揚，揚起。

㉕扵，同“於”。

㉖本文落款爲“前奎章閣侍書學士虞集書”。

《中原音韵》自序

元·周德清[①]

青原蕭存存[②]，博學，工於文詞，每病[③]今之樂府，有遵音調作者；有增襯字[④]作者；有《陽春白雪集·德勝令》："花影壓重檐，沉烟裊繡簾，人去青鸞杳，春嬌酒病懨。眉尖，常瑣傷春怨。忺忺，忺的來不待忺。""繡"唱爲"羞"，與"怨"字同押者。有同集《殿前歡》"白雪窩"二段，俱八句，"白"字不能歌者。有板行[⑤]逢雙不對，襯字尤多，文律俱謬，而指時賢作者。有韵腳用平上去[⑥]，不一一云，也唱得者。有句中用入聲，不能歌者。有歌其字，音非其字者。令人無所守。

泰定甲子，存存託其友張漢英以其説問作詞之法于予，曰："言語一科，欲作樂府，必正言語；欲正言語，必宗中原之音。樂府之盛、之備、之難，莫如今時。其盛，則自搢紳[⑦]及閭閻[⑧]歌詠者衆。其備，則自關、鄭、白、馬一新製作[⑨]，韵共守自然之音，字能通天下之語，字暢語俊，韵促音調；觀其所述，曰忠，曰孝，有補於世。其難，則有六字三韵，"忽聽、一聲、猛驚"是也。諸公已矣，後學莫及。何也？蓋其不悟聲分平仄，字别陰陽。夫聲分平仄者，謂無入聲，以入聲派入平、上、去三聲也。作平者最爲緊切，施之句中，不可不謹。派入三聲者，廣其韵耳。有才者，本韵自足矣。字别陰陽者，陰陽字平聲有之，上去俱無。上去各止一聲。平聲獨有二聲：有上平聲，有下平聲。上平聲非指一東至二十八山而言，下平聲非指一先至二十七咸而言。前輩爲《廣韵》平聲多，分爲上下卷，非分其音也。殊不知平聲字字俱有上平、下平之分，但有有音無字之别，非一東至山皆上平，一先至咸皆下平聲也。如“東”“紅”二字之類，“東”字下平聲屬陰，“紅”字上平聲屬陽。陰者，即下平聲；陽者，即上平聲。試以“東”字調平仄，又以“紅”字調平仄，便可知平聲陰陽字音，又可知上去二聲各止一聲，俱無陰陽之别矣。且上去二聲，施於句中，施於韵脚，無用陰陽，惟慢詞中僅可曳其聲爾[10]，此自然之理也。妙處在此，初學者何由知之！乃作詞之膏肓[11]，用字之骨髓，皆不傳之妙，獨予知之，屢嘗揣其聲病於《桃花扇影》而得之也。

籲[12]！考其詞音者，人人能之；究其詞之平仄、陰陽者，則無有也。彼之能遵音調，而有協音俊語可與前輩頡頏[13]，而謂“成文章，曰樂府”也；不遵而增襯字，名樂府者，自名之也。《德勝令》“繡”字、“怨”字，《殿前歡》八句、“白”字者，若以“繡”字是“珠”字誤刊，則“烟”字唱作去聲，爲“沉宴裊珠簾”，皆非也，“呵呵忺忺”者，何等語句？未聞有如此平仄、如此開合韵脚《德勝令》，亦未聞有八句《殿前歡》。此自己字之開合、平仄，句之對偶、短長，俱不知，而又妄編他人之語，奚足以知其妍媸歟[14]？

嗚呼！言語可不究乎？以板行謬語而指時賢作者，皆自爲之詞，將正其己之是，影其己之非，務取媚於市井之徒，不求知於高明之士，能不受其惑者，幾人哉！使真時賢所作，亦不足爲法。取之者之罪，非公器也。韵脚用三聲，何者爲是？不思前輩某字、某韵必用某聲，却云“也唱得”，乃文過之詞[15]，非作者之言也。平而仄，仄而平，上去而去上，去上而上去者，諺云“鈕折嗓子”是也，其如歌姬之喉咽何？入聲於句中不能歌者，不知入聲作平聲也。歌其字、音非其字者，合用陰而陽、陽而陰也。此皆用盡自己心，徒快一時意，不能傳久，深可哂哉！深可憐哉！

惜無有以訓之者，予甚欲爲訂砭[16]之文，以正其語，便其作，而使成樂府，恐起争端，矧爲人之學乎？因重張之請，遂分平聲陰陽，及撮其三聲同音，兼以入聲派入三聲，如"碑"字，次本聲後，葺成一帙[17]，分爲十九，名之曰"中原音韵"，並《起例》以遺之，可與識者道。[18]

注释：

①周德清（1277—1365），音韵學家，字挺齋，江西高安人。善音律，兼長北曲。認爲"世之泥古非今，不達時變者衆"，"呼吸之間，動引《廣韵》爲證"，據當時北曲用韵寫成《中原音韵》一書，爲北音韵書的創始。

②蕭存存，江西人，生卒年不詳。

③病，認爲存在問題。

④襯字，曲牌所規定的格式之外另加的字，稱爲"襯字"。

⑤板行，雕板印刷發行

⑥腳，同"脚"。

⑦搢紳，插笏於紳。紳，古代仕宦者和儒者圍於腰際的大帶。搢紳，有官職的或做過官的人，又稱縉紳。

⑧閭閻，lǘ yán，泛指民間，也指平民。

⑨關、鄭、白、馬，即關漢卿、鄭光祖、白樸、馬致遠，當時的元曲四大家。

⑩曳，伸長。

⑪膏肓，比喻事物的要害或關鍵。

⑫籲 yù，嘆詞，同"吁"。

⑬頡頏，xié háng，鳥上下飛貌，引申爲不相上下，相互抗衡。

⑭妍媸，yán chī，同"妍蚩"，美好和醜惡。

⑮文過，掩飾過錯。

⑯砭，規勸。

⑰葺，修造。

⑱本文落款爲"是秋九日，高安挺齋周德清自序"。

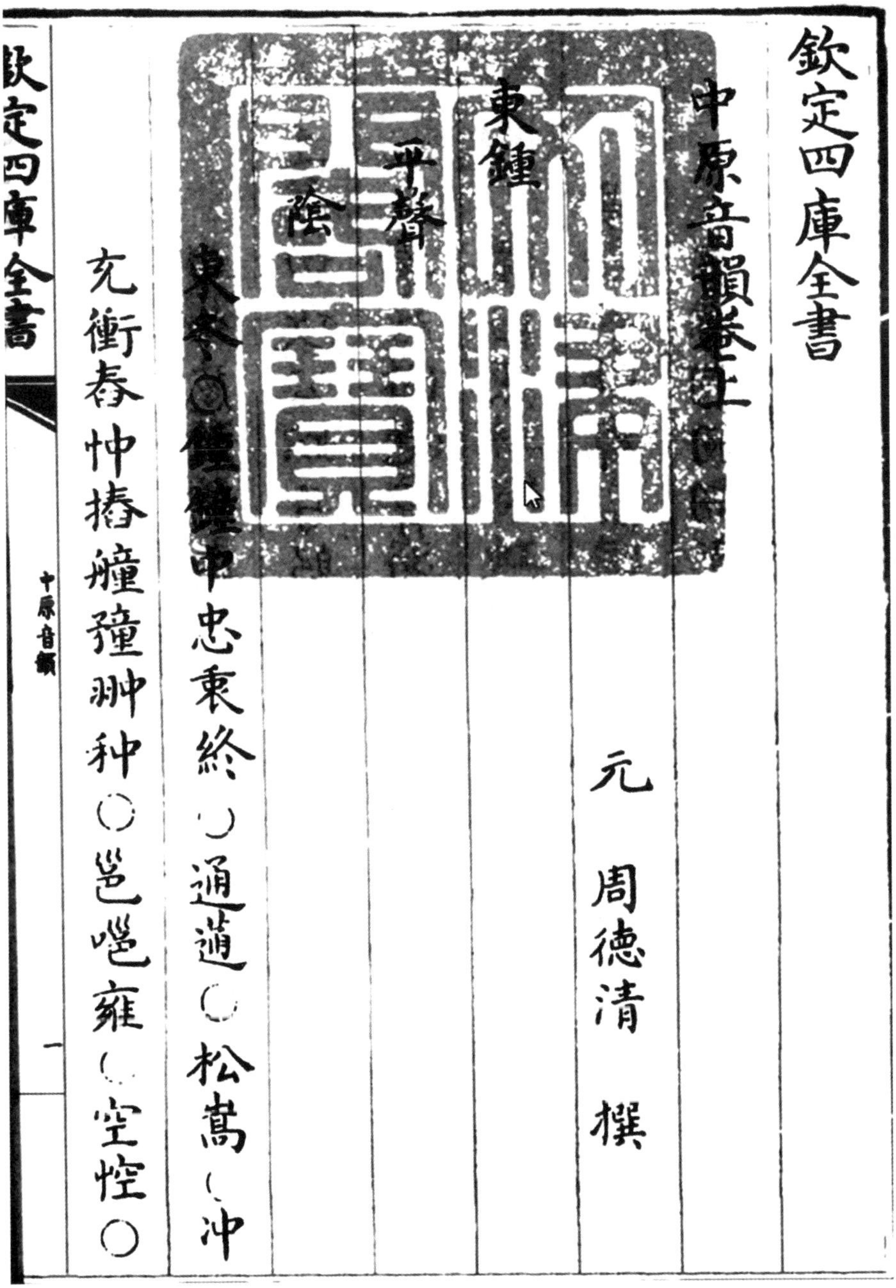

欽定四庫全書

中原音韻卷上

元 周德清 撰

東鍾

平聲

陰

東冬○鍾鐘中忠衷終○通蓪○松嵩○冲

充衝舂忡摏艟罿翀种○邕嗈雍○空悾○

欽定四庫全書

中原音韻

一

图 13 《中原音韵》四库全书本书影

洪武正韵

语音的变化速度虽不及词汇，但从古至今，变化的脚步不曾停歇。正因于此，前代韵书至明代已不适用，加之宋代《集韵》后再无官修韵书，亟需一部作为科举应试的标准。明太祖朱元璋认为"韵学起于江左，殊失正音"，命乐韶凤、宋濂等文人作《洪武正韵》，参中原雅音正之。洪武八年(1375)，《洪武正韵》书成，全书十六卷，共收七十六韵。朱元璋阅后并不满意，认为"其中尚有未谐者"，于是又命人重新编纂，为八十韵本。但朱元璋还是不满意，于是命词人再次校正，最后这一版本被名为"洪武通韵"，取代《洪武正韵》。

《洪武正韵》七十六韵本，平上去各二十二部，入声十部。八十韵本，平上去各二十三部，入声十一部。全书共收一万二千二百余字。后人分析《洪武正韵》，认为其声母分类沿用宋人三十六字母系统框架，但是"非""敷"混，"知""照"混，"彻""穿"混，"澄""床"混("床"母的一部分又与"禅"混)，"泥""娘"混，实际为三十一声母，其中仍保留全浊声母。《洪武正韵》所涉"中原雅音"，其性质一直以来都是学界讨论的热点，一方面中原雅音距离代表北方语音实际的《中原音韵》尚有差距(如保留全浊声母、保留入声等特征)，略显保守；另一方面，《洪武正韵》韵的设置上与中古音二〇六系统差距较大，并不一味泥古。基于以上特点，《中国大百科全书·语言文字》认为《洪武正韵》描写的应为当时北方的读书音。

《洪武正韵》颁行后，并未产生较大影响，远不及前代韵书，但在朝鲜半岛影响甚大，当时朝鲜崇敬与景仰明王朝，自然将这部敕造韵书视为标准、权威，于是依此为蓝本编写一系韵书，如《〈洪武正韵〉译训》《四声通考》《四声通解》，足以看出《洪武正韵》对其的影响。

《洪武正韵》现见版本包括明洪武八年刘以节刊本、明正德三年刊本、明隆庆元年刊本、明万历三年刊本、明万历十年刊本、上海书店影印"四部丛刊续编”本等。明代杨时伟的《〈洪武正韵〉笺》影响较大。关于《洪武正韵》研究的专著有甯忌福《〈洪武正韵〉研究》、童琴《〈中原音韵〉与〈洪武正韵〉比较研究》、郭安作等《明朝韵书海外传播研究——以朝鲜时代〈洪武正韵〉译训为例》。

【例字分析】

<table>
<tr><td>天</td><td>平声·十一先·天小韵</td><td>他前切。《説文》:“天,顛也。至高無上。”古作“兲”,象積氣之形。《毛詩傳》:“尊而稱之則稱皇天。”《釋名》曰:“豫、司、兗、冀以舌腹言之。天,顯也。在上高顯也。青、徐以舌頭言之。天,坦也。坦然而高遠也。”</td><td rowspan="4">按:较之《广韵》,《洪武正韵》分韵差别明显,从“地”“黄”二字的归韵便可看出。此外,《洪武正韵》中收录了更多的名物词,亦可以从中看出汉语词汇系统近代以降双音化的倾向。</td></tr>
<tr><td>地</td><td>去声·三霁·地小韵</td><td>徒利切。土地也,亦作“墜”“埊”。</td></tr>
<tr><td>玄</td><td>平声·十一先·玄小韵</td><td>胡涓切。黑也,寂也,幽遠也。《易天玄記·九族》注:“玄孫,微昧者。”</td></tr>
<tr><td>黄</td><td>平声·十七阳·黄小韵</td><td>胡光切。中央色。《禮記》:“黄者,中也。”又姓。又國名。又“乘黄”,馬名,龍翼、馬身、詩乘。“乘黄”,亦曰“翠黄”,又曰“飛黄”。《封禪書》:“招翠黄乘龍於沼。”蒼黄,失措悤遽貌。又“離黄”,倉庚也。</td></tr>
</table>

《洪武正韵》序

明·宋濂[①]

人之生也，則有聲，聲出而七音[②]具焉。所謂七音者，牙、舌、唇、齒、喉及舌、齒各半是也。智者察知之，分其清濁之倫，定爲角、徵、宫、商、羽，以致於半商、半徵[③]，而天下之音，盡在是矣。

然則音者，其韵書之權輿[④]乎！夫單出爲聲，成文爲音，音則自然協和，不假勉强而後成。虞廷之《賡歌》[⑤]、康衢之民謡，姑未暇論，至如《國風》《雅》《頌》四詩[⑥]，以位言之，則上自王公，下逮小夫賤隸，莫不有作。以人言之，其所居有南、北、東、西之殊，故所發有剽疾[⑦]重遲之異。四方之音，萬有不同。孔子删《詩》，皆堪被之絃歌者[⑧]，取其音之協也。音之協，其自然之謂乎！不特此也。楚、漢以來，《離騷》之辭，《郊祀》[⑨]《安世》[⑩]之歌，以及於魏、晋諸作，曷嘗拘於一律？亦不過協比其音而已。自梁之沈約[⑪]，拘以四聲八病[⑫]，始分爲平、上、去、入，號曰"類譜"[⑬]，大抵多吴音也。及唐，以詩賦設科，益嚴聲律之禁，因禮部之掌貢舉[⑭]，易名曰"禮部韵略"[⑮]，遂至毫髮弗敢違背。雖中經二三大儒，且謂承襲之久，不欲變更。縱有患其不通者，以不出於朝廷，學者亦未能盡信。唯武夷吴棫[⑯]患之尤深，乃稽《易》《詩》《書》，而下逮於近世，凡五十家，以爲《補韵》[⑰]。新安朱熹據其説，以協三百篇之音，識者雖或信之，而韵之行世者猶自若也。

嗚呼！音韵之備，莫逾於四詩。《詩》乃孔子所删，舍孔子弗之從,而唯區區沈約之是信,不幾於大惑歟?恭惟皇上稽古右文,萬幾之暇,親閲韵書,見其比類失倫,聲音乖舛,召詞臣諭之曰:"韵學起於江左[18],殊失正音。有'獨用'當並爲'通用'者,如'東、冬、清、青'之屬。亦有一韵當析爲二韵者,如'虞、模、麻、遮'之屬。若斯之類,不可枚舉,卿等當廣詢通音韵者,重刊定之。"

於是翰林侍講學士臣樂韶鳳[19]、臣宋濂、待制臣王僎[20]、修撰臣李叔允[21]、編修臣朱右[22]、臣趙塤、臣朱廉、典簿臣瞿莊[23]、臣鄒孟達、典籍臣孫蕡[24]、臣荅禄與權[25],欽遵明詔,研精覃思,壹以中原雅音爲定。復恐拘於方言,無以達於上下,質正[26]於左御史大夫臣汪廣洋[27]、右御史大夫臣陳寧[28]、御史中丞臣劉基[29]、湖廣行省參知政事臣陶凱[30]。凡六謄稿[31],始克成編。其音諧韵協者,並入之,否則析之;義同字同而兩見者,合之;舊避宋諱而不收者,補之。注釋則一依毛晃父子之舊[32],勒成一十六卷,計七十六韵,共若干萬言。書奏,賜名曰"洪武正韵"。敕臣濂爲之序。

臣濂竊惟司馬光有云:"備萬物之體用者,莫過於字。包衆字之形聲者,莫過於韵。"所謂三才之道[33],性命道德之奥,禮樂刑政之原,皆有繫於此,誠不可不慎也。古者之音,唯取諧協,故無不相通。江左制韵之初,但知縱有四聲,而不知衡有七音,故經緯不交,而失立韵之原,往往拘礙不相爲用。宋之有司,雖嘗通並,僅稍異於《類譜》,君子患之。當今聖人在上,車同軌而書同文,凡禮樂文物咸遵往聖,赫然上繼唐虞之治。至於韵書,亦入宸慮[34],下詔詞臣[35],隨音刊正,以洗千古之陋習。猗歟[36]盛哉!

雖然,旋宫[37]以七音爲均,均言韵也。有能推十二律,以合八十四調，旋轉相交，而大樂[38]之和亦在是矣。所可愧者，臣濂等才識闇劣[39]，無以上承德意，受命震惕[40]，罔知攸措[41]，謹拜手稽首[42]，序於篇端，於以見聖朝文治大興，而音韵之學悉復於古云。[43]

注释：

①宋濂（1301—1381），明浙江浦江人，字景濂，號潜溪。元末薦授翰林編修，不就。至正二十年（1352），與劉基、章溢、葉琛同受朱元璋禮聘，尊爲先生。明洪武初主修《元史》。官至學士承旨知制誥。致仕後因長孫宋慎牽涉胡惟庸案，全家謫茂州，中途病死於夔州。生平著作甚多，爲明初一代文宗。著有《宋學士文集》等。

②七音，七種發音部位。

③宫、商、角、徵、羽，半商、半徵是中國五聲音階中七個不同音的名稱。

④權輿，開始。

⑤虞廷，同“虞庭”。相傳虞舜爲古代的聖明之主，故亦以“虞廷”指“聖朝”。

⑥康衢之民謡，即《康衢歌》，語出自《吕氏春秋・舉難》，相傳春秋齊寧戚飼牛，擊牛角而歌於康衢，辭曰：“南山矸，白石爛，生不遭堯與舜禪。短布單衣適至骭，從昏飯牛薄夜半，長夜曼曼何時旦？”桓公奇其歌，命後車載回，任以國政。四詩，指《詩經》四體，即“風”“大雅”“小雅”“頌”。

⑦剽疾，强勁迅捷。

⑧絃歌，出自《論語・陽貨》，本義爲依琴瑟而歌咏，引申泛指禮樂教化。絃，同“弦”。

⑨《郊祀》，即《郊祀歌》，樂府歌曲名。《漢書・禮樂志》謂漢武帝定郊祀之禮，立樂府，以李延年爲協律都尉，命司馬相如等作郊祀歌十九章，其目多以歌之首句爲名。以用於郊祀天地。以後歷代王朝的這類歌辭，大都沿襲漢代之舊。

⑩《安世歌》，即《安世房中歌》，相傳爲漢初唐山夫人所作，存世十七章。

⑪沈約（441—513），字休文，吴興郡武康縣人。南朝梁開國功臣，政治家、文學家、史學家，劉宋建威將軍沈林子之孫、劉宋淮南太守沈璞之子。

⑫四聲八病，是齊梁時期發現並運用於詩歌創作的聲律要求。四聲，即周顒發現漢字有平上去入四種聲調。八病，指沈約提出五言詩創作應該避免的弊病，即平頭、上尾、蜂腰、鶴膝、大韵、小韵、旁紐、正紐。

⑬“類譜”，當爲《四聲譜》，梁吴興人沈約作。四聲爲平、上、去、入。分平聲韵爲三十，上聲韵二十九，去聲韵三十，入聲韵十七。即今日流傳之詩韵。

⑭貢舉，“貢”指“貢士”，《禮記・射義》：“古者天子之制，諸侯歲獻貢士於天子。”“舉”指鄉舉里選。古時地方官府向帝王薦舉人才，有鄉里選舉、諸侯貢士之制，至漢，始合爲一，而渾稱“貢舉”。

⑮《禮部韵略》，韵書，最早爲宋景德四年(1007)丘雍、戚綸所定，今已不存。景祐四年(1037)丁度重修，改名爲“禮部韵略”，凡五卷。共收九千五百九十字。

⑯吴棫，宋代古音學家，生年不詳，卒於1152—1155年間。字才老，福建武夷人。吴棫是歷史上第一個根據古詩文用韵研究上古音的人，作《韵補》。

⑰《補韵》，當爲《韵補》。

⑱江左，即古時在地理上以東爲左，江左也叫“江東”，指長江下游南岸地區，也指東晋、宋、齊、梁、陳各朝統治的全部地區。

⑲侍講學士，古代官職，明時爲從五品，主要配置於内閣或翰林院，轄典簿、侍詔等。主要任務爲文史修撰，編修與檢討。樂韶鳳，生年不詳，卒于洪武十三年(1380)，字致和，一字來儀，直隸滁州全椒縣人，官至兵部尚書、翰林學士。

⑳待制，古代官吏更宿制度。亦指待制之官。始見於唐代。太宗即位，命京官五品以上更宿中書、門下二省，時時召以草制。宋代於正式官職之外，另以“諸閣學士”“直學士”“待制”加文臣，作爲銜號，“待制”成爲定名。遼、金、元及明初於翰林院中亦設此官，掌詞命文字，然遠不及宋制之隆重。

㉑修撰，官名。唐史館有修撰官，掌修國史。宋實録院有修撰官，掌修實録。遼國史院與元、明、清翰林院皆有修撰官，明、清通常授予一甲第一名進士。

㉒編修，官名。歷代掌奉敕編修有關書籍的官員，亦稱“編修官”。宋代始置，凡修國史、實録、會要等均隨時置編修官，樞密院亦有編修官，均負責編纂記述。

㉓典簿，古代官職。元朝廷官署如國子監、翰林國史院等皆有此官。明、清翰林院、國子監沿置，掌章奏文牘事務。

㉔典籍，官名。元朝翰林院設有此官，正八品，掌管官府圖書，明朝翰林院、國子監等設典籍。孫蕡，字仲衍，號西庵先生，廣州府南海縣平步人。

㉕荅禄與權（1312—1386），字道夫，蒙古人，爲河南北道廉訪司僉事。荅，同“答”。

㉖質正，即就正、辨明。

㉗汪廣洋，出生不詳，卒于1379年，字朝宗，江蘇高郵人，明朝初年宰相，重臣。元末進士出身，通經能文，尤工詩，善隸書。

㉘陳寧，生卒年不詳，初名陳亮，明太祖賜名陳寧，茶陵縣人，明朝初年官員，因胡惟庸案被誅殺。

㉙御史中丞，古代官名，秦始置。漢朝爲御史大夫的次官，或稱御史中執法，秩千石。劉基（1311—1375），明初大臣。字伯温，浙江青田南田武陽村人。元至順四年（1333）進士。曾任江西高安縣丞、江浙儒學副提舉、處州總管府判，旋弃官隱居，著《鬱離子》，揭露元末暴政。至正二十年（1360）至應天，勸朱元璋脱離韓林兒，獨樹一幟，並爲籌畫用兵次第，參預機要。明初任御史中丞兼太史令，封誠意伯。後以老請歸。洪武八年（1375）爲胡惟庸所譖，憂憤而死。一説被胡惟庸毒死。善文章，與宋濂齊名，著有《誠意伯文集》。

㉚湖廣，作爲地名，在明清及其以後指兩湖（湖北、湖南）。元代置湖廣等處行中書省（簡稱湖廣行省、湖廣省），轄湖南、湖北、廣西、海南、貴州大部、四川一部以及廣東雷州半島。明清兩代只轄湖北、湖南，但仍沿用湖廣之名。參知政事，簡稱“參政”，古代官名，是唐宋時期最高政務長官，與同平章事、樞密使、樞密副使合稱“宰執”。陶凱（1304—1376），字中立，臨海縣人。元至正間中鄉試，任江西永豐縣教諭，歷任翰林應奉、湖廣參政、國子監祭酒、晉王府左相。參修《元史》《大明集禮》《昭鑒》等。

㉛謄稿，照原稿抄寫清楚。謄，同“誊”。

㉜“毛晃父子之舊”，此處指毛晃增注，其子毛居正校勘重增的《增修互注禮部韵略》。

㉝三才之道，典出自《易傳·系辭》：“《易》之爲書也，廣大悉備。有天道焉，有人道焉，有地道焉。兼三才而兩之，故六。六者，非它也，三才之道也。”

㉞宸慮，帝王的思慮謀劃。

㉟詞臣，指文學侍從之臣，爲皇帝充當顧問參政的博學多識之人。唐朝以中書舍人爲皇帝的機要秘書和首席幕僚，乃詞臣之首。明清兩朝則以内閣中的諸學士、大學士擔詞臣之任。

㊱猗歟，yī yú，嘆詞，表示贊美。

㊲旋宫，中國古代樂理術語，亦稱“旋宫轉調”。“旋宫”指的是宫音在十二律上的位置有所移動。這時，商、角、徵、羽各階在十二律上的位置當然也隨之相應移動。

㊳大樂，古代指典雅莊重的音樂。用於帝王祭祀、朝賀、燕享等典禮。《禮記・樂記》：“大樂與天地同和，大禮與天地同節。”

㊴闇劣，愚昧無能。《三國志・魏志・杜恕傳》：“忠能者進，闇劣者退。”闇，àn，同“暗”。

㊵震惕，震驚畏懼。

㊶“罔知攸措”，面臨窘危，茫然無所適從。

㊷拜手，古代漢族男子一種跪拜禮。正坐時，兩手拱合，低頭至手與手心平，而不及地，故稱“拜手”。亦叫“空手”“拜首”。稽首，指古代跪拜禮，爲九拜中最隆重的一種。常爲臣子拜見君主時所用。跪下並拱手至地，頭也至地。

㊸本文落款爲“洪武十八年三月十八日，翰林侍講學士、中順大夫、知制誥、同修國史兼太子贊善大夫臣宋濂謹序”。

《洪武正韵》凡例

○按三衢毛居正[①]云:《禮部韵略》有"獨用"當並爲"通用"者。平聲如"微"之與"脂","魚"之與"虞","欣"之與"諄","青"之與"清","覃"之與"咸";上聲如"尾"之與"旨","語"之與"麌","隱"之與"軫","迥"之與"静","感"之與"豏";去聲如"未"之與"志","御"之與"遇","焮"之與"穆","徑"之與"勁","堪"之與"陷";入聲如"迄"之與"術","錫"之與"昔","合"之與"洽"是也。有一韵當析而爲二者。平聲如"麻"字韵,自"奢"字以下;上聲如"馬"字韵,自"寫"字以下;去聲如"禡"字韵,自"藉"字以下是也。至於諸韵當並者,不可槩舉[②]。又按昭武黄公紹[③]云:《禮部》舊韵所收,有一韵之字,而分入数韵,不相通用者;有数韵之字而混爲一韵,不相諧叶者,不但如毛氏所論而已。今並遵其説以爲證據,其不及者補之,其及之而未精者,以中原雅聲正之。如以"冬""鍾"入"東"韵,"江"入"陽"韵,挑出"元"字等入先韵,"翻"字、"殘"字等入刪韵之類。

○按:《七音韵》,平聲本無上下之分,舊韵以平聲字繁,故厘爲二卷,盖因宋景祐間,丁度與司馬光諸儒作《集韵》。始以平聲上下定爲卷目,今不從,唯以四聲爲正。

○舊韵上平聲二十八韵,下平聲二十九韵,平水劉淵[④]始並通用者,以省重複,上平聲十五韵,下平聲十五韵,今通作二十二韵。舊韵上聲五十五韵,劉氏三十韵,今作二十二韵。舊韵去聲六十韵,劉氏叁十韵,今作二十二韵;舊韵入聲三十四韵,劉氏一十七韵,今作一十韵。盖舊韵以同一音者,妄加分析,愈見繁碎。今並革之,作七十六韵,庶從簡易也。

○舊韵元收九千五百九十字,毛晃增二千六百五十五字,劉淵增四百叁十六字。今一依毛晃所載,有闕略者,以它韵參補之。

○天地生人,即有聲音,五方殊習,人人不同,鮮有能一之者。如吴楚傷於輕浮,燕薊失於重濁。秦隴去聲爲入,梁益平聲似去。江東河北取韵尤遠,欲知何者爲正聲?五方之人皆能通解者,斯爲正音也。沈約以區區吴音,欲一天下之音,難矣!今並正之。

○字畫當以《説文》爲正,俗書承襲之久,猝難遽革。今偏旁點畫舛錯者,並依毛晃正之,如:支攴、毋母、殳殳、羑美、夲本、啇商、舀臽、少少、疋疋、曰白、王玉、丣丣、丿乀、朋月月、戊戌戊戍之類是也。

○翻切[5]之法,率用一字相摩,上字爲聲,下字爲韵,聲韵茍叶,則無有不通。今但取其聲,歸於韵母,不拘拘[6]泥古也!

○《唐韵》[7]至詳,舊韵乃其略者,以係禮部所颁爲科試詩賦之用,號爲“禮部韵略”[8]。其中所載,故未免有重複之患。今於字畫同而音義同者,去之。字畫同而音義異者,各見之。字義同而經史所寫不同者,就見本韵下。

注释:

①毛居正,生卒年不詳,毛晃之子,衢州江山人。字誼父,或曰義甫,號柯山。南宋紹興二十一年(1151),父子同榜進士。承家學,研究六書。嘉定十六年(1223)受國子監聘校正經籍。著《六經正誤》六卷,並爲《資治通鑒》作注解。毛氏父子所著字典,海内奉爲正宗,南宋後期刊行全國,直至明初大學士宋濂奉旨編著《洪武正韵》,采字注釋,猶作爲主要依據。

②槩舉,亦作“概舉”,大略舉出。

③黄公紹,生卒年不詳,宋元之際邵武人,字直翁。咸淳進士。入元不仕,隱居樵溪。著《古今韵會》,以《説文》爲本,參考宋元以前字書、韵書,集字書訓詁之大成,原書已佚,其同時人熊忠所編《古今韵會舉要》中,略能見其大概。

④平水劉淵，此處指金山西平水劉淵。劉淵創製平水韵，平水韵依據唐人用韵情况，把漢字劃分成一〇六個韵部（其書今佚），是更早的二〇六韵的《廣韵》的略本。每個韵部包含若干字，作律絶詩用韵，其韵脚的字必須出自同一韵部，不能出韵、錯用。

⑤翻切，即反切，用兩個漢字輾轉反復相切，含混成音。

⑥拘拘，拘泥貌。

⑦《唐韵》，由唐人孫愐著，時間約在唐玄宗開元二十年(732)之後，是《切韵》的增修本，但原書已佚失。

⑧《禮部韵略》，韵書，最早爲宋景德四年(1007)，丘雍、戚綸所定，今已不存。景祐四年丁度重修，改名爲"禮部韵略"，凡五卷。共收九千五百九十字。紹興三十二年(1162)，毛晃表進所撰《增修互注禮部韵略》五卷，較丁度重修的《禮部韵略》增收二千六百五十五字，現存《禮部韵略》，即毛晃的增修本。

图14 《洪武正韵》明嘉靖四十年本书影

字 汇

《字汇》为明代安徽宣城学者梅膺祚所编纂的字典，成书于万历四十三年(1615)，后来的《正字通》《康熙字典》多参考其结构、体例，其出版于国内外催生一系列辞书，足见其在当时的影响之大。

较之前代字书，改革排检方法是《字汇》一大特色。《玉篇》《类篇》虽为楷书字典，但并未跨越《说文》之藩篱，仍围绕五百四十部首系统进行细微调整。《龙龛手镜》虽设二百四十二部，但将语音作为查检的条件，无形中加大了查检的难度。《字汇》一方面完全依据汉字的形体特点，将其简化为二百一十四部，其凡例指出："偏旁草入草，月入月，无疑矣。至蔑从𦫵也，而附于艸。朝从舟也，而附于月；揆之于义，殊涉乖误，盖论其形，不论其义也。"这种依据汉字形体特点进行的分部，使其更便于查考；另一方面，依照汉字的笔画多寡排列部首字及部内字，打破《说文》"据形系联""以类相从"的排字逻辑，使字书的编排更加客观、理性，这是梅鼎祚作序强调"数"之重要的原因。这种以形体分类的方法，虽有优势，但一些字形难以用简化后的排检法归类，因此《字汇》在首卷后设置"检字"，专门处理此类难检字。此外，为了便于查考，《字汇》在辞书细节设计上有很多创见和巧思，如在每卷卷首安排一张表格，列有该卷所收录的部首及所在页数。《字汇》在辞书结构、设计上的革新，多为后世辞书继承。

《字汇》全书正文以十二地支分为十二集，收录三万三千余个汉字，远超前代字书、韵书。《字汇》的收字标准是收录正字、俗字、古字，所收之字，皆讲明字际关系。那些怪僻不常见的字，一律不录。

《字汇》对每一个字的训释，先列注音(通常为：反切＋直音＋[声调])；再列释义；次列引例及出处。以"又"作为下一条释义之始，层次明了。引例使辞书的释义更具理据性，美中不足的是其所标注文献只写篇名，不写书名。针对此点后代辞书也有所修缮，引例标注更加具体，使用更为便捷。

《字汇》设有丰富的附录，如《运笔》讲授书写笔顺；《从古》指出通行后起字的古体写法；《古今通用》揭明古今通用异体字关系；《辨似》列出字形差异较小、容易讹混的汉字形体；《韵法》则说明四声、反切等音韵问题。附录的设置，实际上降低了辞书的使用门槛，更便于读者学习、使用。

《字汇》成书后，由于使用、阅读方便，风行一时，催生一批冠以“字汇”之名的衍生辞书，如《〈字汇〉补》《会海〈字汇〉》《同文〈字汇〉》《玉堂〈字汇〉》《文成〈字汇〉》，它们多是对原书进行增补或修订。其中以清吴任臣的《〈字汇〉补》最负盛名，该书补编《字汇》，内容较为详备，可补《字汇》之缺漏，但收字稍滥。《康熙字典·凡例》评价其为：“《〈字汇〉补》一书，考校各书，补诸家之所未载，颇称博雅。”后来的《正字通》《康熙字典》也是《字汇》内容及结构的扩展及延伸，可看作其支系。

时下所见《字汇》版本有：明万历四十三年宣城梅氏刊本、清藻思堂刊本、清康熙十年西泠堂主人刊本、清康熙十八年云栖寺重刊本、清康熙二十七年灵隐寺刻本、清道光十二年宝仁堂刊本、清同治七年紫文阁刊本、清光绪十年刊本等。所见《字汇》研究论著有高永安的《皖南方音史及〈字汇〉研究》。

目前关于作者梅膺祚的记述不多，仅知其字诞生，安徽宣城人，履历不详。本书所收录的序言，为梅膺祚兄梅鼎祚所作，梅鼎祚(1549—1615)是明代文学家。字禹金，号胜乐道人、叔子等，宣城人。青年时随父宦游南北二京，结交名公卿。屡试不第。大学士申时行欲荐以官，不就。万历十九年(1591)南归，绝意仕进。家有“天逸阁”，富藏书，读书其中，著述终老。辑有《古乐苑》《衍录》《唐乐苑》，著有传奇《玉合记》《长命缕》《昆仑奴》及诗文《鹿裘石室集》。

【例字分析】

天	寅集・大部	他前切。鐵平聲。天者,理也,氣也。元氣廣大,曰"昊天";仁覆閔下,曰"旻天";自上降監,曰"上天";據遠視之蒼蒼然,曰"蒼天";下民尊之,曰皇天;天之主宰,謂之帝。天之功用,謂之鬼神。天之生情,謂之乾。乾者,健也。天行健,故一日行一周天,而又踰一度,有北極、南極爲樞軸,持其兩端,旋轉不已。康節言:"天依形,地附氣,其氣極緊,故能扛得地住,氣外有軀殼甚厚,所以固得此氣也。"《廣雅》云:"天去地,二億一萬六千七百八十一里半度。地之厚與天高等,南北相去二億三萬三千五十七里二十五步。東西短四十步。"《物理論》:"水土之氣升爲天。" 又刑名。《易・睽・三爻》:"其人天且劓。"平庵項氏曰:"天去髮之刑。" 又曰:"刺鑿其額曰'天'。" 又姓。 又他經切,音汀。"吴才老曰":"《周易》與《毛詩》凡天皆當爲此。讀《易》,如《乾・五爻》'飛龍在天',《乾・象》'乃統天',《文言》'上不在天'之類,《詩》如《唐風》'三星在天',《秦風》'彼蒼者天',《小雅》'匪降自天'之類。"愚按,《周書》"予弗順天,厥罪惟鈞"。 又"惟天惠民,惟辟奉天"。《曲禮》:"父之讎,弗與共戴天;兄弟之讎,不反兵。"《禮運》:"夫禮必本於天,殽於地,列於鬼神。"經典多有汀音,不獨《易》與《詩》也。 又他郎切,音湯,出《靈寶度人經》。	按:《字汇》的丰富是前代字书无法比拟的,其丰富体现在三点:一为丰富的字形,辨明字际关系的同时,将这些字形依据形体特征归部;二为丰富的引例,从上四例中可见《字汇》引例十分丰富,引例出自经史子集,可谓无所不包;三是收词十分丰富,如"天"下便收录"昊天""旻天""上天""苍天""皇天"等词,已经出现向词典过渡之势。然而,《字汇》的缺点也很明显:一是体例不尽一致,并未完全贯通"释义+引例"模式,其中一些引例被直接当作释义,如"天"下所收"又惟天惠民,惟辟奉天"。将《尚书・泰誓中》原文直接作为一条释义;二是引用文献来源不确,一些文献不注篇名,不便读者复查、追踪原文献。

續表

兲	丑集・一部	古文"天"字。	
兂	丑集・一部	同"天"。	
宎	丑集・冖部	古文"天"字。	
苵	子集・艸部	古文"天"字。	
靝	亥集・青部	古文"天"字。	
地	丑集・土部	徒利切,音第。地在天之氣中,順承天,施而成物也。 又叶"杜兮切",音題。《易・繫辭》:"廣大配天地,變通配四時。"《莊子》:"其動也天,其静也地,其鬼不祟,其魂不疲。"《參同契》:"若夫至聖來,伏羲始畫八卦,效法天地。" 又叶都黎切,音低。《易・繫辭》:"俯則觀法于地。" 叶"與",地之宜。李太白《大鵬賦》"入乎汪湟之地",叶逆,高天而下垂。 又叶"唐過切",音"惰"。屈原《九章》:"閉心自慎終不失過兮,秉德無私參天地兮。"	
坔	丑集・土部	同"地"。	
墬	丑集・土部	古"地"字。《前漢・郊祀志》:"周官天墬之祀"。〇《六書正譌》"隸作地从土也",乃"墬"之訓,故譌寫作"地"字。《史記》《前漢書》皆作"墬",可證。	
墜	丑集・土部	古文"地"字。《楚辭・九懷》:"天門墬户"。〇亦作"墬"。	
玄	未集・玄部	胡涓切。音懸。黑而有赤之色。《易・坤・文言》:"天玄而地黄。"《周禮》:"染人六入爲玄。" 又寂也,幽遠也。 又玄厲,黑石可用磨者。相如《子虛賦》:"瑊功玄厲。" 又玄孫,陸佃云:"曾孫之下爲玄孫。"言卑者於親屬,微昧喪紀,於是盡焉。 又姓。《列仙傳》:"有玄俗,河間人。" 又于眷切,音眩。《荀子》:"周密則下疑玄矣。" 又采色,玄燿。 又叶"胡勻切",音近薰。班固《東都賦》:"女修織纴,男務耕耘。器用陶抱,服尚素玄。" 从入从幺。《説文》:"像幽而入覆之也。"	

續表

黄	亥集・黄部	黄,胡光切,音皇。中良上之色。 又《通志》:"男女始生爲黄,四歲爲小,十六爲中,二十一爲丁,六十爲老。" 又乘黄,馬名。《詩・鄭風》:"乘乘黄。"亦曰"飛黄"。"韓昌黎詩":"飛黄騰踏去。" 又馬黄而徵赤者曰"黄"。《詩・魯頌》:"有驪有黄。" 又合黄,失措悤遽貌。 又離黄,倉庚鳥也。 又州名。古邨國。漢西陵縣府爲黄州,取古黄坡名。 又姓。江夏陸終之後,受封於黄因氏焉。从日从炗聲,日初出則光,高則黄。	
㚷	寅集・夂部	古文"黄"字。	

《字彙》序

明・梅鼎祚

字學爲書以傳者，無慮[①]數十家，要不越形聲之相益而已。《說文》《玉篇》皆立耑于一，畢終于亥[②]，是後或次以四聲，或系以六書，權以母子類族別生[③]，固未有顓[④]言數者。《篇海》[⑤]從母以辨音，亦嘗從數以析類。惜乎！其本末衡決[⑥]，繙拾棘藉也[⑦]。吾從弟誕生[⑧]之《字彙》，其耑其終，悉以數多寡，其法自一畫至十七畫，列二百十有四部，統三萬三千一百七十九字。每卷首爲一圖，俾檢者便若指掌，閱者曠若發矇[⑨]。其義則本諸《說文》《爾雅》，而下之箋譯微固者，遵所舊聞，裁以己意，而刊其詭附，芟其蔓引[⑩]，以卒歸于雅玹[⑪]，信于正韵制也。若反切、直音之合，則與趙司徒之所校，匪質劑而適叶符[⑫]，以是信聲音由人心生者也。敘曰：古今之論文字者，必原始包犧氏之畫卦矣。其初特一奇一耦，以象陰陽，故易者，象也。大衍[⑬]以五乘十，當萬物之數。故又曰：易者，數也。記有之字者，孳也，又乳也。言孳乳相生而無窮也。母之乳子伯仲者，非其名數乎？子始生啼，而可卜其終者，非聲氣之元乎？魏了翁[⑭]論《易》，以經傳皆韵。魏晋間，有爲《易》音者。故六書之本，在象形，致變而最廣在諧聲。盖天地之所有，形立則聲生，參天兩地[⑮]而數倚焉。數生于象者也，昔所稱《易》爲萬世文字之祖者，非邪？大要以形、事、意、聲爲體[⑯]，假借、轉注爲用。是編以《字彙》爲體，韵法二圖爲用。然而等切非始神珙也[⑰]，紐字之圖創于沈約，譜于唐元和陽甯公、南陽釋處忠[⑱]。五音爲員[⑲]，九弄爲方[⑳]，正猶易圖之先後天乎[21]。今效之一直一横者,是其遺制也。古者,六歲教數與方名[22],十歲入小學,學六甲書計之事。周保氏教國子,以六書教與學,咸以其序而成其材,然實昉[23]之數,誕生少學,易爲諸生誦通,將受餼[24],徙而游國子,精治六書,悟其終,始于《易》,有數可循也。所纂著若此,夫自經術興,士率躐等[25],而小學廢。尉律不修,薦紳先生矢口肆筆[26],有不誤蹲鴟而解讀雌霓者[27]幾何,儻即是劉覽[28],不思過半哉。二子士倩、士杰能讀父書,而梓行之,請序于余,余念許氏《説文》初定,慎已老,遣其子公乘冲以獻。誕生方彊年[29],行且謁仕,抱書趨闕[30]下,獲親睹聲明文物之盛[31],東觀南閣之選,宜必首被,此庶備同文之一助焉。逮若古文籒篆,時存之疏醳[32],援證與字之。會文適用者,時益之有餘力也。先太中晚嗜字學,有所訓屬[33],未成書,鼎祚不類[34],匙[35]所涉,無以贊。兹舉有媿[36],徐鼎臣[37]之于弟楚金[38]多矣。[39]

注释:

①無慮,大約。

②"《説文》《玉篇》皆立耑于一,畢終于亥",《説文》《玉篇》均以"一"部起,以"亥"部終。

③權,姑且,暫且。別,各自。這裏是説文字孳乳。

④顓,通"專"。

⑤《篇海》,字書。金代韓孝彦編。全稱是《四聲篇海》,以《玉篇》《類篇》和《龍龕手鑒》爲基礎編成。此書共分爲五百七十九個部首,後來韓孝彦之子韓道昭改並爲四百四十四部。部首按三十六字順序排列,同一字母的部首又按平上去入四聲先後爲序;每部之内的字,則按筆劃多少排列。

⑥本末,主次、前後。衡决,横裂,不銜接。

⑦繙拾,同“翻拾”,翻检。棘䔵,艱難。棘,辦事艱難。䔵,同“艱”。

⑧誕生,即梅膺祚,字誕生。從弟,古人從血緣脉絡或禮法脉絡出發,稱共曾祖父不共父親(屬平輩)的親屬中年幼於己的男性爲從弟,此爲舊義。據《宋書·武帝本紀》行文記述,從弟的親疏遠近當介於弟、族弟之間,疑其分屬大功、小功兩種喪服。

⑨曠,空曠;開闊。蒙,眼睛失明。曠若發矇,眼前突然開闊明朗,好像雙目失明的人忽然看見東西。亦比喻使人頭腦忽然開竅,明達起來。

⑩芟,shān,割草,引申爲删去。蔓引,牽連。

⑪雅攷,正確的研究、考釋。雅,正。攷,同“考”,考釋、研究。

⑫匪,同“非”。質劑,古代貿易券契質和劑的並稱。長券叫“質”,用以購買馬牛之屬;短券叫“劑”,用以購買兵器珍異之物。後世的合同本此。叶符,上天預示帝王受命的符兆。

⑬大衍,《易·繫辭上》:“大衍之數五十。”韓康伯注引王弼曰:“演天地之數,所賴者五十也。”孔穎達疏引京房云:“五十者謂十日、十二辰、二十八宿也。”後以大衍爲五十的代稱。

⑭魏了翁(1178—1237),字華父,號鶴山,邛州蒲江人。南宋著名理學家、思想家,著有《鶴山全集》《九經要義》《古今考》《經史雜鈔》《師友雅言》《鶴山長短句》等。

⑮參天兩地,爲《易》卦立數之義。

⑯形、事、意、聲,代指“六書”中的形聲、指事、會意、形聲。

⑰等切,等韵、反切。神珙,生卒年不詳,唐西域沙門,音韵學家。他類聚雙聲字,同四聲以迭韵而結合,作《四聲五音九弄反紐圖》。

⑱“譜于唐元和陽甯公、南陽釋處忠”,此處指唐陽甯公、釋處忠作《元和韵譜》。

⑲五音,即聲母的五種發音部位,唇舌齒牙喉。員,後作“圓”。

⑳九弄,包括由三國魏末嵇康創作的《嵇氏四弄》(通説爲《長清》《短青》《長側》《短側》)四首琴曲和東漢蔡邕創作的蔡氏五弄(《游春》《渌水》《幽思》《坐愁》《秋思》)。隋煬帝曾把彈奏“九弄”作爲取士的條件之一。

㉑先後天,即先、後天八卦圖,“先天”與“後天”出自《乾·文言》:“先天而天弗違,後天而奉天時。”在宋代以前,没有先天與後天八卦組合結構的文獻

記録，據説宋代道士陳摶精於易學，開闢了圖書解易的先河，據傳陳摶根據《説卦》中的“天地定位，山澤通氣，雷風相薄，水火不相射”而創造出“先天八卦圖”；根據“帝出乎震，齊乎巽，相見乎離，致役乎坤，説言乎兑，戰乎乾，勞乎坎，成言乎艮”而創造出“後天八卦圖”。這兩個八卦圖對後世影響極爲深遠。

㉒方名，四方之名。指辨識方向。《禮記・内則》：“六年，教之數與方名。”鄭玄注：“方名，東西。”《隋書・經籍志一》：“古者童子示而不誑，六年教之數與方名。十歲入小學，學書計。”

㉓昉，始。

㉔餼，接受人贈送。國子，指國子學，封建時代最高學府。

㉕躐等，越级，不循原有序列。

㉖薦紳先生，舊指正在做官和做過官的大人先生們。薦紳，同“縉紳”。舊時官宦插笏而垂紳帶，故用作官宦的代稱。矢口，隨口、信口。肆筆，縱筆。

㉗蹲鴟，大芋，因狀如蹲伏的鴟，故稱。雌霓，典出自宋王楙《野客叢書・雌霓》：“沈約制《郊居賦》，其間曰：‘駕雌霓之連蜷，泛大江之悠永。’出示王筠。筠讀‘雌霓’爲‘雌鶂’。約喜謂曰：‘霓字惟恐人讀作平聲。’司馬温公謂非霓字不可讀爲平聲也，蓋約賦協側聲故爾。”後因以“雌霓”爲創作時精研聲律之典。

㉘劉覽，即“瀏覽”。

㉙彊年，即盛年。彊，同“强”。

㉚趨闕，趨赴朝廷，奔赴京城。

㉛聲明文物，語本《左傳・桓公二年》：“文物以紀之，聲明以發之。”後以“聲明文物”謂聲教文明與典章制度。

㉜醳，同“釋”。

㉝先，死去的尊長。太，祖先。

㉞不類，不善，不肖，自謙之辭。

㉟尟，同“鮮”，少。

㊱媿，同“愧”。

㊲徐鼎臣，徐鉉(917—992)，五代宋初文字學家，字鼎臣，廣陵人，初仕南唐，後歸宋，官至散騎常侍，與弟鍇齊名，號稱“大小二徐”，精通文字學，曾與

句中正等校訂《説文解字》,新補十九字於正文中,又以經典相承及時俗通用而爲《説文》所不載者四百零二字附於正文後,世稱"大徐本",有《徐公文集》。

㊳楚金,徐鍇(921—975,一説920—974),五代宋初文字學家,字楚金,廣陵人,徐鉉弟,世稱"小徐",官内史舍人,精通文字學,著有《〈説文解字〉繫傳》四十卷,已注意到形聲相生、音義相轉之理。又據孫愐《唐韵》,著《〈説文解字〉韵譜》五卷。

㊴本文落款爲"萬曆乙卯孟陬之月穀日立春江東梅鼎祚撰"。萬曆乙卯,萬曆四十三年,即1615年。穀日,吉日,良日。

《字彙》凡例

字宗正韵，已得其概，而增以《說文》，参以《韵會》[①]，皆本經史。通俗用者，若《篇海》所輯怪僻之字，悉芟不録。

立部《篇海》，以字音爲序，每苦檢閲之煩。今以字畫之多寡，循序列之，復於卷首，各具一圖，圖每行分十格，卷若干篇，圖若干格。按圖索之，開卷即得。

字有體制，有音韵，有訓詁，兹先音切以辨其聲，次訓詁以通其義，末采《説文》制字之旨，中有迂泛不切者删之。

音字，經史諸書有音者無切，有切者無音。今切矣，復加直音，直音中有有聲無字者，又以平上去入四聲互證之。如曰"某平聲""某上聲""某去聲""某入聲"。至四聲中又無字者，則闕之。中有音相近而未確者，則加一近字，曰"音近某"。

字有本音而轉爲别音者，則先本音而轉次之。如"中正"之"中"，本平聲，而轉爲"中的"之"中"，則去聲。"中正"之"正"，本去聲，而轉爲"正月"之"正"，則平聲。先後固自有辯，平仄之序非所論矣。

叶音[②]必援引以實之，但出五經者，人所共曉，止撮一二句足矣。如列史諸子及歷朝詩賦等書，必兩音相叶，始顯，故多收上下文，不厭其煩。

字有畫異而音義同者，於本字下切之釋之，而以同音同義之字列於下，注曰"同上"，如"刨""氛"、"似""侣"之類是也。至音義同矣，而畫有多寡不一者，仍屬於各部之中，注曰"同某"，如"胄""伷"、"僢""舛"之類是也。

字有多音多義而同者,止一音也一義。注曰"與某字同,某切"。如"番"字,有"孚艱切""符艱切""補禾切""蒲禾切""鋪官切",五音矣。而"僠"字止"補禾切"一義,注曰:"與'番'同,補禾切。"餘倣此③。

程邈,變篆而楷也,古意猶存,代降於今,日趨便簡,故有古文俗字之殊。然皆不可去也。如"分兩"之"兩",古作"网",則注曰"古'兩'字"。"全備"之"備",俗作"偹",則注曰"俗'備'字",餘可類推。

字以偏旁屬部,然有於部不相侔④者,或其義之可通,或其形之相似,亦甚難於檢閱矣。故復以不相侔之字,另附篇首,曰"某字入某部",得其字,即得其部矣。

偏旁艸入艸,月入月,無疑矣。至蔑从𠂇也,而附於艸。朝从舟也,而附於月;揆之於義,殊涉乖謬,蓋論其形,不論其義也。

古文諸書,及釋典有有音而闕義者,亦有音義俱闕者,並存之以俟博雅。

字畫以筆端起止論,如"乚"(音隱)、"乛"(音及),止作一畫。至若"阝"(右者音"邑",左者音"阜")字,則作三畫,所以别於"卩"(音節)也。

字變而爲楷,已失古體,而鍾王⑤等以善楷名家者,又各逞筆資,任意增減,沿習既久,字畫所繇參差⑥,故數畫須視前後一二位之間。

注释:

①《韵會》,即元代黄公紹所作韵書《古今韵會》。

②叶音,在古代,人們在讀前代詩歌的時候,由於不知道語音已發生改變,一些韵脚字便不押韵,就臨時改念另一個音以求和諧,叫作"叶音"。

③傚，同"仿"。

④相侔，相等、同樣。侔，móu，相等。

⑤鍾王，即三國時代書法家鍾繇與晋代書法家王羲之。

⑥繇，通"由"。

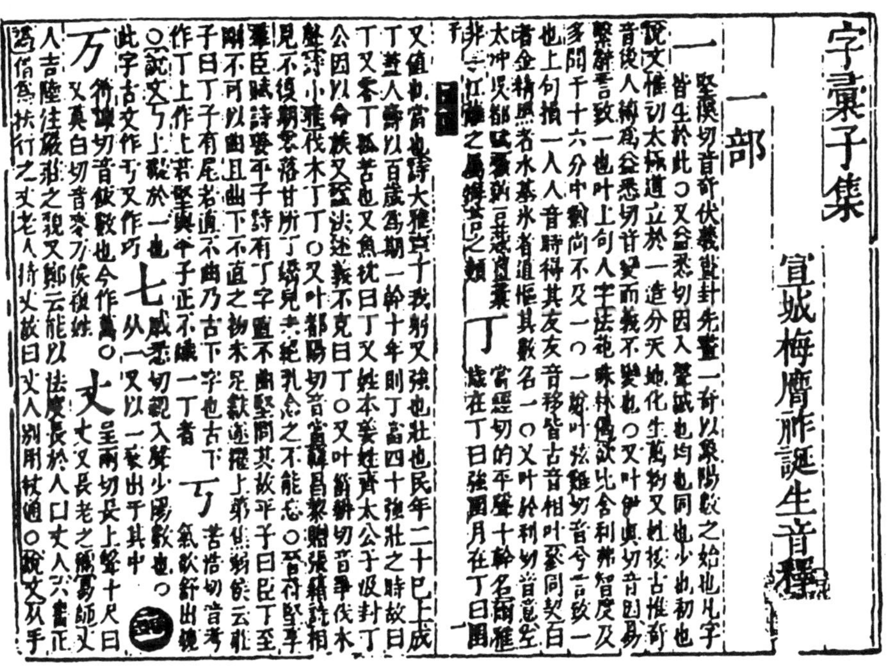

字彙子集 宣城梅膺祚誕生音釋

一部

一 堅溪切音奇伏羲畫卦先畫一奇以象陽數之始也凡字皆生於此〇又益悉切因入聲蔵也均也同也少也初也說文惟初太極道立於一造分天地化生萬物又姓拔古推奇音從人詩爲谷悉切音益而義不變也〇又叶伊真切音因易繫辭言致一也叶上句人字法苑珠林偈欲比含利弗智度及多聞千十六分中猶尚不及一〇一於叶弦雞切音兮言致一也上句損一人人音時得其友友音移皆古音相叶參同契百者金精然者水基水者道樞其數名一〇又叶於利切音意生太冲以鄰以承貳之或虛棄非三江憐之屬蜂鳥之類

丁 當經切的平聲十幹名爾雅歲在丁曰強圉月在丁曰圉又值也當也詩大雅寧丁我躬又強也壯也民年二十已上成丁甚人壽以百歲為期一齡十年則丁當四十強壯之時故曰丁又零丁孤苦也又魚枕曰丁又姓本姜姓齊太公子伋封丁公因以命族又叶丁〇又叶當經切音爭伐木聲詩小雅伐木丁丁〇又叶都陽切音當韓昌黎贈張籍詩相見不復期零落甘所丁絕見未絕孔念之不能忘〇又叶堅平羣臣賦詩娶平子詩有丁字皆不曲堅剛其故平子曰臣下至剛不可以曲且曲下不直之物未足歡述耀上第其云孔子曰丁子有尾者直不曲乃古下字也古下

丂 苦浩切音考氣欲舒出

此字古文作丂又作丂

七 威悉切親入聲少陽數也〇說文丂上礙於一也作丁上作丄若丁與子正不相從一从一又以一衆出乎其中

丌 又真白切音依敦也今作其〇

丈 呈兩切長上聲十尺曰丈又長老之稱又師又人吉陸注服形之貌又鄭云能以法度長於人曰丈人又丈人昌正為信爲扶行之丈老人持丈故曰丈人別用杖通〇說文从手

图 15 《字汇》康熙二十七年灵隐寺刻本书影

正字通

学界常将《正字通》视为《字汇》辞书谱系下一员，无论是宏观结构，还是微观布局，都不难从《正字通》上发现《字汇》的影子。然而不同于其他附骥《字汇》的辞书，无论是形式还是内容，《正字通》都对《字汇》进行了深刻的反思与改进。正因于此，人们提及明代字书时，往往将二书并举，不分伯仲。

《正字通》收录了三万多个字，仅比《字汇》增加了三百余字。在搜罗新字形方面，并不突出。与《字汇》相比，《正字通》主要增加了说解内容，理清词义间错综复杂的引申、假借，辨明纷繁的字际关系，书证更为丰富，以按语辨析条理，似循循善诱的先生在为读者说文解字，让查阅者更为透彻地理解辞书内容。

陈陈相因，是历代辞书编写惯用的手段，后代辞书继承前代资料才得以丰富充盈，然而也有弊端——前代的讹误也常被后代一并沿袭。后代辞书编写时，当对承继的材料予以审慎的校勘、辨识。《正字通》的贡献之一，就是参考众籍，辨析、校正《字汇》等前代辞书中的音误、字误、释义讹误、引书讹误等，有时用按语展示订误推理的过程，其中不乏对语言、文字的深刻思考，如其在凡例中怀疑叶音，并在辞书编写时有所择选。这种释义间杂笔记的形式，使辞书的内容更具理据，但有时过于冗杂，以后文"天"字为例，对其一字释义便花费近三千字笔墨，是《字汇》的四倍。这种研究漫谈式的释义，降低了查检的效率，此也多为后代学者所诟病。

《正字通》的作者是谁，一直是学界未断之公案，一说为岭南廖文英，《正字通》诸多版本前有廖文英以作者身份所写自序即可为证；一说为横山张自烈，高光夔《补正〈正字通〉后序》指出廖文英出资买下《正字通》的著作权，因此署名，但是廖文英序中只字不提张自烈的贡献，其行为并不磊落；一说为张自烈、廖文英共同完成，证据是秀水吴源起的序中指出，《正字通》书成，张自烈无力付梓，廖文英出资出版，为之收尾定稿，此说也得到张自烈之弟张自勋为其兄所撰的墓志铭的印证，其文说廖文英曾聘任张自烈为白鹿洞书院讲学，后为张自烈养老送终，张作为答谢，将书稿赠送给廖文英，廖文英将其更名为“正字通”。书前附有一篇满汉对照的《十二字头》及《十二字头引》，作者是廖纶玑，据考证为廖文英的同乡，两人且多有交际，可能是出于私交，将其著列于书前。

《正字通》的版本有清弘文书院刊本、清三畏堂重梓本、芥子园重镌本、潭阳成万材刊本、秀水吴源起清畏堂刊本等。衍生文献有清代徐文靖《〈正字通〉略》四卷、清代胡文绪《〈正字通〉芟误》。现代学者的研究主要为张青松《〈正字通〉异体字研究》。

【例字分析】

天	丑集上・大	他牽切，音添。《説文》:“天，顛也，至高無上也。”《爾雅》:“春爲蒼天，夏爲昊天，秋爲旻天，冬爲上天。”“注”:“蒼者，萬物蒼蒼，肰生昊言氣皓旴。旻，猶愍也，愍萬物凋落也。”上天言時無事，在上臨下而已。一説天四時，皆居上臨下。乾元，故資始行健，故無息，非冬獨無事居上也。注誤。《白虎通》:“天之爲言鎮也。”居高理下，爲人鎮也。《詩傳》曰:“尊而君之曰‘皇天’。”戴侗曰:“以主宰言謂之帝，以五氣言有五帝。”《楚辭》言“青冥”，《漢書》言“黄乾”，《鶡冠子》言“泰鴻”，《孟郁碑》言“浩蒼”，猶今言“彼蒼”“穹蒼”，皆天之通稱也。天之色曰“碧落”。王勃曰“翟楚賢有紫落賦”，杜甫《梓州金華山詩上》有“蔚藍天垂，尧抱瓊臺”，皆指其色而言。 又九天。《吕氏春秋》:“天有九野，東方蒼天，東南方陽天，南方炎天，西南方朱天，西方顥天，西北方幽天，北方玄天，東北方變天，中央鈞天。” 又曆測家有六天。《禮・月令》“疏”云:“有多家形狀之殊，凡六等:一曰‘蓋天’，如蓋在上。二曰‘渾天’，形如彈，凡地在其中，天包其外，猶鷄卵白繞黄。扬雄、桓譚、張衡、蔡邕、王肅、鄭玄之從，皆所依用。三曰‘宣夜’，舊云:‘殷代之制，其形體事義無所考。’四曰‘昕天’，‘昕’讀爲‘軒’，言天北高南下若車之‘軒’，吴時姚信所説。五曰‘穹天’，言‘穹窿壯上’，虞昺所説。六曰‘安天’，晋虞喜所説。”宋程顥曰:“即心是天，更不可外求。”邵雍曰:“自肰之外别無天。”胡寅曰:“天非若地之有形，自地而上，無非天也。昔人以積氣名其象，以倚蓋名其形，皆非知天者。”莊周云:“天之蒼蒼者，其正色邪？言天無色也，無色則無聲，無臭皆舉之矣。”真德秀曰、楊倞注、荀子云:“天無實形，地之上空虚者，皆天也。”蘇軾曰:“論天者，必俟其定。”《韓詩外傳》:“齊桓公問王者何貴?”管仲曰:‘貴天公仰視天。’管仲曰:‘王者以百姓爲天，百姓與之即安，輔之即彊，非之即危，倍之即亾。’《史・酈食其傳》:“王者，以民爲天，民以食爲天。”又臣子尊君父曰“天”。《詩・大雅》:“天降慆德。”“毛傳”云:“君也。”《孝經》:“嚴父莫大于配天。”“注”謂父爲天。“疏”引杜預《左傳》“注”云:“婦人在室，則天。父出，則天。夫是人倫，資父爲天也。”《儀禮・丧服禮》:“父者，子之天。夫者，妻之天也。”《史・三王世家》:“皇子賴天，能勝衣趨拜。”《梁竦傳》:“昧死自陳所天。”

續表

		又國君不爲天所福佑，曰“不天”。《左傳》：“楚莊王圍鄭，克之鄭伯曰：‘孤不天，不能事君，使君懷怒，以及敝邑孤之罪也。’” 又心與天合曰“天之心”。史文丞《相贊序》云：“澄江平陸誰不能？舟車人能暫之，不能久之，或久之不能天之，先生天之矣。”又姓。漢長社令天高，唐親軍指揮使天文，《殺園記》：“匈拏稱天曰‘祁連’，西域曰‘提婆’，胡元人曰‘統格落’。” 又《唐六典・内閣》：“惟秘書閣宏仕曰‘木天’。” 又《陸扆傳》：“扆累進翰林學士，其始擧進士，時上方遷幸，六月榜發，每盛暑，或戲之曰‘造榜天’，諷扆進，非其時也。” 又《花木譜》曰：“越中牡丹，開時多輕陰，微雨謂之養花天。” 又天裂。劉向曰：“天裂陽不足，地動陰有餘。” 又天鳴。《五行傳》曰：“天鳴有聲。萬姓。《勞形史》：“晋元帝大興二年八月戊戌，天鳴東南，聲如角。” 又《地志》：“蜀卭僰山後，四野無晴日，曰‘漏天’。”杜甫詩：“地近漏天終歲雨。” 又景天，草名，苗脆莖赤黄色，結實，黑如粟粒。陶弘景曰：“以盆盛置屋上，辟火灾，一名慎火。萬物本乎天，未可窺測名狀。”陶穀言：“晋出帝呼天爲碧翁。”段成式言：“天，張姓，堅名，誕妄無稽，大玄分中天、羡天、從天、更天、晬天、廓天、減天、沈天、九成天，虚立九名，非實也，唐于闐國三藏沙門實。” 又難陀譯《地藏本願經》：“始四天王天，終非想非非想處天，凡二十九天。因本經自帝释天至堅首天，凡三十三天。”《道藏》《十大洞天靈寶木元經》《玉樞經》《大霄琅書》“三十六天”。吳澄論：“天體有九層，利西江，入中國，言量天地之法有九重。第九重爲月輪天，第六重爲日輪天，第一重爲宗動天，八七五四三二重但言天。不復如一六九之各有名稱，皆臆説，不足信。”《廣雅》曰：“天厹地二億一萬六千七百八十一里半度。地之厚，與天高等。南北相厹二億三萬一千五十七里二十五步。東西短四十步。”邵康節曰：“天依形，地附氣，其氣緊，故能扛得地住氣，外有軀殼，甚厚，所以固得此氣。”按：二説雖與釋道諸家小異，識者疑其非，篤論舊本，泛引入本注，誤。《易・睽・三爻》：“其人天且劓。”朱子曰：“‘天’‘而’篆文相似。刑厹鬊，曰‘而’，今作‘耏’。”張伯起曰：“‘𠀘’楷作‘而’，而鬊也。耏厹鬊，刑也。因‘𠀘’‘而’形近，訛爲天。俗誤讀‘天’。”據此説，舊注引平菴項氏説，亦誤最謬者。“天”然音“汀”。吳棫《韵補》曰：“凡天當爲此讀。”《易・象乾》“統天五爻”“飛龍在天”，《文言上》“不在天之類”，《詩・唐風》“三星在天”“秦風蒼蒼”者，天之類是也。陳第《毛詩古音》曰：“《詩》稱天凡一百一十有四稱。天子爲多。”並音“汀”，旁證引《尚書大傳》“八伯歌天”，叶“人”。《楚辭・九歌・大司命》叶“辚”。《九章・哀郢》叶“名”。《漢婁壽碑》叶“珍”。《博陵太守孔彪碑》叶“青”。 又韵通天，鐵囙翻。引《詩》“悠悠蒼天”，天音“流”，叶“憂”。“求”。不知《王風・黍離》首凡十句上，八句“苗”“摇”“憂”“求”爲韵，末二句“天”“人”爲韵。朱傳“鐵因切”，未嘗轉爲“鐵囙翻”也。此又不詳，考《詩》本音，誤叶者也。况古今至尊，莫如天。天以下尊，莫如君。父君天下者，稱天子。稱皇帝，名號字音，必不可僭易。宋宣和中，禁民用“君”“天”等字。明洪武二年，命翰林定官民書禮儀式，禁革民間借先聖賢、大國君臣、漢晋唐宋等爲名字，若是者尊天，尊君父也。凡詩賦“天”字，宜从本音，變押韵諸字之音，與“天”本音叶，不宜抑。天以從它叶，君父亦賦，尊天尊君父之義也。信如韵書鐵因。鐵囙切，假令叶韵，讀“天”如“顛”“奸”“烹”“盲”之音；讀“君”如“蠢”“螢”“崩”“薨”之音；讀“帝”如“背”“廢”“祭”“戲”之音。讀“父”如“土”“腐”“驢”“虎”之音。凡鄙俗不可讀之字、之韵皆變亂。天帝君父本音以從之，讀“天子”如“汀子”，“蒼天”如“蒼流”，謂正名定分，何韵書强叶者，非一拘文害義，莫此爲甚惜。《正韵》宋濂諸人不能厘改前失，使後儒至今承訛耳。舊注引“吴才老説”。《靈寶度人經》：“他朗切。音湯。”並誤。

續表

		《説文》从一，大篆，作"[illegible]"。《同文備考》："'[illegible]'曰：'篆作[illegible]，天包地，外人所見者，地上之半，故象半，見地上形。从[illegible]者，重重垂覆意，即乾之三而下垂也'"。 又"[illegible]"，篆作"[illegible]"，[illegible]省體也。小篆作[illegible]，即此文而誤增，中画。因解云一大爲天，以爲會意字，[illegible]文俱隱，《六書統》天有十四文，"[illegible]"注："乾體之大者，元气渾侖生成，萬物象两緼無窮，形同祠雨，[illegible]，註六文，或變或省，皆不相遠。並古文[illegible]注六文，並省，上四文少誤，當以下二文爲正。鐘鼎文[illegible]註小篆，承此而作並从省約誤，屬其二[illegible]，偶爲从一从大，與丙字而字同體，明者當審其原石鼓文、小篆、同古文奇字。"朱謀㙔曰："古'天'字，本作'[illegible]'，象穹窿覆冒形，'[illegible]'乃健字，天行周旋不已也。"按：諸説非鑿，即泥以"[illegible]"爲健，尤泥。張衡墓碑文，"[illegible]"作而俗訛作"[illegible]"。《碧落碑》，"天"篆作"[illegible]"，《金石韵府》訛篆作"[illegible]"。武曌改作"[illegible]"和《集韵》古作"[illegible]""[illegible]"，《廣韵》古作"[illegible]"，並非訂正。《篇海・天部》"[illegible]"音"重"，"[illegible]"音"景"，"奨"音"槍"，"[illegible]"音"鳳"，"[illegible]"音"掩"，小國天子名[illegible]，音照，明也。皆六書不載。"天部"凡十四字，訛誤者五，附記。
兲	子集上・一部	"[illegible]""[illegible]"皆俗字，舊注及《韵譜》本義以"[illegible]"爲古文"天"，並泥。
兲	子集上・一部	舊注古文"天"字，按古篆"天"作"[illegible]""[illegible]"即改篆爲楷之一，張衡墓碑文作"[illegible]"，亦作"[illegible]"，並無義，總要古或从"兀"作"[illegible]"，並非。
兲	子集上・一部	舊注古文"天"字，按小篆，一从大，作"[illegible]"，唐武后改作"[illegible]"，即武后字之訛。非古文，誤以爲古文。類如此。詳"大部""天"、"艸部""[illegible]"二注。
[illegible]	申集上・艸部	舊注古文"天"字。按，《六書統》，古"天"字，凡十有四，無"[illegible]"字。考《金石録》載《唐龍興宫碧落碑》"[illegible]"釋爲大道，《莫尊宰辟敦銘》"[illegible]"釋爲"鑒革"，以此推之。"莫"篆作"[illegible]"，"革"篆作"[illegible]"，訛作"[illegible]"，"[illegible]"非古文"天"，明甚。獨《金石韵府》載"[illegible]"字，出古《老子》，蔡邕《筆賦》"玄首黄管，[illegible]墜色也"。司馬光《潛虚順》"[illegible]墜之大誼"。又曰："以步[illegible]軌[illegible]墜，即天地[illegible]軌，即天軌，故後人誤以'[illegible]'爲古文'天'，不知其實，非古文也。"《唐韵》以"[illegible]"爲古天字。孫奕《示兒編・論字異義》"同載潛虚，[illegible]墜"，《韵會小補》載《廣韵》："天，古作'[illegible]'，並失考正非獨舊，本訛誤也。"
靝	戊集中・青部	舊注古文"天"字，按："古文未有，從青作'靝'者，俗書宜删。别詳'大部'天注。"
按：与前代辞书相比，《正字通》考释更详，编者常间杂按语，辨析前代辞书中的形误、音误、引书误，指出致误原因，其辞书释义更似辨字论文或杂记。其内容多对《字汇》内容的辨析、校勘，又以此为框架，纳入很多宗教文献、俗语文献，使之内容更丰满。《正字通》此举弊端也十分明显，过多冗杂的内容降低了辞书查检效率，这也是后代人常批评其内容泛滥的原因。此外，与《字汇》相类，《正字通》对引书书名的标记体例也不统一，一些文献缺少书名，如《梁竦传》当为《后汉书・梁竦传》；一些文献不标记篇名，如《吕氏春秋》："天有九野……中央钧天。"当为《吕氏春秋・有始》。		

《正字通》張貞生叙

清・張貞生[①]

乾坤定矣，繼以屯蒙[②]，使萬物繁生，負陰抱陽[③]，胥[④]如屯蒙之初，雕刓不露[⑤]，混沌長抒[⑥]，則天下後世，竟相忘于無言。古先聖人又何樂規摹點画，熻亂[⑦]聰明，惟不能安于故，返于初，于是易結繩爲書契[⑧]。相傳日久，踵事增華[⑨]，字不一義，書不一體，而且代各有諱，方各有音，世遠年淹[⑩]，誣者益誣[⑪]，疑者益疑。雖屢經博洽[⑫]之士，集諸儒之説，参考異同，采各家之書，搜求紕繆，而人相習于常，相安于便，明知其非，因陋就簡，童而習之，信手疾書。大學石鼓僅等斷碑，《洪武正韵》亦屬具文[⑬]，孰有原本河洛[⑭]，推詳蝌蚪[⑮]，而審慎于有文之始，考究于未画之先，如我湟川廖公[⑯]之爲《正字通》者哉。公夙稱博洽，究心理學，持紹守官[⑰]，罔不惟濂洛[⑱]是程。間以課士[⑲]之暇，編緝是書，以屬予序。予閲之而嘆，是書之傳，當爲後來博古[⑳]者之津筏，非僅爲小子[㉑]習字者之範圍。且今日聖明制作，監于往代，欝欝彬彬[㉒]，又博收圖史[㉓]，延諮儒臣，象數字義，雖微必稽[㉔]，得此以廣布[㉕]之藉，以鼓吹休明[㉖]，賡颺交泰[㉗]，昭一代之文章，而垂萬世之典謨[㉘]，豈不盛哉？雖肰[㉙]天下英才輩出，不患無能書之人，而患無能書而能言能行之人。書，心画也。心画形，則君子小人見。柳公權對，上謂運用之妙，抒乎一心，心正則筆正[㉚]，蓋出于忠愛之誠。而因以筆諫者，捨此而求。其借倉史[㉛]之書，佐唐虞之治，以翰墨爲規諷[㉜]，以篆隸爲啓沃[㉝]，孰足語此？吾願天下學者得《正字通》而精研之，既有以晰理[㉞]之真僞，且得

《正字通》而引申之，兼有以知心之邪正，修之家而獻之國，書之紙而告之君。無往而非無逸之圖[35]，無荒[36]之戒，則此書之爲功于天下，當與古奏議並傳，豈獨字仙書聖，壇坫詞場也哉[37]？噫！以志道始，以游藝[38]終，勿忘勿助[39]，即此是學，當有味乎程子之言[40]。

注释：

①張貞生(1623—1675)，字幹臣，一字篑山，江西廬陵人。著有《玉山遺響》六卷，《唾居隨録》四卷，及《庸書》二十卷。

②屯蒙，易之三四，在乾坤後，萬物初生稚弱貌。

③負陰抱陽，謂萬物涵着陰陽兩種相反而又相成之氣。

④胥，都。

⑤雕刓，傷殘損失。刓，用刀子等刻、挖。

⑥杼，古同“紓”，解除。

⑦爚亂，炫惑擾亂。爚，音 yuè，火光。

⑧“乾坤定矣……於是易結繩爲書契”，這段話概述了天地創立，文明漸興，文字創製的傳説。

⑨踵事增華，繼續前人的事業，使更加完善美好。

⑩淹，滯留，形容時間久遠。

⑪誣，捏造。

⑫博洽，學識廣博。

⑬貝文，備文，撰寫文字。

⑭河洛，“河圖洛書”簡稱。

⑮蝌蚪，即蝌蚪文，又叫“蝌蚪篆文”“蝌蚪鳥迹”，古文字體的一種。筆劃多頭大尾小，形如蝌蚪，故稱。

⑯廖公，當指廖文英，一説廖文英爲《正字通》的作者。

⑰持躳，對自身言行的把握，要求自己持身嚴格。躳，同“躬”，自身。守官，恪守官職。

⑱濂洛，北宋理學的兩個學派。“濂”指濂溪，周敦頤；“洛”指洛陽的程顥、程頤。

⑲課士，考核士子的學業。

⑳博古，通曉古代事情。

㉑小子，學生、晚輩。

㉒鬱鬱彬彬，文質兼備貌。

㉓圖史，圖書和史籍。

㉔稽，稽查、核定。

㉕廣布，廣泛傳布。

㉖皷，同“鼓”。皷吹，宣傳。吹休明，太平盛世。

㉗颺，同“揚”。賡颺，飛揚輕舉連續而歌。交泰，指天地之氣和祥，萬物通泰。也指君臣之意互相溝通，上下同心。

㉘典謨，《尚書》中《堯典》《舜典》《大禹謨》《皋陶謨》等篇的並稱。這裏代指經典。

㉙肰，同“然”。

㉚柳公權(778—865)，字誠懸，京兆華原人。唐朝中期著名書法家、詩人，兵部尚書柳公綽之弟。心正筆正，典出自《舊唐書》：“穆宗政僻，嘗問公權筆何盡善，對曰：‘用筆在心，心正則筆正。’上改容，知其筆諫也。”

㉛倉史，即倉頡。

㉜翰墨，筆和墨，借指文章書畫等。規諷，規勸諷諭。

㉝啓沃，《書·説命上》：“啓乃心，沃朕心。”孔穎達疏：“當開汝心所有，以灌沃我心，欲令以彼所見，教己未知故也。”後以“啓沃”謂竭誠開導、輔佐君王。

㉞晰理，分辨事理。

㉟無往，猶言無論到哪里，常與“不”“非”連用，表示肯定。無逸，貪圖享樂。

㊱無荒，不廢亂(政事)。

㊲壇坫，會盟的壇臺。词塲，文壇、科塲。塲，同“場”。

㊳志道，志于道。游藝，玩游戲或從事娛樂活動。《論語·述而》：“志于道，據于德，依于仁，游于藝”。

㊴勿忘勿助，出自《孟子·公孫丑》："必有事焉而勿正，心勿忘，勿助長也。"指在道德涵養中，心不要忘記、也不要助長。

㊵味，體會、品讀。程子，即對宋代理學家程顥、程頤的尊稱。本文落款爲"時康熙庚戌仲冬穀旦，内翰林院侍讀學士簣山張貞生書。"康熙庚戌，即康熙九年，1670 年。

《正字通》廖文英叙

清·廖文英[①]

英不敏，弱冠游京師吴下[②]，慽學業未精，弗遑覃思搜較。初筮仕，江右司理督學使侯廣成先生即舉英主白鹿洞書院[③]，撫軍劉公、直指徐公與太虚李先生協力綱紀[④]，方考道問業[⑤]，究心古文制蓺[⑥]，竊致慨于字學之未全也。今朝廷不弃舊，英復叨守南康，荷撫部院董公甄育[⑦]多士，人文蔚興，月日有課，櫛比章句[⑧]。少暇更博探旁稽，出向所闕疑者，與多士共討論。性復健忘，遇有所得，輒筆記之，閲三年麤成[⑨]。定本原以課兒及受業諸生，百客有請者曰：古今文字如牛毛，子既參訂，孳孳[⑩]求六書，炳若日星，豈終名山藏乎？慨自羲画[⑪]、蒼字、秦篆、漢隸，非不爛肰，可考後世，槩趨簡便，寖失其真。他如揚雄、班固諸書軼不傳[⑫]，獨許慎《説文》具在，肰亦止象形、諧聲，而指事、會意僅得其半，轉注、假借未搜究也。迨鄭樵《證篇》《象類》[⑬]，雖詳于假借，其會意、轉注往往自相牴牾[⑭]。又何惑于吕忱[⑮]、李陽冰[⑯]、徐鉉、徐鍇、王安石、戴侗[⑰]、倪鏜[⑱]、楊慎[⑲]，或掇攗[⑳]陳説者哉。梅誕生《字彙》行世矣，其間墨守《正訛》[㉑]《韵會》[㉒]，二編罕所折衷，又未嘗淹通經史[㉓]，與字學相發明，或似而亂真，或略而未備，學者無以定所從也。上經筵[㉔]稽古，設科籲俊[㉕]，每見奏疏偶誤者，必議制義，字訛者不録。正字一書，蓋斯時之急務歟。更爲集諸名碩，搜六書善本、歷代字學，暨方外釋道藏[㉖]，厘定釋詁，孰是孰非，使人知所適從。庶幾彼此貫通，義理交正，陰陽不悖，可通于天地，先後一揆，可通于古今。水火木石、飛潜動植之微，東齒西腭、南唇北喉之别，皆可觸類旁通。于以上符功令[27]，下裨承學。盍公諸寓内，俾有志者，廣其傳也。顧予倖薄，安能遽授剞劂[28]，會坊人鳩貲就版于白鹿洞[29]，因名曰“正字通”。此實賴諸君子，嘉惠後學，抑無負後先臺憲[30]，羽翼斯文[31]之意云，爾若謂集字學之大成，則余又何敢自信？後有作者尚精較諸。[32]

注释：

①廖文英，生卒年不詳，字百子，清初連州人，康熙年間曾任江西南康府知府。廖文英爲《正字通》的作者，一説爲張自烈所作。

②吴下，泛指吴地。下，用於名詞後表示處所。

③白鹿洞书院，位于江西庐山五老峰南麓，中國四大書院之一。

④撫軍，官名。明清時巡撫的别稱。直指，官名。漢武帝末年各地民眾反抗。朝廷特派官員着繡衣，持節發兵，進行鎮壓，並有權誅殺鎮壓不力的地方官員，稱“繡衣直指”。據《漢書・百官公卿表上》，繡衣直指本由侍御史充任，故亦稱“繡衣御史”，武帝後，仍有派遣直指之事。

⑤考道，研求应遵之道。問業，請問學業。

⑥制藝，指八股文，亦作“制義”。

⑦甄育，培養。

⑧櫛比，像梳齒那樣密密地排列著。章句，分析古文的章節和句讀。

⑨麤，同“粗”。

⑩孳孳，同“孜孜”，勤勉。

⑪羲画，伏羲氏始畫八卦，造書契。

⑫軼，散失。

⑬鄭樵(1104—1162)，字漁仲，自號溪西遺民，宋代史學家，校讎家，文學家，著有《象類書》《六書証篇》。

⑭牴，同“抵”。牴牾，矛盾。

⑮吕忱(420—479)，晋代文字學家，著有《字林》。

⑯李陽冰，生卒年不詳，唐文字學家、書法家。字少温，趙郡人。乾元時爲縉雲縣令，官至將作少監。工篆書，得法於秦《嶧山刻石》，變化開合，自成

風格，後世學篆者多宗之。曾刊定《説文》爲三十卷，然多有臆説，五代時徐鍇在《〈説文解字〉繫傳》的《袪妄》篇中加以辯駁。自二徐本《説文解字》行世，其書不傳。石刻有《三墳記》《般若臺題名》等。

⑰戴侗，生卒年不詳，宋末元初學者，永嘉人，字仲達，南宋理宗淳祐年間進士，由國子監簿出守臺州，德祐年間，由秘書郎遷軍器少監，稱疾未赴任，其終不詳，其主要著作有《易書四書家説》《六書故》。

⑱倪鏜(1262—1346)，江西余江人，字仲瑶、仲寶，號錦江，著有《六書類釋》。

⑲楊慎(1488—1559)，字用修，初號月溪、升庵，又號逸史氏、博南山人、洞天真逸、滇南戍史、金馬碧鷄老兵等。四川新都人，祖籍廬陵。明代文學家、學者、官員，明代三才子之首。

⑳掇，拾，摘。攈，同"捃"，拾取。

㉑《正譌》，當爲元代周伯琦的《六書正譌》。

㉒《韵會》，即元代黄公紹所編韵書《古今韵會》。

㉓淹通，弘廣通達，精通，貫通。

㉔經筵，舊日帝王聽講經籍的地方。宋代始稱經筵，置講官，以翰林學士或其他官員充任或兼任。宋代以每年二月至端午節、八月至冬至節爲講期，逢單日入侍，輪流講讀。元、明、清三代沿襲此制，而明代尤爲重視。除皇帝外，太子出閣後，亦有講筵之設。

㉕籲俊，求賢才。籲，yù，呼喊，請求。

㉖蒐，同"搜"。方外，是區域之外，世俗之外，世外。道藏，道教書籍的總稱，包括周秦以下道家子書及六朝以來道教經典。

㉗符，謂向下屬發出命令或通知。功令，舊時指法律、命令。

㉘遽，立刻，馬上。

㉙鳩貲，聚集資財。貲，zī，同"資"。白鹿洞，位於江西省九江市的廬山東北玉屏山南，虎溪岩背後，是北宋六大書院之一。

㉚臺憲，指御史臺或御史臺官員。

㉛羽翼，猶言庇護。斯文，語出自《論語・子罕》："天之將喪斯文也，後死者不得與於斯文也。"斯，此。文，禮樂制度。後以"斯文"指文人或文化。

㉜本文落款爲"時康熙九年歲次庚戌孟秋朔日，中憲大夫知江西南康府理白鹿書院嶺南廖文英書"。康熙九年，即 1670 年。

《正字通》凡例

字書訛以益訛，擬厘正成編，各部諸字，本詁訖備載[①]：某字古作某，籀作某，篆作某，隸作某，俗作某，訛作某。凡舊本分部分画[②]，古籀、訛俗散見各部者，並歸本部本字，後詳爲考定。昔如李鉉[③]删正六蓺謬字例，盡削舊本之舛訛，獨存六書之可信從者，不令眩後學見聞已。又慮四方沉湎《字彙》日久，不仍[④]存舊説，彼此是非必不著[⑤]，故部画次第如舊，闕者增之，誤者正之，未可與各坊翻刻同日語。唐韓愈言"凡爲古文宜先識字"，宋洪皓《松漠紀聞》[⑥]言："金制，策論試士，首重書法，士作字，偏旁點画誤者，必坐以雜犯。"[⑦]推此意計究，六書未可忽也。[⑧]

舊本有字画訛省者，有非古文以爲古文、非俗字以爲俗字者，有字同訓異、字異訓同者，有前後注重複自矛盾者，其間援證失倫，真贋錯互如略。陽蒲洪改姓苻，誤以爲"苻堅"；北漢劉聰鵕儀殿，誤以爲"晋武"。《毛詩》《左傳》"奄息三良"名，誤以爲"奄姓"。《吴志》"氏儀改姓是"，誤以爲"民儀"。"嚬"訓"蹙頞"，與"顰""矉"通，見《莊子》，《史鑒》誤以爲"笑貌"。"憷"訓"狹隘"，與"僁""躠"通，見《楚辭》，《魏都賦》誤以爲"忖度"。"列缺雷光"，見《元包經》，《大人賦》誤以爲"蛚蚗"。"喇蚘，蟲屬"，見《〈爾雅〉翼》，《埤雅》誤以爲"雷師"。至于《洪武正韵》，如"封"古作"𡉚"，非作"㞢"。"封"注誤引《説文》。"艸木妄生山高"，本作"崔"，非從口，"嗺"注誤訓爲"山高"。"拑口"通作"箝"，非從木，"柑"注誤訓爲"柑口"。《爾雅》："大山宫，小山霍。”“宫”訓“圍繞”。“宫”注節删本文爲“大山宫”。《相如賦》：“弭節徘徊。”“弭”訓“止息”，“餌”注誤，改本賦爲“餌節”。《漢書・張敞傳》“眉嫵”，“嫵”訓“娟”，“媚憮”注沿本傳訛文，訓“媚㛂”。“鶡，毅鳥”，“鴇，春扈”，“真韵”誤以“鴇”同“鶡”。“澌，水索嘶聲破”，“齊韵”誤以“澌”同“嘶”。“脗，口唇”，“緡，錢貫”，“軫韵”誤以“緡”同“脗”。“笠在首，蓑蔽身”，“皆韵”誤以“笠”即“蓑”。《字彙》訛誤者與《正韵》同，詳見各部本注。

舊注，經史子集，類翦截[9]上下文，苟非博覽全書，何繇考信[10]？今據本文增續，首尾連貫，文辭不復，詁義自明。又各部所引《周禮》《爾雅》《離騷》《山海經》《左傳》《國語》《國策》《通鑒》《史記》《漢書》《吕覽》《法言》《説苑》《老莊》《管韓》《關尹》《淮南》諸書，略厺[11]解詁，雖有注，與無注同。今合天文、地理、律曆、時令、禮樂、田賦、兵刑、職官、事制、饮食、宫室、衣服、艸木、鳥獸、蟲魚、金石、鬼神，隨類整比[12]。準《十三經注疏》例字，各爲注，注復增釋，蓋有注不能無疏，有疏可以翼[13]注，補少析疑，非夸多滋惑也。淺顯易見者，略之。各部釋經槩從馬、鄭、王、趙、程、朱、蔡、陳[14]諸家傳注。粗通大義，其補正傳注未盡者，此不載。

各部同一物，而分二字，如“祾祊”“桾櫏”“梐恒”“鷃鴳”“鶩鶩”“狻猊”“蟋蟀”“芰茾”“蓓蕾”之屬。舊注前後兩見者，今删其複重，曰“附見”。某注部雖分，而字相通，如“口”“言”、“走”“足”、“木”“竹”、“鳥”“隹”、“犬”“豸”、“土”“石”、“瓦”“缶”之屬，舊注彼此雜見者，今覈其異同，曰“互見”。某注《字彙》誤者，則曰“舊本、舊注誤”，《經典釋文》《九經字樣》《干禄字書》《六書略》《六書統》《六書故》《説文長箋》及《正韵》《玉篇》《篇海》《字林》《字孳》《精藴》《泝原》《韵瑞》《韵會》《佩觿集》《同文備考》《古文奇字》《古音》《正韵》《篓補》諸書誤者，則曰“某書、某説誤”。又舊注凡州郡沿革未詳者，詳之。古今姓氏闕遺者，補之。諸家承訛，如“排抢”爲“排枪”，“詳實”爲“翔實”，“九欜”爲“凡欜”，“墨尿”爲“墨屎”，“廉倨”爲“廉裾”，“恐喝”爲“恐猲”，“眾”作“衆”，“模”借“漠”，“鹄”即“鶴”，“鑿”同“鑿”，“譶”同“話”，“霄”同“霄”，“莧”古“天”，“囸”古“日”，“頣”古“履”，“騁”古“騁”，“竜”古“龍”，“麤”古“塵”之類，各有考訂。即古籀、大小篆、石鼓、詛楚文、《博古圖》、《漢碑隸釋》、《金石録》、《宣和書譜》[15]，凡離理破體者，傳寫代更，摹画屢變，未可盡信。今各注曰不必泥，不必從備，好古者諟正，坊刻《篇海》《集韵》及合並五音所載俗書，怪字爲舊本未收者，皆六書蟊賊，例宜一切焚弃，懼學者不審去從，謬相摹效，摘其離經叛道之尤者，附見各部後。蓋所以著戒防漸也，覽者幸詳之。

舊本引《周易》《釋名》《白虎通》《六韬》《三略》，並叶韵，世傳《九經韵覽》，王肅、陶弘景、晁説之諸人讀《易》皆肰。新安朱子，據吴棫《補韵》，叶四詩，未嘗明指《書》《易》用叶之誤。陳第《毛詩》、屈宋《古音考》、楊慎《轉注古音》及《字彙》所載《瓊林雅韵》引《易》叶韵者，頗衆。肰四詩，與樂律通，被之管弦，登之朝廟，聲音自肰之韵具備。騷賦、易林、樂府、歌謡、四五六七言詩，非變音諧韵，不可易。《書》《語》《孟》[16]宜正音，不宜盡限韵諸家。凡《易・象》，“九”叶音“起”，“帝”叶音“丁”，“天”叶音“汀”。《論語》“季隨”，“隨”音“妥”叶，“下騧”，“騧”音“窠”。皆可謂迂謬[17]之甚。即如吴棫《補韵》，書目言：《尚書》，《賡歌》《五子歌》皆韵；《易》，《象》《小象》《雜卦》，皆韵；《爻辭》，不韵；《毛詩》“風”“雅”“商(頌)”“魯頌”皆韵，“周頌”不韵；《周禮》，《量銘》《祭侯文》皆韵；“左國”[18]繇詞歌謡皆韵；《戰國策》“三略”“六韜”,間有韵語。據吴氏此説,諸謡非盡用韵,明甚。《尚書》《周禮》“左國”凡用韵者,僅見於歌銘諺謡,它皆不用韵。况吴氏言《易》,《爻》《周頌》不用韵,雖頌與風雅同類,宜韵者亦不讀韵,經不必强叶,又明甚。《釋名》《白虎通》依聲寓義,雖似叶韵,肰義廣則聲不能兼,聲拘則義從而窒。依者近似亂真,寓者失全得半,皆不可爲典要,諸家因近似之意,盡改本文之音,以求叶,不知古聖賢大言垂訓,辭近指遠,前用宜民,非沾沾[19]求合七音四聲,如後之騷賦、樂府,音諧韵叶而後快,故是編自詩歌銘贊謡諺叶韵外,凡舊本引《周易》《禮記》《釋名》《白虎通》强叶者,各存其説於本注,不載叶音。非立異排俗,理不可誣也。

六書諸家先後編著,非一人,各取切與音合者載之。雖切翻日趨于異,聲音統歸于同,好奇矜勝者莫能易也。舊本鈔掇諸家,各部有字,非轉叶變韵,同字同音而分數切者,今皆定歸一切,不令糾紛。其各字轉音,舊本明言“又”“叶”,界埒[20]自分,圈截嫌贅。今皆存又,去圈,其引詩賦,易林變叶。舊本本字,各有切翻,比例可見,增切病煩,今皆去切,存音它説,自爲起訖,非與上文連互者,則畫圈隔之。經史子集諸字舊本偶遺者,循各部增入,識“舊本闕”三字。各部金木水火土石鳥獸蟲魚,舊注旁訓正訓倒置者,今艸木注必先艸木類,金玉注必先金玉類,比類相從,正訓後次。及旁義與舊本别,不敢立異,亦不能苟同也。

音切門類不一,如輕重交互,則芳杯切“胚”字,匹尤切“彪”字。如類隔[21],則都江切“椿”字,都教切“罩”字。如通廣[22],則符真切“頻”字,芳連切“篇”字,字與母皆不相諧。窠切[23]、日下[24]、喻下[25]諸等法,讀者愈難猝解,此音之所繇亂也。是書,止用音和[26],正音取字之切,近者爲韵,則字讀朗肰。其中舊韵失倫,未易更僕[27]。凡《字彙》母韵未確者,正之。《浮山》《隱史》著等切聲，原始《華嚴字母圖》，説訖聲數，同原問答，其目凡三十有一，推本河洛律吕之理，詳證類隔門法之謬，備載《通雅》，久已行世，託學者深思而已。

字譌者宜正，亦有古今相通，點画可略，不必盡斥爲俗者，通者不必泥。亦有形聲相近，鋟[28]寫傳訛，必不可强通者。如元鄱陽周伯琦《六書正訛》，非訛者，概以爲訛，非俗者，概以爲俗，此病在不通者也。明京山郝敬《讀書通義》，難通者，概以可通，字本誤者，概以爲古通，此病在强通者也。之二者病雖差殊，其流害六書均也。苟沿訛誤通，如《禮・内則》。"不友無禮于介婦。"注："'友'當作'敢'。""塗之以謹塗。""注"："謹，讀爲'堇'。"《史・夏本紀》引《書・益稷》："在治忽。"訛作"來始滑"，亦將謂"'友'通作'敢'"。"'謹'通作'堇'"。"'來始滑'通作'在治忽'。"背理叛經，豈可爲訓？故各部駁[29]《讀書通》。視駁正訛較嚴，蓋因《字彙》並及之。通六書者，或有同然也。

異方殊音，勢難遽一。苟不推音考義，未有不爲方俗所蔽者也。善學者，必就其音之雜，以求其義之正，必審其俗之異，以歸于音之同。不肰非獨不合古音，並今音而失之。漢揚雄《方言》隨方記録，比物稱名，文麗用寡，無俟深求。各部所引《方言》，特以明謡俗之區分，備輶軒之遐覽，擇其于六書交發[30]者存之，疑則闕之。若夫近代方俗之説，有音無義，有聲無字，不可勝诘，即一二偶與韵書合者，如"桐"之讀"洞"，"北"之讀"悲"，"不"之讀"卜"，"後"之讀"侯"，未可盡廢，要當悉心盡求正韵正聲，勿槩爲方音所蔽。庶幾音義兼得之矣。

舊注梵書闕如，僅摭[31]叶韵，《道藏歌》見什之一二，精義不具載。昔司馬光不好释老，嘗云微言："不能出吾書，其誕吾不信。"後世以爲篤論[32]，肰其間附麗經傳，警厲頑懦，不無裨助。

況宿學耆碩，往往遯迹[33]，勾漏[34]隱名，蓮社[35]遠近，苾駄黄冠[36]者流非乏，古守亮、彦範、高閒、秘演、夢英、洪匡、大皋若而人[37]，二氏[38]遺編，例不宜槩絀，間嘗搜閱釋道兩藏。凡《法華》《楞嚴》諸經及歷代禪宗語録，擇可存者，附本注。令宗二氏者，足資覽觀。道藏，自《道德》《南華》《冲虚》《元始》，外如《西昇經》《大洞經》《金闕朝元經》《靈寶消魔安志經》《玉樞寶經》《金汋經》《大白經》《天空經》《法輪經》，辭淺義膚，半屬僞撰，故槩從。姑舍醫方雜技諸家，如《靈樞》《素問》《物理論》《本艸綱目》《齊民要術》《四民月令》《月令廣義》《事物原始名義考》《桂海虞衡志》《函史物性志》[39]《物理小識》，並辑采增附，補舊本未備云。

注释：

①訖，盡也。"本詁訖備載"指對字義字形窮盡第搜羅。

②分画，亦作"分劃"。區分，劃分。画，同畫。

③李鉉，生卒年不詳，北齊人，渤海南皮人。《北史傳》："鉉以去聖久遠，文字多有乖謬，於講授之暇，遂覽《説文》《倉》《雅》，删正六藝經注中謬字，名曰'字辨'。"

④仍，因襲。

⑤"彼此是非必不著"，意思是《字彙》一書哪些是作者的觀點，哪些是引用的，哪些是對的，哪些是錯的，並不明書。

⑥《松漠紀聞》，宋洪皓(1088—1155)著，記載其留金十五年，金國雜史。

⑦雜犯，古代指各專類罪名以外的其他罪名。

⑧"推此意計，究六書未可忽也"這裏説的是《松漠紀聞》所舉事例讓我們知道不能忽視文字學的研究。

⑨翦截，削剪。

⑩何繇，從何處，從什麼途徑。

⑪厺，同"去"。

⑫整比，整齊排比。

⑬翼,輔助。

⑭"馬、鄭、王、趙、程、朱、蔡、陳",即馬融、鄭玄、王肅、趙岐、程頤、朱熹、蔡沉、陳澔,皆爲著名訓詁學家。

⑮《博古圖》,即《宣和博古圖》,舊題宋王黼撰,或以爲王楚撰。三十卷。成書於北宋宣和五年(1123)之後,著録當時皇室在宣和殿所藏的古代銅器,共二十類八百餘件,集宋代所出青銅器的大成。每類有總説,每器皆摹繪圖形、款識,記録尺寸、容量、重量等,並附考證。所繪圖形較精,且注有比例(明代縮刻本始删去比例),考證頗爲精審,每據實物訂正《三禮圖》之失,所定器名多沿用至今。《漢碑隸釋》,又名《隸釋》,宋代金石學著作。洪適撰。成書於乾道二年(1166)。全書共二十七卷。此書連同後來成書的《隸續》,共收録漢碑碑文、碑陰等二百餘種,魏和西晋碑十七種,漢晋銅、鐵器銘文及塼文二十餘種。書中用楷書寫隸書體的漢碑碑文,用圖表示漢碑的不同式樣,並著録了不少漢畫石像,且每種碑文之後又附有論考。爲現存年代最早的集録和考釋漢魏晋石刻文字的專著。此書在清代早期只有明萬曆王雲鷺刻本傳世,《隸續》則僅存抄本。乾隆間汪氏刻印二書,由於缺少好的底本,已非原書之貌。同治間洪氏復刻汪本,並收入黄丕烈的《隸釋刊誤》。《金石録》,宋趙明誠撰。三十卷。著録所藏金石拓本,上起三代下及隋唐五代,共兩千種。前十卷爲目録,按照時代順序編排,每一目下注年月和撰書人名;後二十卷爲辨證,共跋尾五百零二篇。後發現宋代龍舒郡齋初刊本全帙,今藏中國國家圖書館。《宣和書譜》,法書著録。著者不詳。二十卷。記宋徽宗宣和内府所藏法書墨迹,分歷代諸帝王書、篆、隸、正、行、草、八分、制誥等八門。每門前有叙論(除帝王書外),並於法書目録前系書家小傳,品第風格源流,叙論詳明,保存了較豐富的書法史料,可作研究古代書學及书迹流傳的參考。

⑯《書》《語》《孟》,即《尚書》《論語》《孟子》簡稱。

⑰迂謬,迂腐,荒謬。

⑱左國,即《左傳》《國語》《國策》的並稱。

⑲沾沾,執著、固執。

⑳界埒,本謂筑短垣圍,這裏謂在字典中爲信息划定專門區域。

㉑類隔,音韵學術語。凡反切上字與所切之字有重唇、輕唇或舌頭、舌上之異,叫作"類隔切"。隔者隔礙之謂,二者聲不同類。故名。

㉒更僕,形容多,數不勝數。

㉓通廣,音韵學術語。《玉鑰匙歌訣》解釋爲:"通廣者,謂'見、溪、群、疑、幫、滂、並、明、非、敷、奉、微、曉、匣、影'此一十五母爲切,'知、徹、澄、娘、照、穿、床、審、禪、來、日'第三等,並切第四。故曰:'來日舌三並照二,通廣必取四爲真。'如,'渠脂'切'祇'字,'芳連'切'篇'字,'符真'切'頻'字,'呼世'切'欳'字之類,是也。"

㉔窠切,《玉鑰匙歌訣》解釋爲:"窠切者,謂:'知、徹、澄、娘'第二爲切,謂知等第二即四等中第三也。韵逢'精、清、從、心、邪、曉、匣、影、喻'第四,並切第二。故曰:'知逢影喻精邪四,窠切憑三有定基。'如'陟遥'切'朝'字,'直猶'切'儔'字之類,是也"。

㉕日下,概爲"日寄憑切者"。《玉鑰匙歌訣》解釋爲:"日寄憑切者,謂:'日'字母下第三爲切,韵逢一、二、四,並切第三。故曰:'日止憑三寄韵歌。'如,'汝來'切'荋'字,'儒華'切'捼'字,'如延'切'然'字之類,是也。"

㉖喻下,音韵學術語,《玉鑰匙歌訣》解釋爲:喻下憑切者,謂:"單'喻'母下第三爲切,韵逢諸母第四,並切第三,是喻下憑切覆;喻母第四爲切,韵逢諸母第三,並切第四,是喻下憑切仰。故曰:'喻母復從三四談,若逢仰覆但憑切。'如,'餘朝'切'遥'字,'於聿'切'颵'字之類,是也"。

㉗音和,即指反切上字與所切之字聲母相同,反切下字與所切之字聲調及韵母相同。也稱"音和切"。

㉘鋟,刻。

㉙駮,古同"駁",批評。

㉚交發,同時發生。

㉛摭,摘取。

㉜篤論,確論。

㉝遯迹,同"遁迹",逃避人世,隐居。

㉞匃漏,破漏之屋。

㉟蓮社,代指佛門。

㊱苾馱,又作"苾馱""吠陀",佛教名詞"明"的梵文音譯(Vii idya),指破除愚暗、通達諦理的智慧。黄冠,黄色的冠帽,多爲道士戴用。代指道士。

㊲"守亮、彦範……洪厓大皋",所舉的幾位當爲歷史上文化造詣較高的出家者或隱居者。生平可考者,皆列其下。守亮,據《唐語林》考其爲唐代上

元間瓦官寺僧人，生卒年不詳，通曉《周易》。高閒，唐代僧人，生卒年不詳，浙江烏程人，精通書法，宣宗召對，賜紫衣，後歸湖州開元寺，終焉。秘演，北宋初山東僧，生卒年及姓氏籍貫均不詳，大約北宋淳化元年（990）前後在世，能詩，長於白描，與石曼卿友善，歐陽修爲其詩集作序時説“曼卿隱於酒，秘演隱於浮屠，皆奇男子”，石曼卿認爲秘演之作“雅健有詩人之意”。夢英，生于天福十三年（948），卒年不詳，法號宣義，北宋衡陽郡人，多才多藝，能詩能文，篆隸楷行草，無所不能，尤精篆書，陶穀謂“陽冰死而夢英生”。洪厓，又作“洪崖”，《列仙傳·一卷》：“古仙人洪崖先生，黄帝之近臣，能歌善舞，三皇時伎人也。”《吕氏春秋·古樂篇》以他爲中國樂律和樂器的發明者：“昔黄帝令伶倫作五律，聽鳳凰之鳴，以别十二律；黄帝又命伶倫與榮將鑄十二鐘以合五音，以施謨詔。”若而，若干。

㊳二氏，佛道二家。

㊴凾，同“函”。

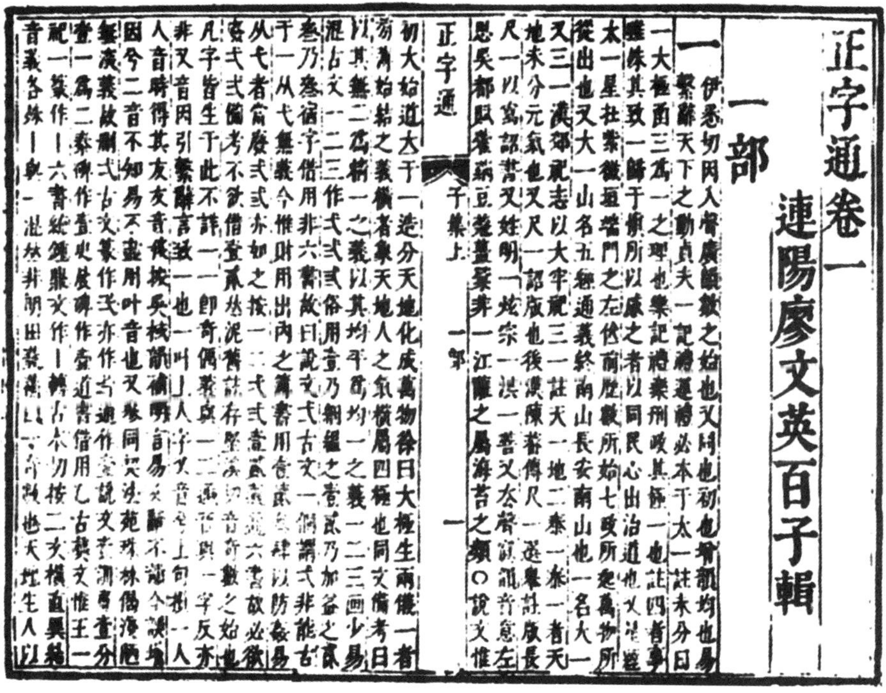
正字通卷一

連陽廖文英百子輯

一部

正字通　子集上　一部　一

图 16 《正字通》清弘文书院刊本书影

佩文韵府

《佩文韵府》是清代官修大型词藻典故类书，同《康熙字典》一样，其编纂是清代重大文化工程。奉敕编纂者，为张玉书、陈廷敬、李光地等七十六人，前后花费八年时间。“佩文”是康熙皇帝的御书房之名，“韵府”则指明此书的功能——为诗文创作提供便捷。

《佩文韵府》在元代阴时夫的《韵府群玉》及明代凌稚隆的《五车韵瑞》基础上，考订讹误，增补遗漏而来。全书以平水韵为序，共分一百零六卷，后作拾遗一百零六卷，收字近一万二千，共收韵藻约五十一万，全书多达一万八千余页，可谓卷帙浩繁。每韵之下，依照字的频次以排序，常见之字排在前，难僻之字列后，每一韵之末增收《韵府群玉》及《五车韵瑞》所未收之字。每一字先列反切，常用义。再依《韵藻》《增》《对语》《摘句》几部分分列。《韵藻》即收录以字头为词尾的词、短语、短句等，这与我们现在常用的词典依字头收词有所不同，如“天”字头下收录“统天”“御天”“本天”“先天”“后天”“承天”等六百余个韵藻，这与其功用为作诗取韵有关。《韵藻》之下，先依音节数分为双音节、三音节、四音节词，再依诗韵对首字进行排序。每一韵藻之下，又依经史子集的顺序排列引例。《增》收《韵府群玉》即《五车韵瑞》所漏收的韵藻。全书仅依字将这些韵藻进行归类，收集相关引例，并不释义，因此本书的性质当为类书，而非词典。《对语》收录若干组对仗的韵语，如“丽日—光天”“丹地—绿天”等。《摘句》则收录以字头为尾字的诗句。仄声韵则无《对语》《摘句》两项。

《佩文韵府》成书后，张玉书等又在其基础上摘录精要，作《佩文诗韵》五卷。后来清代周兆基又作《佩文诗韵》的节本。清李元琪作《〈佩文韵府〉汇编》五卷，清陈锦作《〈佩文诗韵〉释音》五卷，近人赵暄作《小佩文韵府》六卷，皆为《佩文韵府》的衍生辞书。

当下所见的《佩文韵府》版本包括：清康熙五十年内府刊本、清道光间海山仙馆刊本、清光绪十二年上海同文书局影印本、“万有文库”本、商务印书馆影印本、台北新兴书局影印本、上海古籍书店本（据“万有文库”本影印）。

【例字分析】

天	卷十六上・一先・天	天，他前切，上玄也。《説文》：“顛也。至高無上，從一大。”《韵會》：“又姓。” **韵藻**統天：《易》：“大哉乾元，萬物資始，乃丨丨。”《北齊・書樂志》：“昊蒼眷命典王丨丨。”曹植《顓頊贊》：“始誅九黎，水德丨丨”。御天：《易》：“時乘九龍以丨丨。”《宋書・樂志》：“宴我實師，敬用丨丨。”柳宗元《賀雨表》：“宸衷暫愓，已矯御天之龍；聖謨既宣，遂洽漏泉之澤。”楊允浮《灤京雜咏》：“又是宫車入丨丨，麗姝歌舞太平年。”“自注”：“丨丨，門名。‘御’亦作‘馭’。”《魏書・文苑傳序》：“高祖馭天，鋭情文學，蓋以頡頏漢徹，掩踔曹公。”庾信《表》：“膺籙馭天披圖受命”……帝同天：《宋書・樂志》：“萬國朝，上壽酒，丨丨丨，惟長久。”玄明天：《吕氏春秋》“冬至日，行遠道，周四極，命之曰‘玄明天’”……爲章於天：《詩》：“倬彼雲漢，丨丨丨丨。”紫雲見天：《創業起居注》：“高祖時有丨丨丨丨，當帝所坐處移，時不散。” **對語**麗日—光天 丹地—緑天 金井—木天 靈曰—雁天 捧日—扪天 槎漢—梯天 蘿月—榆天 雪海—冰天 五色日—九重天 群玉府—大羅天 梧桐月—菡萏天 調馬地—養雕天 瓜蔓水—杏花天 千尋壑—一罅天 **摘句**擊壤樂堯天 峰高翠接天 坐待月流天 花影午時天 張樂奏鈞天 荷香雨過天 歌歇碧雲天 歸尋小洞天 鳴鳳朝陽尺五天 沙鷗閑弄夕陽天 異花常占四時天 輕寒輕冷杏花天 菊花時節雁來天 微微凉露欲秋天
按：《佩文韵府》释义共分为《音义》《韵藻》《增》《对语》《摘句》五部分。音义，即摘录韵书中反切及释义内容。如前文所述，“韵藻”与“增”仅是收词来源上的差异，收录了以字头为词尾的“韵藻”，本书“天”字下收录六百余个韵藻，其先列双音节词，再列三音节词、四音节词。每一类下，再依诗韵为序。每一词下又收录该词在诗文中的引例，但并不对所收录的内容进行解释。“韵藻”既包含词，也包含短语和短句。对语，收集了诗文中有关字头的词语对仗，仍以字数递增排列。摘句部分则为诗句中所摘录的以天为末字的五言诗、七言诗。但“摘句”中复现的韵语并未在“韵藻”复现。若论解音释义方面，这部分内容确实为其短板。但在韵藻收录上，确实内容丰满，形式整饬，作为一部写诗作文为主要功用的辞书，《佩文韵府》确实当之无愧。该书与《康熙字典》先后竣工，亦能看出字典对该书引例上的借鉴与传承。		

御製《佩文韵府》序

清·愛新覺羅·玄燁[①]

朕萬幾[②]在御，日昃宵分[③]，未遑自逸[④]，時當燕閑[⑤]，不輟問學，群經子史，誦其文而晰其義矣。以至百家之書，凡可以裨世教勵民風者，修明補正，罔使闕遺。嘗謂《韵府群玉》《五車韵瑞》諸書[⑥]，事繫於字，字統於韵，稽古者近而取之，約而能博。是書之作，誠不爲無所見也。然其爲書，簡而不詳，略而不備，且引據多誤，朕每致意焉，欲博稽衆籍，著爲全書。爰於康熙四十三年夏六月，朕與内直翰林諸臣親加考訂，證其訛舛，增其脱漏，或有某經某史所載，某字某事未修者，朕讀時時面諭，一一增録，漸次成帙，猶以故實，或未極博。於十月，復命閣部大臣更加搜采，以裒益[⑦]之。既有原本、增本，又有内增、外增，將付剞劂矣。名曰"佩文韵府"。隨於十二月開局武英殿，集翰林諸臣合並詳勘。逐日進覽，旋授梓人[⑧]。於五十年十月，全書告成，共一百零六卷，一萬八千餘頁，囊括古今，網羅鉅細[⑨]。韵學之盛，未有過於此書者也。書成，諸臣請序，朕念自初至今，經八年矣。歷[⑩]寒暑之久，積歲月之勤，朕於此書，政事之暇，未嘗惜一日之勞也。朕又嘗諭諸臣，從來著一大書，非數十年之功，不能成。今數年以來，所成大部書，凡十有餘種，若非合衆人之力，豈能刻期告竣？故念先後預事諸臣，皆命列名，其中兹序，《佩文韵府》因備記編撰之始末，遂及修集諸書之大指，以見成書之不易如此。[⑪]

注释：

①愛新覺羅·玄燁(1654—1722)，清聖祖仁皇帝，清朝第四位皇帝，年號康熙。

②萬幾，指帝王日常要處理紛繁的政務。

③日昃，時間時刻，太陽偏西的時候。宵分，夜半。日昃宵分，形容人工作學習勤奮。

④自逸，身心安適。

⑤燕閑，亦作"燕閒"，安寧，安閑。閑，通"閒"。

⑥《韵府群玉》，是現存較早的一部分韵隸字，以字系事的類書。元代陰時夫撰，其弟中夫注。唐顏真卿有《韵海鏡源》，爲分韵隸事之祖，然其書不傳已久。押韵之書，大盛於宋末元初，《韵府群玉》即爲此時之作。有元大德二年(1298)刊本，殘；元延祐元年(1314)刊本；明洪武八年(1375)刊本；明天順元年(1457)葉氏刊本；明嘉靖元年(1522)劉氏刊本；明萬曆元年(1573)王元貞增修刊本；清康熙元年(1662)，河間守徐可先之妾謝瑛又取其書重加增删以廣流傳，已非原貌。《四庫全書》所收乃明刻本，館臣謬稱元本，誤。《五車韵瑞》，明代淩稚隆(生卒年不詳)著。此書仿陰時夫的《韵府群玉》而成。每一韵之下先列出一小篆字，後以韵隸事。

⑦裒益，減少和增加。裒，減少。

⑧梓人，指印刷业的刻版工人。

⑨鉅，同"巨"。

⑩歴，同"歷"。

⑪本文落款爲"康熙五十年十月題"。康熙五十年，即1711年。

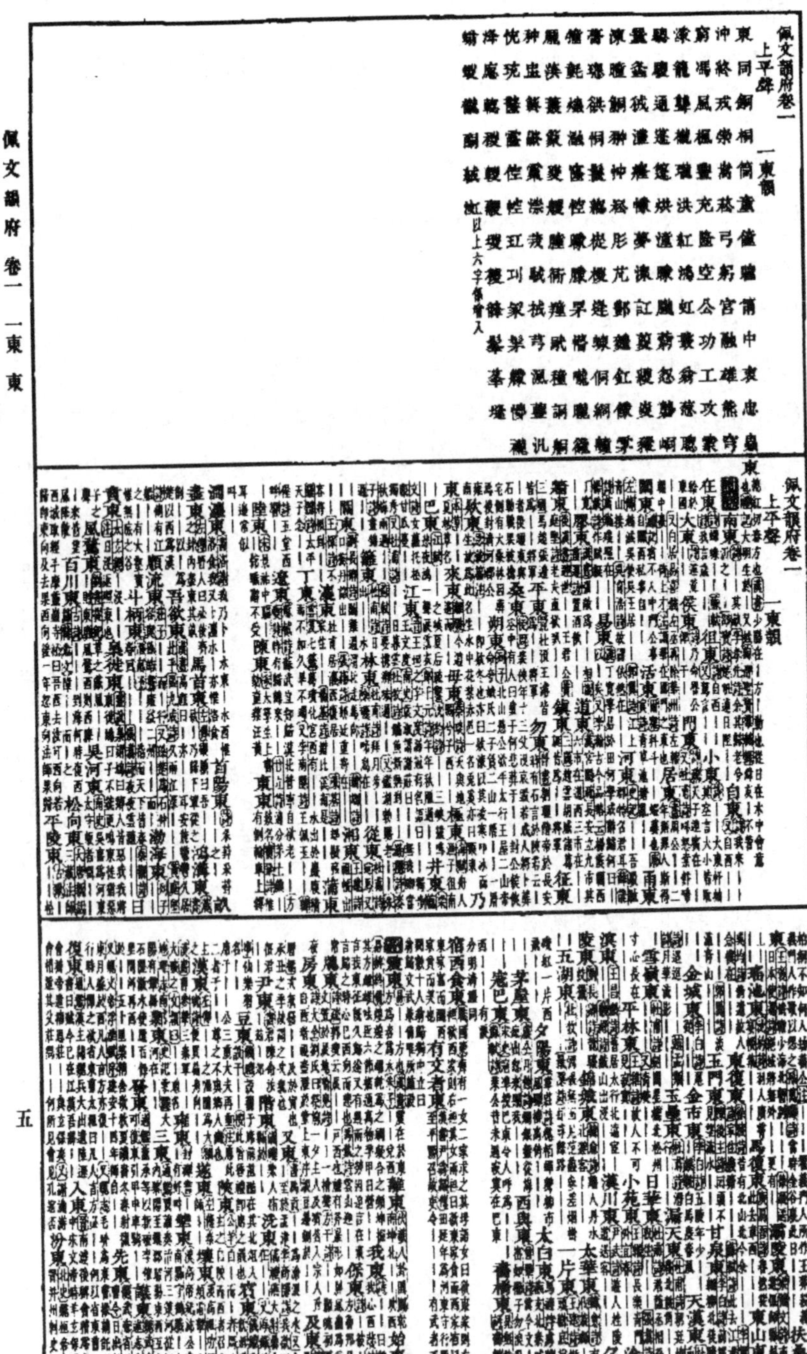
佩文韻府卷一

上平聲

一東韻

以上大字係增入

佩文韻府卷一

上平聲

一東韻

佩文韻府 卷一 一東 東

五

图 17 《佩文韵府》商务印书馆一九三七年影印版书影

康熙字典

《康熙字典》成书于康熙五十五年(1716),是清朝下令敕造的字书,是康熙皇帝召集众多学者集体编纂的辞书佳作,故以皇帝年号称之。在辞书史上,《康熙字典》因其收字之丰富,体例之完备,内容之丰美,而被称为传统辞书的殿军之作。《康熙字典》中的"典"即为经典,自此之后,"字书"之名被"字典"取代,足可见其在当时的影响。

《康熙字典》是在对《字汇》《正字通》二书校勘、订误基础上编写而成,因此字典承袭了《字汇》《正字通》二书的结构框架。全书也分为二百一十四部,由于避康熙讳,将缺笔处理后的"玄"置于"王"前。全书共收录四万七千余个汉字,其中包括正字、古字、俗字、异体等各类字形,在页眉处标记部分字的小篆字形,无论是数量还是体例设计,都远超前代字书。字典对音义的收录十分完备,基本将可见的音义材料都搜罗列举。收音广泛,收录、罗列各个时代辞书中反切、直音、叶音材料,同时将《字母切韵要法》《明显四声等韵图》两种韵图附于书前,与正文反切呼应配合。释义上,以经史子集及时间为序,排列训释资料。字典一般先释单音节词,次列多音词,呈现出"以字引词"的倾向。此外,字典标记圈框出引书书名、篇名,又以"乂"区分各条释义,使得字典给人的观感上更有层次性,提高了查检效率。

字典编修前后共耗费六年时间,负责编修字典的总阅官张玉书、陈廷敬先后离世,参与编修的众多人员又常调任编修《佩文韵府》,致使字典编纂一度陷入困顿窘境。以当时的条件,花费六年编纂一部如此体量篇幅的辞书也非易事,但是由于其为敕造字书,不可能拖延过久。于是,在时间、人员均不充裕的情况下,伴随着众多讹误,字典诞生了。康熙皇帝称赞其为"兼善美俱,奉为典长而不易"。然而,任何一部辞书,只有经历反复修订才能日臻完美,权威并不能成为经典的依仗。《康熙字典》有官修字书的特殊身份,对其进行修订并非易事。王锡侯曾在其著《字贯》中不避康熙名讳，批评字典中编纂不合理之处，遭仇家举报，后被乾隆皇帝满门抄斩。此案后，全国再无人敢质疑字典的权威，面对字典中的各类讹误，人们更是敢怒而不敢言。直至道光帝命王引之修订字典，作《字典考证》，这一局面才得以打破。日本没有政治上的限制，字典传入后，日本学者着手订正，《字典琢屑》《〈康熙字典〉考异正误》《标注订误〈康熙字典〉》均为日本学者的订误之作。一九四九年后王力曾作《〈康熙字典〉音读订误》专门订正其音误。

字典自成书后便传播至海外，影响了欧美、东亚的汉学研究及辞书编纂，出现若干以其为蓝本的衍生辞书文献。英国传教士马礼逊的《华英字典》、麦都思的《汉英字典》、湛约翰的《〈康熙字典〉撮要》，朝鲜李德懋的《全韵玉篇》、池锡永的《字典释要》、朝鲜光文会的《新字典》、郑允荣的《字类注释》以及日本桥爪贯一的《训蒙〈康熙字典〉》《袖珍〈康熙字典〉》、古川守卫的《音训〈康熙字典〉》、石川鸿斋的《鳌头音释〈康熙字典〉》等都是以字典为蓝本的域外汉字辞书。《康熙字典》相关版本众多，据考证仍可见的海内外版本多达一百五十六种，主要有清康熙年间内府刊本、清道光七年内府刊本、清光绪元年湖北崇文书局刊本、清光绪二年湖北崇文书局刊本、清光绪十一年上海点石斋石印本、清光绪十三年上海同文书局影印本、清光绪十三年上海积山书局石印本、清光绪十八年上海淩云阁石印本、清光绪三十年上海锦章书局石印本、清宣统三年上海鸿文书局石印本、民国六年上海鸿宝斋书局石印本、民国十六年广仓学窘石印本、民国二十二年商务印书馆铜版印本（附王引之《字典考证》、四角号码索引）、民国二十五年年上海世界书局影印本、民国三十七年上海广益书局铅印本、一九五八年中华书局影印同文书局本（附《字典考证》、四角号码索引）、一九六二年台北世界书局铅印本、一九七九年台北启业书局铅印本（题《新修〈康熙字典〉》）。

关于《康熙字典》的研究论著包括：李淑萍《〈康熙字典〉研究论丛》，《中华字典研究——二〇〇七海峡两岸〈康熙字典〉学术研讨会论文集》，《中华字典研究（第二辑）——二〇〇九〈康熙字典〉暨词典学国际学术研讨会论文集》，裴梦苏《〈康熙字典〉一系辞书文献研究——以国际视角为重点》等。

【例字分析】

天	丑集下·大部	古文:兲靝𠀘𠑾天。《唐韵》《正韵》:"他前切。"《集韵》《韵會》:"他年切。"並腆平聲。《説文》:"顛也。至高在上,从一大也。"《白虎通》:"鎮也,居高理下,爲物鎮也。"《易·説卦》:"乾爲天。"《禮·禮運》:"天秉陽,垂日星。"《荀子》曰:"天無實形,地之上至虛者皆天也。"邵子曰:"自然之外别無天。"《程子遺書》:"天之蒼蒼,豈是天之形。視下亦復如是。"《張子正蒙》:"天左旋,處其中者順之,少遲則反右矣。"《朱子語類》:"離騷有九天之説,諸家妄解云有九天。據某觀之,只是九重。蓋天運行有許多重數,裏面重數較軟,在外則漸硬,想到第九重成硬殼相似,那裏轉得愈緊矣。"按:天形如卵白。細察卵白,其中之絪緼融密處確有七重,第八重白膜稍硬,最後九重便成硬殼。可見朱子體象造化之妙。今西洋曆説:"天一層綬似一層,此七政退旋,所以有遲速也。" 又星名。《爾雅·釋天》:"天,根氐也。"《周語》:"天根見而水涸。" 又古帝號,"葛天氏",見《疏仡紀》。 又神名。《山海經》:"形天與帝爭神,帝斷其首,乃以乳爲目,臍爲口,操干戚以舞。""形",一作"刑"。","陶潛詩":"刑天舞干戚,猛志故常在。"或作獸名,非。 又地名。《蜀地志》:"蜀卭僰山後四野,無晴日,曰漏天。""杜甫詩":"地近漏天終歲雨。" 又山名。《九州要記》:"凉州古武城有天山,黄帝受金液神丹于此。一曰在伊州。""注":"天山,即祁連山。" 又天,樂名。"鈞天廣樂",見《史記·趙世家》。 又署名。《唐六典》:"内閣惟秘書閣,宏壯曰木天。今翰林院稱木天署。" 又景天,草名。"陶弘景曰":"以盆盛,置屋上,辟火灾。" 又髡刑。《易·暌象》:"其人天且劓。" 又姓。"漢長社令天高",見《姓苑》。 按:先韵,古與"真""文"通,故天字皆从"鐵因反"。考之經史皆然,惟《易》六位時成,時乘六龍以御天,與"庚""青"通耳。《正字通》謂"至尊莫如天,天以下又莫如君父,字音必不可僭易改叶",所論頗正大。"乕",武后所造"天"字,似篆文"天"。
𠑾	申集上·艸部	古"天"字。按,《廣韵》《集韵》《韵會小補》:"古文'天'字,並作'𠑾',此當即'𠑾'字之訛。"《正字通》云"'𠑾'字亦非古文",則過矣。
兲	子集下·八部	《五音集韵》:"古文'天'字。"注詳大部一畫。
靝	戊集中·青部	《篇海》:"與'天'同,出《道書》。"
𠀘	子集上·一部	《玉篇》:"古文'天'字。"注詳大部一畫。
宊	子集下·宀部	《篇海》:"古文'天'字。"注見大部一畫。
㒏	備考·戌集	《〈字彙〉補》:"與'天'同。"
无	子集下·儿部	《〈字彙〉補》:"同'天'。武后製。"

續表

按：从“天”所收录的异体字情况看，字典广考前代各书，收录字形最为全面。且在正字字头下，将其古文列出，又依据其形体特点在各部复现，指明字际关系。但并未依照此例对待异体字、俗字。设《备考》，专收存疑不确之字。较之《正字通》，《康熙字典》体例更整饬、严明，虽罗列众说，但文献的排列有其自身的逻辑与依据。此外，字典将多音节词列于其后，这些词多为名物、专名，如“天”下所收“葛天氏”“刑天”“漏天”“天山”“钧天”“木天”“景天”等，这些词难依其形识其意。此举体现出向词典过渡的特征。但是，这些词部分依照首字收录，如“天山”等，有些依尾字收录，如“刑天”“景天”，较为随意。字典间杂编者按语，这些按语或将编者所见所闻补充，或对前代辞书内容的订误，所占篇幅不多。相较于《正字通》，字典含蓄克制地通过体例、术语表达其对字际关系的认识。对于前代辞书的评述并不过多着墨，有时略显证据不足，但却更符合辞书简约、客观的内在要求。

《康熙字典》上諭[①]

清·愛新覺羅·玄燁

朕留意典籍,編定群書,比年以來,如《朱子全書》《佩文韵府》《淵鑒類函》《廣群芳譜》[②],並其餘各書,悉加修纂,次第告成。至於字學,並關切要,允宜酌訂一書,《字彙》失之簡略,《正字通》涉於泛濫,兼之各方風土不同,南北音聲各異。司馬光之《類篇》,分部或有未明。沈約之《聲韵》,後人不無訾議。《洪武正韵》雖多駁辯,迄不能行,仍依沈韵。朕嘗參閲諸家,究心考證,凡蒙古、西域、洋外諸國,多從字母而來,音由地殊,難以牽引,大抵天地之元音發於人聲,人聲之象形寄於點畫,今欲詳略得中歸於至當,增《字彙》之闕遺,删《正字通》之繁冗,勒爲成書,垂示永久,爾等酌議,式例具奏。

注释:

①原文上題"康熙四十九年三月初九日上諭南書房侍直大學士陳廷敬等"。康熙四十九年,即1710年。

②《朱子全書》,全稱《御纂朱子全書》,理學著作。宋朱熹著。清康熙間李光地、熊賜履等奉敕編。六十六卷。《淵鑒類函》,是清代官修的大型類書,張英、王士禛、王掞等撰,共計四百五十卷,四十五個部類,以《唐類函》爲底本廣采諸多類書集成。《廣群芳譜》,原名《御定佩文齋廣群芳譜》。類書。清汪灝等編。一百卷。凡天時譜六卷,穀譜四卷,桑麻譜二卷,蔬譜五卷,茶譜四卷,花譜三十二卷,果譜十四卷,木譜十四卷,竹譜五卷,卉譜六卷,藥譜八卷。清聖祖序稱因見明王象晋《群芳譜》"搜輯衆長,義類可取",乃命廷臣"捃摭薈萃,删其支冗,補其闕遺。上原六經,旁據子史,洎夫稗官野乘之言,才士之所歌咏,田夫之所傳述,皆著於篇"。雖《四庫全書總目》著録於子部譜録類,但實爲一部帶有植物百科全書性質的類書。

御製《康熙字典》序

清・愛新覺羅・玄燁

《易・傳》曰："上古結繩而治，後世聖人易之以書契，百官以治，萬民以察。"《周官》："外史掌達書名於四方①，保氏養國子②，教以六書。"而考文列於三重③，蓋以其爲萬事百物之統紀，而足以助流政教也。古文篆隸，隨世遞變④，至漢許氏始有《説文》，然重義而略於音，故世謂漢儒識文字，而不識子母⑤。江左之儒，識四聲，而不識七音⑥。七音之傳肇自西域，以三十六字爲母，縱爲四聲，横爲七音，而後天下之聲總於是焉⑦。嘗考管子之書⑧，所載五方之民，其聲之清濁高下，各象其川原泉壤，淺深廣狹而生，故于五音必有所，則能全備七音者鮮矣。⑨此歷代相傳，取音者，所以不能較若畫一⑩也。自《説文》以後，字書善者，於梁則《玉篇》，於唐則《廣韵》，於宋則《集韵》，於金則《五音集韵》，於元則《韵會》，於明則《洪武正韵》，皆流通當世，衣被後學⑪。其傳而未甚顯者，尚數十百家。當其編輯，皆自謂毫髮無憾，而後儒推論，輒多同異。或所收之字，繁省失中。或所引之書，濫踈無準。或字有數義而不詳，或音有數切而不備。曾無善兼美具可奉爲典常而不易者。朕每念經傳至博，音義繁賾⑫，據一人之見，守一家之説，未必能會通罔缺也。爰命儒臣，悉取舊籍，次第排纂，切音解義⑬。一本《説文》《玉篇》，兼用《廣韵》《集韵》《韵會》《正韵》，其餘字書，一音一義之可采者，靡有遺逸⑭。至諸書引證未備者，則自經史百子以及漢晋唐宋元明以来，詩人文士所述，莫不旁羅博證，使有依據。然後古今形體之辨，方言聲氣之殊，部分班列，開卷了然，無一義之不詳，一音之不備矣。凡五閲歲，而其書始成，命曰“字典”，於以昭同文之治⑮，俾承學稽古⑯者，得以備知文字之源流，而官府吏民亦有所遵守焉。是爲序⑰。

注释：

①外史，職官名，職掌記録王者下達於京畿外的命令，並掌理四方邦國志書，三皇五帝的典籍。掌達，掌握通曉。書名，字之别名。外史要將王的政令書寫傳達四方。

②保氏，古代职掌以礼义匡正君王、教育贵族子弟的官员。國子，公卿大夫的子弟。

③考文，考訂古代典籍中或金石上的文字。三重，三件重要的事。見《中庸章句集注》朱熹引吕氏（吕大临）曰：“三重謂儀禮、制度、考文。唯天子得以行之。”

④遞，同“递”。

⑤子母，見鄭樵《通志·總序》：“立類爲母，從類爲子。母主形，子主聲。”

⑥四聲，即平上去入四個聲調。七音，即唇、舌、齒、牙、喉、半舌、半齒七種聲母發音部位。

⑦緫，同“總”。

⑧管子，即管仲，生年不詳，卒于前645年，春秋初期著名政治家。名夷吾，字仲，亦稱“敬仲”。潁上人。由鮑叔牙推薦，被齊桓公任命爲卿，尊稱“仲父”。在齊進行改革，分國都爲十五士鄉與六工商鄉，分鄙野爲五屬，設各級官吏管理。並以士鄉的鄉里組織爲軍事編制。確立選拔人才制度，士經三次審選，可選爲“上卿之贊（輔助）”。主張按土地好壞分等徵税，適當征發力役，禁止掠奪家畜。並用官府力量發展鹽鐵業，鑄造和管理貨幣，調劑物價。從此齊國國力大增。助齊桓公以“尊王攘夷”相號召，成爲春秋時第一個霸主。《漢書·藝文志》道家著録有《管子》八十六篇，今存七十六篇，爲後人依託之作。

⑨“故于五音必有所，則能全備七音者鮮矣”，這句話的意思是，所以各地方言的聲母發音部位（唇、舌、齒、牙、喉）齊備的一定有不少，但是七種發音部位（唇、舌、齒、牙、喉、半舌、半齒）齊備的不多。

⑩較若畫一，指明確一致。

⑪衣被,指衣服和被褥给人穿蓋,比喻加惠于人等。語出《吕氏春秋・节喪》:"轝马、衣被、戈剑,不可勝其數。"

⑫繁賾,複雜深奥。

⑬觧,同"解"。

⑭遺逸,亦作"遺佚"。亦作"遺軼"。遺漏,遺弃而不用。

⑮昭,顯示、顯揚。同文,同一種文字。

⑯承學,從事學問。稽古,考察古事。

⑰原文落款"康熙五十五年閏三月十九日日講官起居注翰林院侍講學士加五級臣陳邦彦奉敕敬書"。康熙五十五年即1716年。

《康熙字典》凡例

六書之學，自篆籀八分以來，變爲楷法，各體雜出，今古代異，今一以《説文》爲主，参以《正韵》，不悖古法，亦復便於楷書，考證詳明，體製醇確，其或《字彙》《正字通》中偏旁假借點畫缺略者，悉爲厘正。

古韵失傳，晋魏以降，創爲律韵行世，雖其閑遞有沿革①，然矩矱②秩然，不可紊亂。開口閉口，音切迥殊，輕唇重唇，字母各别，自《洪武正韵》一書爲東冬江陽諸韵，並合不分矣。今詳引各書音切，而悉合之等韵，辨析微茫，集古今切韵之大成，合天地中和之元氣，後之言音切者，當以是爲迷津寶筏也。

《切韵》有類隔、通廣諸門，最難猝辨③，《正字通》欲率用音和，然於字母淵源，茫然未解，以致"幫""滂"莫辨，"曉""匣"不分，貽誤後學，爲害匪淺，今則悉用古人正音，其他俗韵概置不録。

音韵諸書，俱用翻切，人各異見，未可强同，今一依《唐韵》《廣韵》《集韵》《韵會》《正韵》爲主，同則合見，異則分載，其或此數書中所無，則参以《玉篇》《類篇》《五音集韵》等書。又或韵書所無，而經傳史漢老莊諸書，音釋所有者，猶爲近古，悉行采入，至如《龍龕心鏡》諸書音切，類多臆見，另列備考中，不入正集。

《説文》《玉篇》分部最爲精密，《字彙》《正字通》悉从今體，改並成書，總在便於檢閲，今仍依《正字通》次第分部，間有偏旁雖似，而指事各殊者，如"煛"字向收"日"部，今載"火"部；"隸"字向收"隶"部，今載"雨"部。"頬""頰""穎""潁"四字，向收

“頁”部，今分載“水”“火”“禾”“木”四部。庶檢閱既便，而義有指歸，不失古人製字之意。

字兼數音，先詳考《唐韵》《廣韵》《集韵》《韵會》《正韵》之正音，作某某讀，次列轉音，如正音是平聲，則上去入以次挨列。正音是上聲，則平去入以次挨列。再次列以叶音。則一字數音，庶無掛漏④。

字有正音，先載正義，再於一音之下，詳引經史數條，以爲證據，其或音同義異。則於每音之下分列訓義，其或音異義同，則於訓義之後，又云“某韵書作某切，義同”，庶幾引據確切，展卷瞭然。

正音之下，另有轉音，俱用空格，加一又字於上。轉音之後，字或通用，則云“又某韵書與某字通”，再引書傳一條，以爲證據。字或相同，則云“又某韵書與某字同”，亦引書傳一條，以實之。其他如“或作某”“書作某”，俱依此例。至有兩字通用，則首一條云與某通，次一條加一“又”字於上。或有通至數字者，並依此例。

集内有“或作某”“書作某”者，有“與某字通”“與某字同”者，或“通”或“同”，各有分辨。“或作”者，顯屬二字，偶爾假借也。如《禮・祭法》“厲山氏之有天下也”，則“烈”或作“厲”。《左傳》“晋侯見鍾儀問其族，曰‘泠人也’”，則“伶”或作“泠”，書作者形體雖異，本屬一字也。如“花”作“華”，“道”作“逵”等類，條分縷析，各引經史音釋爲證。

集内所載古文⑤，除《説文》《玉篇》《廣韵》《集韵》《韵會》諸書外，兼采經史音釋，及凡子集字書於本字下，既並載古文，復照古文之偏旁筆畫，分載各部各畫，詳注所出何書，便於考證。

《正字通》音訓，每多繁冗重複，今於音義相同之字止云，注見某字，不載音義。庶幾詳略得宜，不眩心目。

引用訓義，各以次第，經之後次史，史之後次子，子之後次以雜書，而於經史之中仍依年代先後，不致舛錯倒置，亦無層見叠出之弊。

《正字通》所載諸字，多有未盡，今備采字書、韵書、經史子集，來歷典確者，並行編入，分載各部，各畫之後，上加增字，以别新舊。

《正字通》承《字彙》之訛，有兩部叠見者，如"垔"字則"西""土"兼存，"罴"字則"网""火"互見。他若"虍"部，已收虓虒，而"斤""日"二部重載。"舌"部並列"恬""甛"，而"甘""心"二部已收。又有一部叠見者，如"酉"部之"聆"、"邑"部之"鄭"，後先矛盾，不可殫陳[⑥]。今俱考校精詳，並歸一處。

字有形體微分，訓義各别者，《佩觿》《正訛》等書辨之詳矣。顧尚有訛以承訛，諸家蒙混者，如"大"部之"奕"與"廾"部之"弈"。《説文》點畫迥殊，舊注不加考校，徒費推詳。今俱細爲辨析，庶指事瞭然，不滋僞誤。

《正字通》援引諸書，不載篇名，考之古本，訛舛甚多，今俱窮流溯源，備載某書某篇，根據確鑿，如《史記》則《索隱》《正義》兼陳[⑦]。《漢書》則師古、如淳並列。他若郭象注《莊》[⑧]，高誘注《吕》[⑨]，悉從原本，不敢妄增。其間字有兩音、音有兩義，則並采無遺，如或有音無義、有義無音，則又寧缺無僞，偶有參酌，必用按字標明，古書具在，不可誣也。

《〈字彙〉補》一書考校各書，補諸家之所未載，頗稱博雅，但有《字彙》所收，誤行增入者，亦有《正字通》所增，仍爲補綴者，其餘則專從《海篇》《大成文房》《心鏡》《五音篇海》《龍龕手鑒》《搜真玉鏡》等書。或字不成楷，或音義無徵，徒混心目，無當實用，今則詳考各書，入之備考，庶無以僞亂真之弊。

篆籀淵源，猝難辨證，《正字通》妄加厘正，援引不倫，累牘連篇，使讀者瞢然莫辨。今則檢其精確者，録之。其泛濫無當者，並皆刪去，不再駁辨以滋異議。

注释：

①遞，同“递”。

②矩矱，規矩、法度。矱，yuē，尺度。

③猝辨，快速辨識。

④掛漏，“掛一漏萬”的略語。指事多而疏忽遺漏；形容説得不全，遺漏很多。掛，同“挂”。

⑤古文，指歷史上出現過的異體字，如籀文等。

⑥殫，盡。

⑦《索隱》即《史記索隱》三十卷，唐司馬貞撰。《正義》即《〈史記〉正義》一百三十卷，唐張守節撰。

⑧郭象(252—312)，字子玄，洛陽人。西晋時玄學家，官至黄門侍郎、太傅主簿。好老莊，善清談，曾注《莊子》。

⑨高誘，生卒年不詳，東漢涿郡涿縣人，曾著《〈孟子〉章句》《〈孝經〉注》《〈戰國策〉注》及《〈淮南子〉注》《〈吕氏春秋〉注》等。

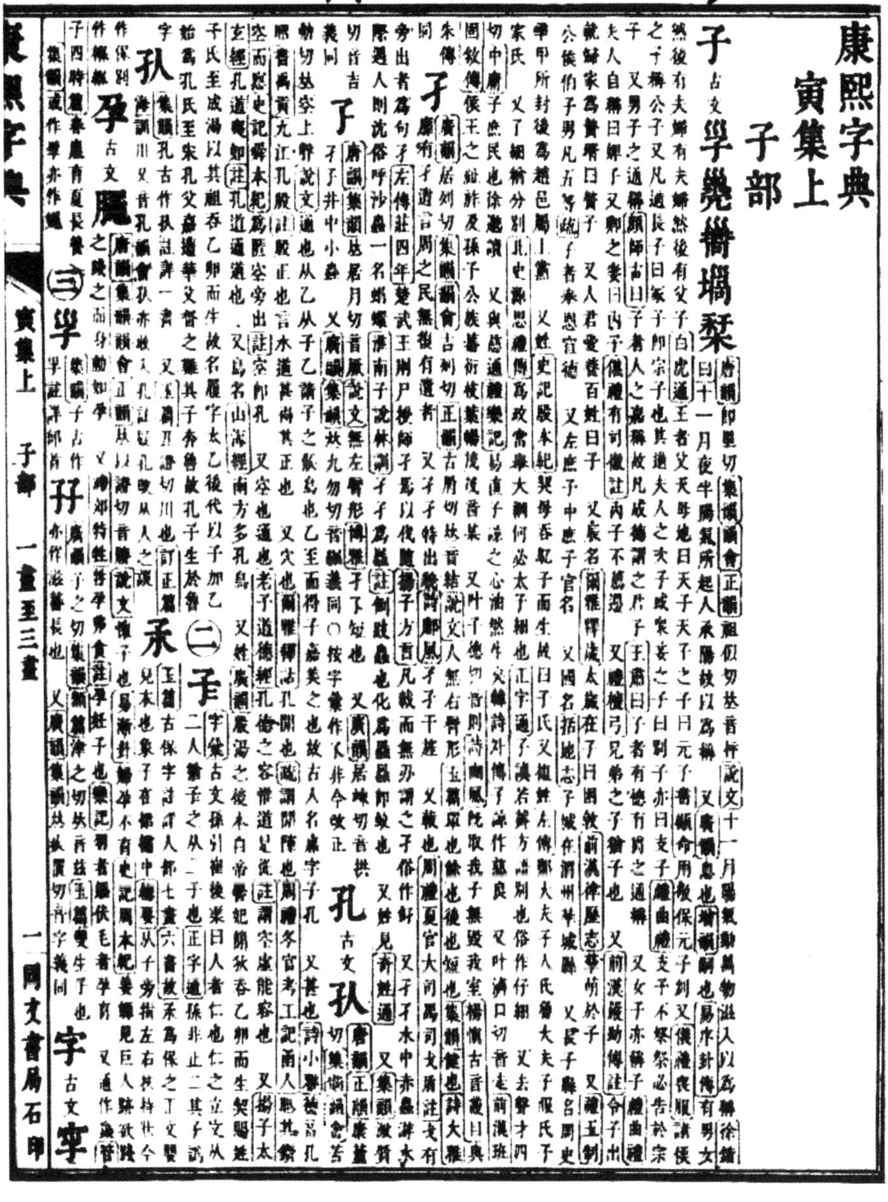

康熙字典
寅集上
子部

康熙字典 寅集上 子部 一畫至三畫 一 同文書局石印

图 18 《康熙字典》同文书局版书影

《说文解字》注

《说文解字》是中国历史上第一部系统分析汉字字形，说解字义的字典，无论是对后世的文字学、训诂学，还是对辞书学，都有开创性意义。李阳冰、徐锴、徐铉等都对其进行过校勘、订正。清代朴学复兴，清儒重新重视这部文字学经典，清儒重燃校注《说文》的热情，其中以段玉裁(《〈说文解字〉注》)最负盛名，与桂馥(《〈说文〉义证》)、朱骏声(《〈说文〉通训定声》)、王筠(《〈说文〉释例》《〈说文〉句读》)，合称《说文》四大家。

段玉裁(1735—1815)，清代文字训诂学家、经学家。字若膺，号懋堂，晚年又号砚北居士、长塘湖居士、侨吴老人。江苏金坛人，乾隆时举人，历任贵州玉屏、四川巫山等县知县，引疾归，居苏州枫桥，闭门读书。曾师事戴震，研究文字训诂音韵之学。著有《〈说文解字〉注》《六书音均表》《古文尚书撰异》《毛诗故训传定本》《经韵楼集》等。

在此书之前，段玉裁已著《〈毛诗故训〉传定本小笺》《〈周礼〉汉读考》《古文尚书撰异》《经韵楼集》《〈仪礼〉汉读考》《〈集韵〉校定本》等近三十种学术专著，其中与之关系最密切的当属《六书音均表》及《〈说文解字〉读》两部书。前一部是《〈说文解字〉注》的理论前提，段玉裁在著《〈诗经〉韵谱》和《群经韵谱》的基础上，完成以《诗经》为主要材料的周秦古音研究著作。他将汉语上古语音分为十七部，将谐声作为古音研究的重要材料，认为“一声可谐万字，万字而必同部”，打通了形音义之间的推求界域。《〈说文解字〉注》成书后，《六书音均表》二卷附于书后作为参考。《〈说文解字〉读》则为《〈说文解字〉注》的前身，《〈说文解字〉注》对其进行缩写，全书共十四卷，但仅留存七卷抄本。该书始撰于乾隆四十一年(1776)，成书于五十一年(1786)，前后花费十年，篇幅巨大，本书所选卢文昭文即为本书而作的序言。又经十余年，段玉裁缩写了《〈说文解字〉读》的内容，完成《〈说文解字〉注》，又花费八年校勘、修改，最终于在嘉庆二十年(1815)付梓刊行。可以说，《〈说文解字〉注》为段氏积三十余年之功完成的巨著，可谓其一生的心血。

《〈说文解字〉注》的贡献主要包括如下四个方面：一是校勘大徐本《说文》，校正其中的讹误衍脱等问题。二是对《说文》内容进行扩展，旁征博引，引用书多达两百余种，还加入很多"目验"而来的内容，在原书结构下注入新的血肉。三是进一步揭明《说文》的体例，清晰其框架、脉络，明确其术语，便于后人学习、了解《说文》。四是将其对于语音、词汇的认识融入《说文》内容的阐释与讲解中，辨析语源，理清词义的历史演变，利用汉字形音义系统相互探求，这在研究方法上不失为一种进步。本书亦存在一些问题，如段氏过于迷信许书，因此往往无法客观批评许书之误，常寻托词为其辩解，致使错上加错，以讹传讹。瑕不掩瑜，《〈说文解字〉注》刊行后，学界评价甚高，阮元叹其"可谓文字之指归，肄经之津筏矣"，王念孙赞其"千七百年来无此作"，直至今日，《〈说文解字〉注》仍为解读、学习《说文》的首选，其成就不在《说文》之下。

当下所见的《〈说文解字〉注》版本包括：清嘉庆二十年金坛段氏原刊本、清同治十一年湖北崇文书局刊本、清光绪十二年上海点石斋铅印本、清光绪十四年上海蜚英馆石印本（附《〈说文〉通检》十四卷，《〈说文解字注〉匡谬》八卷）、"皇清经解"本、一九一四年上海文盛书局石印本、一九二一年扫叶山房石印本、"四部备要"本、"万有文库"本、一九三六年上海世界书局影印本、一九八一年上海古籍出版社影印本（据经韵楼本）、一九八一年成都古籍书店影印本等。

对该书的研究著作也有许多，清代有冯桂芬《〈说文解字〉段注考正》、徐承庆的《〈说文解字〉段注匡谬》、徐灏《〈说文解字〉注笺》、钮树玉《段氏〈说文〉注订》、王绍兰《〈说文解字〉段注订补》、卫瑜章《段注〈说文解字〉斠误》、蒋冀骋《〈说文〉段注改篆评议》、李传书《〈说文解字〉注研究》、马景伦《段注训诂研究》、钟明立《段注同义词考论》、胡宗懋《段注〈说文〉正字》、张道俊《〈《说文解字》注〉古韵归部》、舒怀《〈《说文解字》注〉研究文献集成》等。

本书所收的四篇序文分别由王念孙、江沅、陈焕、卢文昭所作，此四人皆为当时知名学者。王念孙所作序文侧重阐述段氏考据方法学理，提出"训诂声音明而小学明，小学明而经学明"之精辟观点。通过江、陈二人的序文，可以了解成书过程的相关信息。卢文昭的序文则从学史的角度，揭明了段注的价值。

【例字分析】

字	卷部	段注	按
天	卷一・一部	顛也。此以同部叠韵爲訓也。凡“門，聞也”“戶，護也”“尾，微也”“髮，拔也”，皆此例。凡言“元，始也”“天，顛也”“丕，大也”“吏，治人者也”，皆於六書爲轉注，而微有差別。“元”“始”可互言之，“天”“顛”不可倒言之，蓋求義則轉移皆是。舉物則定名難假，然其爲訓詁則一也。顛者，人之頂也。以爲凡高之稱。始者，女之初也，以爲凡起之稱。然則天亦可爲凡顛之稱。臣於君，子於父，妻於夫，民於食，皆曰天是也。至高無上，从一大。至高無上，是其大無有二也，故从一大。於六書爲會意，凡會意，合二字以成語，如“一大”“人言”“止戈”皆是。他前切。十二部。	按：段注将其对《说文》体例的说明与诠释结合于对具体汉字的说解之中。如“天”例中解释了“声训”“会意”“转注”等理论。段注用字崇古，因此说解所用为古今字中的今字等皆视为俗，“地”例中对“陈”的校正即为一例，此举保证了《说文》前后内容体例的一贯，不会因为文字形体的演变，破坏其内在逻辑性。“天”例、籀文“墬”皆为用古音考释古义的证据，“某某部”即为该字在十七部的位置排序。与后文的《六书音均表》相呼应。段注说解汉字往往注意字与字之间的联系，往往触类旁通，生发演绎，谈及声训，举出全书中一系用字，谈及某类问题会举例指出同类问题，正因于此，人们将此书作为学习《说文》的首选，不无道理。
地	卷十三・土部	元气初分，輕清昜爲天，重濁侌爲地。元者，始也。《陰陽大論》曰：“黃帝問於岐伯曰：‘地之爲下否乎？’岐伯曰：‘地爲人之下，大虛之中者也。’黃帝曰：‘馮乎？’岐伯曰：‘大氣舉之也。’”按：地之重濁而包舉乎輕清之氣中，是以不墜。萬物所敶列也。“敶”各本作“陳”。今正。“攴部”曰：“敶者，列也。”凡本無其字，依聲託事者。如“萬蟲”，終古叚借爲“千萬”。雖唐人必用“万”字，不可從也。若本有其字，如叚陳國爲敶列。在他書可，而許書不可，地與敶以雙聲爲訓。从土，地以土生物，故从土。也聲。坤道成女，玄牝之門，爲天地根，故其字从也。或云“从土乙力”，其可笑有如此者。徒四切。古音在十七部。《漢書》或叚爲“第但也”之“第”。	
墬		籀文地。从𨸏土，彖聲。從“小徐本”。惟“彖”字小徐作“彖”，非其聲也，今正，作“彖”，从𨸏，言其高者也。从土，言其平者也。彖見彑部，“蠡”“惰”“墜”皆以爲聲，在古音十六部，地字古音本閉於十六、十七兩部也。若大徐作从隊。自部隊音徒玩切。其繆愈難糾矣。漢人多用墜字者，傳寫皆誤少一畫。	
玄	卷四・玄部	幽遠也。老子曰：“玄之又玄，衆妙之門。”高注《淮南子》曰：“天也。聖經不言玄妙，至僞《尚書》乃有玄德升聞之語。”象幽。謂幺也。小則隱。而亠覆之也。幽遠之意。胡涓切。十二部。黑而有赤色者爲玄。此別一義也。凡染，一入謂之縓，再入謂之赬，三入謂之纁，五入爲緅，七入爲緇，而朱與玄，《周禮》《爾雅》無明文。鄭注《儀禮》曰：“朱則四入與。”注《周禮》曰：“玄色者，在緅、緇之閑，其六入者與。”按：纁染以黑則爲緅。緅，漢時今文《禮》作“爵”，言如爵頭色也，許書作“纔”。纔既微黑，又染則更黑，玄而赤尚隱隱可見也，故曰：“黑而有赤色。”至七入則赤不見矣。“緇”與“玄”通偁，故禮家謂緇布衣爲玄端。凡玄之屬皆从玄。	
𢆯		“玄”古文。	
黄		地之色也。玄者、幽遠也。則爲天之色可知。《易》曰：“夫玄黃者，天地之襍也。”天玄而地黃。从田，土色黃，故从田。炗聲。乎光切。十部。炗，古文“光”。見“火部”。凡黃之屬皆从黃。	

《〈説文解字〉注》序

清·王念孫[①]

《説文》之爲書，以文字而兼聲音訓詁者也。凡許氏形聲讀若，皆與古音相準，或爲古之正音，或爲古之合音，方以類聚，物以群分，循而攷之，各有條理。不得其遠近分合之故，則或執今音以疑古音，或執古之正音以疑古之合音，而聲音之學晦矣。《説文》之訓，首列製字之本意，而亦不廢假借。凡言"一曰"及所引經類多有之，蓋以廣異聞備多識，而不限於一隅也。不明乎假借之指，則或據《説文》本字以改書傳[②]假借之字。或據《説文》引經假借之字以改經之本字，而訓詁之學晦矣。吾友段氏若膺，於古音之條理，察之精，剖之密，嘗爲《六書音均表》[③]，立十七部，以綜核之因[④]，是爲《説文》注。形聲、讀若一以十七部之遠近分合求之[⑤]，而聲音之道大明。於許氏之説，正義、借義知其典要，觀其會通，而引經與今本異者，不以本字廢借字，不以借字易本字。揆諸[⑥]經義，例以本書，若合符節，而訓詁之道大明，訓詁聲音明而小學明，小學明而經學明。蓋千七百年來，無此作矣。若夫辨點畫之正俗，察篆隸之繁省，沾沾自謂得之。而於轉注、假借之通例，茫乎未之有聞，是知有文字，而不知有聲音訓詁也。其視若膺之學，淺深相去爲何如邪？余交若膺久，知若膺深，而又皆從事於小學，故敢舉其犖犖大者[⑦]，以告綴學[⑧]之士云[⑨]。

注释：

①王念孫(1744—1832)，清音韵訓詁學家。字懷祖，號石臞，江蘇高郵人。乾隆進士，官永定河道。嘉慶時，首劾權奸和珅。長于探究古書文義，以聲音通訓詁。撰《〈廣雅〉疏證》，搜羅漢魏以前古訓，詳加考證，以形、音、義互相推求。撰《讀書雜志》，校正文字，闡明古義，每有創見。所撰《古韵譜》對古韵分部亦有發明。精熟水利，著有《河源紀略》。

②書傳，著作，典籍。

③《六書音均表》，是清代段玉裁研究周秦古音的漢語音韵學著作，在其著《詩經韵譜》和《群經韵譜》的基礎上寫成《六書音均表》。

④綜核，亦作"綜核""綜覈"，謂聚總而考核之。

⑤"形聲、讀若一以十七部之遠近分合求之"，指段玉裁"同聲必同部"方法考釋古音，形聲字的聲旁、讀若等揭明上古音信息，結合《六書音均表》之"古音十七部"，考釋漢字的上古音。

⑥揆諸，是審查度量思考的意思。揆，度也。諸，之於。

⑦犖犖大者，犖犖，luò luò，明顯。指明顯的重大的方面。

⑧綴學，謂從事編輯前人舊文之學問。

⑨本文落款爲"嘉慶戊辰五月高郵王念孫序"。嘉慶戊辰，嘉庆十三年(1808)。

《〈説文解字〉注》後叙

清・江沅[①]

段先生作《〈説文解字〉注》,沅時爲之校讎,且慫恿[②]其速成,既成,又日望其刻以行也。癸酉之冬,刻事甫就[③],而沅適游閩,至是刻將過半矣。先生以書告,且屬[④]爲後叙,沅謂世之名許氏之學者夥矣[⑤],究其所得,未有過於先生者也。許氏著書之例,以及所以作書之指,皆詳於先生所爲注中。先生亦自信,以爲於許氏之志什得其八矣,沅更何所言哉?先生命序之意,蓋謂沅研誦其中,十有餘年矣。作篆以正其體,編音均十七部,以諧其聲。必有能以約而説詳者,沅於是即所見而儆之,曰,許書之要,在明文字之本義而已。先生發明許書之要,在善推許書每字之本義而已矣。經史百家字,多叚借許書以説解名[⑥],不得不專言本義者也。本義明而後餘義明,引申之義亦明,叚借之義亦明。形以經之,聲以緯之,凡引古以證者,於本義,於餘義,於引申,於叚借,於形於聲,各指所之,罔不就理[⑦]。"葜""謚"之訛衍[⑧],"鼏""礿"之訛奪[⑨],罔不灼知[⑩]。列字之次弟[⑪],後人之坿益[⑫],罔不畢見。形聲義三者,皆得其雜而迻不之故焉[⑬]。縣是書以爲的[⑭],而許氏著書之心以明。經史百家之文字,亦無不由此以明。孔子曰"必也正名"[⑮]。蓋必形聲義三者正,而後可言可行也。亦必本義明,而後形聲義三者可正也。沅先大父艮庭徵君[⑯],生平服膺[⑰]許氏。著《〈尚書〉注疏》,既畢,復從事於《説文解字》,及見先生作而輟業焉。沅之有事於校讎也,先徵君之意也。今先徵君音容既杳,先生獨神明不衰,靈光巋然,書亦將傳布四方。而沅學殖荒陋[18]，莫罄[19]高深。瞻前型之邈然，幸後學之多賴[20]。愉快無極，感概從之[21]。至於許書之例，有正文坿見于説解者，有重文坿見于説解者，此沅之私見，而先生或當以爲然者也，坿于此以更質諸先生[22]。

注释：

①江沅，生卒年不詳，字子蘭，一字伯蘭，號鐵君、韜庵，江蘇元和人，江聲孫。著《説文釋例》、《染香庵文集》二卷、《詩録》二卷、《詞鈔》二卷、《外集》一卷。

②慫恿，恿同"慂"，指从旁勸説鼓動别人去做(某事)。

③甫就，指著作剛剛完成。

④屬，後來寫作"囑"，囑託。

⑤夥，huǒ，尤多也。

⑥叚，後作"假"。

⑦罔不，没有不，都。就理，實情。

⑧蓺，本爲"埶"，段注疑爲後人訂《説文》所認爲此處當增，故衍。"謚"，段注認爲本爲"形之迹也"，但是各本爲"笑皃"，疑爲後人妄改，故認爲此處當衍。衍，因繕寫、刻版、排版等錯誤而多出來的字或句子。

⑨鼏，《説文》："以木横貫鼎耳而舉之。从鼎冂聲。"段注訂爲："鼎覆也。从鼎冖。冖亦聲。此九字各本無。以鼏篆鼏解牛頭馬脯而合之。今補正。"故認爲此處奪文，即正確信息漏掉。袗，段注認爲各本無此篆，當訓爲"玄服"，而"袗"篆下云"玄服也"，蓋誤合二爲一，故認爲此處爲奪文。奪，即在抄寫中脱漏的文字。

⑩灼知，明白，瞭解。

⑪次弟，次序。弟，同"第"。

⑫坿益，增加，增益。坿，同"附"。

⑬逃，同"越"。

⑭縣，後作"懸"。的，dì，明顯。

⑮孔子曰:“必也正名。”出自《論語·子路》:“子路曰:‘衛君待子而爲政,子將奚先?’子曰:‘必也正名乎!’子路曰:‘有是哉,子之迂也!奚其正?’子曰:‘野哉由也!君子於其所不知,蓋闕如也。名不正,則言不順;言不順,則事不成;事不成,則禮樂不興;禮樂不興,則刑罰不中;刑罰不中,則民無所措手足。故君子名之必可言也,言之必可行也。君子於其言,無所苟而已矣。’”

⑯大父,祖父。艮庭徵君,即爲清代學者江聲。江聲(1721—1799),字鯨濤,一字叔沄,號艮庭,仁和人。中年師事“吴派”著名學者惠栋,于經學、文字學均有建樹。曾著《〈《尚書》集注〉音疏》《〈論語〉質》《恒星説》《艮庭小慧》《六書説》等。徵君,不接受朝廷聘任的隱士。

⑰服膺,牢牢记在心里,衷心信服,铭记在心,衷心信奉。

⑱學殖,學問、學業。

⑲罄,顯露,顯現。

⑳賴,同“懶”。

㉑感概,謂情感憤激而有節概。

㉒本文落款爲“時嘉慶十有九年秋八月。親炙學者江沅謹拜,叙于閩浙節署”。嘉慶十有九年,即1814年。親炙,親身受到教益。

《〈説文解字〉注》跋

清・陳煥[1]

煥聞諸先生曰："昔東原[2]師之言：'僕之學不外以字攷經，以經攷字。'"余之注《説文解字》也，蓋竊取此二語而已。經與字未有不相合者，經與字有不相謀者，則轉注叚借爲之樞[3]也。先生自乾隆庚子去官後注此書，先爲長編[4]，名"《説文解字》讀"。抱經盧氏、雲椒沈氏曾爲之序，既乃簡練成注。海内延頸望書之成[5]，已三十年於兹矣。會徐直卿[6]學士偕其友胡竹岩明經(積城)力任刊刻，江子蘭師因率煥同司校讎，得朝夕誦讀，而苦義藴閎深，非淺涉所能知也。敬述先生示著書之大要，分贈同人，竊謂小學明而經無不可明矣[7]。

注释：

①陳煥(1786—1863)，字淖雲，號碩甫，又號竹師，晚年號南園老人，江蘇長洲人。曾師從段玉裁，專治《毛詩》《説文》，著《毛詩傳義類》(亦稱《毛雅》)十九篇。

②東原，即戴震(1724—1777)，清思想家、樸學皖派主要代表。字東原，安徽休寧人。問學於婺源江永。以塾師爲生。乾隆間修《四庫全書》，爲纂修官，乾隆四十年(1775)賜同進士出身，授翰林院庶吉士。博聞强記，對天文、數學、歷史、地理均有研究。精通古音，立韵類正轉旁轉之例。從分析《廣韵》系統入手，區别等呼洪細與韵類異同，創古音九類二十五部之説及陰、陽、入對轉的理論。對經學、語言學有重要貢獻。著有《原善》《原象》《〈孟子〉字義疏證》《聲韵考》《聲類表》《〈方言〉疏證》等，後人編有《戴氏遺書》。今人編有《戴震全書》。

③樞，樞紐。

④長編，即卷帙浩繁的書籍。

⑤延頸，伸長脖子。

⑥徐直卿，即徐鈺(1772—1823)，又字述卿，叔機，號少鶴，蘇州府長洲縣人。清嘉慶十年(1805)乙丑科彭浚榜進士第二人。

⑦本文落款爲“乙亥三月受業長洲陳焕拜手敬書”。乙亥，即嘉庆二十年(1815)。

《〈説文解字〉讀》序

清・盧文弨[①]

文與字，古亦謂之名。《春官》："外史掌達書名于四方。"[②]《秋官・大行人》："九歲屬瞽史，諭書名。"[③]名者，王者之所重也。聖人曰："必也正名乎。"[④]鄭康成注《周官》《論語》皆謂："引文'古者'謂之'名'，今世謂之'字'。"字之大端，形與聲而已。聖人説字之形，曰"一貫三爲王""推一合十爲士""儿象人脐之形，在人下，故詰屈""黍可爲酒，从禾入水也""牛羊之字，以形舉也""視犬之字，如畫狗也"[⑤]，此皆以形而言也。其説字之聲曰"烏，盱呼也，取其助氣，故以爲烏呼""狗，叩也，叩氣吠以守""粟之爲言續也""貉之爲言惡也"[⑥]，皆以聲而言也。春秋時人亦多能言其義。如"止戈爲武""反正爲乏""皿蟲爲蠱""二首六身爲亥"，皆見於《左氏傳》。故孔子曰"今天下書同文"[⑦]，知當時尚無有亂名改作者，自隸書行而篆之意寖失[⑧]。今所賴以見制字之本源者，惟漢許叔重《説文》而已。後世若邯鄲淳、江式、吕忱、顧野王輩[⑨]，咸宗尚其書。唐宋以來，如李陽冰、郭忠恕、林罕、張有之流[⑩]，雖未嘗不遵用，而或以私意增損其間，則亦未可爲篤信，而能發明之者，逮於勝國，益猖狂滅裂，許氏之學寖微。我朝文明大啓，前輩往往以是書提倡後學，於是二徐《説文》本學者多知珍重[⑪]。然其書多古言古義，往往有不易得解者，則又或以其難通而疑之。夫不通衆經則不能治一經，况此書爲義理事物之所統匯，而以寡聞尠見之胸，用其私智小慧，妄爲穿鑿，可乎？吾友金壇段若膺明府，於周秦兩漢之書無所不讀，於諸家小學之書靡不博覽，而别擇其是非，於是積數十年之精力，專説《説文》，以鼎臣之本⑫頗有更易，不若楚金爲不失許氏之舊，顧其中尚有爲後人竄改者、漏落者、失其次者，一一考而復之。悉有左證，不同耴⑬説，詳稽博辨，則其文不得不繁。然如楚金之書以繁爲病，而若膺之書則不以繁爲病也，何也？一虚辭一實證也。蓋自有《説文》以來未有善於此書者，匪獨爲叔重氏之功臣，抑亦以得道德之指歸、政治之綱紀，明彰禮樂而幽通鬼神，可以砭⑭諸家之失，可以解後學之疑。斯真能推廣聖人正名之旨，而其有益於經訓者，功尤大也。文昭年七十。猶幸得見是書，以釋見聞之陋，故爲之序，以識吾受益之私云爾。⑮

注释：

①盧文昭(1717—1796)，清學者、文學家。字紹弓，號磯漁、抱經，浙江餘姚人。乾隆十七年(1752)進士，累官侍讀學士、湖南學政。乞養歸，主江浙各書院二十餘年。精於校勘之學，並以所校勘、注釋的經子諸書匯刻爲“抱經堂叢書”。亦工詩文，有《抱經堂詩抄》《抱經堂文集》《鐘山札記》等。

②春官，古官名。顓頊氏時五官之一，爲木正。書名，文字别名。

③此處當爲《周禮・秋官・大行人》。秋官，《周禮》六官之一，掌刑獄。唐賈公彦題解《周禮・秋官》：“鄭《目録》云：‘象秋所立之官。’寇，害也。秋者，遒也，如秋義殺害收聚斂藏於萬物也。天子立司寇使掌邦刑，刑者，所以驅耻惡，納人於善道也。”所司與後代刑部相當，故唐武則天曾一度改刑部爲秋官。後世常以秋官爲掌司刑法官員的通稱。大行人，周官名。主管天子諸侯間的重大交際禮儀。九歲，每九年。瞽史，樂師與史官的並稱。諭，告。

④“必也正名乎”，見於《論語・子路》：“子路曰：‘衛君待子爲政，子將奚先?’子曰：‘必也正名乎！’子路曰：‘有是哉，子之迂也！奚其正?’子曰：‘野哉，由也！君子於其所不知，蓋闕如也。名不正則言不順，言不順則事不成，

事不成則禮樂不興,禮樂不興則刑罰不中,刑罰不中,則民無所措手足。故君子名之必可言也,言之必可行也。君子於其言,無所苟而已矣。'”

⑤“一貫三爲王”……“視犬之字,如畫狗也”,皆出自《説文解字》中對孔子形訓内容的引用。

⑥“烏,盱呼也,取其助氣,故以爲烏呼”……“貉之爲言惡也”皆出自《説文解字》中對孔子聲訓内容的引用。

⑦“今天下書同文”,出自《禮記·中庸》,傳説爲孔子孫子思所作。

⑧寖失,漸失。寖,同“浸”,漸漸。

⑨邯鄲淳(約132—221),三國魏文學家、書法家。一名竺,字子叔,或作子禮。潁川人。博學多才,早年撰《曹娥碑》,爲蔡邕所賞。後又依劉表、曹操,受曹氏父子賞識,爲臨淄侯曹植傅。黄初中,爲博士給事中。有集二卷,不存。今存文五篇,詩一首。又善蟲篆及隸書。相傳又著《笑林》三卷,今佚,有魯迅《古小説鉤沉》輯本。江式,生年不詳,卒于正光四年(523),南北朝北魏官吏,文字、訓詁學家。字法安,陳留濟陽人,曾作《上古今文字表》。吕忱,生卒年不詳,西晋文字學家,曾作《字林》。

⑩郭忠恕,生年不詳,卒于北宋太平興國二年(977),字恕先,又字國寶,洛陽人。五代末期至宋初畫家,曾編《汗簡》三卷。林罕,生卒年不詳,五代人,字仲緘,四川温江人,撰《字源偏傍小説》。張有,生于北宋至和元年(1054),卒年不詳,字谦中,宋吴兴人,道士,撰《復古編》。

⑪二徐《説文》本,即徐鉉注本《説文》與徐鍇本《〈説文解字〉繫傳》。這裏指清代學者肯定了二徐本《説文》的價值。

⑫鼎臣之本,即爲大徐本《説文》。

⑬左證,證據,證實。眊,衆多。

⑭砭,用石針扎皮肉治病,引申爲刺或規勸。

⑮本文落款爲“乾隆五十有一年中秋前三日,杭東里人盧文弨書于鐘山講舍之須友堂”。乾隆五十有一年,即1785年。

图 19　《〈说文解字〉注》经韵楼藏版书影

经籍纂诂

《经籍纂诂》为清代阮元组织编纂的训诂辞书。其中,“经籍”指唐代以前的典籍,“纂”同“撰”,即纂集,“诂”为训故言,即释古语,本书即为以字为单位,汇聚唐代以前训诂材料的辞书。清儒如此重视唐以前的训诂材料,原因是语言文字之学勃兴于汉代,汉以降,训诂资料逐渐丰富。同时,古文经学派的研究方法尤被清儒推崇。考据古典,掌握切实且丰富的古籍材料是必需,唯有如此,才能真正做到戴震所说的“一字之义,当贯群经,本六书,然后为定”。宋代以后,学风转向,解经往往陷入空凿妄谈。基于此,清代学者学术研究需要一部汇聚唐以前注疏材料的工具书,可免去翻检群书之劳。

阮元(1764—1849),字伯元,号云台、芸台,江苏仪徵人。乾隆五十四年(1789)进士,由翰林直南书房。不久,出任山东、浙江学政。嘉庆后,历任兵部、礼部、工部、户部侍郎。其后,又外任浙江、江西、河南等省巡抚,湖广、两广、云贵总督,晚年为体仁阁大学士。阮元一生虽勤于军政,政绩斐然,却著述丰富,除《经籍纂诂》外,还主持校勘《十三经注疏校勘记》《皇清经解》等著作。师承戴震,与邵晋涵、王念孙、任大椿等乾嘉学者交往密切,其学术受之影响很大。

《经籍纂诂》由阮元主编,定出凡例,臧镛堂为总纂,朱为弼、洪颐煊等四十四人分门编录,历时两年,于嘉庆四年(1799)编成。全书将一万三千余字依照平水韵排列,共分一百〇六韵,每韵一卷,共为一百〇六卷。本书结构上与《佩文韵府》相类,当有所参考,《佩文韵府》不载之字,依据《广韵》《集韵》补入。此外,书前附有《同文异体》《目录索引》,更便于查考。

辞书正文,先列字头,次列释义,再列引证。释义间以“〇”间隔。一般先列本义,再列引申义,也释字头相关的多音节词。文中出现字头以“丨”代替。凡一字数体,“通作”“或作”之类,依《集韵》置于一处。一字数读的,依韵分入各部。全书虽依照平水韵排字，却不为字注音，这与传统字典有所差异。此外，本书编纂即为读经服务，因此除却引述小学、经学材料外，其他材料鲜少收录。全书引述内容包括五类：一是儒家经典及其他古籍文献中的训诂；二是唐以前古代注疏中的训诂；三是唐以前训诂专著（如《尔雅》《方言》《释名》等）中的词义训释；四是古籍中以训诂代正文者；五为古籍和碑碣中通假材料及古人名字与训诂相关者，全书共引述古籍文献达一百多部。

当下所见，《经籍籑诂》相关版本包括：清嘉庆十七年扬州阮氏琅环仙馆刊本、清光绪六年淮南书局补刊本、清光绪二十年上海点石斋石印本、清光绪二十年上海鸿宝斋石印本、民国二十五年上海世界书局影印本、一九五六台北世界书局影印本、一九二八年中华书局影印琅环仙馆原刊本、一九八二年成都古籍书店影印本。相关研究著作有吴孟复《续〈经籍籑诂〉》。

【例字分析】

天	卷十六·下 平聲·一先	丨，顯也。《廣雅·釋言》："丨，豫、司、兗、冀以舌腹言之，丨，顯也，在上高顯也，青、徐以舌頭言之，丨坦也，坦然高而遠也。"《釋名·釋天》：○"丨，之爲言陳也。"《韵補》引《賀述禮統》：○"丨之爲言鎮也，居高理下爲人鎮也，居高理下爲人經釋，故其字一大以鎮之也。"《白虎通·天地》：○"丨之爲言鎮也，神也，陳也，珍也，施生爲本運轉精神功效陳列其道，可珍重也。"《爾雅·釋天》釋文引《禮統》：○"丨之言鎮也。"《爾雅·釋天》釋文引《春秋説題辭》：○"丨，陽也。"《吕覽·有始》："丨微以成。""注"：○"丨者陽也規也。"《文選·東京賦》："規丨矩地。""注"引用《范子》：○"丨氣也。"《論衡·談天》：○"丨爲積氣。"《顔氏家訓·歸心》：○"丨者，氣之所總出也。"《鶡冠子·秦逯》○："清者爲丨。"《論衡·談天》：○"清輕者爲丨。"《後漢·班彪傳下》"注"引《易·乾鑿度》：○"清輕丨爲丨。"《莊子·天地》："丨地雖大。"《釋文》引《禮統》："積陽爲丨。"《素問·陰陽應象大論》：○"清陽爲丨。"《同上》：○"至高謂之丨。"《荀子·儒效》：○"丨者，轉於下而運於上。"《洪範·五行傳》：○"丨養也。"《莊子·馬蹄》："命曰丨放。"《釋文》引"崔注"：○"丨者施生。"《白虎通·封公侯》：○"丨者統理萬物。"《周禮·目録》：○"丨者萬物之祖。"《春秋繁露·順命》：○"丨也者，萬物之總名也。"《莊子·齊物論》："敢問丨籟。""注"：○"丨無爲也。"《莊子·在宥》："廣成子之謂丨矣。""注"：○"無爲爲之之謂丨。"《莊子·天地》：○"丨謂無爲自然之道。"《荀子·解蔽》："莊子蔽於丨而不知人。""注"：○"凡所謂丨，皆明不爲而自然。"《莊子·山木》："有人丨也，有丨亦丨也。""注"：○"丨者，自然也。"《莊子·天道》："先明丨而道德次之。""注"：○"丨也者，自然也。"《莊子大宗師》："庸詎知吾所謂丨之非人乎。""注"：○"丨者自然之謂也。"《莊子·大宗師》："知丨之所爲者，丨而生也。"

續表

天	卷十六・下 平聲・一先	"注"○:"皆知其所以成,莫知其無形夫是之謂丨。"《荀子・天論》:○"丨文也。"《鶡冠子・夜行》:○"丨,身也。"《吕覽》:"本身以全其丨也。""注":"《論人》:'若此則無以害其丨矣。'""注":"《大樂》'全其丨。'""注":"《侈樂》'則必失其丨矣'。""注":"《去宥》'别宥,則能全其丨矣'。""注":"又《淮南・原道》:'不以人易丨。'""注":"聖人不以人滑丨。""注":○"丨性也。"《吕覽・本生》:"以全丨爲故者也。""注":"又《淮南・原道》'不以人易丨'。""注":"丨,大也。"《廣雅・釋詁一》又《國策・齊策》:"右丨。""唐注":○"丨,君也。"《爾雅・釋詁》又《詩蕩》:"丨降慆德。""傳":○"丨丨,位也。"《論語・堯曰》:"丨之厤數在爾躬。""皇疏":○"丨謂王者。"《孟子・離婁丨》:"丨之方蹶。""注"○:"丨者,神也。"《鶡冠子・度萬》○:"神之所形謂之丨。"《鶡冠子・天運》:○"丨者百神之大君也。"《春秋・繁露郊祭》○:"丨者百神之君也,王者之所最尊也。"《同上》○:"上丨,上帝也。"《淮南・覽冥》:"上丨之誅也。""注":○"丨位,帝位也。"《文選・東京賦》:"偷安丨位。""薛注":○"皇丨,北極大帝也。"《書・君奭》:"格于皇丨。"鄭注:○"丨謂昊旻之事。"《大戴記・保傅》:"上無取於丨。""注":○"丨宗,謂日月星辰也。"《禮記・月令》:"天子乃祈來年於丨宗。""注":○"乾爲丨。"《易説・卦傳・大有》:"自丨右之。""虞注":《大畜》"何丨之衢。""虞注":《中孚》"翰音登于丨。""虞注":《彖・上傳》"故丨地如之。""虞注":"而丨下隨時。""虞注":"丨,行也。""虞注":"丨之命也。""虞注":"《彖・下傳》"日月得丨。""虞注":"丨地之大義也。""虞注":"丨地睽。""虞注":"丨地革。""虞注":"宜照丨下也。""虞注":"順乎丨。""虞注":"乃應乎丨也。""虞注":《文言・傳》"先丨而丨,弗違。""虞注":○"乾爲丨道。"《易象・上傳》:"道,大行也。""虞注":○"黥額爲丨。"《易・睽》:○"其人丨且劓。""虞注":○"剠鑿其額曰丨。"《易・睽》《釋文》引"馬注":○"丨,剠也。"《易・睽》:"其人且劓。"《釋文》:"丨,地者。形之大者也。"《莊子・則陽》:"○地者,元氣之所生萬物之祖。"《後漢・班彪傳下》"注"引《禮統》:○"天地者,萬物之總名也。"《莊子・逍遥游》"若夫乘天地之正","注":○"丨地者,萬物之父母也。"《莊子・達生》○:"丨地者,性之本也。"《大戴記・禮三本》:○"丨子號丨之子也。"《春秋繁露・郊祭》:○"丨子言丨帝之子也。"《文選・東京賦》曰:"允矣丨子者也。""薛注":○"丨子者丨下之表也。"《列女傳・貞順》:○"君丨下曰丨子。"《禮記・曲禮下》:○"主祭於丨曰丨子。"《大戴記・誥志》:○"丨覆地載謂之丨子。"《説苑・修文》又《白虎通・爵》引《援神契》:○"德侔丨地者,皇丨右而子之號稱丨子。"《春秋繁露・順命》:○"能養丨之所生而勿攖之,謂之丨子。"《吕覽・本生》:○"人之所舍謂之丨,民丨之所助謂之丨子。"《莊子・庚桑楚》:○"不離於宗謂之丨人。"《莊子・天下》:○"無人之情,則自然爲丨人。"《莊子・庚桑楚》:"忘人因以爲丨人矣。""注"○:"丨下海内也。"《吕覽・不苟》:"丨下有不勝千乘者。""注":○"下謂外及四海也。"《禮記・曲禮下》:"君丨下曰丨子。""注":○"丨門者,上帝所居紫微官門也。"《淮南・原道》:"淪丨門。""注":○"丨門者,萬物之都名也謂之丨門,猶云衆妙之門也。"《莊子・庚桑楚》:"是謂丨門。""注":○"丨元,猶乾元也。"《後漢・陳忠傳》"注":○"丨經,謂孝也。"《後漢・班彪傳》下"注":○"丨德丨覆之德。"《荀子・王制》:"夫是之謂丨德。""注":○"丨聲,雷霆之聲。"《後漢・竇縣傳》"注":○"丨兵言兵威之盛,如天也。"《文選・長楊賦》:"夫丨兵四臨。""注":○"天機神馬。"《淮南・俶真》:"夫與跂蹺同乘丨機。""注":○"丨馬,銅馬也。"

續表

天	卷十六・下 平聲・一先	《文選・東京賦》:"丨馬半漢。""薛注":○"丨揖,推手小舉之。"《周禮・司儀》:"丨揖同姓。""注"○:"丨乙,殷湯名也。"《文選・東京賦》:"慕丨乙之弛罟。""薛注":○"丨虞即尸虞也。"《山海經・大荒西經》:"有人反臂名曰'丨'。""虞注"○:"丨吴水伯。"《山海經・大荒東經》:"有神人名曰'丨'。""吴注":○"朝陽之谷神曰'丨吴',是爲水伯。"《山海經・海外東經》:○"魯讀丨爲夫,今從古。"《論語・陽貨》:"丨何言哉。""鄭注"○:"丨當爲先字之誤。"《禮記・緇衣》:"惟尹躬丨見于西邑。""夏注":"丨子當爲太子。"《書・大傳》:"大師取太學之賢者,登之天子。""注"○《易・説卦》:"参丨兩地。"《釋文》:"丨或作夫者,非。"
天	卷十六・下 平聲・一先	《説文》○:"丨,顛也,至高無上。从一大。"丨之爲言顛也。《禮記・月令》"目疏"引《春秋説題辭》:○"之言瑱詩君子偕老。""傳""疏"引《元命苞》○"丨,身也。"《吕覽・爲欲》:"順其丨也。""注":○"丨者,身也。"《藝文類聚》引《白虎通》:○"丨是積氣。"《書・洪範》"疏":"丨也者,神明之所根也。"《鶡冠子・泰鴻》:"丨,陽也。"《易・文言傳》:"飛龍在丨。""張注"○:"丨,謂日也。"《禮記・王制》疏○:"丨謂父也。"《詩・柏舟》:"母也丨只。""傳"○:"丨者人之始也。"《史記・屈原賈生列傳》○:"丨者,群物之祖也。"《漢書董仲舒傳》:○"丨者自然之分。"《列子・仲尼》:"樂丨知命,故不憂。""注":"丨倪者,自然之分也。"《莊子・齊物論》:"何謂和之以丨倪。""注"○:"丨道,元亨日新之道。"《論語・公冶長》:"夫子之言性與丨道。""集解":○"丨道,七政變動之占也。"《後漢・桓譚傳》:"注"引《論語・公冶長》"鄭注":○"丨子,王者之通稱。"《禮記・曲禮下》"注":"今漢於蠻夷稱天子。""疏"○:"匈奴謂丨爲撑犁。"《漢書・匈奴傳上》○:"剠額爲丨。"《易・睽》:"其人丨且劓。""疏"《莊子・德充符》:"獨成其丨。"《釋文》:"崔,本作大。"《莊子・大宗師》:○"丨而生也。"《釋文》:"向崔本作失。"
注:《经籍纂诂》引证内容十分丰富,基本是囊括典籍中关于"天"字的说解。既包括辞书文献本身的说解,如《尔雅》《释名》等,还包括经典注疏中对于"天"及其相关词的解释,如"天倪""天子""天元",甚至与之有关的字误的说解。传统语文工具书主要将零散的经师训诂予以概括、总结,得其释义。《经籍纂诂》则是近乎穷尽式地将这些零散的训诂材料以字为经予以总结。避免传统字书释义总结难周全之弊。此外,此书对于学习经典亦十分便捷,遇生疏字词,便可以找到各家注疏。全书引述文献,使用○标记。字头在释义中复现,则采用丨替代,此举被后代辞书所延续。之所以"天"列两字头,因后字为后补内容。		

《經籍纂詁》王引之序

清・王引之[1]

訓詁之學，發端於《爾雅》，旁通於《方言》，六經奥義，五方殊語，既略備於此矣。嗣則叔重《説文》，稚讓《廣雅》，探嘖索隱[2]，厥誼可傳[3]。下及《玉篇》《廣韵》《集韵》，亦頗搜羅遺訓。而所據之書，或不可考。且舊書雅記經史傳注，未録者猶多。至於網羅前訓，徵引群書，考之著録家，罕見有此。惟《舊唐志》載天聖太后《字海》一百卷[4]，諸葛穎《桂苑珠叢》一百卷[5]；《新唐志》載顔真卿《韵海鏡源》三百六十卷[6]。自古字書、韵書未有若此之多者，意其詳載先儒訓釋，是以卷帙浩繁，而惜乎其書之已逸也。曩者，戴東原庶常、朱笥河[7]學士皆欲纂集傳注，以示學者，未及成編。吾師雲臺先生欲與孫淵如[8]編修、朱少河孝廉共成之，亦未果。及先生督學浙江，乃手定體例，逐韵增收，總彙名流，分書類輯，凡歷二年之久，編成一百六卷。展一韵，而衆字畢備，檢一字，而諸訓皆存，尋一訓，而原書可識，所謂握六藝之鈐鍵，廓九流[9]之潭奥者矣。

夫訓詁之旨，本於聲音，揆厥所由，實同條貫。如《周南・關雎》篇"左右芼之"，"傳"訓"芼"爲"擇"，後人不從，而不知"芼""苗"聲近義同，"左右芼之"之"芼"，"傳"以爲"擇"，猶"田苗蒐狩"之"苗"。《白虎通》以爲"擇"，取《爾雅》"芼，搴也"，亦與"擇取"之義相近也。《召南・甘棠》篇"勿翦勿拜"，"箋"訓"拜"爲"拔"，後人不從，而不知"拜"與"拔"聲近而義同也。《邶風・柏舟》篇"不可選也"，"傳"訓"選"爲"數"，後人不從，而不知“選”“算”古字通。朱穆《絶交論》[10]作:“不可算也。”鄭注《論語》:“何足算也?”以“算”爲“數”,正與此同義也。《新臺》篇“蘧篨不鮮”,“箋”訓“鮮”爲“善”,後人不從,而不知《爾雅》“鮮”“省”二字皆訓爲“善”,正是一聲之轉[11]。且下云“蘧篨不殄”,“殄”讀曰“腆”,其義亦爲“善”也。《小雅·采緑》篇“六日不詹”,“傳”訓“詹”爲“至”,後人不從,而不知“詹”之爲“至”,載於《爾雅》,乃古之方言。是以《方言》亦云:“楚語謂至爲詹也。”《曲禮》“急繕其怒”,鄭讀“繕”爲“勁”,後人不從,而不知“繕”之爲“勁”,乃“耕”“仙”二部之相轉,猶“辨秩東作”通作“平秩”,“平平左右”亦作“便蕃左右”也。《學記》“術有序”,“鄭注”云“‘術’當爲‘遂’,聲之誤也”,後人不從,而妄改爲“州”,而不知“術”“遂”古同聲。故《月令》“審端徑術”,注云:“‘術’,《周禮》作‘遂’也。”若乃先儒訓釋偶疏,而後人不知改正者,亦多有之。如《易·屯六二》“女子貞不字”,陸績[12]訓“字”爲“愛”,已覺未安。至宋耿南仲[13],誤讀“女子許嫁,笄而字之”文,遂以“字”爲“許嫁”,更不可通。不如虞翻[14]訓爲“妊娠”之善也。《堯典·克諧》“以孝烝烝,乂不格姦”[15],“傳”訓“烝烝”又爲“進進”,以善自治,頗爲不辭,不如蔡邕《九疑山碑》,讀“以孝烝烝”爲句。且依《廣雅》“烝烝,孝也”之訓爲善也。《皋陶謨》“萬邦作乂”,《禹貢》“萊夷作牧”“雲夢土作乂”,《史記·夏本紀》皆以“爲”字代“作”字,文義未安,不如用《詩·駉》篇,“傳”訓“作”爲“始”之善也。《禹貢》“峒夷既略”,“傳”謂“用功少曰略”,乃望文生義,不知訓“略”爲“治”之善也。《康誥》“遠乃猷裕,乃以民寧”,“傳”讀“猷”字爲句,而訓“猷”爲“謀”,不如斷“猷裕”爲句,而用《方言》“猷裕,道也”之訓爲善也。《詩·鄘風·定之方中》篇“匪,直也人”,《檜風·匪風》篇“匪風發兮,匪車偈兮”,《小雅·少畏》篇“如匪行邁謀”,“箋”並訓“匪”爲“非”,不如用《左傳》“杜注”訓“匪”爲“彼”之善也。《王風·中谷·有蓷》篇“暵其濕矣”,“傳”“箋”並解爲“水濕”,與“暵”字之義相反,不如讀“濕”爲“㬤”,用《通俗文》“欲燥曰㬤”之善也。《魏風·陟岵》篇“行役夙夜無寐”,“傳”以爲“寤寐之寐”,不如讀“寐”爲“沫”,而用《楚辭》“注”“沬,已也”之訓爲善也。《小雅·南有嘉魚》篇“烝然罩罩”“烝然汕汕”,“傳”依《爾雅》云“罩罩,籗也”“汕汕,樔也”,不如《説文》訓爲“魚游水貌”之善也。《菁菁者莪》篇“我心則休”,“釋文”“正義”並以“休”爲“美”,不如用《國語》“注”“休,喜也”之訓爲善也。《北山》篇“我從事獨賢”,“箋”以爲“賢才之賢”,不如《毛傳》訓“賢”爲“勞”之善也。《菀柳》篇“無自暱焉”,“傳”訓“暱”爲“近”,與“無自瘵焉”之文不類,不如《廣雅》“暱病也”之訓爲善也。《都人士》篇序“衣服不貳,從容有常”,鄭訓從“容”爲“休燕”,不如《緇衣》“正義”訓爲“舉動”之善也。《大雅·緜》篇“曰止曰時”,“箋”訓“時”爲“是”,與曰“止”異義,不如訓“時”爲“止”之善也。《卷阿》篇“有馮有翼”,“傳”云“道可馮依,以爲輔翼”,不如訓爲“馮,馮翼,翼滿盛之貌”爲善也。《民勞》篇“無縱詭隨”,“傳”云“詭人之善,隨人之惡,以疊韵之字,而上下異訓”,不如讀“隨”爲“譎”,而訓“詭譎之善”也。《雲漢》篇“昊天上帝,則不我虞”,“箋”訓“虞”爲“度”,文義未允,不如訓爲“有與助”之善也。《月令》“養壯佼”,“正義”以“佼”爲“形容佼好”,與“壯”異義,不如訓“佼爲健”之善也。《桓十一年·左傳》且曰“虞四邑之至也”,《昭六年·傳》“始吾有虞於子”,“杜注”並訓爲“度”,不如訓爲“望之”善也。《宣十二年·傳》“董澤之蒲,可勝既乎”,杜訓“既”爲“盡”,不如讀“既”爲“塈”,用《摽有梅》詩“傳”“塈,取也”之訓爲善也。《襄·二十五年·傳》“馮陵我敝邑,不可億逞”，杜訓“億”爲“度”，“逞”爲“盡”，不如訓爲“盈滿”之善也。後之覽是書者，去鑿空[16]妄談之病，而稽於古，取古人之傳注，而得其聲音之理，以知其所以然，而傳注之未安者，又能博考前訓，以正之。庶可傳古聖賢著書，本旨且不失吾師纂是書之意與。[17]

注释：

①王引之(1766—1834)，清訓詁學家。字伯申，號曼卿，江蘇高郵人。王念孫之子。嘉慶四年(1799)進士，官至工部尚書。繼承其父音韵訓詁之學，世稱“高郵王氏父子”。著有《經傳釋詞》《經義述聞》等，是訓詁研究重要著述。

②嗣，後來。叔重，即許慎。稚讓，即張揖。探嘖索隱，探究深奥的道理，搜索隱秘的事情。

③厥誼可傳，厥同“其”，誼同“義”。

④《字海》，唐武后所作，字書，共一百卷。書今不存。

⑤《桂苑珠叢》，隋代諸葛穎(536—612)編，字書，共一百卷，書今不存，有集輯本存世。

⑥《韵海鏡源》，音韵辭藻類書，唐顔真卿撰。其書已佚。宋人避諱，易名爲《韵海鑒源》，或云五百卷，或云三百六十卷，《宋史·藝文志》作十六卷。

⑦朱笥河，即朱筠(1729—1781)，字竹君，一字美叔，號笥河。順天大興人。乾隆十九年(1754)進士，散館授編修，擢侍讀學士，曾督安徽、福建學政。奏請釆録庫藏《永樂大典》，又請立校書之官，於是有纂輯《四庫全書》之舉。後坐事降編修，充《四庫全書》纂修官。學問淵博，好汲引人才。所居椒花吟舫，藏書數萬卷。好金石文字，以爲可證佐經史。有《笥河集》。笥，sì。

⑧孫淵如，即孫星衍(1753—1818)，字淵如，號伯淵，别署芳茂山人、微隱。是清代著名藏書家、目録學家、書法家、經學家。

⑨廓，擴張。九流，秦至漢初的九大學術流派。在《漢書·藝文志》指道家、儒家、陰陽家、法家、農家、名家、墨家、縱横家、雜家。

⑩朱穆(100—163)，字公叔，東漢順、桓時人。朱穆明軍事，有政績，但主要以文章名世。《絶交論》當是他影響最大的作品。

⑪一聲之轉,訓詁學術語。指在聲母相同相類的情况下,由韵母的轉變而造成的字詞的孳乳、分化、通假等現象。

⑫陸績(188—219),字公紀,吴郡吴縣人,漢末三國時期吴國大臣,曾作《渾天圖》,注《易經》,撰《太玄經注》。

⑬耿南仲,生年不詳,卒于南宋建炎三年(1129),字希道,開封人。著名宋朝大臣。宋元豐五年(1082)進士,曆提舉兩浙常平,徙河北西路,提點廣南東路刑獄,移夔州路提點刑獄,爲荆湖、江西兩路轉運副使。後召爲户部員外郎,任辟雍司業,坐事罷,出知衢州。

⑭虞翻(164—233),字仲翔,會稽餘姚人,曾注《老子》《論語》《國語》。

⑮姦,同"奸"。

⑯鑿空,憑空無據。

⑰本文落款爲"歲在屠維協洽相月之朔,弟子高郵王引之謹序"。屠維,天干中己的别稱。協洽爲未年的别稱。推算當爲乾隆四年(1739)。相月,七月别稱。朔,農曆初一。

《經籍籑詁》錢大昕序

清·錢大昕

有文字而後有詁訓，有詁訓而後有義理。詁訓者，義理之所由出，非别有義理出乎詁訓之外者也。《詩·烝民》之篇曰："天生烝民，有物有則。民之秉彝，好是懿德。"宣尼[①]贊爲知道之言，而其詩述仲山甫之德[②]。本於古訓是式，古訓者，詁訓也，詁訓之不忘，乃能全乎民秉之彝[③]，詁訓之於人大矣哉。昔唐虞典謨，首稱稽古，姬公《爾雅》，詁訓具備[④]。孔子大聖，自謂"好古，敏以求之"[⑤]，又云"信而好古"[⑥]，而深惡夫不知而作者，由是删定六經，歸于雅言，文也，而道即存焉。漢儒説經遵守家法，詁訓傳箋不失先民之旨。自晉代尚空虚，宋賢喜頓悟，笑問學爲支離[⑦]，弃注疏爲糟粕。談經之家，師心自用，乃以俚俗之言詮説經典，若歐陽永叔[⑧]解《吉士誘之》爲挑誘，後儒遂有詆《召南》爲淫奔[⑨]而删之者，古訓之不講，其貽害于聖經甚矣。我國家崇尚實學，儒教振興，一洗明季空疏之陋[⑩]。今少司農儀徵阮公[⑪]，以懿文碩學[⑫]，受知九重，敭歷八座，累三文衡[⑬]，首以經術爲多士倡。謂治經必通訓詁，而載籍極博，未有會最成一編者。往歲休寧戴東原在書局，實剏此議[⑭]，大興朱竹君督學安徽，有志未果。公在館閣，日與陽湖孫淵如、大興朱少白、桐城馬魯陳相約分纂，鈔撮群經，未及半而中輟。乃於視學兩浙之暇，手定凡例，即字而審其義，依韵而類其字。有本訓，有轉訓，次叙布列，若網在綱。擇浙士之秀者，若干人分門編録。以教授歸安丁小雅董其事[⑮]。又延武進臧在東專司校勘。書成，凡百有六卷。公既任滿赴闕,將刊梨棗[16],嘉惠來學。以予粗習雅故,貽書令序其緣起。夫《六經》定于至聖,舍經則無以爲學,學道要於好古,蔑古則無以見道。此書出而窮經之彦[17],焯然[18]有所遵循。嚮壁虚造之輩,不得滕其説以衒世[19],學術正而士習端,其必由是矣,小學云乎哉。[20]

注释:

①宣尼,即爲孔子。西漢平帝元始元年(1)追謚孔子爲褒成宣尼公,後因稱孔子爲宣尼。

②仲山甫,生卒年不詳,一作仲山父。周太王古公亶父的後裔,雖家世顯赫,但本人却是一介平民。早年務農經商,在農人和工商業者中有很高威望。周宣王元年(前827),受舉薦入王室,任卿士(相當於後世的宰相),位居百官之首,封地爲樊,從此以樊爲姓,爲樊姓始祖,所以又叫“樊仲山甫”“樊仲山”“樊穆仲”。

③秉之彝,即秉彝,持執常道。

④姬公,周公姬旦。傳説周公作《爾雅》。

⑤“好古,敏以求之”,出自《論語·述而》:“子曰:‘我非生而知之者,好古,敏以求之者也。’”

⑥“信而好古”,出自《論語·述而》:“述而不作,信而好古。”信而好古,相信並愛好古代的東西。

⑦問學,求學。支離,意指分散,離奇不正或殘弱不堪的樣子。

⑧歐陽永叔,即歐陽修(1007—1072),字永叔,號醉翁、六一居士,吉州永豐人。北宋時期政治家、文學家、史學家和詩人。

⑨淫奔,拋弃丈夫而和情人逃跑,舊時指私自投奔所愛的人,多指女子。

⑩明季,即爲明末。

⑪司農,户部尚書别稱。儀徵,江蘇儀徵。阮公,即阮元。

⑫懿文,華美的文章。碩學,知識淵博。

⑬受知,受人知遇。九重,宫禁,朝廷。八座,官名合稱。東漢用以稱尚書令、僕射、六曹尚書。魏晉至隋用以稱尚書令,左、右僕射,諸曹尚書。唐代

尚書令，左右僕射爲宰相，故以左、右丞及六部尚書爲八座。明、清用對六部尚書的俗稱。文衡，舊謂判定文章高下以取士的權力。評文如以秤衡物。“受知九重……累三文衡”，指阮元身居高位，期間多次肩負評定文章，選拔人才的重任。

⑭刱，同“創”。

⑮歸安，古縣名，今浙江湖州。

⑯赴闕，入朝，指陛見皇帝。梨棗，古代印書的木刻板，多用梨木或棗木刻成，所以稱雕版印刷的版爲梨棗。

⑰窮經，極力鑽研經籍。彦，古代指有才學、德行的人。

⑱焯然，昭著貌。焯，zhuō，明亮。

⑲縢，口説也。衒世，迷惑世間。

⑳本文落款爲“嘉慶四年夏六月嘉定錢大昕序”。嘉慶四年，即 1799 年。

《經籍纂詁》臧鏞堂後序

清・臧鏞堂[①]

少宗伯儀徵阮公視學浙江[②]，以經術倡迪士子，思治經必先通詁訓，庶免鑿空逃虛[③]之病。而倚古以來，未有彙輯成書者，因遴拔經生若干人，分籍纂訓，依韵歸字，授之凡例，示以指南。朞年[④]，分纂成。更選其尤者十人，每二人彙編一聲，知鏞堂留心經詁，精力差勝。嘉慶三年春，移書[⑤]來常州，屬以總編之役，鏞堂不辭譾陋[⑥]，謹遵宗伯原例，申明而整齊之，以告諸君子。復延舍弟禮堂相佐，請諸宗伯，檄仁和廩生。宋咸熙來，司收掌對讀，乃鍵户謝人事[⑦]，暑夜汗流蚊積，猶校閲不置。書吏十數輩，執筆候寫，雖極繁劇匆猝[⑧]，不敢以草率了事，與同纂諸君往復辨難。國子監生嚴杰仁和附生趙坦，頗不以鏞堂爲悠謬[⑨]，其所編書亦精審不苟，皆學行交篤士也。自孟夏始至仲秋告竣。凡五閲月[⑩]，共成書一百六卷，可謂經典之統宗、詁訓之淵藪，取之不竭，用之無窮者矣。蓋非宗伯精心卓識，雄才大力，不足以興創造之功，而非諸君子分纂之勤，亦不能彙其成也。卷秩繁重，限於時日，未盡覆檢原書，而《易》《書》《詩》《三禮》《蒼頡》《字林》《釋文》《楚辭》等纂稿，每科爲之審正。經子有失載，正文並補录之。校閲之下，更隨筆改訂，删煩鈎要，分並歸合，而條次其先後，俾秩然有章[⑪]，論其大端，實足爲有功經學之書。倘不知者，指其小舛[⑫]，支支節節而議之[⑬]，是欲擿泰山之片石，問河海於斷潢矣，又烏足與語學問之事哉？書既成，宗伯將授之剞劂，以嘉惠來學。鏞堂因識其顛末[⑭]，以告海内治經之士[⑮]。

注释：

①臧镛堂(1766—1834)，字在東，號拜經，臧琳之玄孫，江蘇武進人，著名清朝文人，經學家。

②視學，督學。

③逃虚，逃避世俗，尋求清静無欲的境界。

④朞，同“期”。

⑤移書，春秋時的官吏通書函往來。

⑥譾陋，淺薄。譾，jiǎn，浅薄。

⑦收掌，收存掌管。清代職官名。科舉考試時，掌管試卷的分發和收取。對讀，猶校對。鍵户，閉門。

⑧繁劇，謂事務繁重之極。匆猝，匆促。也作“匆卒”。

⑨悠謬，荒謬。

⑩閲月，經一月。

⑪秩然，秩序井然，整飭貌。

⑫小舛，小錯誤。舛，chuǎn。

⑬支支節節，謂細碎繁瑣。

⑭顛末，犹始末。

⑮本文落款爲“時嘉慶戊午秋九月三日，武進臧镛堂識於浙學使院之撰詁齋”。嘉慶戊午，嘉慶三年，1798年。

《經籍纂詁》凡例

清·阮元

經傳本文即有詁訓，如“和，會也；勤，勞也”(《周書·謚法》)，“基，始也；命，信也”(《國語·周語下》)，“需，須也；師，衆也”(《易彖·上傳》)，“畜君者，好君也”(《孟子·梁惠王下》)，“親之也者，親之也”(《大戴記·哀公問於孔子》)，“敬，文之恭也；忠，文之實也”，“正，德之道也；端，德之信也”(並《周語下》)，“忠德之正也，信德之固也”(《左氏·文元年傳》)，“禮，身之幹也，敬身之基也”(《成十三年傳》)，“元，體之長也，亨；嘉之會也”(《襄九年傳》)，“陳，水屬也；火，水妃也”(《昭九年傳》)，“黄，中之色也；裳，下之飾也”(《昭十二年傳》)，“漢，水祥也；水，火之牡也”(《昭十七年傳》)，“春曰‘祠’；夏曰‘礿’”(《公羊·桓八年傳》)，“春曰‘田’；夏曰‘苗’”(《穀梁·桓四年傳》)，“師衆以順爲武”(《左氏·襄三年傳》)，“經緯天地曰‘文’”(《昭廿八年傳》)，“咨才爲‘諏’”(《魯語下》)，“咨親爲‘詢’”(《左氏·襄四年傳》)，“止戈爲武”(《宣十二二年傳》)，“皿蟲爲蠱”(《昭元年傳》)，“無患曰‘樂’；樂義曰‘終’”(《大戴記·小辨》)，“約信曰‘誓’；莅牲曰‘盟’”(《禮記·曲禮下》)，“以及乾爲天”(《易·説卦傳》)，“震爲土”(《左氏·閔元年傳》)，“乾剛坤柔”(《易·雜卦傳》)，“屯固比入”(《左氏·閔元年傳》)之類皆詳，爲采入。

傳注有云：“某，某也。”(《易·乾》“子夏傳”“元，始也”，《豐》“子夏傳”“芾，小也”，《詩·關雎》“傳”“淑，善；逑，匹也”。)“某者，某也”(《書·大傳》：“顓者，事也；禹者，輔也。”)“某者，某也，某也”(《書·大傳》：“堯者，高也，饒也；舜者，推也，循也。")"某猶某也"(《周禮・天官・序官》"注":"體,猶分也。佐猶助也。")"某謂某某"("冢宰注":"鄭司農云:'士,謂學士。兩,謂兩丞。'")"某之言某也"(《詩・召南》"箋":"蘋之言賓也;藻之言澡也。")"某某曰某"(《論語》"鄭注":"同門曰'朋',同志曰'友'。")"以某爲某,曰某"(《周禮・醢人》"注":"鄭大夫、杜子春皆以拍爲膊,謂脅也。")"某某,某某貌"(《論語》"鄭注":"恂恂,恭順貌。便便,言辨貌。")"某某,某某之辭""某是某某之稱"(《儀禮・士冠禮》"注":"吾子相親之辭,子,男子之美稱;伯仲叔季,長幼之稱;甫是丈夫之美稱。")"某讀爲某"(《論語》"鄭注":"'純'讀爲'緇','厲'讀爲'賴'。")"某讀曰某"(《禮記・曲禮》"注":"扱讀曰吸,繕讀曰勁。")"某讀如某"(《吕覽・季夏》"注""'飭'讀如'敕'"《士容》"注""'胕'讀如'疛'。")"某讀如某某之某"(《考工記》"注":鄭司農云:'"函"讀如"國君含垢"之"含","泐"讀如"再扐而後卦"之"扐"。'")"某讀若某某之某"(《儀禮・鄉飲酒禮》"注""'如'讀若今之'若'",《聘禮》"注""'藪',讀若'不數'之'數'"。)"某古某字"(《詩・鹿鳴》"箋""視古字也"《禮記・曲禮》"注""或者攘,古讓字"。)"古曰某,今曰某"(《周禮・外史》"注""古曰'名',今曰'字'"《論語》"鄭注""古者曰'名',今世曰'字'"。)"古聲某某同"(《詩・東山》"箋""古者聲栗、裂同也"《常棣》"箋""古聲填、寘、塵同"。)"古字某某同"(《論語》"鄭注""古字'材''哉'同耳"《周禮・外府》"注""'齎''資'同耳,其字以齊次爲聲,從貝變易,古字亦多或"。)"故書作某"(《周禮・天官・序官》"注":"'嬪',故書作'賓'"《典枲》"注""故書'齎'作'資'"。)""古文某爲某,今文某爲某"(《儀禮・士冠禮》"注""今文'扃'爲'鉉',古文'鼏'爲'密','禮'作'醴'"《禮記・緇衣》"注""'吉'當爲'告','告',古文'誥'字之誤也"。)"某某或爲某某"(《周禮・小宰》"注""杜子春云'廉辨'或爲'廉端'"《掌舍》"注""杜子春云'棘門'或爲'材門'"。)"某誤爲某"(《大戴記·保傅》"盧注":"'瞽'與'皷'聲誤也。'夜''史'爲字誤。")"某當爲某"《周禮·醢人》"注""'齊'當爲'齏'"《内司服》"注""'狄'當爲'翟'"。)"某聲近某"(《内司服》"注""鄭司農云:'"屈"者音聲與"闕"相似,"禮"與"展"相似,康成謂"緯"揄狄展聲相近。'")"長言短言"(《公羊·莊廿八年》"傳注":"伐人者爲'客'讀'伐',長言之見伐者爲主,讀'伐'短言之。")"内言外言"(《公羊·宣八年》"傳注":"言'乃'者,内而深,言'而'者,外而淺。")"急言緩言"(《淮南·本經》"注""'縢'讀近'殆',緩氣言之","'鐆'形注'旄'讀近'綢繆'之'繆',急氣言乃得之"。)之類聲音、詁訓,一以貫之,今並纂入。

有以詁訓代正文者,如《史記·五帝紀》引《堯典》,"克明俊德"作"能明馴德","慎徽五典"作"慎和五典"。《夏本紀》引《禹貢》,"覃懷厎績"作"覃懷致功","九江孔殷"作"九江甚中"。《大戴記·夏小正》,"乃伏""傳"作"而伏",《少間》,"繁諸"注作"繁者",今並纂入。《詩·邶·谷風》"有洸有潰","毛傳"云:"洸洸,武也;潰潰,怒也。"《周頌》"肅雝",《和鳴樂記》云"肅肅,敬也;雝雝,和也",皆長言申明之義,兹並纂入。

《左氏》爲古文,《公》《穀》爲今文,字多假借,兩漢去古未遠,所書碑碣亦假借爲多。古人名與字皆有詁訓。今並纂録,因三者體與正訓稍殊,故俱隸於每字之末。

歸字謹遵《佩文韵府》爲主。一字數音,則各審其反切。歸之如有重見,則詳前而略後。

歸字以所訓之字歸韵。如"逑",匹也,歸入尢部。雙字,如"窈窕",美容曰"窈",美心曰"窕",分繫篠部"窈""窕"二字下。"參差"則歸於侵部"參"下,"崔嵬"則歸於灰部"崔"下。

《佩文韵府》未載之字,據《廣韵》補録。《廣韵》所無,據《集韵》補録。凡一字數體,“通作”“或作”之類,皆據《集韵》附歸《韵府》,中有一句内上下兩字可歸者,例歸上一字,而上一字爲《韵府》所無,下一字《韵府》有者則變,例歸下一字。

同一詁,而文有詳略者,俱仍其舊,不加增減,如“元,始也”爲第一,次“元者,始也”,次“元者,善也,長也”,次“元,猶首也”,可類推,若同“一,元始也”。而諸書叠見者,則以《易》《書》《詩》爲次。同一《易》而先後叠見者,則以經之先後爲次。同一卦一句,而諸儒之詁叠見者,則先王弼本注,次荀、馬、鄭、虞,依照時代(元,始也。有無“也”字者,統於“元,始也”之下,不加區别,若諸書俱無也。字則仍舊作“元始”,不以意增加)。

重見者,雖數十見,皆采。以證字有定詁,義有同訓。

詁以聲相近者,前列者如“一東:東,動也;風,氾也[①];衷,中也”“三肴:爻,效也”“二腫:腫,鍾也”“一送:恫,痛也”“二沃:屬,積也”,此其例。

詁有以本訓,前列者如“一東:同,合也;隆,高也”“三肴:匏,瓠也”“一董:孔,甚也”“二腫:冢,大也”“一送:衆,多也;貢,獻也”“二沃:足,止也;篤,厚也”,此其例。

詁以本義,前列其引申之義,展轉相訓者,次之名物,象數又次之。其詁訓繁,多名物叢積者,先後之次,略依《爾雅》十九篇之目。

引用群經,仿陸氏《釋文》之次。先《易》《書》《詩》,次《周禮》《儀禮》《禮記》,次《左氏》《公羊》《穀梁》,次《孝經》《論語》等。《爾雅》爲詁訓之祖,舉而冠諸《方言》《廣雅》之前,《孟子》爲孔曾之亞,尊而尚之荀卿、揚雄之上,趣不同而尊經之意一也。

引《經》《易》《書》《詩》舉一字。《周禮》《左氏》等舉二字。(《考工記》不稱《周禮》《前漢書》稱《漢書》。《後漢書》稱《後漢》。

陸德明稱《周易音義》《尚書音義》《毛詩音義》，今仍舉《易》《書》《詩》各經正文，下衹稱"釋文"以從簡省。《尚書大傳》稱《書大傳》，《大戴禮記》稱《大戴記》，《逸周書》稱《周書》，《淮南子》稱《淮南》，《吕氏春秋》稱《吕覽》，《吕覽》但載《孟春》《本生》等小篇名，不載《孟春紀》《有始覽》《開春論》等總題，猶《書》但稱《堯典》《禹貢》，不稱《虞書》《夏書》，《詩》但稱《關雎》《鵲巢》，不稱《周南》《召南》也。《孝經》《老子》卷帙無多，不載章名。

十三經舊注，以現立學官者列於前，餘依時次。如《易》詁，先王弼，而後荀、虞。《書》詁，先孔傳，而後馬、鄭、王。《左氏》，先杜預，而後賈服。《爾雅》，先郭璞，而後舍人、樊光、李巡、孫炎，有不詳姓氏者，但稱舊注。

群籍本注，皆不稱姓，非本注，則稱姓，以别之。如《易》，王弼、韓康但稱"注"。慈明[②]、仲翔[③]，則稱"荀注""虞注"。《書僞孔》但稱"傳"。季長[④]、康成則稱"馬注""鄭注"。《周禮》鄭大夫、鄭司農則稱"大夫注""司農注"。杜子春注則稱"杜注"。《河上公章句》但稱"老子注"。王弼注則稱"王注"。郭象但稱"莊子注"。司馬彪則稱"司馬注"。

裴駰自言則稱《史記集解》（引用各家舊説，則加"引其某"三字，如"《集解》引賈逵"等）。師古自言則稱《漢書集注》（引用各家舊注，則加"引某某"三字，如"《集注》引應劭"等）。

前後漢書有總題、小題，今單舉小題，不稱總題，如《景十三王》單稱。《河間獻王傳》，不稱《景十三王》。《儒林》單稱。《楊何傳》《丁寬傳》不稱《儒林》《循吏》。但稱《文翁傳》《王成傳》，不稱《循吏》。《後漢》《三國》準此。

同一詁，同一書，而先後數十見者，皆依本書次序連寫，惟於篇名加墨匡爲志。至《易》一書，始加又字，以别之另一條，始加圓圈以隔之。

凡韵字皆丨，而《廣雅》《史》《漢》《騷》選每多異文，若一概作丨，勢必盡改舊書。今遇異體者，仍寫正字，不作丨。

正文與注並采者，其注但稱某書注，以避重複。

卷次謹遵《佩文韵府》一韵爲一卷。

此書采輯雜出衆手，傳寫亦已數過，訛舛之處或亦不免。凡取用者，宜檢查原書，以期確實。至於遺漏，諒亦不少。現在杭州節署，延友搜查，續爲補遺若干卷，刊刻嗣出，以裨學者。

補遺采書。悉依舊例，前所失采，俱爲增入。又許氏《説文》及孔氏《易》《書》《詩》《左傳》《禮記》疏，賈氏《周禮》《儀禮》疏，舊皆未采，今悉補纂每字下。《廣韵》《集韵》"某同"及"或作某""通作某"已見前編，今從省，不書王君所編。《説文》依《唐韵》分歸今依原采，附於各字之首⑤。

注释：

①氾，同"泛"。

②慈明，即荀爽(128—190)，一名谞，字慈明。潁川潁陰人。東漢末年大臣、經學家，名士荀淑第六子。曾著《禮》《易傳》《詩傳》等。

③仲翔，即虞翻(164—233)，字仲翔，會稽餘姚人。日南太守虞歆之子。三國時期吴國學者、官員，曾爲《老子》《論語》《國語》作注，並著《明揚釋宋》。

④季長，即馬融(79—166)，東漢經學家、文學家。字季長，右扶風茂陵人。曾任校書郎、議郎、南郡太守等職。從摯恂學。遍注《周易》《尚書》《毛詩》《三禮》《論語》《孝經》，使古文經學達到成熟的境地。生徒常有千餘人，鄭玄、盧植都出其門。他除注群經外，兼注《老子》《淮南子》。又常坐高堂，施絳紗帳，前授生徒，後列女樂，對魏晋清談家的破弃禮教有一定影響。著作已佚，清馬國翰"玉函山房輯佚書"、黄奭"漢學堂叢書"都有輯録。另有賦、頌等二十一篇。有集已佚，明人輯有《馬季長集》，收入《漢魏六朝百三名家集》。

⑤本文落款爲"儀徵阮元伯元氏手書"。

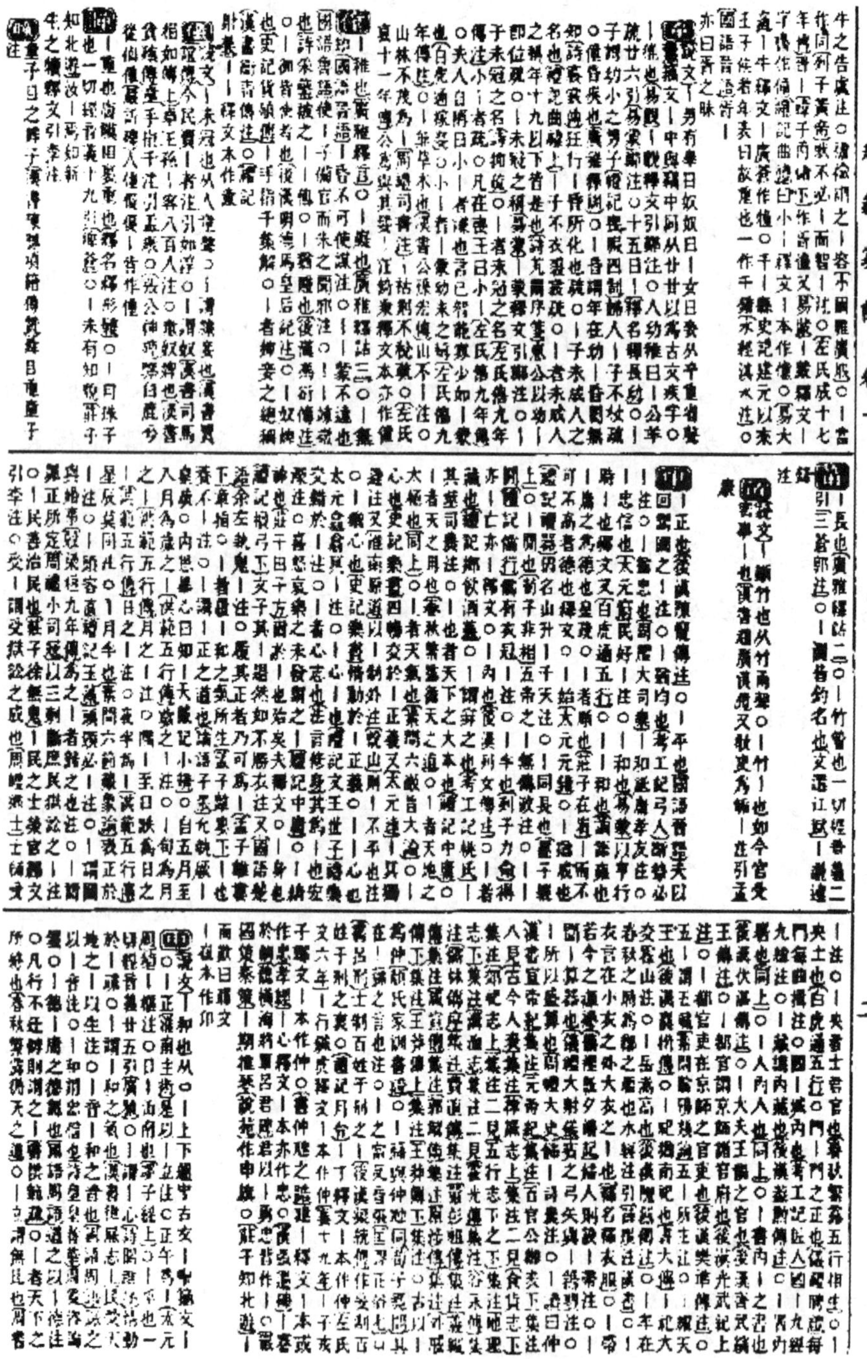

經籍纂詁 卷一

二

图 20 《经籍纂诂》成都古籍书店影印本书影

《广雅》疏证

《〈广雅〉疏证》是清代乾嘉学派学者王念孙为《广雅》所作的注疏之作，其借《广雅》之骨骼，将自己对文字、音韵、训诂方面的灼见如同血肉般注入其中，使其血肉充盈，被视为乾嘉学派重要的代表著作，学界评价甚高，甚至远超原著《广雅》。《清史稿》这样评价："其书就古音以求古义，引申触类，扩充于《尔雅》《说文》，无所不达。然声音文字部分之严，一丝不乱。盖借张揖之书，以纳诸说，而实多揖所未知，及同时惠栋、戴震所未及。"

王念孙(1744—1832)，清代音韵训诂学家。字怀祖，号石臞。江苏高邮人。乾隆进士。曾任翰林院庶吉士、工部主事、永定河道等职。受业于戴震，精音韵、训诂及校勘之学，对语言学的贡献重大、全面。治古音，《〈广雅〉疏证》外，著《毛诗群经楚辞古韵谱》《读书杂志》《〈《方言》疏证〉补》《王氏读〈说文〉记》《〈尔雅〉郝注刊误》等。《〈广雅〉疏证》编纂始于乾隆五十三年(1788)，成书于乾隆六十年(1795)，后几经修订，刊于嘉庆元年(1796)，又与其子王引之修订数遍，可谓殚精极虑。

王念孙对《广雅》的注疏主要体现在如下三个方面：

一是校正原书中的讹误。《广雅》在清代有诸多版本流传，错讹众多，并无善本。王念孙共校正原书讹字五百八十个，脱文四百九十个，衍文三十九个，倒文一百二十三个，正文误入音内者十九字，音内误入正文者五十七字。使得后人研究《广雅》时可以有更为准确、切实的版本。

二是校正原书误采、误引的部分。《广雅》一书虽博采众籍，丰富了原书的内容，但典籍的误读也被收入。《〈广雅〉疏证》究其源，辨其义，订正由误采导致的讹误。

三是补充、考证原书未详之处。《疏证》旁征博引，利用《广雅》之后各代文献，考释《广雅》中的冷僻字及未详实之处，全书征引典籍三百余部，此外王念孙也利用方言材料、目验方法进行全面考释。详实的考据,扩充了原书的血肉,《广雅》全书仅一万八千余字,《疏证》字数竟达到五十多万。

段玉裁其序,全面肯定了王念孙的考释方法,他指出:“学者之考字,因形以得其音,因音以得其义。治经莫重于得义,得义莫切于得音。”肯定王念孙要用联系的观点看待汉字的形音义问题,注意其彼此联系,才能利用古今形音义系统内部相互推求。清儒之成就之所以超越前代学者,主要是其打破音义间界域,因声得义,相互推求。

《〈广雅〉疏证》全书共十卷,第十卷为其子王引之所作。《〈广雅〉疏证》成书后,王念孙又为此书作了补正,这些内容补缀在初印本中,通过考释按语,可辨其为王念孙的笔迹,其中间杂其子王引之的按语。后来这部分带有补正笔迹的手稿被黄海长购得,编为《补正》,光绪二十六年(1900)在淮阴少量刊印。黄海长去世后,书稿原本又辗转被罗振玉买走,后又被王国维借走,并于民国初年亟刊黄本,收入“广仓学窘丛书”。后罗振玉又重加校录,共得五百〇一则,再为印行,收入“殷礼在斯堂丛书”。相关过程,可参本书所收的三篇跋文。

当下《〈广雅〉疏证》可见版本有:清嘉庆元年高邮王氏刊本、清光绪五年淮南书局刊本、“畿辅丛书”本(“万有文库”“国学基本丛书”“丛书集成初编”本同)、“四部备要”校印王氏刊本等。关于此书的研究专著有:清王士濂《〈《广雅》疏证〉拾遗》、周法高等《〈《广雅》疏证〉引书索引》、《〈《广雅》疏证〉索引》、徐兴海《〈《广雅》疏证〉研究》、张其昀《〈《广雅》疏证〉导读》、胡继明《〈《广雅》疏证〉同源词研究》、盛林《〈《广雅》疏证〉中的语义学研究》、李福言《〈《广雅》疏证〉因声求义研究》等。

本书所选的五篇序言,第一篇为王念孙的自序,介绍了著书之缘起,订讹之情况,第二篇为其友段玉裁所作,同为乾嘉学派领军人物,段氏之序揭明了王氏训诂因声求义之要旨。第三、四、五篇为近代学者罗振玉、黄海长、王国维所作,详述王念孙补正本出版的经过。

【例字分析】

天 地	釋詁	道、天、地、王、皇、亶、姝、博、般、粗、兄、荒、沛、袥、衍、临……衮、万緒、都，大也。	道、天、地、王、皇者，《老子》云："有物混成，先天地生，吾不知其名，字之曰道，强爲之名曰大。"故道大，天大地大，王亦大，域中有四大，而王居其一焉……	按：以上二例可見《疏证》充分补充了《广雅》的内容，具体做法是查考内容出处，补正后世文献，这提供文献来源，后代读者如有疑惑则可以翻阅查考原典核实。
黄	釋室	五帝庙，苍曰靈府，赤曰文祖，黄曰神升，白曰显纪，黑曰玄矩，狱犴也。	《尚書・帝命》："驗云帝者，承天立五府，以尊天重象。赤曰文祖，黄曰神斗，白曰顯紀，黑曰元矩，蒼曰靈府。""鄭注"云："天有五帝，集居大微，降精以生聖人，故帝者承天立五帝之府，是爲五府。"唐虞謂之五府，夏謂之世室，殷謂之重屋，周謂之明堂，皆祀五帝之所也。赤帝赤標怒之府，名曰文祖，火精光明，文章之祖，故謂之文祖。周曰明堂，黄帝含樞紐之府，名曰神斗，斗主也，土精澄静，四行之主，故謂之神斗。周曰大室，白帝白招拒之府，名曰顯紀，紀法也，金精斷割萬物成，故謂之顯紀。周曰總章，黑帝汁光紀之，府名曰元矩，矩法也，水精元昧能權輕重，故謂之元矩。周曰元堂，蒼帝靈威仰之府，名曰靈府，周曰青陽。以上見《隋書・宇文愷傳》、《〈史記・五帝紀〉索隱正義》、《文選》、顏延之《曲水詩序注》、《初學記》、《太平御覽》各本。"靈"訛作"靈"，"斗"訛作"升"，"矩"訛作"秬"，今訂正。	

《〈廣雅〉疏證》自序

清·王念孙

昔者，周公制禮作樂，爰著《爾雅》，其後七十子之徒，漢初綴學之士[①]，遞有補益。作者之聖，述者之明，卓乎六藝群書之鈐鍵矣。至於舊書，雅記詁訓，未能悉備，網羅放失，將有待於來者。魏太和中博士張君稚讓，繼兩漢諸儒後，參攷往籍，徧[②]記所聞，分别部居，依乎《爾雅》。凡所不載，悉著於篇。其自《易》、《書》、《詩》、三禮、三傳，經師之訓，《論語》《孟子》《鴻烈》《法言》之注[③]，楚辭漢賦之解，讖緯之記，《倉頡》《訓纂》《滂喜》《方言》《説文》之説[④]，靡不兼載。蓋周秦兩漢古義之存者，可據以證其得失，其散逸不傳者，可藉以闚其端緒[⑤]，則其書之爲功於詁訓也大矣。念孫不揆檮昧，爲之疏證，殫精極慮，十年於兹。竊以詁訓之旨，本於聲音，故有聲同字異，聲近義同，雖或類聚群分，實亦同條共貫[⑥]。譬如振裘必提其領[⑦]，舉綱必挈其綱，故曰"本立而道生"，知天下之至嘖而不可亂也。此之不寤，則有字别爲音，音别爲義，或望文虚造而違古義，或墨守成訓而尟會通，易簡之理既失，而大道多岐矣。今則就古音以求古義，引申觸類，不限形體，茍可以發明前訓，斯淩雜之譏[⑧]亦所不辭，其或張君誤采，博攷以證其失，先儒誤說，參酌而寤其非，以燕石之瑜，補荆璞[⑨]之瑕，適不知量者之用心云爾。張君進表《廣雅》，分爲上中下，是以《隋書·經籍志》作三卷，而又云"梁有四卷"，不知所析何篇。隋曹憲《音釋》[⑩]，《隋志》作四卷，《唐志》作十卷，今所傳十卷之本，音與正文相次。然《館閣書目》[⑪]云，"今逸,但存音三卷”,是音與《廣雅》别行之證較然甚明,特後人合之耳。又憲避煬帝諱[12],始稱《博雅》。今則仍名《廣雅》而退音釋於後,從其朔也。憲所傳本,即有舛誤,故音内多據誤字作音,《集韵》《類篇》《太平御覽》諸書所引其誤,亦或與今本同,蓋是書之訛脱久矣。今據耳目所及,旁攷諸書,以校此本。凡字之訛者五百八十,脱者四百九十,衍者三十九,先後錯亂者百二十三。正文誤入音内者十九,音内字誤入正文者五十七。輒復隨條補正,詳舉所由(《廣雅》諸刻本以明畢效欽本[13]爲最善。凡諸本皆誤而畢本未誤者,不在補正之列)。最後一卷,子引之嘗習其義,亦即存其説,竊放《范氏穀梁傳集解》[14]子弟列名之例,博訪通人,載稽前典,義或易曉,略而不論,於所不知,蓋闕如也。後有好學深思之士,匡[15]所不及,企而望之[16]。

注释:

①綴學,謂從事編輯前人舊文之學問。

②徧,同“遍”。

③鴻烈,即《淮南子》,又名《淮南鴻烈》,西漢皇族淮南王劉安及其門客收集史料集體編寫而成的哲學著作。《法言》,即《揚子·法言》,爲西漢揚雄著儒學著作。

④《倉頡》《訓纂》《滂喜》,三卷爲郭璞注。秦相李斯作《倉頡篇》,漢揚雄作《訓纂篇》,後漢郎中賈魴作《滂喜篇》,故曰《三倉》。梁有《倉頡》二卷,後漢司空杜林注,亡。

⑤闚,同“窺”。頭緒,端倪,些微的認識或模糊的想法。

⑥同條共貫,串在同一錢串上,長在同一枝條上。比喻脉絡連貫,事理相通。

⑦“振裘必提其領”,語出自漢代楊倫《上書案坐任嘉舉主罪》:“臣聞《春秋》誅惡及本,本誅則惡消;振裘持領,領正則毛理。”後常用“振裘挈領”喻做事要抓關鍵。

⑧淩雜，雜亂無序的樣子。淩，同“凌”。

⑨荆璞，指楚人卞和從荆山得的未經雕琢的璞玉，比喻具有美好資質的人才。

⑩曹憲，揚州江都人。曹憲曾訓注張揖所撰《博雅》，成《博雅音》十卷，煬帝令藏之秘閣。《博雅》即《廣雅》，爲避煬帝名諱而改。

⑪《館閣書目》，即《中興館閣書目》，南宋國家藏書目，孝宗淳熙四年(1177)陳騤奉敕編，次年成書，十七卷，序例一卷，分五十二門。著録存書四萬四千四百八十六卷。嘉定十二年(1219)張攀又命編《中興館閣續書目》，增藏書一萬四千九百四十三卷，二書皆亡佚。

⑫憲，頒布、公布。

⑬畢效欽，明代刻書家，生卒年不詳。

⑭《范氏穀梁傳集解》，即《春秋穀梁傳集解》，作者范甯(339—401)，東晋著名的政治家、經學家。

⑮匡，輔助。

⑯企而望之，盼望。

《〈廣雅〉疏證》段玉裁序

清·段玉裁

小學[1]，有形，有音，有義，三者互相求，舉一可得其二。有古形，有今形，有古音，有今音，有古義，有今義，六者互相求，舉一可得其五。古今者，不定之名也，三代爲古則漢爲今，漢魏晋爲古則唐宋以下爲今。聖人之制字，有義而後有音，有音而後有形。學者之考字，因形以得其音，因音以得其義。治經莫重於得義，得義莫切於得音。周官六書[2]，指事、象形、形聲、會意四者，形也；轉注、假借二者，馭形者也。音與義也，三代[3]小學之書不傳。今之存者：形書，《説文》爲之首，《玉篇》以下次之；音書，《廣韵》爲之首，《集韵》以下次之；義書，《爾雅》爲之首，《方言》《釋名》《廣雅》以下次之。《爾雅》《方言》《釋名》《廣雅》者，轉注、假借之條目也[4]。義屬於形，是爲轉注；義屬於聲，是爲假借。稚讓爲魏博士，作《廣雅》，蓋魏以前經傳謡俗之形音義匯綷[5]於是，不孰[6]於古形、古音、古義，則其説之存者，無由甄綜；其説之已亡者，無由比例推測[7]。形失，則謂《説文》之外，字皆可廢；音失，則惑於字母七音，猶治絲棼[8]之；義失，則梏於《説文》所説之本意，而廢其假借。又或言假借，而昧其古音。是皆無與於小學者也[9]。懷祖氏能以三者互求，以六者互求，尤能以古音得經義，蓋天下一人而已矣。假《廣雅》以證其所得，其注之精粹，再有子云，必能知之。敢以是質於懷祖氏，並質諸天下後世言小學者。[10]

注释：

①小學，又稱中國傳統語文學，包括文字學、音韵學、訓詁學三部分，圍繞闡釋和解讀先秦典籍來展開研究，因此又被稱爲經學的附庸。

②周官六書，這裏指《周禮・地官・保氏》，是首提“六書”這一概念的文獻。

③三代，指夏商周三代。

④“《爾雅》《方言》……假借云條目也。”段玉裁認爲：“異字同義曰‘轉注’，異義同字曰‘假借’。有轉注，百字可一義也；有假借，而一字可數義也。”因此轉注與假借實際是造字基礎上的用字方法。

⑤匯粹，匯集，聚集。

⑥孰，“熟”之古字。

⑦“蓋漢魏以前經傳……無由比例推測”，這句話意思是，大概是漢魏以前，經典、俚俗的形音義匯集在此，如果不熟悉漢字的古形、古音、古義，那麼也搞不清楚現存之形音義的來源；同樣也没辦法按照已知的信息去推測亡佚了什麼内容。

⑧絲棼，典出自《左傳・隱公四年》：“臣聞以德和民，不聞以亂。以亂，猶治絲而棼之也。”楊伯峻注：“棼，音汾，紛亂之意。”後因以“絲棼”形容紛繁紊亂。棼，fén，紛亂。

⑨無與，不相干。

⑩本文落款爲“乾隆辛亥八月，金壇段玉裁序。”乾隆辛亥，即乾隆五十六年，1791 年。

《〈廣雅〉疏證》羅振玉跋

羅振玉[①]

光緒戊戌春，在滬江揚州書估[②]，夏炳泉挾書求售，中有《〈廣雅〉疏證》。書中夾墨籤甚多，間有朱書，偶見“念孫案”字，夏估疑是石臞先生手筆，索價至奢。予時未見石臞先生書迹，而加籤處固極精密微。石臞先生，當世殆無其人，惜少八九兩卷，因許以善價。夏估云兩卷聞尚在某故家，當爲覔[③]之，因挾其書去。及明年夏，予返淮陰寓居，漢軍黄蕙伯姻丈觴予於河下飲淥草堂，酒半，出新得書見示，謂是書當爲王石臞先生手校，而未敢遽定。予取觀，蓋即夏估挾至滬上者。予假歸，一夕盡讀之，决爲出石臞先生手，因勸黄丈條録付梓。其年秋，黄丈乃手編爲補正，以新刊本見贈。又數年，丈卒於淮安，後嗣零替，鬻所藏書，予得書十餘種，石臞先生是書在焉。而補正刊，則不可知。丁巳，在海東海甯王忠慤[④]公國維，從予假黄氏本刊入雜志中，且爲之跋。及予由海東返寓津[⑤]，沽得王氏手稿及雜書一笥[⑥]。中有《疏證》初印本，已佚數册，而卷八九獨存，中夾墨籤[⑦]，適足補曩本[⑧]之闕，因命兒子福頤[⑨]移黏舊得本上。黄丈所録間有遺漏，因據原書重加校録，共得五百有一則。視黄丈所録，增數十則，而一仍黄丈舊名。重爲印行，並録黄丈原跋以記。是書之得流傳，自黄丈始也。至八九兩卷。予初見時本佚去。後夏估以他本足之，黄跋遂誤認爲待校而未校，至校正各條皆出自石臞先生。忠慤謂間有“伯申尚書”[⑩]，手不盡先生筆，其言殊渾淪[⑪]。今案其實，則朱書爲文簡[⑫]所清寫，墨籤則文簡尚未清寫者也。爰於書首[13]，仍署石臞先生名。至此，書佚卷南北千餘里，後先廿餘年，終爲延津之合，殆石臞先生所陰相歟！謹書卷末，以志欣慰[14]。

注释：

①羅振玉(1866—1940)，金石學家、古文字學家。字叔藴，一字叔言，號雪堂，浙江上虞人，生於江蘇淮安。清光緒二十二年(1896)在上海創立中國近代最早的農學團體"農學會"，次年編譯出版中國最早的農學定期刊物《農學報》。曾任湖北農務局總理，兼湖北農務學堂監督，清末任學部參事，兼京師大學堂農科監督。辛亥革命後以清朝遺老自居，長期僑居日本，後歸國參與復辟清室的活動。僞滿時任監察院院長等職。金石學、古文字學造詣頗深，曾搜集和整理甲骨、銅器、簡牘、明器、佚書等考古資料，撰有《殷商貞卜文字考》《殷虚書契前編》《殷虚書契菁華》《殷虚書契考釋》《三代吉金文存》《流沙墜簡》等。

②估，通"賈"。

③覔，同"覓"。

④忠慤，王國維(1877—1927)，學者。字静安，一字伯隅，號觀堂，浙江海寧人。清秀才。早年研究哲學、文學，受到德國唯心主義哲學和資産階級文藝思想的影響。光緒二十九年(1903)起，任通州、蘇州等地師範學堂教習，講授哲學、心理學、邏輯學，著有《静安文集》。光緒三十三年(1907)起，任學部圖書局編輯，從事中國戲曲史和詞曲的研究，著有《曲録》《宋元戲曲考》《人間詞話》等，開創研究戲曲史的風氣。辛亥革命後去日本，以清遺老自居。後回上海，在哈同所辦倉聖明智大學執教。民國二年(1913)起從事古代史、古器物、古文字學、音韵學的考訂，尤致力於甲骨文、金文和漢晋簡牘的考釋，主張以地下實物資料參訂文獻史料，提出著名的"二重證據法"。民國十四年(1925)年，任清華研究院教授，除研究古史外，兼作西北史地和蒙古史料的整理考訂。後在北京頤和園投水自盡。生平著作六十二種，收入《海寧王静安先生遺書》(亦稱《王國維遺書》)的有四十二種。以《觀堂集林》最爲著名。

⑤海東,指海以東地帶。常指日本。據考證,羅振玉於一九一九年夏由日本回國後,在上海略作停留,在天津生活了近十年。

⑥笥,盛飯或盛衣物的方形竹器。

⑦籤,同"簽"。

⑧曩本,舊本。曩,nǎng,以往、從前。

⑨福頤,即羅福頤(1905—1981),古文字學家。字子期,筆名梓溪、紫溪,七十後自號僂翁。羅振玉之子。祖籍浙江上虞,出生於江蘇淮安。

⑩伯申,即王念孫之子王引之之字。

⑪渾淪,混沌不清。

⑫文簡,即王引之謚號。

⑬爰,引。

⑭本文落款爲"戊辰八月,上虞羅振玉"。戊辰即 1928 年。

《〈廣雅〉疏證》黄海長跋

黄海長[①]

此《〈廣雅〉疏證》，殆刻成後覆加勘定之本。朱墨燦列，凡所删補，無慮[②]四百餘條，皆精詳確當。卷五《釋言》“酌漱也”，下朱筆補疏，有“念孫案”三字，知爲石臞先生親自攷訂者，其補自“文簡”者，則冠以“引之曰”。卷七《釋宫》“廟天子五”下墨籤云：“《尚書後案・第八・咸有一德》‘七世之廟，可以觀德’，引證甚詳，此條當改。”《釋器》“繞領帔，帬也”[③]，下墨籤云：“段氏《説文・七下》説‘繞領帔’之義，甚是，當據改。”則是待改而未改者，八九兩卷獨無一字，則是待校而未及校者，統觀諸條，的係先生親自修定之藁。嗣是曾否補完，曾否再刻，或祗此本，或尚有傳録之本，無從徵考，不能臆測。阮文達刊[④]入《學海堂經解》，揚州淮南書局光緒重鋟[⑤]，悉據原疏本，似都未見此册。無論世間有無第二本，而此册信可寶貴已[⑥]。獨不識何以流傳在外？入清河汪氏所藏，有“汪氏珍藏”“桃花潭水”二印。汪葵田先生，名汲。春園先生，名椿。祖孫咸精經學，有著述，雖不若高郵王氏父子之盛，亦學人也。書賈獲自汪裔，索價頗昂。余初見謂朱墨爲汪氏所加，繼而諦審[⑦]，始辨是王家故物。直端午，得錢極艱，乃嗇縮米薪，力購得之。暇當遍質通人，設法流布，儻是孤本，斷不敢自我韜[⑧]其寶氣也。[⑨]

注释：

①黄海長，生年不詳，卒于1904年，字蕙伯。著有《借竹宧詩文詞稿》《八萬卷庵藏書題跋記》，黄氏藏書亦豐。

②無慮，大約。

③帬，同"裙"。

④阮文達，即阮元謚號。

⑤鋟，雕刻。

⑥寳，同"寶"。

⑦諦審，詳審，仔細審核辨認。

⑧韜，tāo，隱藏，隱蔽。

⑨本文落款爲"光緒庚子五月，古襄平黄海長謹識"。庚子，即光緒二十六年，1900年。

《〈廣雅〉疏證》王國維跋

王國維

王懷祖先生《〈廣雅〉疏證》刊成後，補正數百，事皆細書刊本上，或別籤夾入書中，蓋意欲改刊而未果也。其手校補本，舊在淮安黄惠伯海長家，後歸上虞羅叔言參事，余前在大雲書庫見之。書眉行間朱墨爛然，間有出伯申尚書手者，不盡先生筆也。光緒庚子，黄氏曾寫出爲一卷，刊於淮陰印書二十部，而板燬[②]於寇，故世罕知此書者。余以黄刊本校原書，則原書朱墨籤間有奪落[③]，已不如二十年之完善。故亟刋黄本，而識其可貴者於後[④]。

注释：

①大雲書庫，爲羅振玉在旅順的私人藏書樓，藏書約三十萬册。

②燬，同“毁”。

③奪落，漏掉文字。

④本文落款爲“丁巳八月海甯王國維。”丁巳，即 1917 年。

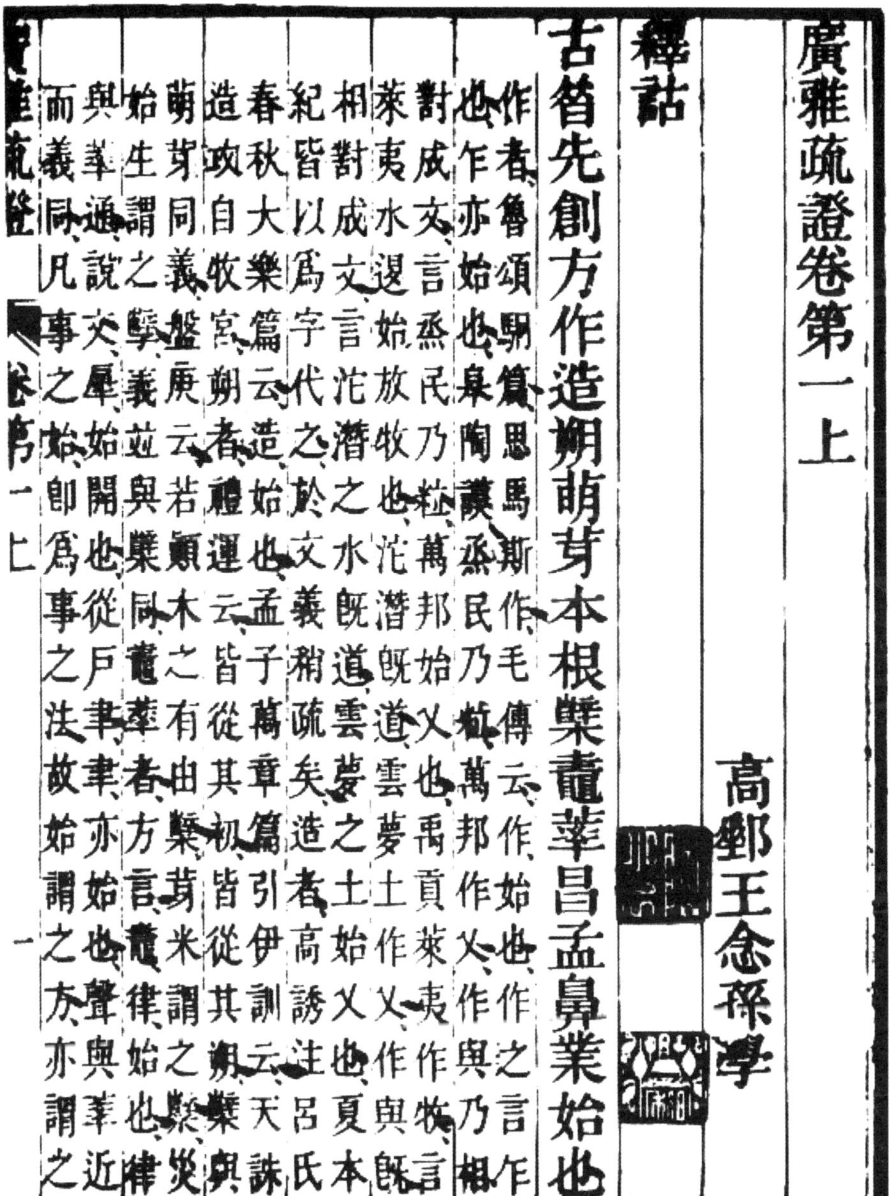

廣雅疏證卷第一上

高郵王念孫學

釋詁

古昔先創方作造朔萌芽本根櫱鼃肁昌孟鼻業始也

作者魯頌駉篇思馬斯作毛傳云作始也作之言作也作亦始也皋陶謨烝民乃粒萬邦作乂作與乃相對成文言烝民乃粒萬邦始乂也禹貢萊夷作牧言萊夷水退始放牧也沱潛既道雲夢土作乂作與既相對成文言沱潛之水既道雲夢之土始乂也夏本紀皆以爲字代之於文義稍疏矣造者高誘注呂氏春秋大樂篇云造始也孟子萬章篇引伊訓云天誅造攻自牧宮朔者禮運云皆從其初皆從其朔櫱與萌芽同義盤庚云若顛木之有由櫱芽米謂之櫱災始生謂之孼義並與櫱同鼃肁者方言鼃律始也律與肁通說文肁始開也從戶聿聿亦始也聲與肁近而義同凡事之始即爲事之法故始謂之方亦謂之

廣雅疏證卷一上　一

图 21　《〈广雅〉疏证》清嘉庆元年本书影

辞 源

古代汉语以单音节词为主，随着时代的发展，词汇双音化已渐成趋势，语文辞书的编纂自然也要回应这种趋势。《康熙字典》中收录了丰富的双音词、多音词，呈现“以字引词”的特征，然而字典对词语的收录有一定的随意性，多为专名、名物。《辞源》则有意识地区别“字”与“辞（词）”，将“辞”分为“单辞”“复辞”，指出“辞书与字书，体用难异，非二物也”，指明现代的词典实际是由字书发展而来，并不由传统的雅学类辞书变化而来。“辞源”之“源”即强调辞书材料的原典出处，对所释之词、所引证材料在浩瀚的文海中予以定位，使其来源有据，避免穿凿附会。

《辞源》依照二百一十四部首顺序排列，初版收字依《新字典》为纲，首列该字注音，字头单音节词释义，次依音节数分词，在同一音节数下所收之词依其笔画数为序，以少至多。较之传统字书，《辞源》收词更为丰富，形式更为整严。《字典》虽收录了一定数量的复音词，数量却远不及《辞源》。如“天”字头下，《字典》收录“葛天氏”“天山”“刑天”“漏天”“景天”“木天”等词，这些词中，“天”的位置不定，有的为首字，有的为末字。《辞源》则收录了五百余个以天为首字的词，收词数量上的激增，使得其辞书性质发生质变，词典形式因此确立。《辞源》也注意收录新词，如音译外来词、科学名词等百科名词，收词跨度之大，前代传统辞书难以逾越。《辞源》所收录之词皆释清其义，指明其源。《字典》“天”下收“葛天氏”条，为“又古帝号，‘葛天氏’，见《疏仡纪》”。较之《字典》，《辞源》的解释则清晰许多：“传说中的古帝名号。在伏羲之前。其治不言而自信，不化而自行，古人认为理想中的自然、淳朴之世。晋陶潜《陶渊明集五·五柳先生传》：‘无怀氏之民欤？葛天氏之民欤？’省作‘葛天’。元沈禧《竹窗词·阮郎归山寺樵歌》：‘忘世虑，断尘缘，逍遥傲葛天。’参阅宋罗泌《路史前纪·七禅通纪二》‘葛天氏’，参见《葛天氏歌》。”对于新词，《辞源》亦指明其来源，如“量杯”其释义为“measuring-cylinder 量液体容积之器，以玻璃为之，上有刻度，大小形状各有不同，多以克兰姆计数，化学实验室及医药上用之。”《辞源》收录大量插图以辅助释义。将插图引入辞书，对于中国的辞书编纂而言，实属创新。“百闻不如一见”，对于名物的释义尤为如此，插图以更为直观的形式将事物呈现于读者眼前。《辞源》收录插图之多、数量之广，使其兼具百科辞书的属性，也使得辞书更具可读性与趣味性。

《辞源》编纂始于一九〇八年，一九一五年以甲乙丙丁戊五种版式由商务印书馆出版，《辞源》初版主编为陆尔奎，其奠定了《辞源》的整体体例、编录原则，其序为陆先生所撰《〈辞源〉说略》(该文同时发表于《东方杂志》)，这是中国第一篇比较系统地阐述“现代化”辞书的重要意义、类型、编纂原则和方法等辞书学文献。可惜的是在《辞源》完成后不久，他便积劳成疾，双目失明，可谓为《辞源》呕心沥血。一九三一年出版《辞源》续编，一九三九年出版《辞源》合订本，均由方毅主持修订。一九四九年出版《辞源》简编。此后《辞源》又经历了一九五八年、一九七六年两次修订。二〇一九年第三版《辞源》出版。修订后的《辞源》共收录单字一万四千二百一十个、复音词九万余个、插图一千余幅，共一千二百万字。

当下《辞源》相关的研究论著有：刘起钦《〈辞源〉(修订本)述异记》、田忠侠《〈辞源〉通考》、雷昌蛟《〈辞源〉〈汉语大字典〉〈汉语大词典〉注音辨证》、史建桥等《〈辞源〉研究论文集》、牛庸主《〈辞源〉成语源流考证》、乔永《〈辞源〉史论》、史建桥等《〈辞源〉修订资料索引》、高小方《〈辞源〉修订匡改释例》、赵海燕《〈辞源〉单字释义研究》等。

本书所收录的例字，分别选自《辞源》的早期合订本及最新版(第三版)的内容。新版《辞源》，其注音方法、义项设置、释义方式、引注体例均更为严谨整饬，通过比较，能看出辞书编纂技术的进步。辞书的时代性是其本身的独特印记，当时过境迁，辞书的内容不再符合时代需要，其实用性有所折损，唯有定期修订，适时调整内容与形式，才能永葆辞书生命的长青。

【例字分析】

<table>
<tr>
<td>天(合訂本第一版)</td>
<td>大部・一畫</td>
<td>[梯烟切,先韵]①諸星羅列之空間也。廣遠無可推測。因人在地球,故視爲包圍地球之大圓體。而與地爲對待之稱。實地球亦運行於天空中,且爲甚小之一部分。②自然之結果,非人力所能爲者曰“天”。③萬物之主宰也。《周禮》:“天有時以生,有時以殺。”④宗教家謂神靈所居曰“天”。⑤謂“一日”曰“天”,如俗言“今天”“明天”。⑥時節氣候曰“天”,如“熱天”“冷天”。⑦古謂君曰天。《左傳》:“君,天也,可逃乎?”⑧婦人謂夫爲“天”,亦曰“所天”。⑨凡不可無者曰“天”。《漢書》:“王以民爲天,民以食爲天。”⑩黥額爲天,古之墨刑也。《易》:“其人天且劓。”</td>
<td>【天一】①《史記・封禪書》:“古者天子三年壹用太牢祠神三一:天一、地一、太一。”《索隱》宋均云:“天一、太一,北極神之別名。”②星名。《史記・天官書》:“前列直斗口三星,隋北端兑,若見若不,曰陰德,或曰天一。”《索隱》石氏云:“天一、太一,各一星,在紫宫門外立,承事天皇大帝。”《晋書・天文志》:“天一星在紫宫門,右星南天帝之神也,主戰鬥,知人吉凶。”亦作“天乙”。③《漢書・藝文志》:“《天一兵法》三十五篇。”</td>
<td rowspan="2">按:較之前代辞书,《辞源》是对古代语料理解、整理的基础上综合而来的释义,而非罗列、堆砌前人说解。例如何为“天”?《字典》罗列众说,至于采信哪家则是读者的选择。《辞源》则从现代科学的角度,予以诠释。此外,一些口语词也被收录,如“热天”“冷天”“今天”“明天”等。两版《辞源》在注音、释义、收词方面差异明显。合订本第一版《辞源》注音材料为《音韵阐微》,第三版为《广韵》,同时加注汉语拼音、注音字母、声调信息,使其更便于现代读者使用。也重新整合了释义内容,如将第一版的⑧⑨合为⑤,增加“人的头顶”相关说解。在收词上,两版“天”下均收录五百余词,但释义方面略有调整,以“天一”为例,新版更为整严,即较为严格地遵循“释义+引例”的模式,整合释义同时也加入新的内容。</td>
</tr>
<tr>
<td>天(合订本第三版)</td>
<td>大部・一畫</td>
<td>tiān 他前切,平,先韵,透。真部。去ㄊㄧㄢ
①地面的上空。與“地”相對。《詩・唐風・綢繆》:“叁星在天。”②凡自然所成非人力所高的都叫“天”,如“天産”“天災”等。③古人認爲天是有意志的神,是萬物的主宰。《書・泰誓上》:“天祐下民,作之君,作之師。”《詩・大雅・大明》:“天監在下,有命既集。”④命運。《孟子・梁惠王下》:“吾之不遇魯侯,天也。”⑤舊時以“天次之序”比附倫常關係,以天焉至高的尊稱。如稱君、父、夫爲天。《左傳・宣四年》:“君,天也。天可逃乎?”《詩・鄘風・柏舟》:“母也天只。”“傳”:“天謂父也。”《儀禮・喪服傳》:“夫者,妻之天也。”因仰赖以高生存者稱天。《史記・九七酈食其傳》:“王者以民人爲天,而民人以食爲天。”⑥時節,氣候。如春天、晴天。唐杜甫《杜工部草堂詩箋・十六・佳人》:“天寒翠袖薄,日暮倚修竹。”⑦一晝夜。如言“今天”“明天”。⑧人的頭頂。《説文》:“天,顛也。”後人稱頭蓋骨爲天靈蓋,額上兩眉間爲天庭。參閲王國維《觀堂集林・六・釋天》。⑨古代的墨刑。《易・睽》:“其人天且劓。”《釋文》:“天,剠也。馬(融)云:‘剠鑿其額曰天。’”剠,同“黥”。宋程頤“傳”:“天,髡首也。”</td>
<td>【天一】①與天合而爲一。《莊子・大宗師》:“安排而玄化,乃入於寥天一。”晋“郭象注”:“安於離移而與化俱去,故乃入於寂寥而與天爲一也。”②星名。屬紫微垣。《史記・天官書》:“前列直斗口三星,随北端兑,若見若不,曰陰德,或曰天一。”《晋書・天文志》上:“天一星在紫宫門右。”③神名。《史記・封禪書》:“其後人有上書,言古者天子三年壹用太牢,祠神三一:天一、地一、太一。”④太歲的别名。參閲清王引之《經義述聞・二九太歲考》上。</td>
</tr>
</table>

《辭源》説略

陸爾奎[1]

辭書之與字書。積點畫以成形體。有音有義者謂之字,用以標識事物。可名可言者謂之辭。古謂"一字"曰"一言"。辭書[2]與字書,體用雖異,非二物也。此書與《新字典》[3]同時編纂,其旨一以應用爲主。故未有此書,則姑目《新字典》爲字書。既有此書,則以《新字典》並入,而目爲辭書。凡讀書而有疑問,其所指者字也,其所問者皆辭也。如一之爲一,既識其字矣。而其義則因辭而變。"一名一物"之"一",不可通於"一朝一夕"之"一","一德一心"之"一",不可通於"一手一足"之"一"。非臚舉[4]而盡列之,無以見其義,亦無以盡其用。故有字書不可無辭書,有單辭不可無複辭。此書仍以《新字典》之單字提綱,下列複辭[5],雖與《新字典》同一意嚮,而於應用上或爲較備。至與字書之性質,則迥乎不侔也[6]。

辭書之與類書。凡繙檢參考之書,率皆分類,以字爲類者,如《駢字類編》,如《佩文韵府》,皆與辭書相似者也。然决不能謂之辭書。《類編》取便對偶,《韵府》取便押韵,供作者之用,非以供讀者之用,故所重在出處,不重在詮釋。且以辭章爲範圍,選辭必求雅馴。知古而不知今,尤非類書任其責矣。辭書以補助知識爲職志。凡成一名辭,爲知識所應有,文字所能達者,皆辭書所當載也。舉其出處,釋其意義,辨其異同,訂其訛謬,凡爲檢查者所欲知,皆辭書所當詳也。供一般社會之用,非徒爲文人學士之用。故其性質適與類書相反。吾國舊籍,如《方言》

《釋名》;小學訓詁之書,如《白虎通》《古今注》,雜家考訂之書,皆辭書也。然以供記誦,而不便檢查,欲爲適用之辭書,固不得不分别部居,此書以字爲類,而字隸於部,部分仍依《字彙》《字典》之舊。從社會之所習,亦辭書之通例也。

普通辭書之與專門辭書。辭書種類綦[⑦]繁,而大别爲普通、專門兩類。吾國編纂辭書,普通必急於專門,且分爲數種,亦不如合爲一種。社會所需之常識,紛錯繁賾,非可以學術門類爲之區分。如閲一報紙,俄而國家政聞,俄而里巷瑣語,俄而爲矜嚴[⑧]之論,俄而爲戲謔之辭。文之體裁不同,而遣辭斯異。且人所與爲周旋交際者,必不止一種社會。故此爲恒言,彼爲術語,此則盡人可解,彼則畢世罕聞。所業不同,言辭又異。因一辭不得其解,而求之專門辭書。雖羅書數十種,有未足備其應用者。此書編輯之時,皆分類選辭,至脱稿以後,始分字排比。就學術一方面而論,謂之百科辭書,亦無不可。惟其程度,皆以普通爲限。《楓窗小牘》譏《册府元龜》[⑨],謂開卷皆目所常見,無罕覯[⑩]異聞,此則善通辭書所不免,可引爲此書解嘲者也。

辭書之注釋。普通辭書,注釋必以簡明爲主。然辭有引伸假借,有沿革變遷。舉甲不能遺乙,有委[⑪]不能無源。往往一辭而有數義,一義而有數説。且法律名辭、科學名辭、各家著書,率自標定義,因範圍之廣狹,遂生術語之異同。欲調停衆説,即難免辭費。至形容實物,並及其性質功用,叙述故事,並及其因革源流。竊謂辭書既以解釋疑義,必使閲者疑義盡釋,方爲盡職。人之懷疑而來者,原因不同,若所疑在此,所釋在彼,則負閲者之意。無異有問不答,或答非所問。故與其失之漏略,無寧[⑫]病其繁冗,至羌無故實[⑬],望文生義之辭,非有疑問,即無待詮釋。如此者概從芟薙[⑭],不以充篇幅,其音讀則悉從《音韵闡微》。改用合聲，以其取音較易，而又爲最近之韵書。不至如“天”讀爲“汀”，“明”讀爲“茫”，古音今音之相枘鑿也[15]。

辭書之圖表。圖表以助詮釋，辭書中自不能少。然吾國名物，大率於公名之上綴以專名，圖其專名，則不可枚舉，圖其公名，則同名而異物。博古諸圖，一名數十器，方圓弇侈[16]，器各異形。觚[17]之不觚，遂不知所謂觚者何若。《禮圖》[18]因經師之説，由想像而成，人異其説，譜異其圖，糾紛抵牾[19]，更可勿論。至蟲魚草木，若《本草圖》《爾雅圖》等[20]，往往取驗實物而不類，以此書與彼書相校，或原圖與原書相校，又均之不類，畫工粗略，傳刻湮訛。率爾摹繪，反滋疑義。慎擇約取，其可助辭書之詮釋者，蓋百不逮一也[21]。他國辭書，莫不有圖，且分體合體，平面剖面；圖因説立。圖愈詳，説愈明顯。吾國有縣難仿傚者，百工技藝所執之器，不能稱以雅言，記以文字，雖摹繪爲圖，何裨學術？若正名辨物，則又别爲一事。非辭書所能任其責矣。外國圖譜，所可規仿者。惟理化博物科學器具。其名見於譯籍，其理詳於教科。圖與説相濟以成美，則爲辭書所能載。若工業美術，於彼雖極精詳，於我寧從闕略。蓋其事根於一國之文化學術。雖欲矯飾爲工，固有所不能耳。故此書所載，僅六百餘圖。關於禮器者，皆經學家所論定。或摹吉金[22]古器以證明之。誇多鬬靡[23]，固非繪圖之本意也。至表之爲用，約繁者而使簡，綜散者而使聚。横直相參，易資比較，尤便檢查。此書凡遇有綱有目，數列多項者，皆爲列表。其尤繁者，則載於附録。固辭書所同然，亦詮釋之一助也。

編纂此書之緣起。癸卯甲辰之際，海上譯籍初行。社會口語驟變，報紙鼓吹文明。法學哲理名辭，稠疊[24]盈幅。然行之内地，則積極消極，内籀外籀[25]，皆不知爲何語。由是搢紳先生，摒絶勿觀，率以新學相诟病。及游學少年，續續[26]返國。欲知國家之掌故、鄉土之舊聞，則典籍志乘[27]，浩如烟海，徵文考献，反不如寄居異國。其國之政教禮俗，可以展卷即得。由是欲毁弃一切，以言革新。又競以舊學爲迂闊[28]，新舊扞格[29]，文化弗進。友人有久居歐美，周知四國者，嘗與言教育事。因縱論及於辭書，謂一國之文化常與其辭書相比例。吾國博物院圖書館，未能徧設，所以充補知識者，莫急於此。且言人之智力，因蓄疑[30]而不得其解，則必疲鈍[31]萎縮，甚至穿鑿附會，養成似是而非之學術。古以好問爲美德，安得好學之士有疑必問，又安得宏雅之儒有問必答。國無辭書，無文化之可言也。其語至爲明切。戊申之春，遂决意編纂此書。其初同志五六人，旋增至數十人。羅書十餘萬卷，歷八年而始竣事。當始事之際，固未知其勞費一至於此也。

編纂此書之經歷。吾國辭書，方當草創。編者任事，素乏經驗。着手之際，意在速成。最初之豫算，本期以兩年蒇事[32]。及任事稍久，困難漸見，始知欲速不達。進行之程序，編制之方法，皆當改弦更張。蓋一書包舉萬類，非特愧其學識之不足，即匯集衆長，欲其精神貫澈，亦殆難言之，舉此而遺彼，顧後而忘前。偶一整理，瑕眚[33]迭見。於是分别部類，重加校訂。迨民國初元，全稿略具，然一辭見於此類，又見於彼類。或各爲系統，兩不相蒙，或數義並呈，而同出一母。至此欲别其同異，觀其會通。遂涉考訂蹊徑，往往因一字之疑滯，而旁皇[34]終日，經數人之參酌，而解決無從，甚至馳書萬里，博訪通人。其或得或失，亦難預料。窮搜冥索，所用以自勞者，惟流分派别，忽逢其源，則騞然[35]盡解。理得而心安，始知沿流以溯源。不如由源以竟委。雖吾國古籍，半多散佚。唐宋以來，所發生之名辭，不能盡知其依據。然知識淺短,失之目前,亦所在皆是。同人以此自勵,源之一字,遂日在心目。當此書刊布預告之際,方考訂日有所獲,因遂以名其書。譬之咳名其子,賢不肖不可知。而祝之以義方[36],則人情之常也。

此書之所希望。世界演進,凡事之後勝於前者,非獨改良之易而創始之難也。苟爲社會所需,則經衆人之監督,即得衆人之輔助。任其事者,以寸心之得失,更參以局外之毁譽。朝斯夕斯,所以補苴潤飾者,亦較易爲力,故逸而功倍耳。韋勃斯德辭典[37],世界所最著名之辭書矣。今以其最初之本,校通行之本。原稿之所存者,已十不二三,蓋無歲不改易增廣,以求適於社會之用。凡編纂辭書者,固爲當然之職務也。惟是耳目所未周,心思所未及,則不得不藉他山之助。今紐約最新出之《二十世紀大辭典》,有吾國聞人,署名於著作者之列。而攝影其上者,蓋知識之交换,辭書尤足爲之紹介。海内外宏達。苟有以裨益此書,又豈獨此書之幸歟?[38]

注释:

①陸爾奎(1862—1935),江蘇武進人,晚清舉人,曾在天津北洋學堂、上海南洋公學、廣州府中學堂任教。光緒三十二年(1906)進入上海商務印書館,光緒三十四年,任商務印書館創設辭典部部長,著手編纂《辭源》,於民国四年(1915)成書。

②辭書,此處相當於詞典。

③《新字典》,是民国元年(1912)由商務印書館出版,陸爾奎主編的一部小型字典,共收録九千餘字。

④臚舉,列舉。臚,lú,陳述,刊舉。

⑤複辭,多音節詞。

⑥迥乎,迥然,形容差異較大。不侔,不相同。

⑦綦，qí，極其。

⑧矜嚴，矜持嚴整。

⑨《楓窗小牘》，楓窗小牘爲袁褧、袁頤所著，多記汴京見聞，亦及臨安雜事。有關北宋後期南宋前期禮儀、風俗、政事、藝文等佚聞，可與史傳相參較。《册府元龜》，北宋四大部書之一，政事歷史百科全書性質的史學類書。景德二年(1005)，宋真宗趙恒命王欽若、楊億、孫奭等十八人一同編修歷代君臣事迹。《册府元龜》與《太平廣記》《太平御覽》《文苑英華》合稱"宋四大書"，而《册府元龜》的規模，居四大書之首，數倍於其他各書。

⑩罕覯，難以相見。覯，gòu。

⑪有委，曲折、彎曲。

⑫無寧，寧可。

⑬羌無故實，指不用典故或没有出處。

⑭芟薙，shān tì，刈除。薙，同"剃"。

⑮枘鑿，爲"方枘圓鑿"之略語，方榫頭，圓榫眼，二者合不到一起，比喻兩不相容。

⑯弇侈，yān chǐ。弇，謂鐘口小，腹大。侈，謂鐘口大，腹小。引申爲由於口腔開合大小不同而發音顯出變化。

⑰觚，古代酒器，青銅制，盛行於商代和西周初期，喇叭形口，細腰，高圈足。

⑱《禮圖》，又稱《三禮圖》，或題《三禮圖集注》，二十卷，是宋代著名學者聶崇義參互考訂多種古代《三禮圖》所纂輯。其書有圖，有解説(集注)。凡圖三百八十餘幅，原文文字約十餘萬言。

⑲抵牾，dǐ wǔ，矛盾。

⑳《本草圖》，即《本草圖經》，又稱《圖經》《圖經本草》，爲古代中藥學著作。宋代蘇頌等編撰。共二十卷。目録一卷，收集全國各郡縣的草藥圖，參考各家學説整理而成。《爾雅圖》，爲晋代郭璞所著，是我國最早解釋詞義的訓詁專著《爾雅》的插圖。

㉑百不逮一，一百個也不及一個，指有效、可靠的内容少。

㉒吉金，指鼎彝等古器物。古以祭祀爲吉禮，故稱銅鑄之祭器爲"吉金"。

㉓誇,誇耀。鬬,同"鬥",競爭。靡,奢華。誇多鬬靡,指寫文章以篇幅多、辭藻華麗誇耀爭勝,後也指比賽生動豪華奢侈。

㉔稠疊,稠密重疊,密密層層。疉,同"叠"。

㉕内籀,即爲"歸納推理"的舊譯。外籀,即爲外籀是"演繹法"或"演繹推理"的舊譯。嚴復譯述《穆勒名學》一書中最早使用此二概念。

㉖續續,連續不斷。

㉗志乘,即志書,方志。

㉘迂闊,思想行爲不切實際事理。

㉙扞格,抵觸、矛盾。

㉚蓄疑,存疑、積疑。

㉛疲鈍,非常疲乏。

㉜蕆事,事情辦理完成。蕆,chǎn,完成。

㉝瑕眚,缺點、毛病。眚,shěng,眼睛生翳。

㉞旁皇,猶彷徨,意思是因内心不安而徘徊不定貌。

㉟騞然,疾速,突然。騞,huō,快速、突然。

㊱義方,指行事應遵守的規矩法度。

㊲韋勃斯德辭典,即《韋氏大詞典》,源於韋伯斯特的《美國英語詞典》(1828年初版,兩卷本;1840年第2版)。梅裏亞姆公司於韋伯斯特去世後的1843年獲得該書版權,1847年出版單卷修訂本,並以"梅裏亞姆-韋伯斯特"(Merriam Webster)作爲韋氏系列詞典的標志。

㊳本文落款爲"陸爾奎誌"。

《〈辭源〉續編》説例

方毅①

《辭源》一書，自民國四年出版。不覺轉瞬已十餘年。此十餘年中，世界之演進、政局之變革，在科學上、名物上自有不少之新名辭發生，所受各界要求校正增補之函，不下数千通。有决非將原書挖改一二語，勘誤若干條所能饜望②者。

若照外國百科全書及各大辭典之例，每隔數年，增訂一次。新著出版，舊者當然作廢。然我國學者購書，物力維艱。《辭源》出版以來，銷行達数十萬册，大半皆在學者之手。故重訂與增補，均爲著作人應負之責。而應付一時之需要，尤以增補爲急務。

並且當《辭源》付印時，已發覺有少數重要辭類漏未列入。因製版已就，無法增加。嗣後叠版時雖略有挖改移補，未能盡量加入，亦懼先購者之向隅也。故所積應補之辭，與年俱增。加以文體丕變，報章雜志多文言語體兼用，在昔日不甚習用之語句，後來成爲常言。是不獨新發見之事物，月異而歲不同，即舊有之文物憲章，因時世推移，不能不變更去取之目的。

當《辭源》出版時，公司當局擬即着手編纂專門辭典二十種。相輔而行。嗣後陸續出版或將近出版者，有人名、地名、動物、植物、哲學、醫學、教育、數學、礦物等各大辭典。故《辭源》所取材料，均以普通應用爲原則。各科術語及人地名等，或因切於實用，或因習於見聞，均視同故事成語，不涉專門範圍。今所增補，仍用此例。於人地名所增綦少、不外與政治掌故有關係者,始行列入。其餘寧缺毋濫,以各有專書在也。惟現在科學時代,雜誌中各科論文日多,雖專門之學,多爲學生應知之普通常識。且各科自有系統,不能取甲捨乙。故所收較多。將正續兩編性質比較,一則注重古言,一則廣收新名,正書爲研究舊學之淵藪,此編爲融貫新舊之津梁,正可互救其偏。

《辭源》引書不下數百種,除本事與傳紀題目有關係外。多不注明篇目,因斷章取義,已可證明辭之来源,因亦須乎篇目也。間亦有本書難得,即沿用類書轉引之辭。清代學者。多根據類書證補經子佚文,則類書亦自有其價值。近年以来,因校訂各書。發見《類函》《韵府》,所引與原書歧異者甚多。即最有價值之《經籍纂詁》,亦且鬧出以人名作義訓之笑話。(《纂詁》"寘"韵季字下有"至也"一訓,引《國語》《周語》叔迂季伐注。按原文"今卻伯之語犯,叔迂,季伐","韋昭注":"伯,綺也;叔,犨也[②];季,至也;至謂卻至。")故本編於類書中可疑之辭,多不敢引用,所采經史子各條,不僅補列篇目,並一一校對原書。版本不同者,同時或参校數本。其佚文佚書未能對證原書者,則指明某類書引某書,以存其真。

各科系統,皆經科學專家嚴格審查。分別去取,而學説有新舊,試驗方法有繁簡,皆取最新最通行之學説。於排校時隨時損益改纂,往往一條易稿數次,業由各專家負責簽字以期盡善。其他敘述西史,如要重之戰爭和會、著名之種族系統,皆據確切之記載,新名辭如"第三國際""不合作運動"等,皆詳其源委,不加論斷。

此外略例之可言者。

(一)單字之增補　凡與辭類有關係之單字而正篇所無者,均盡量補入。惟辭章家習用之駢語,僅取形聲無獨立之意義者,則在本條下注明讀音,不另列單字。如山部之“岬岈”“峮嶙”,水部之“濯洂”“瀴溟”等。

（二）意義之補充　正編原有各條,意義尚未赅備者,本編重行列入。而以陰文❷[③]以下之數碼注明之。如子集一介條所補爲第三義。三宫條所補爲第二、第三兩義等。

（三）譯名之審慎　西文迻譯[④]漢名。凡正編原有者,悉依正編譯名。正編所無者,均依本館所出外國人名、地名譯音表爲標準。使歸一律。惟報章或通俗習用之譯名。出於上二例以外者,多復見以便讀者。如地名“維丹”補出“凡爾登”,物名“華攝林”補出“凡士林”之異譯等。

（四）正續之互見　正編中兩辭類互相關係,或詳略不同。多於行末具“參看某條”“詳見某條”等字樣,本編仍沿此例。間有與正編各條關涉者,則於條目右上角加星號以指明之。如丑集“史案”下詳“私史獄”條,“大蘇打”下詳“輕養化納”條之類。指明“私史獄”“輕養化納”兩條均在正編也。

（五）附録之增改　正编所附各表。有與現在時代不合者。（甲）行政區域地名。近多更改,兹重編最新行政區域表附入。（乙）世界大事表。止於民國四年。兹重編民國紀元以來世界大事年表。備載最近革命事業之成功及訓政時期之建設。其他如商埠表、鐵路表、度量衡幣表、化學元素表等,皆重行改編。可見此十餘年間事業學説之進步。

其餘各例。多沿正编、不再贅述。

本書自《辭源》出版日,即擬着手進行。而主任陸爾奎先生以目眚[⑤]離館,各舊同事亦多他就者。致此事受大打擊。毅以淺學肩兹重責。幸高夢旦[⑥]先生及陸先生以去職之身,仍關懷兹事,俾得時時請益於私室。而傅運森[⑦]先生尤能始終相助。

拾遺訂誤,獲益最多。王岫廬、何柏丞兩所長暨同館各專門學者,均隨時予以校訂。往往一批排稿,分向各方商榷。删改滿紙,爲手民拒绝[⑧]。輟而復作者屡,故本書成分止及正編之半。而所需時功,或且過之。編校諸同事,昕夕黽俛[⑨],荏苒數載,始底於成。然舛謬之端,誠知難免,當代學者,當有以督責教誨之也。[⑩]

注释:

①方毅(1883—1958),江蘇武進人。早年就讀於上海震旦大學,後從馬相伯學習。曾任南京方言學堂教務長。辛亥革命前入商務印書館任編輯,參與編纂《新字典》《辭源》工作。民國四年(1915)因陸爾奎眼疾而由方毅擔任詞典部主任。民國九年(1920)詞典部改爲國文辭典委員會,任主任委員,並兼國語函授社社長,負責辭典部的工作。參與《中國歷史地理大辭典》《中國人名大辭典》《辭源》修訂和增補工作。歷時十年,搜集整理三萬餘條詞目,於民國二十年(1931)編纂《〈辭源〉續編》出版。他還主編國語、白話文等詞典。

②饜望,满足期待。

③陰文:印章上或别的器物上所鑄的凹下的文字或花紋。鏤刻器物上的。

④迻譯,猶如"翻譯"。迻,同"移"。

⑤目眚,眼病之一。眚,shěng,目生翳。

⑥高夢旦(1870—1936),名鳳謙,字夢旦,長樂龍門鄉人。商務印書館元老,近代中國最富實績和最具聲望的出版家之一。

⑦傅運森(1872—1953),字緯平,湖南寧鄉人,曾編著《世界大事年表》《東亞各國史》等。

⑧手民,雕板排字工人。

⑨昕夕,朝夕、早晚。黽俛,勉勵,盡力。

⑩本文落款爲"民國二十年九月武進方毅"。民國二十年,1931年。

諸侯兵圍之數重。夜聞四面皆楚歌。驚曰漢已得楚乎。何楚人多也。起飲帳中。有美人姓虞氏常從。駿馬名騅常騎。乃悲歌慷慨自爲歌詩曰。力拔山兮氣蓋世。美人和之。見〔漢書〕。操舞因歌詞得名。近世有虞美人曲。亦出於此。

三畫

【功】〔沽翁切音公東韻〕❶事也。如曰舉功。猶言舉事也。❷事有成效曰功。如功用功效。❸以勞定國曰功。如功勳功業。❹古與工同。器之精好者曰功。〔管子〕「器械不功」謂不精好也。❺喪服名。見功服條。

【功人】〔史記〕高帝曰。夫獵殺獸兔者狗也。而發蹤指示者人也。今諸君徒能得走獸耳。功狗也。至如蕭何發蹤指示。功人也。

【功力】力學中所謂功力。對能力而言。能力者貯蓄之功力。功力者顯著之能力也。例如砲彈行於空中。於事物不顯功效。然能力甚巨。遇適當之機。則摧堅折強。顯爲功力。計算功力之量。以能將千克之物體提起一粎者曰粎瓩。能將一磅之物體提起一呎者曰呎磅。

【功夫】與工夫同。〔三國志〕當復更治徒衆功夫。

【功令】〔史記〕余讀功令至於廣厲學官之路。未嘗不廢書而歎也。〔注〕謂學者課功著之於令也。

【功用】事物之顯著其效益者曰功用。〔史記〕乃試之于位。典職數十年。功用既興。然後授政。

【功布】柩行時用以引路者。用新白布長三尺。懸於竿。執以導柩。遇道路傾欹。視布低昂使舁者知所備。功謂治布之功細密。喪時所用皆麤布。此獨色白功細。取其易見。故稱功布。

【功臣】唐宋明時以功臣名號賜與臣僚。上加推忠翊戴諸字。〔通考〕「加功臣號。始於唐德宗。宋朝因之。至元豐乃罷。中興後加賜者。韓世忠張俊劉光世三人而已。」按明代功臣名號外。兼用文臣武臣諸名號。如徐達爲開國輔運推誠宣力武臣。李善長爲開國輔運推誠守正文臣是也。

【功位】以勳勞定朝列之位次也。〔漢書高后紀〕詔曰。今欲差次列侯功以定朝位。臧于高廟。世世勿絕。嗣子各襲其功位。其與列侯議定奏之。

【功狗】詳功人條。

【功官】管理女工之官也。〔周禮典婦功注〕典主也。主婦人絲枲功官之長。

【功事】謂工作之成績也。〔周禮內宰〕歲終則會內人之稍食。稽其功事。〔疏〕稽計也。計女御絲枲二者之功事。以知其多少。

【功服】喪服大功小功之通稱。功謂治布之功細密。大功之服。視齊衰爲稍精。小功之服。視大功爲尤精。故名。

【功致】〔禮〕命工師效功。必功致爲上。〔疏〕「言作器必功力密致爲上也。」俗作工緻。

【功庸】〔周禮〕國功曰功。民功曰庸。〔國語〕無功庸者不敢居高位。

【功曹】官名。漢有功曹史。爲郡縣吏。掌選署功勞。北齊以後稱功曹參軍。參看司功條。

【功牌】有功者之獎牌。〔楊慎詩〕「功牌銀鍱鑰」。舊本用銀。清時以紙爲之。皆撫等於軍人之有功者給以頂戴。五品曰五品功牌。六品曰六品功牌。

【功裘】〔周禮司裘〕季秋獻功裘以待頒賜。〔注〕功裘人功微麤。謂狐青麛裘之屬。一說功裘卿大夫所服。

【功課】❶定治事之課程。以期其成績者曰功課。〔後漢書百官志注〕凡四方水土功課。歲盡則奏其殿最而行賞罰。❷學子受業亦曰功課。

【功德】佛家語。功指其行之善。德指其心之善。佛經於世人念佛誦經布施供養諸事。皆稱爲功德。

【功屨】屨名。周時再命以上所用者。〔周禮〕辨外內命夫命婦之命屨功屨散屨。〔注〕功屨次命屨。於孤卿大夫則白屨黑屨。九嬪內子亦然。世婦命婦以黑屨爲功屨。

力部 三畫 功　　子 三四一

图 22 《辞源》一九一五年本书影

中华大字典

清廷覆灭后，政治上的禁锢被解除，批评《康熙字典》已不再是禁忌，近两百年的积怨如潮水般涌来，纷纷控诉这部曾被“奉为典常而不易”的官修字书。同时，国门渐开，新事物、新概念涌现蜂出，国外先进、便捷的辞书体式也渐入文人视野。编纂一部符合国人需要的辞书成为当时学人的第一议题，在这样的背景下，《中华大字典》应运而生。

陆费逵、欧阳溥存等学者于二十世纪初着手编纂《中华大字典》，民国三年(1914)完成，民国四年(1915)字典由中华书局出版，其前后经历可参见其叙，陆费逵、欧阳溥存所作二文。较之《康熙字典》，《中华大字典》有几点进步：一是订正了《康熙字典》中各类错误四千余条，使其内容更为准确，此外又订正字典体例不完善之处，如调整归部问题，标注引书篇名等。二是增收新字、新词、新义，补入近代递增的新词、译词，正因于此，其收字(四万八千余字)、收词上均超越字典。三是重新整合辞书内容，分条缕析，用数字区分义项，一改字典音义信息堆砌、杂乱无章的面貌。四是在版式设计上更便于读者使用，辞书正文部分平分为四栏，使得辞书信息的呈现更为简洁醒目。五是对用符号标注辞书内容，使其更便于阅读，如用“⌊ ⌋”框定字头，用“〔〕”标记书名，加注“。”表示停顿，用“丨”代替正文中出现的字头等，更便于读者使用。六是整合书前附录，使其更为实用。首先是增加检字表，依笔画多寡排列，标记每字所在之页，更便于查考。其次仅留《切韵指掌图》，与正文反切相配。最后是增加《篆字谱》，一改字典页眉增篆的凌乱之弊。全书依十二地支分为十二集，延续前代二百一十四部首结构。先注音，注音包括反切、直音、韵母，反切信息依《集韵》。次释义，释义先释单音节词，次列复音词，按本义、引申义、假借义排列信息。释义后补充引例，必要时加注按语。

魏励曾指出《中华大字典》有十三点不足，如个别字词或有关联的字词前后不一致、释义缺乏概括性、不明确、引书前后不一致等问题。但瑕不掩瑜,《中华大字典》可谓《康熙字典》之后,辞书史上一座承前启后的丰碑,无论是其形式体例还是其内容,都对后来的辞书编纂影响甚大。

当下所见版本包括:上海中华书局一九一五年初版、一九二三年第三版、一九二七年第四版、一九三五年第五版、一九五八年据一九三五年影印、一九七八年据一九三五年影印。相关研究论著、衍生辞书包括:黄森峰《中华大字典:国音标注》、李凯《〈中华大字典〉注音研究》。

【例字分析】

天	寅集·大部	天,他年切,腆平聲,先韵。鐵因切,忒平聲,真韵。 ①颠也。至高無上。以一大。見《説文·一部》"注":"畫一以象道,丨大地大,故於文一大爲丨。丨之爲言顛也。無所與高也。會意。"按,"段注":"至高無上,是其大無有二也,故从一、大,於六書爲會意。"《通訓定聲》:"大猶人也,丨在人上,仰看見之。一,指事蒙謂丨無實形,地上空虛者皆是也。地與日月星辰並列其中。"程子曰:"丨之蒼蒼",豈是丨之形?視下復如是,可證。②顯也。《釋名·釋天》:"豫、司、兖、冀,以舌腹言之,丨,顯也,在上高顯也。"③坦也。《釋名·釋天》:"青徐以舌頭言之,坦也,坦然高而遠也。"④鎮也。《春秋説題辭》:"丨之爲言鎮也。居高理下,爲人經緯。故其字一、大以鎮之也。"⑤陳也。《賀述禮統》:"丨之爲言陳也。"⑥珍也。《禮統》:"丨之爲言珍也。施生爲木,運轉精神,功效陳列,其可珍重也。"⑦气也。見《論衡·談天》。⑧身也。《吕覽·論人》:"若此則無以害其丨矣。"⑨性也。《淮南原道》:"不以人易丨。"⑩文也。見《鶡冠子·夜行》。⑪自然也。《莊子天道》:"先明丨而道,德次之。"⑫無爲也。《莊子·大宗師》:"庸詎知吾所謂丨之非人乎?"⑬神也。統理萬物主宰群生者。《書·泰誓》:"丨佑下民。"⑭父也。《詩·柏舟》:"母也丨只。"⑮君也,王者之通。《詩·板》:"丨之方難。"⑯夫也。《儀禮·喪服傳》:"夫者,妻之上也。婦人不貳斬。猶曰'不可丨'也。"⑰凡至尊重者皆曰丨。如管仲曰:"王者以百姓爲'丨'。"酈食其曰:"民以食爲'丨'。"⑱大也。見《廣雅·釋詁》。⑲養也。《莊子·馬蹄》:"命曰丨放。"⑳髡刑。

續表

<table>
<tr><td>天</td><td>寅集·大部</td><td>《易·暌》:"其人丨且劓。""胡瑗注":"'丨'當作'而'字,篆文相類,後人傳寫之誤也。然謂'而'者,在漢法有罪髡其鬢髪曰'而'。"㉑謂日曰"丨",如"今日"曰"今丨"丨"昨日"曰"昨丨","明日"曰"明丨"之類。㉒謂節候曰"丨"。如言三伏丨、黄梅丨。㉓上帝之所曰丨,如道教之稱洞丨,佛教之言丨堂,基督政之稱丨國。㉔山名。丨山,即祁連山也。㉕葛丨,古帝號。見《疏仡記》。㉖金丨,古帝號。《帝王世紀》:"少昊,金丨氏,名摯,字青陽,姬姓也,降居江水邑於窮桑,以登帝位。"㉗丨根。星名。《爾雅·釋天》:"丨,根氏也。"㉘丨駟。星名。《爾雅·釋天》:"丨,駟房也。"㉙形丨,神名。《山海經·海外西經》:"里形丨與帝争神,帝斷其首,乃以乳爲目,臍爲口,操干戚以舞。""注":"'形'一作'刑','丨'一作'夭'。"㉚漏丨,地名。《蜀地志》:"蜀邛葵山後四野無晴日,曰漏丨。"㉛鈞丨,樂名。《史記·趙世家》:"與百神游於鈞丨廣樂九奏萬舞。"㉜木丨,署名。《唐六典》:"内閣司舍惟秘,閣最宏壯。穹窿高敞謂之木丨。"按:後世稱翰林院曰"木丨署"。㉝景丨,蟲名。《古今注》:"螢火。一名耀夜。一曰景丨。"又草名。《本草》:"景丨,一名慎火。人皆盆養於屋上。云可辟火。"㉞丨王星,太陽系第七位之行星,有衛星四箇,八十四年繞太陽一周。英名 URANUS。㉟姓也。漢長社令丨高。</td></tr>
<tr><td colspan="3">按:此例既能看出《中华大字典》对前代传统字书的承袭,体例上仍延续字典"以字引词"模式,先释单音节词,次释复音词。内容上,基本囊括字典释义,还补入新的内容,③④⑤⑥⑦⑧例皆如此。不同的是,《中华大字典》依其义进行较为细致的划分,如区别"镇也""显也"等义项,不再罗列堆砌。然而,其对释义的归纳仍不够充分,如可将⑭⑮归入⑰。也能看出《中华大字典》释义仍偏保守,并未突破字典原有释义的藩篱,如并未解释何为"天",仍习旧说,此处不及《辞源》的改良力度。此外,《中华大字典》加入现代科学知识,如"天王星"例,将其英文来源一同列出,方便读者学习、查考。同时,也收录口语词,如"今天""明天""三伏天""黄梅天"等。</td></tr>
</table>

《中華大字典》叙一

林紓[①]

許君之言曰字者："言孳乳而寖多也。著於竹帛，謂之書。書者，如也。"[②]謂如其事物之狀，然則狀情態，狀事理，匪不恃書以傳。顧中國無所謂字母[③]，可以拼音而成義，必使童子苦憶而得。而常用之字，又屬無多。許君九千三百五十三，亦未有盡識之者，此外加以新附之字，與古書中所未收采者尤多，安能一一舉而盡識之？童子就傅以後[④]，授以六經語孟[⑤]，講解其義，尚不盡悉，矧能盡括字書而語之耶？即使盡識諸字，而未通文法，其又奚用？古有《廣均》《集均》[⑥]及《爾雅》《廣雅》《説文》《方言》諸書，皆字書也。檢之殊難，而寒樧[⑦]中又不能偏購，於是字典始出，可以按部數畫而求索，然實爲官書，既名官書，則視專家之聚精殫神，畢一生之力成之，相去殊遠，但以道光《字典》言之，其駁正《康熙字典》不下二千餘條。顧前清愛重祖烈，以爲書經欽定，無敢斥駁，遂留其訛謬，以病後人，何其悖也！僕嘗謂外國之字典，有括一事爲一字者，猶電報中之暗碼，但摘一字，而包涵無盡之言，其下加以界説，審其界説，用字不煩，而無所不統，中國則一字但有一義，非聯合之不能成文，故繙譯西文往往詞費，由無一定之名詞，故與西文左也。且近日由東文[⑧]輸入者，前清之詔敕、民國之命令，亦往往采用。舊學者讀之，又瞠不能解。索之字典，决不可得，則不能不捨其舊而新是謀矣。今中華書局有大字典之宏著，又附以中小兩字典，其要義曰"備事物之遺亡，求知識之增廣"，偉哉言乎！夫曰字典若專爲通人而設，則《説文》《廣雅》具在，可以毋須於此，所以能推而廣者，正欲使市井閒亦收其用。故本書合舊有者、新增者、輸入者，下至俗字，亦匪所不括。俾稗販[9]之夫，亦得按部數畫，向書而求，爲益溥[10]矣。然鄙意終須廣集海内博雅君子，由政府設局，製新名詞，擇其醇雅，可與外國之名詞通者，加以界説，以惠學者。則後來譯律，譯史，譯工藝，生、植諸書，可以彼此不相齟齬[11]。爲益不更溥乎？雖然中國文明方胎，即請中華書局之字典爲萌芽可也[12]。

注释：

①林紓(1852—1924)，清末民初文學家、翻譯家。原名群玉，字琴南，號畏廬，别署冷紅生，福建閩縣人。光緒八年(1882)舉人，屢試進士不第，遂以授學、著譯、繪畫爲業。先後執教於杭州東城講舍、京師大學堂、勵志書院、孔教大學等。清末曾參與維新變法，辛亥革命後以遺老自居，反對新文化運動。工詩詞古文，兼作小説戲曲，尤以譯著名世。雖不識西文，却依他人口述，用文言翻譯歐美小説一百七十餘種，譯筆典雅流暢，甚受讀者喜愛，其中以《巴黎茶花女遺事》《黑奴吁天録》《撒克遜劫後英雄略》《迦茵小傳》《伊索寓言》等影響最大。所撰詩文有《畏廬文集》《畏廬詩存》《畏廬筆記》等，小説有《金陵秋》《金華碧血録》等，傳奇有《蜀鵑啼》《天妃廟》《合浦珠》等。

②寖，同"浸"，漸漸。

③顧，相當於而。

④就傅，從師。

⑤語孟，即《論語》《孟子》。

⑥均，古同"韵"。

⑦寒，貧寒。櫥，同"橱"，放書的櫃子。

⑧東文，指日文。

⑨稗販，買賤賣貴以取利的人。

⑩溥，廣，博。

⑪齟齬，jǔ yǔ，上下牙齒對不齊，比喻意見不合，互相抵觸。

⑫本文落款爲"閩縣林紓"。

《中華大字典》叙二

李家駒[①]

字典爲何而作也？讀書必先識字，字固不盡可識，將據字形以求其音與義，則必檢字書而後得之。而檢字之便否，則視乎其書體例之疏密、形式之良窳[②]焉。中國文字之興遠矣，治文字學者衆矣。文字之本原，爲形聲義三事，字書主形，音均主聲，訓詁主義。自漢以降，小學專門綜其大要，不出三科。許君《説文解字》始以偏旁爲主，分别部居，不相雜厠，卓然成統系之學。後世字書未有能離其宗者也。第以形聲義三事與時變遷，古籀篆隸，厥體各殊，於是《字林》《玉篇》以下諸書，部首偏旁，不能悉沿許例矣，此形變也。古今異讀，方言歧出，四聲繼作，紐弄相續[③]，於是《切韵》《廣韵》以下諸書均部分合，互有出入矣，此聲變也。古人字簡，通段爲多，而一字引申，動函數義。閱時既久，段義盛行，本義轉没，或增立偏旁，以標新誼[④]，或隨俗沿訛，承用僞體，迄今世界棣通[⑤]，人事繁博，譯籍錯出，名物創見，文字孳乳，莫可窮詰[⑥]。繩以故訓，不無虚造之嫌，揆乎時宜，宜居新附之列。字義之變，斯爲劇矣。且中國文字形聲並演(近人有謂西文演聲，中文演形者，非是)。攷其聲系，乃屬單音與歐羅[⑦]合音。淵源特異，故凡課音之字，歐文本以一字而具者，譯文必合數字以當之，至於學術用語，雖有義可述，然對譯一字，畸而不完，必合綴兩文，始足一義，若斯之類，字雖固有，誼則新成，自非條舉類聚，詳爲説解不可矣。中華書局新纂《大字典》一書，閱時六載，都四百餘萬言。叙例自僃[⑧]，比舊字典音切明確，義訓增廣，引證省約，疏解清析，添收新文，刪削僻字，是書之善，數言盡之。其於學者檢字，可云至便，洵近世未有之作也⑧。

注释：

①李家駒(1871—1938)，廣州漢軍正黄旗人，光緒二十年(1894)進士。光緒三十二年(1906)任京師大學堂總監督，大力推行教育改革，組織大規模的運動會並親自參賽獲得第三名，轟動一時。宣統元年(1909)任駐日公使，深入研究日本政治、法律、財政制度，回國後成爲新政、立憲運動的領袖，宣統三年(1911)秋臨危受命，出任資政院總裁，推出《憲法重大信條十九條》。入民國後隱居青島。

②良窳，精粗、好壞。窳，yǔ，粗劣。

③紐弄，反切。

④誼，意思、意義。

⑤棣通，通達，貫通。棣，dì。

⑥窮詰，深究問責。

⑦歐羅，即歐羅巴，此處泛指歐洲。

⑧洵，實在、確實。本文落款爲“廣州李家駒”。

《中華大字典》叙三

熊希齡[①]

陸費君伯鴻以所纂《中華大字典》告成，屬序於余，且言是書前後凡亘[②]六年，與事者三四十人，都四百餘萬言，編輯印刷之費四五萬，亦可謂巨矣。昔南閣祭酒爲《説文解字》，僅十三萬餘言，歷二十有二年乃成。余竊疑之，證以陸費君之言，則知鴻篇鉅製，欲責之一手一足之烈爲難能[③]，而先民著作之業爲可念也。吾國字書、均書，爲類蓋夥[④]，而搜羅較廣，條理較密，檢索較便者，不能不推《康熙字典》。顧紕謬百出，不適於用，久爲世病：一義之釋，類引連篇，重要之義，反多闕漏。一音之辨，反切重叠，然如“一”字，而音“漪”入聲，是欲使人明一畫之字，而轉以十餘畫之字，與音切晦之，其戾於教育原理者甚矣[⑤]。若夫近世新增之術語、百科之名詞，與夫數百年來俗語之遷變，此皆非求之《康熙字典》所能得者也。余嘗謂一國文化愈進，其字書辭書愈益繁夥[⑥]，即以我國字書而言，《廣均》《集均》《爾雅》《廣雅》《説文》《康熙字典》與今《大字典》之作類，不過供文人學士搜檢考證之用，而中小學校與夫販覽婦女所用之字典，則字數宜較少，義解宜較顯，音證宜較簡，方適於用。是書有裨文化，無待言矣。而余爲普及教育之故，其希望於陸費君中小字典之作，尤無窮也。[⑦]

注释：

①熊希齡(1870—1937)，湖南鳳凰人，字秉三。清光緒十六年(1890)進士，翰林院庶吉士。光緒二十三年(1897)，任湖南時務學堂提調，延請梁啓超爲中文總教習。次年因參加維新運動被革職。光緒三十一年(1905)，充出洋

考察憲政五大臣參贊，又調奉天鹽運使。武昌起義後與張謇等擁護袁世凱，任北洋政府財政總長和熱河都統。民國二年(1913)，袁世凱解散國民黨，與梁啓超、張謇等組閣(號稱“名流内閣”)，任國務總理兼財政總長。次年簽署解散國會令，旋去職。晚年從事社會慈善活動。民國十七年(1928)，任南京國民黨政府賑務委員會委員。民國二十一年(1932)，任世界紅十字會中華總會會長。抗日戰爭全面爆發後，避居香港。有《熊希齡全集》。

②亘，貫穿、窮盡。

③一手一足，指一個人力量，比喻力量單薄。

④夥，同“伙”。

⑤戾，違背。

⑥繁夥，繁多。

⑦本文落款爲“鳳凰熊希齡”。

《中華大字典》叙四

廖平[①]

環球各國，無論其建立新舊，程度優絀[②]，皆以方言拼音，有音無字，公穀所謂耳治[③]，六書所謂象聲。惟吾國六書，以圖畫補耳目之窮。四象之中，聲占其一，正名繙經，冠絶全球。《易》曰“後世聖人易之以書契”(或以六書見《周禮》，爲孔子以前事説，詳《周禮》凡例)。説者据《史記》八引古文，歸功至聖(《僞經攷》以此八條爲歆屬，今以專指孔氏六書爲古文)。非但人言，且代天語。去年余以讀音統一會[④]赴京，會中紛拏[⑤]，含意未申，説者謂語言合一，則識字易，可以普及文明。按語文通俗則便於鄉音，致遠則貴乎形象。吾國文字之美，冠絶各國，説者謂吾字母不如異邦，殊不知吾國文字，本亦字母，特因進化而改用象形耳。當未有六書以前，實爲字母時代，所謂孔氏古文不能不由結繩而改進(湘潭王氏以結繩爲字母)[⑥]。始皇同文以後，百家雜語至子雲譒爲《方言》而盡絶。若東方曼倩、太史公[⑦]，皆於孔經外讀異書，識異字(史公所謂文不雅訓，搢紳先生雜言之)。余嘗主此義，命及門[⑧]李堯勛撰爲《文字問題三十論》，刊入雜志。在京晤新城王君晋卿[⑨]，以鄙論持之有故，言之成理[⑩]，然非有古用字母之實迹，不足以厭服[⑪]人心，當時無以應也。今年與二三同學研究，共得十六證以應之。一象聲(四象由拼音而變，形即名詞，事即動詞，意爲形容詞，聲即字母拼音法)。二畫卦(舊説以八卦消息爲十文)。三舊史(《莊子・天下》:“舊法世傳之史尚多有之，又《詩》《書》《禮》《樂》，鄒魯之士能言之。"蓋孔氏古文初則行於鄒魯一隅之地,外人不能識,不能讀也)。四《論語》闕文(吾猶及《莊子》尚多有之同,《史》與上同,謂字母書,闕文指字母,有馬者,馬即今之碼字。字母爲馬號。《儀禮》一馬、二馬同此,借人乘之,數母拼音爲借人乘,今往古來,今指後世,亡,中國字母,自揚子雲以古文譯方言,其字遂絶矣。讀作"俟",謂"下俟百世"矣)。五馬號(《儀禮》所謂馬,今作丨刂川乂,作弌弍弎,與亞拉伯字同)。六魯鼓薛鼓(以口〇記節奏),附工尺(以五七馬號記音,如字母)。七掌紋(《左傳》所謂掌紋,如魯友虞,皆以字母言,非掌紋同於魯友虞也)。八花紋(苗人銅鼓花紋,皆苗字,古鐘鼎花紋,即字也。今人所藏,器間有真者,古文則作僞者,不知花紋即古字母)。九符籙(古人所書,魏晋六朝間有存,人皆不識,或以爲符籙)。十方音(《左傳》"楚人謂虎曰'菟'",在文中僅只一"虎"字,楚語則作二字,此如今中文西文之别。揚子《方言》乃以古文從繙異方雜語,字母變爲六書,揚子之力大矣)。十一異文(三傳地名、人名音同字異,常例也,正文又不如此,可見古文無定字,皆閱馬號、拼音既譯成疋文[12],則彼此不一,亦如譯書外國名詞)。十二合讀(二音合一字,即拼音法之僅存者,如"不律"爲"筆","邾婁"爲"鄒",猶後世之反切)。十三切韵(有音無字之〇與、等韵七音之○◉●◓◒◑◐七式)。十四譯官(立官專掌,則語言文字當并繙之,史公龍其不與秦文合者,又云文字異形,是諸侯並作語,即並作文字,如今世各國之文字)。十五語傳(孟子有《齊語傳》《楚語傳》,即今言語學堂,既以文書往來,非徒學其語言,並當通其科學文字)。十六同文(必先有不同,如今海外各國文字異形,而後可言同文,古中國同用古字,則秦不得云罷其不與秦文合者矣)。當無踪迹可尋也(當作十六論以發明之。至於金石文字,謂有孔子前者非僞器,則誤譯更不足難矣)。然則吾古人所爲。寧遽不彼若邪?發輝光大,正有待於賢能,今中華書局新出《大字典》,古音古訓,搜集詳博,新語新詞,皆歸附屬,於兼通博采之中寓保存國粹之意,兼用圖書,尤與四象相發明,可謂獨見本源,超超元箸⑬者矣。惟文化愈進,文字以孳乳而愈多,字典、均書之用,亦遂日繁,此編以較《康熙字典》,倍詳盡矣。然全球語言,日益新出,數千百年後,繼長增高,雖重至百四五十斤、千四五百斤,亦當有不足之患。此非余戲言也。當西漢末,字數猶僅三千,許氏加入流俗異體,數乃近萬。許氏引漢初法,必讀九千,乃得爲吏,所謂九千字者,後人据《説文》改易,其初固不過一二千字,孳乳相生繁衍,衆多既有事物不厭其推廣,是書所收之字,至四萬餘,較之西漢已逾十倍。詞語孳乳,不啻⑭百倍,若無祖龍⑮復生,則他日之字書,其浩博真無涯涘也。區區數十百斤,又烏足以盡之哉?余喜是書有裨字學,不惟國粹賴以保存,抑且⑯有廣大之溝通之之益也。故述其一得之愚以爲之序⑰。

注释:

①廖平(1852—1932),中國經學家。原名登廷,字季平,號六譯。四川井研人。清光緒十五年(1889)進士。任尊經書院、四川國學院教職。民國二年(1913),任國學專門學校校長,民國十年(1921),兼高等師範教授。早年受王闓運影響,專治今文。從《五經異義》入手,主張分析今文古文。其學經六變。初持古文爲周公所創、今文爲孔子所創之説("今古");繼而主張今文是孔子的真學、古文是劉歆的僞品("尊今抑古")。撰《今古學考》《古學考》《知聖篇》《辟劉篇》,康有爲著《新學僞經考》受其影響。戊戌政變後,又説今文是小統、古文是大統("小大"),自相矛盾。後來又講"天人""人學""王學",牽强附會。撰有"四益館經學叢書",後又增益爲"六譯館叢書"。

②優絀，優劣。

③公穀，即《公羊傳》和《穀梁傳》的並稱。耳治，謂以耳聞。

④讀音統一會，中華民國時期官方審定國音的機構，於民国二年(1913)成立。

⑤紛挐，混亂貌，錯雜貌。挐，rú，紛亂。

⑥湘潭王氏，即清王闓運(1833—1916)，清末民初學者、文學家。初名開運，字壬秋、壬父，號湘綺，湖南湘潭人。咸豐二年(1852)舉人，曾先後入肅順、文煜、曾國藩幕府。後講學四川、湖南、江西等地。光緒末授翰林院檢討，加侍講銜。民國初任國史館館長。治經主今文公羊學，通群經。工詩與駢文，皆宗六朝，主盟湖湘文壇，與鄧輔綸齊名，世稱"王鄧"。所著除經子箋注外，有《湘軍志》《湘綺樓日記》《湘綺樓詩文集》。編有《八代詩選》《八代文粹》。門人輯其著作爲《湘綺樓全書》。

⑦東方曼倩，即東方朔。太史公，即司馬遷。

⑧及門，正式登門拜師受業的學生。

⑨王君晉卿，即王晉卿(1894—1960)，現代藏書家、古籍版本學家。本名王文進，號榗青，別號夢莊居士。河北任丘人。

⑩持之有故，言之成理，《荀子・非十二子》："然而其持之有故，其言之成理。"指提出的見解或主張有根據。故，根據。

⑪厭服，信服。

⑫疋，同"雅"。

⑬超超元箸，即"超超玄著"，言論、文辭高妙明切。因避康熙玄燁諱改"元"。超超，形容高超。玄，微妙。著，明顯。

⑭不啻，不止。

⑮祖龍，即秦始皇嬴政。祖，始也；龍，人君像。謂始皇也。

⑯抑且，况且。

⑰本文落款爲"并研廖平"。

《中華大字典》叙五

梁启超[①]

歲甲寅,《中華大字典》將版行於世,其書凡二千餘篇,四百餘萬言,閲六寒暑而蕆事,與編校之役者,百數十人,可謂勤矣。書局主者陸費君伯鴻屬余爲序。余惟書契之作肇自史皇,五帝三皇改易殊體,封泰山者七十二代,靡有同焉。蓋命書之始,依賴象形,其後形聲相益,乃謂之字。始皇焚書,古文熸[②]焉,靡得言矣。秦時字書,李斯、蒼頡、趙高、爰歷、毋敬博學流衍[③]當代,都其文字,纔三千三百耳。漢興三百餘年之間,古書稍出,相如、子長、揚雄、班固之徒,綴述古籀[④],搜剔彝鼎,遞有增益。許君苴而合之,成《説文》一書,爲文九千三百五十,其於秦篆,殆三之矣。小篆既微,隸書攸盛,野王《玉篇》,祖述許書寫爲隸體,升降損益,頗有異同,而分部悉合,故後世語小篆者宗《説文》,言隸書者稱《玉篇》,六書之指,略備於斯,夫史有闕文,見吾宣聖,嚮壁虛造[⑤],鴻生[⑥]所譏,後有蔑舊藝而善野言,撫俗書而亂古誼,斯則許君所謂"未睹字例之條,而翫於所習者也"。欲以袪謬誤達神恉,不亦悖乎?有明一代,小學放絶,梅氏《字彙》、張氏《正字通》獨行於世,其建立部首,間出己意,嗜古之士,群焉呰謷,以爲分合乖宜,復傷蕪雜[⑦]。夫六書八體,今皆殊形,由簡之繁,久而愈賾,繩以舊例,詎可盡通[⑧]?必執古以例今,膠柱而鼓瑟[⑨],斯亦未免高論矣[⑩]。清初《康熙字典》分別部居,獨取《正字通》條例,殆有見也。兹編匡俗正謬,遠稽舊文,名物訓詁,時標新解,下至域内方言、海邦術語,兼搜博采,致資研索，倘所謂凌越前賢以述爲作者耶，抑猶有進者。近代詞典，月異日新，博贍精宏，詞事並著，東西學生，循是形聲文字之原，以漸通夫天地人物之故，而周知當世之務。豈止廣知識備遺忘已哉？陸費君沾溉學者⑪，宏願靡涯⑫，然則是編之作，殆猶大輅之椎輪已耳⑬。

注释：

①梁啓超(1873—1929)，中國近代維新派領袖、學者。字卓如，號任公，又號飲冰室主人，廣東新會人。清光緒十五年(1889)舉人。與其師康有爲宣導變法維新，並稱“康梁”。光緒二十一年(1895)，赴北京參加會試，追隨康有爲發動公車上書。光緒二十二年(1896)，在上海主編《時務報》，發表《變法通議》，編輯“西政叢書”，次年主講長沙時務學堂，積極鼓吹和推進維新運動。光緒二十四年(1898)，入京，參與百日維新，以六品銜辦京師大學堂、譯書局。戊戌政變後逃亡日本。初編《清議報》，繼編《新民叢報》，堅持立憲保皇，受到民主革命派批判。介紹西方資産階級社會、政治、經濟學説，對當時知識界有很大影響。辛亥革命後，組織進步黨，出任袁世凱政府司法總長。民國四年(1915)，策動蔡鍔組織護國軍反袁；後又組織研究系，與段祺瑞合作，出任財政總長。五四時期，反對“打倒孔家店”的口號。宣導文體改良的“詩界革命”和“小説界革命”。早年所作政論文，流利暢達，感情奔放。晚年在清華學校(今清華大學)講學。著述涉及政治、經濟、哲學、歷史、語言、宗教及文化藝術、文字音韵等。有《飲冰室合集》，今輯有《梁啓超全集》。

②熸，燒毀，滅亡。

③流衍，流行。

④綴述，著述。古籀，古文和籀文。

⑤宣聖，即孔子，漢平帝元始元年(1)謚孔子爲褒成宣公。嚮壁虚造，喻憑空杜撰。

⑥鴻生，鴻儒，博學之士。

⑦蕪雜，雜亂無章，亂而雜。

⑧詎可，同“豈可”。

⑨膠柱鼓瑟，是指鼓瑟時膠住瑟上的弦柱，就不能調節音的高低，比喻固執拘泥，不知變通。

⑩高論，不切合實際的議論。

⑪沾溉，浸潤澆灌，比喻使人受益。

⑫靡涯，没有邊際。

⑬大輅椎輪，大輅，古代華美的大車。椎輪，無輻條的原始車輪。指大輅由椎輪逐步演變而成，比喻事物的進化，由簡到繁，由粗至精。後人亦稱始創者爲大輅椎輪。本文落款爲“新會梁啓超”。

《中華大字典》叙六

王寵惠[①]

字學之書，古今作者如林，以要言之，不外兩類，即字書與詞書是也。講明字之形體音讀及意義者，爲字書之類；講明二字以上連綴之成語者，爲詞書之類；二者之範圍各不相涉。至字書之類，細别之又可分爲兩種，有解字之書，有檢字之書。一則學有專家，一則用貴通俗，其旨趣不同，其體裁因之而有異，此則精微之區别，苟不明乎此要，未可輕事評論也。吾國字學書之流傳最古者，殆莫過於《爾雅》，其大體爲詞書，然時涉及字書之範圍。古人著書體例不精，固宜若是。厥後揚子《方言》實擬，《爾雅》而作，亦詞書之類，不過供文章之資料而已。於字學之淵源，似無足重。史游《急就》，僅紀字名，字數既少，音義不詳，雖屬檢字之書之權輿[②]，而疏漏已甚，殆難語夫作者。其爲後世字書之鼻祖者，其惟許氏《説文》一書乎？顧《説文》實解字之書也，若以檢字之書繩之，則《説文》所收之字不過九千餘，見於經典之字，往往不載，其音讀之疏、意義之略，决非所以謀檢查之便利者。然古者，六書之精義盡在《説文》一書。學者苟能窮研而貫通之，則字之形體音讀及意義，無不能觸類旁通，且可以之解釋古書之故訓。故曰《説文》爲解字之書，而非檢字之書也。《説文》而後，代有字書，直至前清，始名"字典"，凡皆檢字之書而非解字之書。何以言之檢字之書？泛論之，凡有三善而解字之書皆無之。一曰"形體備"，凡字之古文、今體、簡筆、俗作，靡不搜輯。二曰"音讀詳"，凡字之讀法及聲音之差異，靡不音切。三曰“意義博”，凡字之本義及引伸借假之意，靡不臚列[③]。此三善外復有一長，即古今之字，靡不賅載，使人遇不識之字，一經檢查，即能通其意而用之。後世文字孳乳繁多，文學專家亦難盡識，故檢字之書，宜雅宜俗，苟能具此三善一長者，即爲最良之檢字書。若以解字之書繩之，則檢字書之分别部居，乃因隸體之變，取便檢查，往往與六書相背，即所收字義或出自文人虛造，或見諸今世方言，謂之爲陋，謂之爲俗，其又奚辭。然惟其如是，所以成其爲檢字之書耳。顧以檢字之書而言，其善本蓋亦鮮矣。《廣韵》《玉篇》等古書之不完不備無論已。即如《康熙字典》，搜羅鴻富，不可謂非一時之傑作[④]，然其缺點甚多，略如陸費君本書序言所舉，况《康熙字典》行之已二百餘年，則後此所增之名物訓詁亦必俟諸字學家之補輯。顧當前清時代，因係官書，莫敢修正，遂致二百餘年後仍僅有此一書，直至民國成立。偶有一二作者，然簡陋殊甚，豈非字學中之憾事耶？試觀英國當一千七百五十五年，有負一時盛名之文學博士江生者，始作一字典，去今百六十年，其書作時代，後於《康熙字典》數十年，而英人之繼江生而作字典者，殆難更僕而數[⑤]。無不以訂正舊學，增益新知爲事。且編輯體例有普通專門之分，又有版本大小之異，近更有《奥司佛大字典》[⑥]，集全國之大學問家，從事於斯者數年，已出數鉅册，其餘尚在編輯中，將來成書，當有十餘鉅册，可爲世界字典之冠，洵[⑦]能極字學書之巨觀矣。嚮使英人對於江生之書，如吾國人之對於《康熙字典》，幾如金科玉律，一字不能改移，則其文學中用字之錯誤，已成謬種流傳，遑論[⑧]凡百科學之日新而月異耶。是故字典一書，小之係於字學之進步，大之即關於全國文化思想之發達。用字典者，亦必須具有能用書而不用於書之眼光，始能逐漸改進，馴至與世界争衡也。否則吾國雖有《康熙字典》一書，然二百餘年，不能改進，則爲書所用，終不能出其範圍耳。中華書局有鑒於此，爭發宏願，殫數年之力，竭鉅萬[9]之資，乃成《中華大字典》一書。所收之字，達四萬餘，無音不詳，無義不載，並能矯正前此字典之失，而爲最新適用之書。且仿外國字典之體例，於字義之後益以典要之成語，並附精美之畫圖，實爲吾國空前之作。比之外國字典，雖不克云完善，然已可與相提並論，足洗吾國無字典之譏矣！余於字學罕所研究，聊舉字典之關係，以告世之用。是書者苟善用之而改進焉，則他日吾國之字書，何嘗不能步武歐美哉[10]？

注释：

①王寵惠(1881—1958)，中國外交家。廣東東莞人，生於香港，字亮疇。清光緒二十六年(1900)，畢業於天津中西學堂(北洋大學前身)。光緒三十一年(1905)，獲美國耶魯大學法學博士學位。宣統三年(1911)，加入同盟會。後任南京臨時政府外交總長，北洋政府司法總長、大理院院長。民國十六年(1927)，後任南京國民黨政府司法部長、司法院長、外交部長、國防最高委員會秘書長、代理行政院長。曾任海牙常設國際法庭正法官多年。民國三十四年(1945)，出席聯合國成立大會，參與制定聯合國憲章。新中國成立後去香港，後任臺灣"司法院"院長。今輯有《王寵惠先生文集》。

②權輿，開始。

③臚列，羅列、列舉。

④傑，同"杰"。

⑤更僕而數，難於計算。

⑥《奥司佛大字典》，即《牛津大詞典》。

⑦洵，實在。

⑧遑論，不必談論。

⑨鉅萬，形容爲數極多。

⑩本文落款爲"東莞王寵惠"。

《中華大字典》敘七

陸費逵[①]

余母幼時，就學不及三年，學力皆得諸自修。余之兒時，余父常游他方，余弟兄恒受母訓，余母不敢自信，稍有疑義，即檢查字典及類書，余遂習焉。成童之際，輒恃字典以閲讀書報。余所用之字典，今存吾局字典部，破舊不堪，不啻韋編之絶矣。顧《康熙字典》有四大病，爲吾人所最苦：解釋欠詳確，一也；訛誤甚多，二也；世俗通用之語多未采入，三也；體例不善，不便檢查，四也。在當時固爲集大成之作，然二百餘年，未之修改，宜其不適用矣。弱冠[②]前後，每以餘暇治英日語文，受課之時少，自修之時多。英日字典，恒朝夕不離左右，見其體裁之善、注釋之精，輒心焉嚮往，以改良吾國字典爲己任。癸卯在鄂，忽發大願，期以十年編纂一新字典，學力薄弱，贊助無人，不數月而困難百出，遂以中輟。宣統[③]之際，陳君協恭[④]會約同志有字典之輯，吾局成立，遂歸局中。大輅椎輪，缺點滋多，適友人歐陽仲濤[⑤]來客滬上，爰以修訂之事屬之，當時未嘗此中甘苦，視之甚易，余與仲濤預算六閲月當可蕆事，遂售預約，料量印刷。印竣若干頁，閲之，頗不稱意。而仲濤以病返贛，乃移字典編輯部於南昌，重事修訂，閲二年而成。郵寄來滬，余與范君静生[⑥]，抽閲數卷，仍多可商之處，於是又加修訂，蓋至是五易其稿矣。秋來歐戰方亟，余與仲濤皆慮曠日持久，將來大局不可預料，决意速付剞劂，以就政於當世，顧排版極難，欲速不達，吾國通用鉛字，不足七千；吾局字數較多，亦不過萬餘而已，字典所用之字，凡四萬餘，臨時雕刻，費巨而時緩，亦以校對甚艱，校至二十餘次，尚不能必其無誤。此書凡亘六年，與其事者至三四十人，凡二千餘頁，四百餘萬言，裒然[⑦]一巨册，重至四五十斤。編輯印刷之費，至四五萬元，亦可謂艱巨之業矣。夫人事日繁，語亦日增，人之腦力有限，安能盡數記憶？故世界愈文明，字典需要愈急。學子之求學，成人之治事，皆有一日不可離之勢。歐美諸國之字典，體例内容之精善，固不待言，其種類之多，亦非吾人所能夢見。即日本區區五島，近年辭書之發行，大有一日千里之觀，獨吾國寂然無聞，斯亦文野盛衰所由判歟。仲濤此書與東西名著比不知若何？然在吾國，固堪稱爲前無古文者矣。念往者用字典之困難，數年經營之艱辛，今幸觀厥成，故述其經過，以爲讀書者告[⑧]。

注释：

①陸費逵(1886—1941)，出版家、辭書編纂家。複姓陸費，字伯鴻，號少滄，浙江桐鄉人。早年參加日知會活動。兼任《楚報》主筆。光緒三十二年(1906)後任文明書局、商務印書館編輯。1912 年創辦中華書局，任局長，總經理，主持業務近三十年。發起編纂和主持出版《辭海》，還與歐陽溥存主編《中華大字典》。

②弱冠，古時漢族男子二十歲稱弱冠。這時束發加冠，舉行加冠禮，即戴上成人的帽子，以示成年，但體猶未壯，還比較年少，故稱“弱”。冠，帽子，指代成年。後世泛指男子二十左右的年紀。

②宣統，爲清朝第十二位皇帝溥儀的年號，也是中國封建王朝歷史上最後一個年號，1909—1911 年。

③陳協恭(1882—1934)，即陳寅。江蘇無錫人。原爲文明書局主要職員。與陸費逵等共同編輯新教科書並創辦中華書局，任事務長。著有《和白香詞》。

④仲濤，即歐陽溥存，字仲濤。

⑤范静生(1875—1927)，湖南湘陰人，爲梁啓超的得意門生。曾於民國

一年(1912)、民國五年(1916)、民國九年(1920)三度出任中華民國教育總長。民國十二年(1923),擔任國立北京師範大學首任校長。

⑥裒然,美好而出衆的樣子。裒,同“褎”,yòu。

⑦本文落款爲“桐鄉陸費逵”。

《中華大字典》叙八

歐陽溥存[①]

往者吾王父云没[②]，家毁於寇。先君子[③]年才十二。貧而耆讀，(敝)筬敗絮，内足其中，晝夜吟誦。亡[④]師友，恃殘本《康熙字典》半部以求聲訓。溥存成童，先子[⑤]授以《説文》《爾雅》，則爲言前事，且云字典本用吾南昌張自烈《正字通》以成書，王引之勘正二千五百餘事，顧皆在區區字句之微，非能有所更張也。抑即其間義旨揣誤，應加删改者，皆屈于時王，罔敢議焉。吾老矣，後生有志者，異日圖之。溥存不肖，材質疏野，不克深與許郭之儔契[⑥]。年十七，善化皮先生[⑦]問西漢微言大義之學，又好言論古，今旁涉諸流，與叔重、景純[⑧]益以疏矣。先子既弃，世老弱之，命縣於短翰，求適時以自售[⑨]。因悉力攬譯籍，肄和文[⑩]，嗣此負笈東走海[⑪]，橐筆[⑫]出塞，頓轡[⑬]陰山之下，憶念先訓，忽忽已二十稔。舊業虛荒，不獨六書之故瞢然勿識已也。伯鴻不諒其陋，屬以《中華大字典》，中間固辭[⑭]，而伯鴻以埶不可罷，不我釋也。賴諸友之力，僅以成編，一得之愚，具載凡例，是役之難，視清室當日所爲[⑮]，毋慮十倍，其不能淑[⑯]，固已。上尋鄉先賢之前武[⑰]，繹先子之遺訓，無一當焉者。内負友託，外辜海内之望，躬臨鉛槧[⑱]，中彌媿恚，惟綜覽始終，竊因之有感焉。字書亦天下事物至繁難者矣，然天下事物皆各有自然之條理，循而分之，雖不能善，將皆可以犓[⑳]安其所，苟不深察事物之條理，而惟吾意之所欲，爲未有不決裂潰敗者也。且清室以帝力勒爲字典一書，意將範乎萬世，豈知群制變遷，事物滋長，即無今日之舉，而《康熙字典》者亦不足久垂，以此見一於竺古[21]懷舊者，終無當於世變也。夫此二解，又豈獨字書爲然也哉？嗚呼！[22]

注释：

①歐陽溥存，生卒年不詳，字仲濤，江西豐城人，著名國學家、文學家。民國六年(1917)任北洋政府内務部禮俗司司長，民國八年(1919)任甘肅省涇原道道尹。著有《中國文學史綱》《中華大字典》等。

②王父，即祖父。

③先君子，對已故父親的稱呼。

④亡，古通"無"。

⑤先子，即亡父。

⑥許郭，東漢許劭、郭太的並稱。《後漢書·許劭傳》："許劭字子將，汝南平輿人也。少峻名節，好人倫，多所賞識。若樊子昭、和陽士者，並顯名於世。故天下言拔士者，咸稱許郭。"後亦用以泛指喜於奬掖後進的人。儔，匹敵，相比。契，契合。

⑦善化皮先生，即皮錫瑞(1850—1908)，清經學家。字鹿門。湖南善化人。主講湖南龍潭書院、江西經訓書院。因贊成變法，受到保守頑固勢力的攻擊。晚年留居湖南講學。宗西漢傳今文《尚書》的伏生，署所居曰"師伏堂"，稱師伏先生。主張《易》《禮》爲孔子作，五經經過孔子整理後，包含特有的"微言大義"，始成爲經，論述有武斷處。另有《五經通論》《經學歷史》《今文〈尚書〉考證》《王制箋》等，收入"師伏堂叢書"和"皮氏八種"。著作還有《駁〈《五經異義》疏證〉》《古文〈尚書〉冤詞平議》等。

⑧叔重、景純，即許慎、郭璞。

⑨自售，出售自己的才能。

⑩肄，學習。和文，日語。

⑪走海，航行于海上。

⑫橐筆，亦作"槖筆"。典出自《漢書·趙充國傳》："安世(張安世)本持橐簪筆，事孝武帝數十年。"顔師古注引張晏曰："橐，契囊也。近臣負橐簪筆，從

備顧問，或有所紀也。"馬祖常《奏對興聖殿後》詩："侍臣橐筆皆鵷鳳。"後以"橐筆"指文士的筆墨生活。

⑬頓轡，停車。

⑭固辭，再三推辭。

⑮清室，清廷。當日，當年。

⑯毋慮，同"勿慮"，概略、大旨。淑，學習。

⑰前武，即前人的足迹、典範。

⑱鉛椠，是古人书写文字的工具。

⑲恚，恨、怒。

⑳觕，同"粗"。

㉑竺古，竺同"篤"，篤古，純厚古樸，好古。

㉒本文落款爲"中華民國三年九月豐城歐陽溥存"。民國三年，即1914年。

《中華大字典》凡例

〇中文無字母，形聲各自爲系。隸楷變遷，今形又殊於古，分別部居，埶不得不循梅膺祚、張自烈所爲[①]。以便當世。惟本編每集所列同畫數各部首字樣，遇有意致[②]可以聯屬者，必令相蒙[③]爲次（如手毛心爪以物同，入八儿几以形似）。許君據形。顧氏據義，蓋略兼其意焉。

〇仍分十二集，各紀以辰名，用便檢索。

〇除正文本字外，其籀古省或俗訛諸字（並皆甄録，但須音義證三事具有其二者）。近今之方言，翻譯之新字，亦均加收列。

〇倭人"拜"即"振動"（見《經典釋文》）。高麗"好"讀爲"奸"（見《正字通》）。引東國異聞説字，由來久矣，本編於日本創製之字，特別之義，均擇要登録，藉廣新知。

〇聲韵依時地，而各有不同。今編中音切，一宗司馬温公《集韵》。《集韵》書成於中州[④]，宋去今未遠，其詳確又本非元明人所爲韵書所逮也。《集韵》所無，乃别采《廣韵》以下各韵書爲用。

〇音切既宗《集韵》，復取温公《切韵指掌圖》列於編首，以明翻切[⑤]。

〇形體雖同，而音義並異者，另爲一字，復列其次；其義同音異者，止列一字，兼存諸音，至叶韵乃後人執隋唐之韵，以讀古經者所作。於古音今音俱無當，兹悉不録。

○自古字書韵書，分涂⑥異撰，今叙合諸文，本從形體，更用《韵府》⑦百六部目，題識各字之下，藉以通其溝徑，利彼學人。其字爲韵府所未列者，依所音字補，所音字又爲府韵所無，或有切無音者，以叠韵收。讀若某者，不列韵，音切原闕一者，仍其舊。

○舊字書往往疊列數義，類引諸證，鈔纂連篇，卒難裁取。今每字諸義，分條列證，不相混函，每義祇證一條，間有未晰，兼及箋疏，或别引加按。然惟以證明本義爲止，其一義有異説，宜兩存者，亦並著之。

○以兩字或重文成義者（兩字重文皆成義，乃録其割裂舊文，以爲雙韵藻者則否）。與天象、地理、朝代、國邑、官爵、姓名、動植物及各科專門名詞，均次於單文，各義之後。

○各字無須音義證並列者，悉依其偏旁筆畫，歸諸各部各畫之末。其列次首本字，次古文，次籀文，次同字，次或體，次省文，次俗字，次訛字，並詳所出。

○字之“通”“同”“或作”，各有分辨，不可不詳。本書初稿，將《集韵》“本”“或”“通”“同”“别作”等字，悉載韵目之下，復加參考。有全體相同，而無全體可通者，設如“縣”“懸”二字，本屬相通，今則“縣”可通“懸”，而“縣邑”不能作“懸邑”。凡稱本字者，亦多類此，其或體别作之偶爾假借者，更無論矣。故特於韵目下，槩行删去，仍將少義之“同”“通”“或”，别以次附於條文之末，全同之字，如乙同甲，即將音韵義證全列甲字之下，於乙下，僅載同甲二字，少數音義相同之字，特於同某上標，以音韵以明其餘不同。至本古籀同或省俗訛等字，但注某本字，古某字，某籀文，同某，某或字，某省字，某俗字，某訛字，各載所見書名，不載音義，庶詳略得宜，不眩心目。若所同之字，無可印證，如《康熙字典》火部之“熔”，同“焴”，毛部之“毪”，同“毹”，而不列“焴”“毹”本文，今均分别删增，庶無迷罔。

〇地名音讀，有異常音，不加采輯，則“酇”之爲沛郡，爲南陽不分。“漢壽”“壽亭”致多聚訟，故凡古今中外之地名，悉詳沿革，標明今地，依字采輯，其不可考者，則詳所出何書，山川之名亦仿乎此。

〇姓氏廣陳名系，則類譜牒⑧，但曰姓也，亦嫌疏略，今之所注，依其顯晦，以爲簡詳。

〇方域官司及各種法度，均引今制，爲之疏證，年代並注明當民國紀元前若干年，各宿度次，皆於最近據中星⑨推算。

〇天象、地質、理化等科之字，固皆取新説。生理、博物等科諸字，有舊説較爲翔實者，間亦采録。

〇舊字書收字，有義與本部無涉者，如“啡”字訓聲，應載“口”部，乃入“非”部；“顈”字訓“綴”，不歸“系”部，而收“頁”部；均與義指不合，今分別移置，俾從其類。

〇字畫宜歸一律，庶音義不致紊亂，如“匸”“匚”異部，“夾”“夾”殊音，失之毫厘，差以千里，此類不勝枚舉。略指以例，其餘又若“臣”字爲六畫部首，而他部从“臣”之字，或歸七畫，“温”旁本皿，上作“囚”，乃别見从“昷”之字，間亦作“昷”，今並改正遷列。

〇《康熙字典》於或體、古體皆集陳於一字之下，又復依各字偏旁筆畫别列，今惟各依其偏旁筆畫列部，以趨簡明。

〇《康熙字典》兩部並收之字，今悉删正，如“鞂”，“禾”“革”並收；“辮”，“系”“辛”並收之類。

〇《康熙字典》删易《正字通》而譌謬者，今皆按原書訂正。(如“蘓”下注同“蘇”本字，“蘇”下注同“蘓”，而漏義解。“穆”字注詳。“莫”字注，而“莫”下《正字通》引蘇軾曰：“劉買父戲謂黎錞爲黎檬子。”一日聞市有唱是果粥之者，吾謫南海居，有此霜實，累累高數尺，有刺聞花，落瓣則爲子，九月間紅熟，可生采食，皆呼夢子，其實即檬子也。《康熙字典》删之，於是“檬”字無義矣。又如《正字通》，執下云“執失，代北夷姓”，而《康熙字典》誤爲“執失代，三字姓”。)

◯舊字書有見於注中之字，而正文弗列者，今悉詳加檢，尋依部登補（如《康熙字典》誤下云“《説文》作誋”，而言部七畫無誋字是也）。

◯舊字書引證，多相承襲，訛誤滋多，今凡引證，悉載原書，其爲逸文，或他書所引，並注明某書引某書作某，今本作某，其或一書，各本互異，而於字形聲誼有關者，亦注明某本作某。

◯某書作某，今本作某，其或一書各本互異，而於字形聲誼有關者，亦注明某本作某。

◯字見《説文》者，仿《韵會舉要》例，首録許解，昌明本義。其部居與本編不同者，仿原本《玉篇》例，標明《説文》部目。

◯字書宜祖《説文》矣。然《説文》音則朱翺[10]、孫愐之互異，注則庾儼默[11]、大徐、小徐之不同，形則李陽冰之改作，叙次則張次立、李燾改編[12]，其舊不得見矣。其後戴侗、周伯琦、趙宧光[13]諸説紛紜。而《正字通》且多排斥之詞，及至近代，惠、段、桂、王、錢、姚、嚴、朱、鈕、苗、鄭諸家[14]，辨證爲精，然去古遼遠，傳鈔多異，辨正既多，益紊緦説[15]（如鏄下堵以二王筠著《説文句讀》，依《集韵》改而爲一，而方成珪之《集韵正》又以爲當從《説文》若斯之類，不知凡幾）。諸家所作校勘記，與今所傳見之本不合，今所傳見之本，各刊互異，執一以求，斯亦難能，今之所撰，二徐而外，旁及諸家。諸家之説，異則兩存。若段氏所改，王氏所增，汲古閣所剜[16]，朱駿聲所易，不苟從也。

○經傳本文，有自爲訓詁者，如《周書》："和，會也，勤，勞也。"古籍引書有以訓詁代正文者，如《史記》引《書》"克明俊德"作"能明馴德"，"慎徽五典"作"慎和五典"，此類均依本文。

○前人詁字之例，有以形聲皆同之字爲訓者，如《易·序卦》"蒙者，蒙也"，《詩·毛傳》"虛，虛也"；有以形聲皆異之字爲訓者，如《爾雅》"初，始也"，《説文》"丕，大也"；有以同聲爲訓者，如《易·彖》"晋，進也"，《説文》"士，事也"。有以聲近爲訓者，如《孟子》"畜君者，好君也"（"畜""好"叠韵）《爾雅》"疇，誰也"（"疇""誰"雙聲）。有以字所自出之聲爲訓者，如《禮記》"祖者，且也"，《釋名》"妣，比也"。有以原出一聲而增入形旁之字爲訓者，如《白虎通》"帝者，谛也"，《釋名》"丙，炳也"；有以原出一聲而所从異形之字爲訓者，如《説文》"揆，葵也"，《釋名》"功，攻也"；有以字所自出之形爲訓者，如《説文》"璐，玉也""私，禾也"；有以原出一形，而增入聲旁之字爲訓者，如《説文》"手，拳也""仌，凍也"；有以原出一形而所得異聲之字爲訓者，如《爾雅》"祜，福也"，《説文》"嘅，嘆也"；編中亦已略明其指，兹爲會發其凡[17]於此，俾覽者有以攷見文字本原，知本編之不同野言肌説。[18]

○引《經》《易》《書》《詩》，舉一字。《周禮》《左氏》等，舉二字。《考工記》不稱《周禮》，亦舉官名，《前漢書》稱《漢書》，《後漢書》稱《後漢》，陸德明《經典釋文》祇稱《釋文》，《尚書大傳》稱《書大傳》，《大戴禮記》稱《大戴記》，《逸周書》稱《周書》，《淮南子》稱《淮南》，《吕氏春秋》稱《吕覽》。

○引書皆載篇目，但不用篇字，《易》舉卦名，彖象亦通稱某卦，如《易乾》《易坤》是，《太玄》同。惟《文言》《繫辭》之類，則稱《易文言》《易繫辭》《易序卦》《易説卦》《易雜卦》。《周禮》舉《大宰》《少宰》等名，不用"天官""地官""春官"等字。《吕覽》但載

《孟春》《本生》等小篇名，不載《孟春紀》《有始覽》《開春論》等總題。猶《書》但稱《堯典》《禹貢》，不稱《虞書》《夏書》；《詩》但稱《關雎》《鵲巢》，不稱《周南》《召南》也。“春秋三傳”舉某公某年。《爾雅》舉《釋詁》《釋訓》之類。《廣雅》《釋名》同論。《孟》、諸子、《山海經》《楚辭》亦皆各舉篇名。《史》稱“某某紀”“某某傳”及“某某志”“某某書”，諸集稱“某某論”“某某賦”“某某詩”之類，各從其體，其在文選中者，或冠以“文選”二字。惟《孝經》《老子》《書大傳》《韓詩外傳》，不載篇章。

○十三經舊注，以前代立學官者列前，餘依時次，如《易》詁先王弼，而後荀、虞。[19]《書》詁先孔傳[20]，而後馬、鄭、王。《左氏》先杜預而後賈服。《爾雅》先郭璞而後舍人[21]、樊光、李巡、孫炎。有不詳姓氏者，但稱舊往。

○群籍本注，皆不稱姓，非本注則稱姓以別之。如《易》王弼、韓康但稱“注”，慈明、仲翔則稱“荀注”“虞注”。《書》僞孔但稱“傳”。季長、康成則稱“馬注”“鄭注”。《詩毛傳》稱“傳”，“鄭箋”稱“箋”，餘稱“注”。《周禮》鄭大夫、鄭司農則稱“大夫注”“司農注”，杜子春注則稱“杜注”。《河上公章句》但稱“老子注”，王弼注則稱“王注”。郭象但稱“莊子注”，司馬彪則稱“司馬注”。

○前後《漢書》，有總題小題，今亦單舉小題，不稱總題，如《景十三王》單稱《河間獻王傳》不稱《景十三王》。《儒林》單稱，《楊何傳》《丁寬傳》不稱《儒林》。《舊吏》，但稱《文翁傳》，《王成傳》不稱《循吏諸史》，準此[22]。

○《説文》大小徐注，惟稱注。段玉裁注，稱“段注”。桂馥《義證》稱“桂注”。王筠《句讀》稱“王注”。朱駿聲《通訓定聲》稱“通訓定聲”。鈕樹玉《説文新附攷》稱“鈕氏新附攷”。鄭珍《説文新附攷》稱“鄭氏新附攷”。

〇有同一文詞而諸書並見者(例如屈平《漁父》,《史记》《楚辞》《文选》皆登録之)。本編或因版本字句不同,或因連引其注解之故,均各依所据,分别稱舉。

〇各條義解中遇其本字。皆寫作丨。惟所引書名篇名則否,如(詩丰)子之丨兮之類是也。

〇每字各義分條,依次編數,冠以陰文,所引書名及按語,槩施括孤,句讀均加圈點。

〇字義涉外國事物及地名人名,譯音譯義多歧者,並附注英文。

〇依小徐本《説文》寫爲“篆字譜”,一通坿訂編尾,以備参稽。

附言:

本編大小字共四百餘萬。匆促付排,訛漏知必不免。又因随編随印,校改時有不及。即當重加檢勘。仍乞海内宏雅,随時賜教,俾再版時得更正焉。

注释:

①執,同“勢”,情況。

②意致,神情、姿態。這裏指字形、字義。

③蒙,承。

④中州,舊指居全國中心的今河南省一帶,中原。

⑤翻切,即反切。

⑥分涂,有分歧。

⑦《韵府》,即《佩文韵府》。

⑧譜牒,是古代记述氏族世系的书籍。

⑨中星,二十八宿分布四方,按一定軌道運轉,依次每月行至中天南方的星叫“中星”。觀察中星可確定四時。

⑩朱翱，宋代人，生卒年不詳，曾爲小徐本《説文》標注反切。

⑪庾儼默，生卒年不詳，梁代人，曾作《演〈説文〉》，已佚。

⑫張次立，生卒年不詳，官至殿中丞。工篆書，嘉佑中詔同篆國子石經。李燾(1115—1184)，字仁甫，一字子真，號巽岩。眉州丹棱人。南宋官員、歷史學家、目録學家、詩人，唐太宗第十四子曹王李明之後，曾作《〈説文解字〉五音韵譜》。

⑬周伯琦(1298—1369)，字伯温，自號玉雪坡真逸、堅白居士，元饒州鄱陽人。曾爲翰林修撰，元順帝至正元年(1341)，改奎章閣爲宣文閣，伯琦任授經郎。後歷任翰林直學士、監察御史、浙西肅政廉訪使。招諭張士誠，被張扣留達十餘年。張士誠既滅，伯琦乃得歸故鄉，不久卒於家中。《元史》本傳稱："伯琦博學工文章，尤以篆隸真草擅名當時。"篆書習徐鉉、張有行筆，其字肥潤可愛。至正二十二年(1362)臨《石鼓文》册，現藏故宫博物院。著《六書正訛》《〈説文〉字源》。趙宧光(1559—1625)，字凡夫，一字水臣，號廣平，太倉人。國學生。卜居寒山，著書數十種。尤專精字學，著有《〈説文〉長箋》《六書長箋》。

⑭惠、段、桂、王、錢、姚、嚴、朱、鈕、苗、鄭分别指惠棟、段玉裁、桂馥、王筠、錢大昕、姚文田、嚴可均、朱駿聲、鈕樹玉、苗夔、鄭珍。

⑮鮔，同"許"。

⑯剃，以刀子等除去。

⑰發其凡，即發凡，揭示全書的要旨或體例。

⑱肊，同"臆"。

⑲王弼(226—249)，字輔嗣，三國魏陽郡人，經學家、哲學家，曾作《周易注》。荀，指荀爽。

⑳孔傳，即爲孔安國的《尚書孔氏傳》，馬、鄭、王分别指馬融、鄭玄、王肅。

㉑後舍人，即犍爲文學，其子樊光、李巡、孫炎都曾注《爾雅》。

㉒準此，以此爲準。

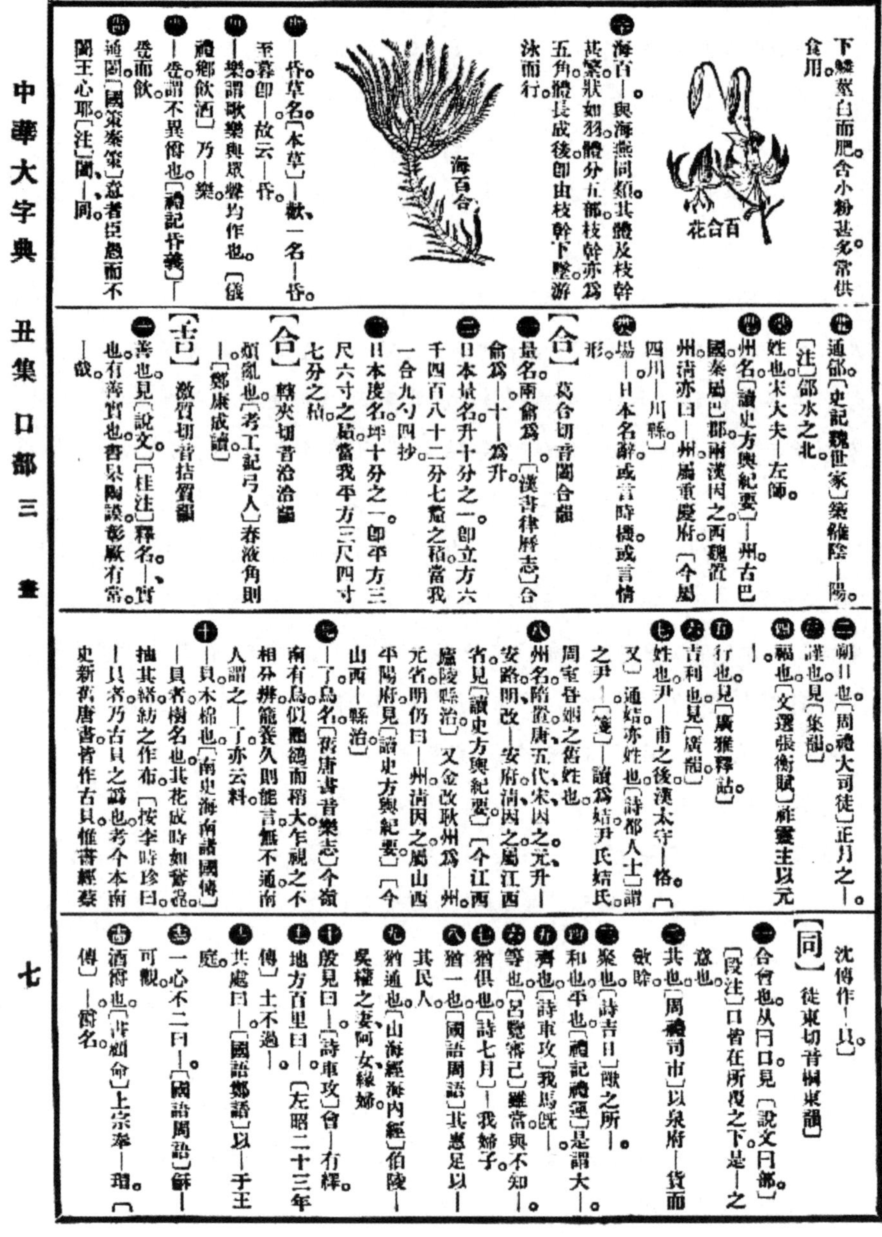

图 23 《中华大字典》一九三五年版书影

辞海

《辞海》的编纂始于民国四年(1915),由陆费逵、舒新城主编,于民国二十五年(1936 年)由中华书局出版。《辞海》是大型综合性语文工具书,共收录单字一万三千多个,收录词与词组十万余条,兼具字典、词典、百科全书之功用,为当时中国最大的综合性辞典。较之同类型辞书《辞源》,《辞海》订正《辞源》的释义错误,引书列有篇目,采用新式标点,查阅、引用都更加方便,但在古语的收录上不及《辞源》。

一九四九年之后,由于社会生活的改变,新事物、新词语层出不穷,《辞海》的内容已经无法适应当时社会所需,毛泽东主席于一九五七年正式决定修订《辞海》,于一九六二年重新修订出版《辞海(试行本)》,一九六五年又进一步修订出版《辞海(未定稿)》。一九七九年,《辞海》正式出版,共分三卷。全书选收单字一万四千余个,收录一般词语及专科名词术语共十万余条。新版《辞海》,在原来部首排检之外,另设《笔画检字表》及《汉语拼音索引》,实现多途径检索。此版后,《辞海》每十年一修,二〇一九年完成第七版《辞海》的编纂与订修,可谓一代代学人薪火相传的辞书巨著。

在《辞海》的基础上,衍生出专科辞书《大辞海》,编纂人员仍由《辞海》的主编、副主编兼任,但篇幅更大,内容更广泛,读者定位更高,由上海辞书出版社出版,第一期工程有二十八卷四十二册,共分语词卷、哲学卷、管理学卷、军事卷、政治学社会学卷、民族卷、体育卷、宗教卷、经济卷、法学卷、语言学卷、教育学卷、心理学卷、中国古代史卷、文物考古卷、中国地理卷、中国近代现代史卷、世界历史卷、世界地理卷、中国文学卷、外国文学卷、美术卷、音乐舞蹈卷、戏剧电影卷、文化新闻出版卷、医药科学卷、交通卷、能源科学卷、材料科学卷、生命科学卷、信息科学卷、化工轻工纺织卷、数理化力学卷、农业科学卷、机械电气卷、建筑水利卷、环境科学卷、天文学地球科学卷。共收录词目二十八万条，五千余万字，图片八千余幅。学科涵盖自然科学、人文社科等领域，不仅充分反映中国政治、经济、文化和科学技术等各个领域的历史、现状和知识，还介绍世界各国的资讯，展现科学技术迅猛发展的新面貌。从而，与《辞海》一九九九年版、二〇〇九年版相互补充、相辅相成。此外，《辞海》《大辞海》均有网络版，可供读者在线查阅。

当下旧《辞海》的版本包括：上海中华书局一九三六年初版；甲、乙种一九三六——一九三七年初版；一九四〇年香港版；丙、丁、戊种一九三七——一九三八年初版；一九四一年版；合订本一九四七年版。新《辞海》的版本包括：中华书局一九六五年未定稿版；上海辞书出版社一九七九年三卷版；上海辞书出版社一九八〇年出版一九七九年版缩印本；上海辞书出版社一九八三年出版一九七九年版增补本；上海辞书出版社一九八九年本；上海辞书出版社一九九九年本；上海辞书出版社二〇〇九年本；上海辞书出版社二〇一九年本。

当下对《辞海》研究著作包括：李伟国等《我与〈辞海〉》、刘玉珠等《〈辞海〉第六版 指瑕》、徐庆凯等《〈辞海〉论》等。

【例字分析】

天 （1947 年版）	大部・一畫	梯烟切，先韵。㊀諸星羅列之空間也。地球亦爲諸星之一，人在地球視之，見爲天體所包圍，因舉天地對待之稱。㊁自然也，如“天然”“天命”“天性”。《莊子・天道》：“先明天而道德次之。”㊂天神省稱曰“天”，如云“皇天后土”“天知地知”，“天”皆指“天神”言。㊃宗教家謂神靈所居曰“天”，如“天堂”“天國”。㊄用爲尊稱。《詩・大雅・板》“天之方難”，此以稱君；《詩・鄘風・柏舟》“母也天只”，此以稱父；《儀禮・喪服傳》“夫者，妻之天也”，此以稱夫。㊅凡所仰賴者皆曰“天”。《漢書・酈食其傳》：“王者以民爲天，而民以食爲天。”㊆俗謂日曰“天”，如“今日”曰“今天”，“昨日”曰“昨天”之類。㊇謂節候曰“天”，如言“春天”“秋天”“三伏天”“黄梅天”之類。㊈剠也。《易・睽》“其人天且劓”，“馬注”：“剠鑿其額曰‘天’。”按：或云“天”爲“而”之誤字，漢法有罪髡其鬚髪曰“而”，二字篆文相似，傳寫之誤也。㊉東三省計算地積之名。同“晌”，參閱“晌”字注。⑪姓也。黄帝臣天老之後，見姓考。按：湯臣有天根，漢有長社令天高。

<table>
<tr><td>天
(2019 年版)</td><td>一部·四画</td><td>[tiān]①犹颠。人头。《山海经·海外西经》:“刑天与帝至此争神,帝断其首,葬之常羊之山,乃以乳为目,以脐为口,操干戚以舞。”刑天,神话人物。头被砍去,故有此名。亦谓凿额。《易·睽》:“其人天且劓。”陆德明《释文》引“马融曰”:“刻凿其额曰‘天’。”②天空。《庄子·逍遥游》:“天之苍苍,其正色邪?”③指所依存或依靠的对象。《汉书·郦食其传》:“王者以民为天,而民以食为天。”旧时因以为君父及夫的代称。《诗·大雅·荡》“天降滔德”,“毛传”:“天,君也。”又《鄘风·柏舟》“母也天只”,“毛传”:“天,谓父也。”班昭《女诫》:“夫者,天也。”④天然,出于自然的。如“天工”“天灾”。参见“天趣”。⑤天气。《礼记·月令》:“〔季春之月〕行秋令,则天多沉阴。”⑥季节;时令。如“春天”“三九天”。《孙子·计》:“天者,阴阳、寒暑、时制也。”⑦一昼夜的时间;一日。如“明天”。《儒林外史》第十七回:“匡超人背着行李,走了几天旱路。”⑧指一天里的某段时间。《二刻拍案惊奇》卷十八:“约莫一更多天,然后睡了。”⑨位置在顶部的,凌空架设的。如“天头”“天线”“天桥”。⑩(Tiān)姓。汉代有“天高”。</td></tr>
<tr><td colspan="3">按:《辞海》较之《辞源》,释义更为系统、客观、科学,如《辞源》中“妇人谓夫为天”《辞海》释“用为尊称”,更为概括;“民以食为天”中“天”,《辞源》释为“凡不可无者曰‘天’”,而《辞海》释为“凡所仰赖者皆曰‘天’”,因为人不可无之物甚多,不止于天,因此《辞海》释义更精确;《辞源》中“万物所主宰”义项,《辞海》释为“天神省称”,因为天为“万物所主宰”并非共识,因此《辞海》释义更科学。此外,《辞海》加入方言俗语,如㊁,更为全面。新版《辞海》主要是调整释义的顺序,从语源出发,重新整合一些释义,如旧版《辞海》的“剠也”便被纳入,使之更具条理性。此外,加入现代社会生活发展产生的新的引申义,如㊈,体现出内容上的与时俱进。</td></tr>
</table>

《辭海》序

黎錦熙[1]

整理國故,吸取新知,最系統化的工作就在編一部大類書;正名辨物,賞奇析疑,最具體化的工作,就在編一部大辭典。

類書底體例並不壞,從前編得不好的,固然只足供文人的“獺祭”[2],將來編得好的可就算是綜合式的各種專史了,像現在各國底百科大辭典之類,也就不過是一些索引式的類書。索引式者,以檢字爲主;綜合式者,以分類爲主,這只是體裁底不同。即如從前的類書,規模很大而略有分輯專史材料的意味的,像宋朝底《太平御覽》、清朝底《圖書集成》,都以比事分類爲主;但明朝底《永樂大典》則以依韵檢字爲主;其體裁和現今各國底百科大辭典依字母排列題目的就有點兒“具體而微”了。供“獺祭”的類書向來多半以分類爲主,但從《韵府群玉》到《佩文韵府》,却也是以檢字爲主的。這些索引式的類書,學者往往把牠們與辭典混爲一談,也有要糾正這個觀念的,便在名稱上加以區別,如百科大辭典改稱“事典”而不叫“辭典”。“事典”就是類書,不問牠的體裁是分類的綜合式,或者是檢字的索引式。

辭典底體裁當然以索引式爲主,今後大部分的類書(事典)也當然與牠的體裁相同。但辭典底性質和任務,必須與類書(事典)分別明白:事典重在叙明一事一物內容底原委,辭典重在考釋名物或語詞在語文上的變遷。我借用了從前經學家底一個成語“正名辨物”和文學家一個成語“賞奇析疑”,試來説明辭典底性質和任務,似乎可以包括得盡。

“正名辨物”是偏就名物字説的，物必有名，古今方俗用語不同，必須先就實物采定一個比較通用的標準名稱，這就是“正名”。然後集合同物的異名，或異物的同名，考證辨别，確是某物，便注以該物的標準名稱，這就是“辨物”。辭典中名物字最多，假如編大辭典没有這樣的準備工作，那就只能類比舊説，有許多一“名”終於不知道是甚麽“物”，或彼此繳繞，或前後衝突，概不負責，“纂詁”而已。前四年《中國大辭典》底搜集材料和整理卡片兩步工作粗告完成，我就開始做第三步纂著工作，從事起草，劈頭碰上一個名物“巴且”（見《漢書》），但《史記》作“猼且”，這還好辦，“巴”“猼”一聲之轉耳；但這個物究竟是甚麽？作注解的，或釋爲“芭蕉”，或釋爲“蘘荷”，或謂蘘荷就是芭蕉，或謂漢時還没有芭蕉，或且謂《史》《漢》不可强同，兩釋皆通，於是乎變更程序，先作“長編”，把“芭蕉”“蘘荷”兩種植物樹立爲標準名稱；再把牠們所有古今方俗底異名，從搜集部的材料庫裏調集起來，考證辨别哪些應屬芭蕉？哪些應屬蘘荷？結果是：

（一）巴且（巴苴）、猼且（搏且）、芭苴（芭蒩）、苴（蒩、天苴）、巴蕉（芭焦、蕉）、芭蕉也。芭蕉，實可食者，曰“甘蕉”，今曰“香蕉”。

（二）苴蓴（蒪）蓴苴也；蓴苴（蓴、蓴且、蓴菹、溥苴、猼且、搏且、專且、巴且）萺葙（蕌苴、藴苴、覆葙、蕧苴、復且）、荷苴（荷），蘘荷也；蘘荷（蘘何、嘉草、蘘草、茗荷）、陽霍（陽荷、洋荷、洋百合、野薑、洋薑、仙賀），薑屬（字旁著圓點者，示與上條“芭蕉”同名）。

這是擬“雅”，共得四十二個名詞，各究所出，覈其名實，較其異同，定其時序，分條輯出，按而斷之，是爲“長編”；然後綜以兩綱，成此“釋訓”，必使義訓相會，聲類互通，以“獺祭”始，以魚貫終。然後依辭典底體例，把這四十二條撒在四十二處。每條再加洗刷，汰其蕪辭，這不但對於每個名詞真能下一確诂，并且使相會的義訓久别仍能相識，互通的聲類遠隔而不相忘，那麼辭典底體例雖然是索引式的，但全書各詞所注的音義仍不失爲系統的、有機的，至少可以免於前後乖違、衝突、重復之病。如此説來，擬"雅"的工作應在制"典"之前，毫無疑義。

不過擬"雅"的"長編"做起來端的不容易！我這《巴苴蘘荷辨》（曾登《師大月刊》第十周文學説專號）就簡直費了一個多月底工夫，在《大辭典》中僅成四十二條，此外旁及的也約有四十多條，平均每日僅得二條，"百年三萬六千日"打個對折，還要五十年，而《中國大辭典》預定的期限只有二十年，那麼至少須得同志二十人把牠當做終身事業，才可以完成三十六萬條底《中國大辭典》，而《大辭典》是否只有三十六萬條還説不定。

《大辭典》底"正名辨物"工作我在《巴苴蘘荷辨》後臆定了考釋舊籍中一切名物的公例六條：

（一）實物類别，準現代科學專家所定（如"芭蕉""蘘荷"應分兩科）。

（二）古人疏於正名，故諸名紛歧，應視爲方俗異文，只就聲韵通轉（如上"芭蕉""蘘荷"兩條之訓釋）。

（三）古人疏於辨物，故諸説衝突，應視爲見聞不同，只按時代排列（如"芭蕉""蘘荷"兩條下所列諸説，即"長編"）。

（四）若下斷語，須審本文（如"猼且""巴且"應是芭蕉，而非蘘荷，須審《子虚賦》前後之文并求旁證）。

（五）若行歸納，須按事實（如"蕁苴""葍蒩"等名，終入蘘荷，不溷芭蕉，乃因群籍所載，形用不同，事實上無可認爲芭蕉者）。

（六）若證今俗，須廣調查（此事最爲重要。但屬生物、地質或社會等調查所，並各研究院關於自然社會等科事之研究所以及歷史語言研究所所當有事，非私人之力所能舉矣。然若就鄉土見聞，證以故事，亦爲有益；蓋循民衆之俗稱，覈古語之名實，程瑶田之所以爲“通藝”④，郝懿行之所以傲二雲者也⑤）。

照這辦法，“正名辨物”底工作直須把古今語文中的名物字算一總帳，其難可知。雖然還不及“賞奇析疑”之難也。

“賞奇析疑”是包括名物字以外種種語詞説的。“疑義相與析”本來是辭典底普通的任務，只看所謂“疑”和要求“析”的程度之深淺和範圍之廣狹，辭典底“大”或“中”或“小”就在這深淺廣狹上區别。但最“大”的“析疑”是和“賞奇”有連環性的，“奇文共欣賞”却是中國大辭典底特别的任務。這必須把唐以後的“近代語”底研究做一種準備的工作。我在十年前曾提議過：五代、北宋之詞，金元之北曲，明清之白話小説，均係運用當時當地之活語言而創製之新文學作品，只因向來視爲文人餘事，音釋缺如，語詞句法，今多不解，近來青年讀物，既多取材於此，訓詁不明，何從欣賞？一查字書，則絶不提及；欲加注釋，則考證無從。故宜各就專書，分别歸納，隨事旁證，得其確詁，以闡奇文，以惠學子。

再舉個實例來證明：前四年我對於《大辭典》動手起草時，在“巴且”這個名物字以前，先要把單詞“巴”字的音義分條纂就，不料这這釘子碰得更厲害。搜括古今所有字書，辭典以及歷來文字訓詁家之所云，“巴”字共有十餘義；但《大辭典》搜集部的材料庫裏，還有許多所謂“近代語”底材料，爲此十餘義所不能攝，於是先做“長編”，結果提出十綱，成爲左之擬“雅”：

(一)巴,附也。

(二)巴,羓也,脯也;黏結斂合之物也。

(ㄅ)巴巴,黏合不解貌。焦巴巴,枯結貌;乾巴巴,乾滯貌。巴巴罾兒,網之結成粃縫者。巴巴結結、結結巴巴,糾纏不清貌。

(ㄆ)巴巴,餑餑也。

(ㄇ)巴巴,小兒呼糞便之稱。

(三)巴,比也。

(四)巴,盼也。

(ㄅ)巴望、巴想,盼望、盼念也。

(ㄆ)巴到(巴得到巴的到)巴不到(已不道、已不的),謂切盼其至也。

(ㄇ)巴得(巴的)、巴不得(巴不的、巴不能勾),謂切盼其成也。

(ㄈ)巴巴(吧吧),忙迫貌,引申爲甚劇或意必之詞——眼巴巴,盼望迫切貌;嘴巴巴(口吧吧),言語繁忙貌。

(五)巴,赴也,攀也。

(ㄅ)巴山度嶺者,"爬"山度嶺也。

(ㄆ)巴山虎者,"扒"山虎也,藤屬。

(ㄇ)巴高枝兒者,高"攀"也。

(ㄈ)巴頭探腦者,"引"首窺伺也。

(六)巴,博也。趨附營求也。

(ㄅ)巴劫、巴竭,巴結也。巴結(巴給)犮姞、菝葜(菝挈菝菰、拔楔、拔葜、萆葜、薜葜,皆蔓草名),攀附固結也。

(ㄆ)巴謾,巴鏝也;巴鏝,博幕也,牟利且詐取也。

(七)巴,把也。

(ㄅ)巴鼻(把鼻)、巴避、巴臂(把臂)、巴壁、笆壁,把柄也。

(ㄆ)巴攬(巴覽、巴勞)㩮攔,把攬也。

(ㄇ)巴家,持家也。

(ㄈ)尾巴,尾把也。[附]昏巴(鷄疤、鷄毛、鷄乜、筋㩮)、巴子(㖊屌、八弔③),男陰。

(八)巴,䎱也;䎱,拍也。

(ㄅ)巴掌,拍掌也,批頰也。(?)

(ㄆ)巴巴(吧吧叭叭剥剥)、巴答(吧叹、吧嗒、吧躂、把搭、吧噠)、巴瞪(鋪瞪、白瞪),摹拍擊之聲,或相搏觸之狀也。

(九)巴,輔也;輔,頰也;面旁也。

(ㄅ)嘴巴(嘴巴子、嘴吧),嘴輔,即兩頰也,口圍也。——巴掌,面頰也。嘴巴匙子,手掌也。

(ㄆ)下巴(下吧、下爬)、下巴頦(下把殼、下巴胳子),下輔也,頦也,頷下也,頤下也。

(ㄇ)啞巴(啞吧、啞叭、也巴),啞人也,啞口也。[附]也巴,巴子,女陰。

(ㄈ)結巴(結巴、結巴頦子),口吃者也,吃吃之口也。

(十)巴,語助詞(河北東鹿方言)— 力巴(力把、力笨兒、力八、力把兒頭)、劣巴(劣把、劣輩兒、劣把頭、劣方頭、劣把手),顢頇,費力貌也,外行也,笨伯也。

右爲"近代語"和現代方言(姑以已經調查的爲限)中"巴"字特有的十義。把單字做綱領,複合詞各依語原,分别類聚,必求其義訓相會,聲韵互通,故前六義是一貫的,後四義也自成一個系統。恕我是在作序,不便辭費,從宋詞元曲到現代的方言小説,例句很多,一個都没有舉證。但這"巴"字"長編"竟把《大辭典》中與“巴”字有關係的詞目草就了二百多條，大都是從古到今的字書辭典所没有道及的，我曾把這“長編”題爲“近代國語文學之訓詁研究示例”（發表在《文學季刊》創刊號，後來又訂補一條，題爲“‘巴’谩解”，仍登在《文學季刊》第三期），篇首有段説明：“值得注意的就是這‘巴’字十義，都是近代國語文學作品和普通語言中常用的，而從來一切字典、韵書、類書裏‘巴’字下面都没有提及（《洪武正韵》想到一個‘尾巴’，在‘巴’字下下了一个‘又尾也’的解釋，却錯了）。近出的《辭源》既以解釋復合詞爲主，應該收一些，但只看見一個‘巴巴’（續《辭源》只續上一个‘巴山虎’），而解詁引例多由鈔襲，以訛傳訛，不見其‘源’。至於近出的《國語詞典》《白話詞典》之類，雖然收了一些，細加檢討，又大都是從外國人所編的支那語各種詞典中偷來的，更説不上探源了。”

這也難怪，没有一種博大精深具有系統的研究調查工作來做編纂辭典的準備，無論甚麼辭典，都是不能担負“正名辨物”和“賞奇析疑”這兩種重大的任務的，而尤其是“賞奇”！

沈朵山先生是我的一位“賞奇”的老同志。民國十七年，教育部底國語統一籌備委員會把中國大辭典編纂處正式成立，那時沈先生就兼任了搜集部白話小説股底工作，《大宋宣和遺事》和《京本通俗小説》等宋元平話裏頭的“奇”詞，都是由他選録出來的。不久他往上海中華書局主持《辭海》底編輯。現在《辭海》快要出版了，我一看樣本，知道牠[⑥]的特點，第一就在能彀[⑦]“賞奇”。本來這個“奇”實在就是“常”，因爲“常”則必“俗”，常俗用字，每爲舊時字書所不屑道，近今辭典偶道之而不能探其源，所以變爲“奇”了；《辭海》則例如一部中之“一發”，有“越發”義，引元曲《鴛鴦被》“一發不好”爲證；又有“一同”義，引《水滸》

第一回“一發喂養”爲證。現在讀《元曲選》或《水滸》等舊白話小説的,從此才算有了辭典可查,雖不敢説應有盡有,但較進一步的“析疑”,《辭海》總算能担負起一部分的任務了。

《辭海》第二特點,就在舉例引書大都加注篇名,引近代章回體小説則標明第幾回,這是所謂樸學[8],是“正名辨物”底基本態度。要辦到這個,多少不免要查對一些原書,有這種“不憚煩”的精神,才能彀超過類比羅列而有折衷歸納之言。綜名實,任裁斷,雖不敢拿來責成没做“長編”的普通辭典,但《辭海》對於“正名辨物”的工作總算有相當的貢獻了。

陸費伯鴻先生從民國四年就有編輯《辭海》的計畫,比《中國大辭典》着手籌備於民八者還早四年;二十年間,居然成此艱鉅之業。而《大辭典》則始終是“全或無”[9]主義,也就兼采了一點兒“聊勝無”[10]主義,所以現在暫行縮小範圍,先編不收死詞的《國語辭典》,雖辭目篇帙也許比《辭海》爲多,但旨趣偏重在“正語音”和“定詞形”,對於“正名辨物”和“賞奇析疑”還得讓這部《辭海》在更艱鉅的《大辭典》成書以前出來完成這種前驅的工作。

陸費先生曾經讓我校閲關於語文學的辭目百多條,我拉了友人傅介石君做幫手,略有增訂,但我的貢獻實在太區區了!可是對於這部《辭海》底編印成書,戰勝困難,嘉惠士林[11],歡喜贊嘆,用特略述所經,明其艱苦,而爲之序。

注释:

①黎錦熙(1890—1978),中國語言學家。號劭西,湖南湘潭人。民國元年(1912)畢業於湖南優級師範學堂。早年參加同盟會。民國三十五年(1946)參與組織九三學社。曾任長沙報館總編輯,湖南省立第一師範學校教

員，北京女子師範大學、北京大學、燕京大學、西北聯合大學、西北師範學院、湖南大學、北京師範大學教授。新中國成立後任北京師範大學中文系主任、中國文字改革委員會委員、中國科學院哲學社會科學部委員、九三學社中央常委等職。一生從事語言學的研究和教學工作，宣導“國語統一”、漢語規範化，對漢語語法研究頗有貢獻，在漢字改革和辭書編纂方面亦有成績。著有《新著國語文法》《比較文法》《國語運動史綱》《國語新文字論》《漢語規範化論叢》等，主編《國語辭典》，彙編有《黎錦熙文集》。

②獺祭，比喻作文羅列典故或堆砌成文。

③弔，同“吊”。

④程瑶田(1725—1814)，字易田，一字易疇，號讓堂。安徽歙縣人。清代著名學者、徽派樸學代表人物之一。與戴震同師事從江永。精通訓詁，提倡“用實物以整理史料”，開啓了傳統史料學同博物考古相結合的研究路徑。在數學、天文、地理、生物、農業種植、水利、兵器、農器、文字、音韵等領域，程皆有深入研究，堪稱一代通儒。著有《宗法小記》《儀禮喪服足徵記》《考工創物小記》《磬折古義》《溝洫疆小記》《九穀考》《通藝録》等。

⑤郝懿行(1757—1825)，清經學家、訓詁學家。字恂九，號蘭皋，山東栖霞人。嘉慶四年(1799)進士，官户部郎中。長於名物訓詁考據，於《爾雅》用力最久。撰《〈爾雅〉義疏》《〈《山海經》箋〉疏》，援引群書，考釋名物，訂正訛謬。另有《易説》《書説》《鄭氏〈禮記〉箋》《〈春秋〉説略》《〈竹書紀年〉校正》等。死後，妻王照圓輯其著述爲《郝氏遺書》。

⑥牠，同“它”。

⑦彀，同“够”。

⑧樸學，古代質樸之學，後泛指儒學、經學。

⑨全或無，非黑即白，無中間地帶，這裏説的是盡善盡美的心態編纂《辭海》。

⑩聊勝無，即聊勝於無，有比没有好。

⑪嘉惠，敬辭，稱别人所給予的恩惠。士林，指文人士大夫階層、知識界。

《辭海》編印緣起

陸費逵

民國四年秋,《中華大字典》既殺青,主編者徐鶴仙先生元誥欲續編大辭典,時范静生先生源廉長編輯所,亟贊成之,遂商討體例,從事進行,定名曰"辭海"。越明年,共和再造,静生重長教育部,鶴仙亦先後任上海道尹[①]、河東道尹,此事遂擱置。後鶴仙倦游歸來,重理故業,然不斷爲黨國奔走,時作時輟。民國十六年,鶴仙出長最高法院,乃由舒新城[②]先生繼其事。新城覺原稿中已死之舊辭太多,流行之新辭太少,乃變更方針,删舊增新;然舊辭有從前之字書類書可依據,新辭則搜集異常困難。曾囑同人遍讀新書新報,開始時收穫尚多,後來則增益甚少,當有竟日難得一二辭者。又以改加新式標點,費時尤多。十九年春,新城改任書局編輯所長,無力兼顧,乃請張獻之先生相、沈朵山先生頤董其事。獻之任編輯所副所長,亦不能以全力赴之,近四年來,實朵山主持之力爲最。劉範猷、羅伯誠、華純甫(文祺)、陳潤泉、周鉅鄂(頌棣)、胡君復、朱丹九(起鳳)、徐嗣同、金寒英、鄒夢禪(今適)、常友恍(殿愷)、周雲青諸先生分任其事,先後從事者凡百數十人;範猷任辭典部副主任,搜羅整理,十年如一日,致力尤多。復經黎劭西(錦熙)、彭型百(世芳)、徐凌霄、周憲文、武佛航(堉幹)、王酌清(祖廉)、金子敦(兆梓)諸先生及舍弟叔辰(執)校閲,亘時二十年之久,亦可謂艱鉅之業矣。此書所以費時而難成者,厥有五因,兹略述之:

一,選辭之難也。舊辭采集尚易,然判斷其孰爲死辭而删之,則大費周章;新辭不但搜集困難。而且舶來名辭譯音譯義,重複衝突,决定取捨,亦甚困難,更有同一辭也,新舊異解,彼此異用,勢不能不兼籌並顧;而地名之更改或添置,事類之新出或變遷,尤不能不隨時增訂。故常有已選之辭,不數月而改删;已定之稿,不一年而屢易。總計撰成之稿,凡三十餘萬條,並修改重複計之,殆不下五十萬條,今僅留十萬條有奇,殆無異於披沙揀金矣。

二,解釋之難也。舊時注疏以及字書類書之屬,其較詳備者,亦僅羅列諸家之説,少折衷歸納之言,學者從事翻檢,往往有目迷五色[③]、無所適從之感;今於群言龐雜之中,必一一分别其異同,歸納其類似,故一條辭目之編成定稿,往往翻檢群書至數十種,而結果所得,則僅數字之定義或數十百字之説明而已。又如同一辭目,而兼含新舊各科之意義者,甲撰一條,乙撰一條,丙丁各撰一條,必合數人之稿歸納爲一,或綜合解釋,或分項標明,去其重複,合其異同,始獲定稿焉。

三,引書篇名之困難也。辭目除采自原書者以外,自應兼采字書類書。然我國字書類書所引之書,多僅舉書名而無篇名,常有引用某書,而某書竟無此句者。《中華大字典》編輯時,核對原書發現《康熙字典》錯誤四千餘條。本書有鑒於此,凡引用之古書,仍復查對原書,加注篇名。在編輯者固費時甚多,然期其不致沿前人之訛,且可使學者檢閲原書;我國字書類書相沿之積弊,或可從此稍减矣。

四,標點之難也。我國古籍多不加標點,而其文之難以句讀者,聚訟紛紜,千百年無定案。本書竭同人之力,就其心之所安,應用新式標點加以確定之句讀,往往討論二三句之點號,至費二三人竟日之力。又如同引一書,因引證有詳略,則標點方法即須略異。例如引一大段每用分號，引一二句則無須用分號，有時分號變爲句號矣。凡此種種，比舊法僅斷句者，其難易不可以道里計，雖竭力從事，然終不能保其不誤也。至於人地名、書名之加線，不惟費力，且占篇幅不少，蓋全書所用之書名線多至二十萬左右，人地名線則爲數更多也。

五，校印之難也。本書分量之大，爲空前所未有，約略計之，全書條數在十萬以上，全部字數約七八百萬，而因用新式標點之故，手民費事，校對更難。即就標點計之，全書點號約二百萬，標號則人地名書名線約五十萬，引號稱是。大本不欲其多，占篇幅故用新五號字；縮本欲其免傷目力，故字體約等於六號；字每面字數約二千，各種符號約七八百。就吾人經驗，普通書每人每日可校七八十面，每書印刷所校三遍，編輯所校三遍，此書則每人每日不過校七八面，印刷所須校五次，編輯所須校十次。名詞術語尚有夾用他國文字者，校對更須專家。至普通漢字，電報書不過七八千字，各印局銅模少者五六千，多者七八千，此次特加製銅模八千餘個，共計已有一萬六千個，尚嫌不足。其僻字新字仍須臨時雕刻。此種字體，平時不習見，但絲毫不能訛誤，其困難殆非局外人所能想像也。

吾縷述困難之原因，其故有二：一則對於編校排印諸君子表示謝意，一則對於後之編辭典者聊效前驅。吾行年五十，從事出版印刷業三十年矣。天如假我以年，吾當賈其餘勇④，再以一二十年之歲月，經營一部百萬條之大辭書也！

注释：

①道尹，官名。民國三年(1914)置，爲一道之行政長官，管理所轄各縣的行政事務。

②舒新城(1893—1960),中國出版家、辭書編纂家。又名維周、心怡、遁庵,湖南溆浦人。曾任中國公學中學部主任、成都高等師範學校教育學教授,研究和介紹道爾頓制。民國十七年(1928),應中華書局約請主持《辭海》(第一版)編纂工作。民國十九年(1930),任中華書局編輯所所長,後一度代理總經理。一九五七年向毛澤東提議修訂《辭海》,得到支持,旋任中華書局辭海編輯所主任、辭海編輯委員會主任委員,主持修訂。先後當選第一、第二屆全國人大代表,上海市政協副主席。編著有《中華百科辭典》《道爾頓制研究集》《近代中國教育史料》等。有《舒新城日記》。

③目迷五色,謂色雜模糊,令人眼花繚亂,不能辨晰。

④賈其餘勇,賈,賣。餘勇,勇氣,努力。

《辭海》编辑大綱

一、要旨　辭書爲一般人治學應用之工具，其職責在揭舉固有辭類之意義及用法，期供給用者以確切適當之解釋，俾遇有疑難立得解决；故爲辭書者，自當體察用者之需要，恰如其所需，以予之吾國古無辭書之專著，有之則惟以義相從之“雅”，如《爾雅》《廣雅》之類，及以音相從之“韵”，如《廣韵》《集韵》之類。前者其流爲類書，後者其流爲韵府；大抵可供行文獺祭之用，而不可以供讀書明理之用也。降至晚近[①]，賢達之士，始有辭書之作，學者便之。然現代學藝之進展、人事之遷移，新陳代謝，瞬息萬變；因之語言之孳乳遞演，亦絶塵而馳，一日千里。苟非推陳出新，順時以應，則辭書之用有時而窮，此《辭海》之所由編輯也然。兹事體大談何容易，殆所謂“身不能至心嚮往之”而已。

二、範圍　辭書有專門普通之别，《辭海》之作，目的在供一般人之應用，固普通辭書也。顧新辭之流行者，舊辭之存留者，需要有緩急，用途有廣狹；孰應收孰不應收，取捨至未易當。本書於此，嘗私訂範圍如左（下）：

1. 舊籍中恒見之辭類；

2. 歷史上重要之名物制度；

3. 流行較廣之新辭；

4. 行文時習用之成語故典；

5. 社會上農工商各業之重要用語；

6. 行文時常用之古今地名；

7. 最重要之名人名著;

8. 科學文藝上習見習用之術語。

右列各綱,粗見大概,聊爲準則,以資别擇,此外凡有關於修學操業之所需,不能歸入上列各綱者,亦時時兼籌並顧;至其不煩解釋者與過高過僻者,概所不録。蓋本書冀以便應用,非以求泛博也。

三、體例　編書莫難於定體例,編辭書則尤難。往往體例已定,而事實上非定例所能涵括者,輒層出而不窮;或增或削而有時且不能不改弦更張之。蓋辭書所包者博而雜,固不能以若干條之公式限之也。本書設計時所定之體例,迨進行編輯時,爲遷就事實已不知幾經改易。下列各項僅舉一斑,其詳蓋累幅不能盡——與其謂爲體例,毋寧謂爲編輯經過之紀録。

1. 單複辭兼收,複辭分隸於冠首,單辭之後此通例也。然遇字形有異時,往往發生專隸或兼隸[②]、或詳彼略此諸問題;例如"徑"與"逕"、"璇"與"璿"、"蠭"與"蜂"、"形"與"彤"、"皋"與"皐"、"款"與"欵"、"游"與"遊"、"惠"與"慧"、"修"與"脩"、"唯"與"惟"之類,或同義而異體,或同體而轉變,或各别爲字而義或相同;有須分别其孰爲主字者,有不能分别孰主孰附者;既慮遺漏,又恐重出紛紜糾葛,輒費爬梳[③],以云貴當[④],仍難愜心。

2. 凡異形同字,以通行者爲主目,餘爲附目,僅注同某字或某字異體;其兩俱通行無可區别者,則兩存之,不分軒輊[⑤],但仍明著其彼此異同之迹。

3. 古書之傳於今者,其字形已多訛變,本書取證,來自群籍,勢不能不根據於今世所能得之刊本;惟其訛變之迹,有可考證而得,而又確有供參考之價值者,必明辨其同異。

4. 單字列音切,此亦通例也。最近政府頒布注音符號,較音切更明白確定。本書初擬采用;但所定之音限於常用字,殊不敷大辭書之用,故仍用音切,而别編《國音常用字讀音表》,列入附録,以便檢查。至古人所用音切,亦往往因人因時因地而不同;如漫無别擇,一一羅列,則雜糅無可準繩;任情取捨,蔑視往迹,則鹵莽徒滋口實。本書所列音切,概以較合於今音者爲主,其古音有便於讀古書之用者,亦酌列焉。其間分别異同,删繁存要,務以力求便用爲主。

5. 辭之意義,古人隨文訓釋,各異其言,然彼此之間,非必畫若鴻溝;措語不侔,轉涉迷惘。如傳訓"傳授",此易明也;顧或訓"禪讓"或訓"繼承",即文固易見義,離證即非確詁,其實皆傳授之義也。凡此之類,不勝縷計。本書遇紛歧之説,而意義歸宿實無大别者,輒歸納爲一條;遇必要時,則引諸家之説,辨其異同。至各義確有分别者,則依其意義轉變之迹,分條疏釋,其假借爲用者次之。託名標識者又次之。

6. 解釋舊辭之文字,以舊時訓詁爲本;惟有時彙列衆説以成一義,則力爲融會貫通之,藉便省覽,不拘拘於訓詁之形式[6]。

7. 各條有相牽連者,務求其貫通,例如校及"菟"字,因牽連及於"菟葵""於菟""菟裘"等條,因"菟葵"又及"海葵",因"於菟"又及"於覤""烏菟"輾轉牽引,難以殫究。爲免紛歧計,校訂一辭,輒調取有關係之各條,一一檢閲,同時解决。

8. 自昔字書類書引用之書,或僅載書名,或兼載篇名,殊不一致,且易滋訛誤;嘗就各書所載書名篇名,據以索諸原書,往往不能脗合[7];如《國語》訛爲《國策》,《列子》訛爲《莊子》,《漢書》訛爲《後漢書》,《隋書·經籍志》訛爲《漢書·藝文志》者,不勝枚舉。本書所引古書,必檢查原書,詳載篇名,務令確實無訛,省用書者搜索原書之勞,惟詩詞筆記之屬,有時從略。

9. 取證所以見義,本無取乎冗長,然遇有非多引不易明瞭者,則少者數言,多者數十言,一以能否見義爲斷。若遇原文過長時,間亦剪裁引用,然務令不失真相。其證有更待説明者,則再引古人注疏,或添附按語。

10. 有關聯之各條,彼此詳略互見,或僅詳甲條而略於乙丙等條者,則於義證或辭目之下,衹載詳某條見某條[8]、參閲某條,以便檢查而省篇幅。

11. 本書凡關於專門科學,均由專家執筆,辭目去取,各具系統。其關於自然科學者,如天文、理化、生物等;其關於應用科學者,如醫學、農學等;其關於社科學者,如政治、經濟、法律、教育等;其關於文學藝術者,如文學、音樂、書畫、金石等;此外哲學、宗教、數學、歷史、地理等等:凡各科重要之理論、方法、派别、流變一切名詞術語,無不兼收並蓄,力求完備其分量,大略相稱;其敘述方法,亦大體相同。

12. 日常應用之辭,有現代生活所需要者,如基準、承兑、標金、指數之屬;有自昔口頭所習用者,如"波峭""龍鍾""巴巴""腌臢"之屬:屈指累計,不易猝盡。此類之辭,往往驟覿易,解細按難明,在可能範圍内,亦必搜尋來源詳爲詮釋,期令閲者一覽即明。

四、附件 本書爲用書者檢查便利計,特附列各表如左(下):

1. 國音常用字讀音表;2. 韵目表;3. 譯名西文索引;4. 化學元素表;5. 中外度量衡幣制表。

注释:

①晚近,近世。

②隸,屬。

③爬梳，抓搔梳理，謂整治繁亂而使之有條理。

④貴當，貴在表達精確、恰當。

⑤軒輊，xuān zhì，車前高後低叫“軒”，前低後高叫“輊”。引申爲高低、輕重、優劣。不分軒輊，不分高下、轻重。比喻对待二者的态度或看法差不多。

⑥拘拘，拘泥。

⑦脗，同“吻”。

⑧衹，zhǐ，正、恰、只。

《辭海》合訂本緣起

舒新城

辭書爲一般人最常用之工具書,工具書最重要之條件,爲便於檢查而易於携帶。本書本爲有口皆碑之辭書,出版後銷行之廣,當爲世人所共見;然當時因所收條文過多,事實上不能不分訂兩册,於檢查携帶,微感不盡便易之能事,久思合訂爲一册,以便讀者。戰事暴發後,文物之蕩毁既多,而戰後物資之匱乏與一般購買力之减弱,又皆意中事,故决本不减少内容,但求購用便易之原則,改爲合訂本。顧在定議之時,適當上海全在敵軍占領之下,本局印刷所被劫奪,編輯所人員復星散,在此晦蒙屯否之際[①],爲便利讀者計,仍不敢不盡其在我,以謀貢獻於將來。因印刷所之被劫奪,乃以翦貼代排植;因編輯所人力之不足,姑限修改之事於文字之勘誤:工作始於三十三年三月,至三十六年二月告竣。此合訂本,較諸原書,除訂正文字外,特放大版口,使每頁字數增一倍而强;於各集更加總頁碼,附録部分則改各項目後所繫分集頁碼爲總頁碼。區區之忱,要以求讀者備之易而用之便已耳。

此書勘誤工作,請朱君文叔主其事,而約華君汝成、楊君復耀、施君平陽爲之助;翦貼工作,由孫君犖人任之,而約夏君伯紐、錢君子惠、陳君金奎、趙君琪、華君樹照、潘君文紀爲之助。[②]

注释:

①晦蒙,亦作"晦曚",昏暗。屯否,《易》"屯卦"和"否卦"的並稱,意謂艱難困頓。

②本文落款爲"民國三十六年二月舒新城謹識"。民國三十六年,即1947年。

辭海 辰部 十六畫 隸 隶部 隶 九畫 隸 隹部 隹 二畫 隼 隻 隺 隽 三畫 雀 四畫 雁

七四 戌集

隶部

九畫

隹部

二畫

三畫

四畫

1436

图 24 《辞海·合订本》一九四七年版书影

国音字典

共同语指一个部落或民族内部大多数成员共同掌握和使用的语言，它是某个区域的人们在日常生活中以口语的形式逐渐形成的。普通话即为当下中国所用之共同语，以北京语音为标准音，以北方官话为基础方言，以典范的现代白话文著作为语法规范。以北京语音作为标准音，亦曾经历一段反复、漫长、曲折的过程。

宣统元年(1909)，清政府将北平语音命名为国语。中华民国创立后，正音问题亦被提上议程，“读音统一会”随后成立(1913)，南北方音本就差异巨大，以哪方语音作为标准都难以服众，最终会议讨论决定以一省一票的方法表决出李光地《音韵阐微》所列六千五百多字的“老国音”的读音。“老国音”以北京音为基础，兼顾南北官话，如保留尖团、入声等。经历几番修订、扩充，经“读音统一会”讨论的“老国音”于民国八年(1919)以《国音字典》的形式予以公布，由上海商务印书馆刊印。此版《国音字典》共收录了一万三千多字，在原六千五百字之上新增六千余字，用注音符号注音，仅列语音即字头，并无解释，因此将其称为“字典”并不合适，更像是字表，全书依照《康熙字典》的二百一十四部首排列。然而，此版《国音字典》一经发布，便引发民国九年(1920)的“京国之争”大辩论。“老国音”毕竟是刻意为之的人造产物，现实生活并无人使用，因此推广十分困难。全国上下支持以“京音”为“国音”之声渐成主流。民国十年(1921)，第二版《国音字典》问世，此版却距离“京音”更远。民国十三年(1924)，国语统一筹备会讨论《国音字典》的增修问题时，就“决定以漂亮的北京语音为标准音”。民国十五年(1926)，经历了重新审定语音的《增修国音字典》问世，此后又经历了若干年的讨论，加之抗日战争的爆发，字典编纂事业一度搁置。民国二十一年(1932)，第四版《国音字典》问世，此版终于“奠定了全国一致的标准国音之局”。然而以上四版《国音字典》均无意义标注，于是民国三十七年(1948)第五版“符合一般人”观念的《国音字典》正式出版，此版由黎锦熙主持编修，依照新创设一〇九部部首为序，注音字母注音，解释简明扼要。书前设“注音符号发音表”“国音四呼四声拼法例字全表”“国字四系七起笔新部首表”等为附录。

《国音字典》现存版本包括：一九一九年初版，一九二〇年第十版，一九二一年二月订正版，一九二一年六月第二十七版，一九二三年第二十九版，一九二六年第三十八版。由黎锦熙主编，中国大辞典编纂出编《(新部首索引)国音字典》版本仅为民国三十七(1948)年初版。

【例字分析】

<table>
<tr><td>天</td><td>大部</td><td>ㄊㄧㄢ添陰。①天空。②萬物之主宰。③謂自然，非人力所能爲者。④宗教家謂神靈所居。⑤一日曰“一天”。⑥時節氣候，如“熱天”“冷天”。⑦謂必不可無者，如“民以食爲天”，見《漢書》。⑧舊謂屬於天子者，如“天顔”“天語”。</td><td rowspan="4">按：《国音字典》注音主要由“注音字母＋同音字＋声调”三部分构成。释义较为简单，但是完全脱离原有辞书释义藩篱，另起炉灶，更为直接地采用白话训释，不避口语，不再转引他说，采取更为直接的形式。随着中国语法理论的进步，词性相关术语也用于说解释义，如“地”⑦。《国音字典》训释偏于简略，但是却更适合学习者使用、查考。</td></tr>
<tr><td>地</td><td>土部</td><td>㊀ㄉㄧˋ弟去。①人類所居之大地，體扁圓，略似球形，係太陽系八大行星之一，圍日轉而生四季，因自轉而有晝夜。②區域。③田地。④地位，如“易地則皆然”，見《孟子》。⑤謂意志所及，如“心地”“見地”。⑥本質、質地。⑦副詞語尾，如“忽地”“特地”。⑧着，如坐地猶言坐着。㊁ㄉㄜ“得”同。</td></tr>
<tr><td>玄</td><td>玄部</td><td>ㄒㄩㄢˊ懸陽。①幽遠。②黑色也。③謂理之深奥、微妙者。④清浄，如“人君以玄默爲神”，見《漢書》。⑤謂虚僞。⑥姓。</td></tr>
<tr><td>黄</td><td>黄部</td><td>ㄏㄨㄤˊ皇陽。①顔色之一種。②俗謂事幹不成爲黄，如：“這號買賣眼看要黄。”③黄老，黄帝老子之合稱。道家推爲宗祖。④山東省縣名。⑤黄州，湖北省舊府名，黄岡縣爲其舊治。⑥姓。</td></tr>
</table>

《国音字典》序

黎錦熙

《国音字典》这部書的定名,實始於民國二年(一九一三)的“讀音統一會”①。但當時一般人的觀念,总覺得“字典”的體裁,似乎要依部首排列各字,而且一定要加注解才能算“典”,所以有五月七日大會的議决:“‘國音字典’改名爲‘國音彙編’。”“國音彙編”者,彙合國音同音各字在一起,依國音字母一定的順序編粗之而已。會既閉幕,宛平王藴山②先生(璞,時爲讀音統一會的直隸省的代表,臨時主席)就從事於《國音彙編》的工作,這種體裁,就是现行的《國音常用字彙》,我另在《增訂注解國音常用字彙》的序中叙其經過,這裏不提。單提《國音字典》,那就是大會閉幕後五年吴稚晖③先生(敬恒,時爲讀音统一會的議長)在上海的工作。

注音符號④既經民國二年讀音統一會正式通過,同時又已審議注定六千五百餘字的“國音”,一直到民國七年(一九一八)才有公布的動機。於是原議長吴先生在上海一個小旅館裏發憤起草,先把大會議决的《國音彙編草》,改依《康熙字典》的部首排列各字,恢復原來的定名“國音字典”,但雖名“典”,而注解只得從略。這部書的内容和出版程過,我且引《國語運動史綱》(頁九五)的一段:

於大會已審定之六千五百餘字外,将未審定而不可闕之字,或一字但定主要一義而未及審定其他義者,皆取已審之字準音而注,约又增加六千餘字,倍乎審定之數而稍多,合之俚俗及科學新增之字六百餘,大約共有一萬三千多字。此稿即成,

(七年冬)吴氏來京(北平),原會員陳懋治,並邀集王璞、馬裕藻及錢玄同、黎錦熙等於其家,兩夕會餐,全稿商决。一面交商務印書館從速印行,一面促部組成"國語統一籌備會"從事校訂——其時注音字母也正公布,亦由吴陳兩君與教育當局(傅增湘[5])一夕談而决——民國八年(一九一九)九月,《國音字典》初印本出版。於是東南方面起了"京國問題"的大紛争。

這就是第一次出版的民八本《國音字典》(商務印書館代印發行。民七"兩夕"會商,還有一個故事,爲國語史綱所未詳者:原來民二大會所定"薄""潑"等字的注音,只須用"ㄅ""ㄆ"[6]等母;"基""欺"等字的注聲,只須用"ㄐ""ㄑ"[7]等聲母("家""羌"等字亦只能注爲ㄐㄚ、ㄑㄤ[8])。大家都認爲不合音理。於是此書中,凡遇ㄅㄆㄇㄈㄪ、ㄉㄊㄋㄌ、ㄍㄎㄫㄏ[9]十三聲母單注時,都在下面加上一旁注的小"ㄛ"[10];遇ㄐㄑㄬㄒ[11]四聲母單注及再拼韵母時,也都在下面加上一個旁注的小"一"。這也可見當時調停妥協的精神,所以能得到迅速的决定)。

所謂"京國問題的大紛争",所争的就是讀者的標準:"京音派"主張乾脆標準着北京本地人;"國音派"則傾向着民二大會決議的《國音彙編草》,而又不能不有所修正,因此就等於無標準。民國八年四月,國語統一籌備會已正式成立,組織審音委員會,九年,推定錢玄同、江怡、黎錦熙爲《國音字典》校訂專員,十二月,刊布《修正〈國音字典〉之説明》及《字音校勘記》(仍由商務印書館印行爲"國音字典附録"。教育界有認此爲語文教育的重要文獻的,如中華書局出版的"近代中国教育史料"即收其全文),一面即由當時的教育部於九年十二月二十四日正式公布《國音字典》,而《國音字典》正式校改的定本,到十年六月才出版。

但是這種“無標準”的標準“國音”，對於北京本地人的標準京音，可就愈離愈遠了。《國音字典》公布的令文中説：

查讀統一會審定字音，本以“普通音”爲根據、普通音即舊日所謂“官音”……即數百年來全國共同遵用之“讀書正音”……取作標準，允爲合宜。至北京一隅之土音，無論行於何地均爲不便者，則斷難曲從……“入聲”爲全國多數區域所具有，未便因北京等處偶然缺乏，遂爾取消……蓋語音統一，要在使人人咸能發此公共之國音，但求其能通詞達意，彼此共喻而已。

這就是第二次出版的民十本《教育部公布校改〈國音字典〉》[商務館印行。此本比民八原本更遠於“京音”，亦爲國語史綱所未詳者：一，“ㄛ”改“ㄜ”[12]，例如“伯”字，民八原本注“ㄅㄛ”，此本改注“ㄅㄜ”（這“ㄜ”韵母乃是民九國語一會臨時大會决議添加的，民七公布的注音字母只有三十九個，至是才有四十個）；二，“ㄨㄛ”[13]改“ㄛ”，例如“多”，原注爲“ㄉㄨㄛ”，此改“ㄉㄛ”；三，“ㄩㄛ”[14]改“ㄧㄛ”[15]，例如“學”，原注“ㄒㄩㄛ”，已非“京音”，此改“ㄒㄧㄛ”，愈速；四，“ㄥ”[16]改““ㄨㄥ”，例如“風”，原注“ㄈㄥ”，此改“ㄈㄨㄥ”；五，“ㄧㄝ”[17]改“ㄧㄞ”[18]，例如“街”，原注“ㄐㄧㄝ”，此改“ㄐㄨㄞ”，改訂的理由是根據近代韵書。至於原本“ㄅ”“ㄆ”等十三聲母下的小“ㄛ”“ㄐ”“ㄑ”等四聲母下的小“—”當然都扶正了]。

這個民十本《國音字典》公布印行之後，“京音派”當然不服，但既已定爲功令，也就通行全國，綿延十年（民二十一《國音常用字彙》公布後才廢止的）。結果是，十年之間，“全國就没有一個能完全照着《國音字典》説話的人”（《國語史綱》序中語）。不過在這十年的前五年，教育界早已感覺到這種“無標準”的標準國音之不便，終於采用“京音派”的主張。仍節引《國語史綱》，以明此書的演變：

民十二(一九二三),國語統一會開第五次大會,王璞提出“《國音字典》應重行修正案”,錢玄同提出“請組織《國音字典》增修委員會案”,北京師範大學附屬小學也提出“對於校正國音字典的意見案”,都通過。由代理主席沈步洲照章指定王璞、錢玄同、黎錦熙、汪怡、趙元任、吴敬恒、陳懋治、白鎮瀛(滌洲)、沈兼士、沈頤、陸基、張士一、周銘三、易作霖、方毅、馬國英、黎錦暉、孫世慶、張蔚瑜等二十七人爲“增修《國音字典》委員會”委員(頁一〇七)。

民十三(一九二四),孫中山先生来到北京的前十日(十二月二十一日),國語統一會開全體談話會,吴敬恒主席,專討論《國音字典》增修問題,决定以漂亮的北京語音爲標準,但也宜酌古準今,多來幾國“又讀”(頁一七一)。

民十四(一九二五)十二月,《增修國音字典》委員會正式開會,推定起草委員六人:王璞、趙元任、錢玄同、黎錦熙、汪怡、白滌洲。

民十五(一九二六)三月,添請“《國語辭典》編纂處”之蕭家霖、杜同力、董淮(渭川)、盧自然、王壽康(茀青)會同起草。自九月三日起,逐日開逐字逐音的會議:到十月二十九日,十二大册的《增修國音字典》稿本大致完成了(頁一七一)。

這就是第三次成稿的民十五本《增修國音字典》。

民十七(一九二八),南北統一,“《國語辭典》編纂處”擴充爲“《中國大辭典》纂處”,國語統一會的增修國音字典委員會,遂改在本處的纂著部第一組(字書音典組),設一專股,曰“增修《國音字典》股”。現在出版的這部《國音字典》,關於增字改音的部分,可以説就是民十二到民十七商决的體例。《中國大辭典》編纂處組織大綱云(見《國語史綱》頁二〇八):

此書就民十教育部公布之校改《國音字典》增修之:(甲)增字:新造字、俗體字、方言字等,加采其比較通行者;舊有字則凡《説文》《廣韵》(或增《玉篇》《集韵》)等書中字全收。(乙)改音:凡注音不合於新定之北平標準者,悉加改訂;同義而有兩音以上者,則精擇約舉而存爲"又讀":注音符號下增注國語羅馬字其體例,略同舊本、各字排列,亦依《康熙字典》,如整理部第二組(部首組)所定(按整理部原條云"惟部首須略並省,並改良其顺序")。

那麽,《國音字典》的增修本,成稿於民十五,設股於民十七,距今已二十多年;當時國音標準革新,全憑此書公布,反而停頓,是何原因?

自從民十七《中國大辭典》編纂處正式成立以後,所有"官書"都"學術化"了,"龍飛"了!然而官書又不得不迅予編印,因爲它是要與國家政令相配合的。《國語史綱》又略記了這個經過:

"《增修國音字典》股"就民十五委員會所商决之十二大册稿本,再爲增删,寫成卡片;一面又依整理部字母組(第一組)的排列次序(按逐字注定國音,依照注音符號一定的大序排列),編成油印本七大册,是爲《國語同音字典》之初稿;於是依民十八(一九二九)十一月國語會第二次常委會的議决……先寫成《國音常用字彙》……遂於民國二十一年(一九三二)五月由當時的教育部正式公布。

這是説明《國音字典》又改變了體裁,恢復了民二"國音彙編"之舊。内容則如公布令文中所説:指定北平地方的現代音系爲國音之標準。從"官書"這一點看來,這部教育部公布的

《國音常用字彙》也就可以説是第四次出版的民廿一本改名變體而又減字的《國音字典》(民二十一這部《國音常用字彙》公布,則民九公布的"校改國音字典"當然作廢,只因並無明令廢止,一直到抗戰期間,後方有遵用的。又因《國音常用字彙》這個書名較啰嗦的緣故,大多數也就管它叫做"國音字典")。

"官書"既已公布,"學術化"的《增修國音字典》又怎麽樣了？原來中國大辭典編纂處的纂著部第一組設有"《國音大字典》股",算第一股,主任是錢玄同先生。"《增修國音字典》股"算第二股,就是由"《國音大字典》股"兼辦的。《國音大字典》的體例,也規定於本處的組織大綱中(見《國語史綱》頁二〇七),云:

此書將古今字書、韵書、所有文字及其音讀,又群書中有言及文字與讀音者,及近代方言字、簡筆字、各種職業特用之字、村鎮街巷名稱專用之字、爲科學或譯音而特造之字,無論普通者或冷僻者,尚行用者或已廢弃者,悉數網羅,務期完備。每字每音各記明其來源:(甲)采自韵書者(字書略同),列其"反切"及"聲紐、韵部、等呼";(乙)采自群書者,或爲反切,或爲直音,或爲譬况擬議之説明,各依其原文所記者列入;(丙)采自方言之類者,則用音標(國際音標或另定之方言注音符號及方言羅馬字)記明其原來之讀音;(丁)其他無原音可言者(如科學上特造之字),則但記明其字之來源。又每字均定一標準之讀音:(甲)凡爲國語統一籌備委員會審定頒行之《國音常用字彙》中所有之字與音,一一遵用;(乙)凡《國音常用字彙》中所無者,則根據舊音或方音,循國音對于舊音與方音轉變之條例,審定其標準讀法,至一字有數音者,兼記字義,其注音音標,亦遵《國音常用字彙》之例,兼用注音符號及國語羅馬字兩種(或更加國際音標)。

到民廿三(一九三四),本處搜集部計兩組共十六股的工作暫告一段落,古今字典韵書等材料卡片,大都由整理部另行度置⑰,以待《國音大字典》的單獨纂著。於是錢先生於一月七日在國語會第廿九次常委會提出通過一個“規定《説文》《廣韵》《集韵》的今讀,以作《新編國音字典》的初步案”,録其全文(《國語史綱》頁二七九),藉以明瞭此表在統一後抗戰前的一段沿革:

理由:現行國音常用字彙,是專爲普通應用的,所以較古奥較冷僻的字,大都没有收入。但國音的用處極廣,今後讀《經》《子》《史》《漢》《説文》《文選》等書,更上之至於甲骨刻辭與彝器銘文,都應該用國音。故前代用反切或直音所記之音,皆當按其聲紐、韵部、等呼、聲調,一一依國音的音系规定國音的讀法,以前讀音統一會所通過及民八九所編定的《國音字典》,目的係專爲普通應用,正與現行的《國音常用字彙》相同。現在既有《國音常用字彙》以資普通應用,自不必再編和它性質相同的《國音字典》。但本於民十七規定之大辭典編纂計劃書中,設有《國音大字典》和《增修國音字典》兩股,現擬合並爲一,定名爲“新編國音字典”;其性質自當與《國音常用字彙》異趣⑱,就是在普通之字之音以外,廣收古字俗字、舊音僻音,定其今讀。略舉前代相類之書以代説明。則《國音常用字彙》似《禮部韵略》,而現擬新編之《國音字典》則似《類篇》也。此新編之《國音字典》中,應將《説文》《廣韵》《集韵》之字之音全數收入。此外則甲骨彝器的古文、漢魏六朝的舊音、元明以來的新音俗字,應該采入的也很不少。

辦法:因爲現擬新編之《國音字典》,其需要之材料甚多,只能一種一種的規定其今讀。現在第一步擬先取《説文》《廣韵》

《集韵》三書,按其反切,規定今讀,俟此步工作完成,再及其他。預計《新編國音字典》,自着手至完竣,暫定爲四年,即至二十七年終成書(按:“前代相類之書”,除《禮部韵略》和司馬光的《類篇》外,同時還有丁度的《集韵》,所以當時我也提出通過一個“編纂國音集韵案”。打算“與《新編國音字典》同時並進,同時完成”。但這是韵書的性質,另詳“增注中華新韵”的序中,這裏不複)。

不料民廿七“年終成書”的前一年,抗戰軍興,北平淪陷;民廿七的後一年,錢先生不幸就歸了道山[21]!不但《新編國音字典》没有成稿,就是《説文》《廣韵》等書應“規定”的“今讀”中還有些成問題的,也多没有經過他的解决。

所以從民十五第三次成稿的《增修國音字典》,到民二十七(一九三八)錢先生歸道山,計凡十三個年頭,所有“學術化”的“增修”本、“大字典”本、“新編”本等,都還是些稿件卡片之類;而“官書”性質的《國音常用字彙》,却於民國廿一年,以第四次“改名、變體、减字”的《國音字典》的姿態,出現於世,公布通行,奠定了全國一致的標準國音之局,對於語文教育及交通各界的際需要,並未“停頓”其供應。

我們現在可以做個總檢討:過去的《國音字典》,依上所叙,無論三次已出版公布的和一次僅成稿的,是“官書”或是“學術化”的,是依部首排列或是改依音序的,就體裁方面説,都應該叫作“國字音典”,而不必叫作“國音字典”,因爲“字典”是要有注解的,雖然這並不是一種法律的規定,但“一般人的觀念”如此,也是現實。

本處纂著部第一組(字書音典組)所設各股,當時只是“音典”,並無“字書”,所以大家都没有考慮到注解的工作(但規定“一字有数音者,兼記字義”)。不過第二組(普通辭書組)所設各股，則皆以注解爲主要的工作：其第一股就是“中國大辭典本股”，對於單字，是形、音、義兼重的，字義方面，除必須“按史則”純屬“學術化”外，也有較通俗的部分規定，就是“解詁、舉例，務求明確簡要”，又“通常應用之義，則特加標識，以便檢查”（見《國語史綱》頁二一〇）；又第四股是“國音普通辭典股”，主任是汪一广先生（怡），他主修的這部辭典，民廿六（一九三七）已改名爲《國語辭典》（第一册是戰前出版的；戰期中編印完竣，卅七年重版，凡四大册），單字爲綱，注解則偏重通俗化，以“簡明必要”爲主，“務求簡而不漏，淺而不陋”，但“於義訓變遷，語源考證，則不詳叙”（見《國語史綱》頁三五三）。因此，要把一部“音典”增加注解，擴成普通“字書”，在本處纂著部是早有了普通釋義之方式的，而且坐擁着搜集部近三百萬張的材料卡片，並已悉就音序或部首的整理，要做任何注解都相當容易。於是汪先生於戰期中，除續成《國語辭典》全書外，並就國語辭典中“爲綱”的單字，把民十五第三次成稿的《增修國音字典》，重新調整，督道同人，連編帶注；到勝利復員後，繼續訂補，印校成書。這就是現在第五次出版的民卅七（一九四八）本《國音字典》。

這部民三十七本《國音字典》的名稱，却又恢復第一次出版的民八本之舊，頭上再也不用安頭了，因爲有了注解，照着“一般人的觀念”，這才算是真正的“字典”了。

“簡而不漏，淺而不陋”，這當然是本書注解的標的。但這部字典共收了一萬二千二百三十餘字，所謂“普通者或冷僻者，尚行用者或已廢弃者”，“雖未能悉數網羅”，但也“務期完備”。舉凡舊話新義，有不能“簡”而需要較“詳”的（如古義及俗詞，多須引例，例語且要注明出處），也有不能甚“淺”而需較“深”的（如新興諸義，舊典所無，以及冷僻廢弃諸字義），則“詳”者不要費話,“深”者力求顯明,可加兩句與前兩句對立的標語:“詳而不費,深而不晦。”

本書在前述《國音字典》的演進上,是應該屬於“學術化”的。不過“學術化”的意義有兩方面:一方面是“專門科學化”,那麽本書在“語文學”或“國故學”這些專門科學上,是没有甚麽地位的;但另一方面是“普通教育化”,則自中等以至大學業的一般學生,及小學以至中學師範的教員,讀書作文,辨音尋義,本書略足供用,不太苟簡[22],庶免傳訛。

書名《國音字典》,頭上不再安頭,爲甚麽又安上了這個“新部首索引”的頭呢?

請讓我就在這裏續上一段《國語運動史綱》;在所引的文件裏,可以覽知這個“新部首”其來有自。

民國廿四年(一九三五)六月二日,國語統一籌委會第四十六次常會,通過我提議的“擬定漢字新部首案”見《國語周刊》九一四期):

漢字部首自《康熙字典》承明梅膺祚《字彙》之舊,分爲二百一十四部,行之已三百年;建議改良,或别創檢字新法者,自清末迄今,諸家蠭起[23],亦已三十年。民國八年,教育部國語統一籌備會會員兼常駐幹事陳懋治、陸基,於第一次大會提議“改良字典部首案”,采用前讀音統一會會員王寉所呈之“元亨利貞之制”,改排舊有部首,檢法以字之左上方爲準。議决試行編輯。但九年公布《國音字典》,仍沿用舊部首。十二年定中國大辭典編纂處組織大綱,於整理部之第二組(部首組)云:

暂依《康熙字典》部首排列(惟部首组略爲並省,改良其順序);一面徵集並研究漢字檢查之最便利的方法。

惟本會對於漢字,以爲:

今後中國的字典，必當改“據形系聯”爲“依音排列”，乃是唯一之合理的辦法。但爲不知某字讀某音者計，自然只好就字形謀檢字之法，此則舊之“偏旁制”及之“筆畫制”或“號碼制”等等，都可勉强對付着用用。現行體的漢字，若依形排列，本是秘無良法的，故上列諸制，亦無甚優劣可言，都可隨便用作“檢字”，而都不能作爲字典本身的排列法（見《國音常用字彙》的《說明》第二十五條）。

以故，廿一年公布之《國音常用字彙》，以始“ㄅㄚ”終“ㄩㄥ”爲次，而卷末所附之“索引”，仍沿用舊部首也。惟舊部首之不便於檢字，人皆知之，尤非民衆及小學生初識字者所能適用。廿三年本會議決，請教育部撥款開鑄注音漢字銅模，本年三月，部中既已實行，則將來普通讀物，字旁附有注音，依音檢字，便利直截，從前一切檢字法上之困難，悉可不成問題。但高文專籍，不必盡用此種銅模，而舊典新鈔，又皆不能悉附注音符號，則據形查字，仍爲事實所需。本年五月，中華平民教育促進會平民文學部主任孫伏園及幹事李樹新兩君，以所編“平民字典”成稿，決將舊部首改良，研討多時，擬定爲一百十部；李君三次來平，徵求意見。本席竊思本會此案，懸而未決，殆將廿載，用取十年前所備改良字典部首之卡片，並李君所編六千餘字之“平民百部字典索引”，參差排比，發凡起例，主於便俗，不礙通雅，亟成此“漢字新部首”，凡四系七起筆一百二十部；旨例疏明[24]於歌訣；省並顱臚陳[25]於附譜。暫結此案，提請公決。

這篇提案文中所述民八的決議，是根據民六的《國語研究調查之進行計畫書》，書中已將“”改良字典部首”列爲辭典編纂上預備事項之一（見《國語史綱》頁二〇一）。民十二，“國語辭典編纂處”成立，於組織大綱中設定專組（見《國語史綱頁》二〇

六)，其工作但徵集薈萃全國各家自認爲“發明”的檢字法及各方面對於此事的意見；迄民廿四，十餘年間，處中並未予以決定。惟民十七改名“中國大辭典編纂處”時，以白滌洲先生(鎮瀛)爲整理部主任，他對於這個第二組(部首組)，也曾和錢玄同先生們不斷商討改良舊部首的設計[有《略談字典部首的流變》一篇，是兼答外間的通信討論的，見二十一年《國語周刊》第十八期——從後漢許慎《説文解字》分五百四十部起，經過四百多年顧野王《玉篇》的五百四十二部；又四百多年遼僧行均《龍龕手鏡》的二百四十二部(這是舊部首“第一次”的大改良)；又七十年宋司馬光《類篇》的五百四十三部(过不是復古，乃是司馬光並未見過遼和尚的新部首)又一百四十年金孝彦道昭父子《篇海》的四百四十四部(這是前兩書的綜合改進，依筆畫多少以排列部中各字的先後，就是從這書開始的)，又四百年就是明神宗萬歷四十三年(一六一五)，梅膺祚的《字彙》改分爲二百十四部(這是舊部首“第二次”的大改良)，又一百多年就是清康熙五十五年(一七一六)，陳廷敬等奉旨所編的“字典”完全承用了這個二百十四部首，以迄于今。以上共計一千八百年間，有六種代表字書的部首演變——白氏文中略有引證和批判]。不但民九公布的《國音字典》和民廿一公布的《國音常用字彙》所附“索引”都還是沿用這三百多年來的《康熙字典》舊部首，就是大辭典整理部所有的材料卡片，凡僻字方言，一時不能定音以次入第一組(字母組)的，也都在第二組依舊部首的順序排列(見《國語史綱》頁三〇九。又這爲提案文未所謂“歌訣”“附譜”者，是此案的三種附件：一，“漢字新部首表”，一名“寒來暑往檢字法”，見《國語周刊》一九八至二〇〇期；二，“字新部首四句歌訣注疏”，見《國語周刊》一九五、一九六期；三，“《康熙字典》部首省並譜”,即新部首表之附録,見《語周》二〇〇至二〇二期。這一套,算是部首“第三次”大改良的具體建議)。

自民廿四國語會通過“漢字新部首”,就準備印行一種《新部首注音漢字字彙》,計排定六四二〇字(注音漢字總数爲六七八八,這是減去“同字異音”三六八字之數),民廿五(一九三六)注音漢字的字模鑄成,而民廿六的抗戰軍興。遷延至於民卅二(一九四三)三月,國語會三届全會在重慶開會,才又議决我與顧蔭亭先生(樹森)重提的“議定國字新部首,請部公布,以便應用而資統一案”(見卅二年《國語周刊》南鄭版第二十九期),録其全文,即此可以明瞭新部首是個甚麽:

國字自篆變隸而成通行之正楷,已多不合制字本原,《説文》五百四十部首,早難適用;而楷書通行舊部首二百十四部,定於明梅膺祚之《字彙》,清《康熙字典》因之,徘徊古今,迷亂本末;檢尋不便,控制無方,近今改良檢字之法蠭起,又病太違故習,未協國情。本提案人各積二三十年之經驗,用敢截断衆流,權衡新舊,省並梅氏“部首”,一字之“起筆”處之單畫及數畫相聯之個體爲準;其部位“傾”向於字之“左上”方,凡在右在下者,概不認爲部首,以確立檢字法之絶對性。爰共研討,製爲歌訣四句云:

部首起筆左上傾:點横直撇四系明,

横折直折撇折附:七筆統部次序成。

盖舊部首雖經省併,新部首之部數亦常逾百,必爲排定合理而易檢之次序,故準各部首之起筆單畫,定爲“點(、)、横(一)、直(丨)、撇(丿)”四大系,即依此“四系”之先後篇檢字之次序,顯“明”確定(若以成語四字爲代表,則可名爲“寒来暑往檢字法”)。但横直與撇,各能成折,有以折另爲一類者,復苦破碎；玆定爲三“附”筆：“横折(乛)”即附於横系，“直折(乚)”即附於直系，“撇折(𠃋)”即附於撇系——既依系統，亦利疏散。於是凡字起筆，總次爲七，起筆相同，則視次筆，次筆復同，則視三筆；自能秩序井然(國字筆顺，名状雖多，皆可隸於此七種起筆矣)。以四系統“七筆”，復以七筆“統諸部”，而全體國字之“次序成”矣。各部之字，仍可依舊法以數多少爲序；惟畫數同者，必再依此七起筆爲序，則同畫之字雖多，亦能秩然不紊矣。七起筆各有建首之部，即用七起筆爲名，則盡收本系一切無顯著的部首之字(實即“雜部”)，而凡屬本系之各部首，亦依序魚貫[㉖]其中，但據起筆一查，部首有無，無煩廣索。且凡可建爲部首而所屬字数太少者，姑成一組，屈附此七起筆建首之部中，以便編次字書或檢字索引者，若爲高文典册，收字甚富，則部數仍可擴張；若爲通俗平民，收字無多，則部數尚宜節約。如此，則部數可不規定，或竟無煩分部，即按四系七起筆排列諸字(便可只用七起筆建首之部，因此七個首部，爲統制各部首分合及有無之中樞)，更爲簡易。以上略舉要例，並釋歌訣(上文已用雙線引號記出歌訣中字)。前於民國二十四年，由錦熙提議本會第一届第四十六次常會决議：“通過，呈部核定通行。”次年編成《新部首字彙》，又次年正將全案呈部，而抗戰軍興，遂擱置。二十九年本會二届全會後，復由樹森提出意見，會同修訂，三十一年二届五次常會復决議：“推顧委員树森、蕭委員家霖、何委員容研究，擬具辦法。”玆復提出三届全會，擬請推定委員組審查會，將原案詳加討論修正，决定後，即又本會簽請核定公布。

這個提案，已將這套“新部首”的表裏精粗，全體大用，説得頗簡而明。當時全會决議：“組織審查委員會，委員爲黎錦熙、顧樹森、劉季洪、蕭家霖。”

民卅二後，顧先生復提出意見，每一部首，標一數碼，數碼即以四系七起筆爲序。民卅四戰事結束，民卅五（一九四六）國語會復員南京，即製卡片，重排字彙。時《中國大辭典》編纂處亦在北平復員，而《國音字典》已印校及半，因原稿用的是舊部首，此時不易從頭改排，逐將全書中字，照新部首排成“索引”（凡異於舊部首者，一一注明舊部首，以資比較），附於卷尾，名曰“國字四系七起筆新部首索引”並於其前特列“國字四系七起筆次序數碼表”，而加以“簡説”七條；次列“國字四系七起筆新部首表”，先冠“簡説”四條，而後專就《國音字典》本書所有部首，列成全目，計凡二百零九部：而因“所屬字数太少，姑成一組”列爲附部者又二十二，復因“印刷體與書寫體點畫或有不同”，偏旁與本字筆勢亦或有異，或已無辨别之兩部合並爲一，從而注明“同某”或“合某”之重部又五十四：合計本書索引所列部首凡二百八十五，用提綱領，而附以“檢字（索引）排列法”四條。民卅六（一九四七），《國音字典》本書排成；迄民卅七（一九四八）的歲暮，而“新部首索引”始印竣。出版伊始，因題書名爲“新部首索引國音字典”。

本書未及照新部首改排，似乎是個缺點；然而不然，新部首與舊部首在這“索引”中，逐字對照，異同得失，一覽可知。將來新部首及其所標數碼如果更有發展，這兩兩比較的一萬二千三百餘字之“索引”——《新部首檢字表》，必爲研究上更重要的參考資料。

本書注音，照原定《增修國音字典》的計劃，是應該“於注音符號下，增注國語羅馬字”的，但因同時在編《增訂注解國音常用字彙》，字彙本爲國音字母兩式兼注，所以本書就省略第二式注音以節篇幅。好在本處今後所出各種詞典字書之類，都須在卷尾或卷首附加國音字母兩式對照的“注音符號發音表説”和“國音四呼四聲拼音例字全表”,故内容注音管僅用一式,只要隨時對表,即可掇來他式的注音。

本書主稿人爲汪一广(怡);參與編校工作者,徐知白(世榮)、孫謂宜(崇義)、傅介石(巖)、何梅岑、牛文青(繼昌)、王善愷(述達)、高稚軒(景成)、徐一士(仁钰)等。“新部首索引”的負責排校者,則爲張裕生(蔚瑜)㉗。

注释:

②王蘊山(1875—1929),即王璞,字蘊山,河北宛平人。歷任國立北京師範大學、國立北平女子大學及女子師範學院講師。參與注音字母之研究,任北京注音總所所長。著有《國音京音對照表》《官話和聲字母》。

③吴稚暉(1865—1953),江蘇武進人,原名朓,後名敬恒。清光緒十七年(1891)舉人。光緒二十七年(1901)留學日本東京高等師範學校。次年參與創辦上海愛國學社。光緒三十一年(1905)加入同盟會。光緒三十三年(1907)去法國,與張静江、李石曾在巴黎創辦提倡無政府主義刊物《新世紀》。民國四年(1915)與蔡元培、吴玉章、李石曾等發起組織留法勤工儉學會。民國十年(1921)任里昂中法大學校長。民國十三年(1924)起任國民黨中央監察委員、教育部國語統一籌備委員會主席、國防最高會議常委。民國三十七年(1948)當選中央研究院院士。一九四九年後去臺灣,任資政、國民黨中央評議委員會委員。有《吴稚暉先生合集》。

④注音符號,爲漢語注音符號的簡稱。

⑤傅增湘(1872—1949),藏書家、校勘學家。字叔和,後改字沅叔,號潤元,自署藏園居士、雙鑒樓主人,四川江安人。清光緒二十四年(1898)進士。曾任翰林院編修、直隸提學使,北洋政府教育總長、故宫博物院圖書館館長等職。民國十六年(1927)後專事圖書收藏、校勘和目録版本研究,收藏達二十萬卷,校書逾一萬六千卷。編有《藏園群書經眼録》《藏園群書題記》《雙鑒樓善本書目》等,並輯刊《雙鑒樓叢書》等多種。

⑥ㄅ,即漢語拼音字母 b。ㄆ,即漢語拼音字母 p。

⑦ㄐ,即爲漢語拼音字母 j。ㄑ,即爲漢語拼音字母 q。

⑧ㄐㄚ即 jā,ㄑㄤ即 qāng。

⑨ㄅㄆㄇㄈㄪ、ㄉㄊㄋㄌ、ㄍㄎㄫㄏ,分别爲漢語拼音字母 b p m f v、d t n l、g k ng h。

⑩ㄛ即爲漢語拼音字母 e。

⑪ㄐㄑㄬㄒ即爲漢語拼音字母 j q gn x。

⑫"ㄛ"即爲漢語拼音 o。

⑬"ㄨ"即爲漢語拼音 u。

⑭"ㄩ"即爲漢語拼音 ü。

⑮"ㄧ"即爲漢語拼音 i。

⑯"ㄥ"即爲漢語拼音 eng。

⑰"ㄝ"即爲漢語拼音 ê。

⑱"ㄞ"即爲漢語拼音 ai。

⑲庋置,收藏、擱置。

⑳異趣,趨向不同。

㉑歸道山,指死亡。道山,傳説中的仙山。

㉒苟簡,苟且簡略,草率簡陋。

㉓蠭起,亦作"蜂起",指很多人或事物如群蜂飛舞,紛然並起。

㉔疏明,即簡潔明確。

㉕臚陳,逐一陈述。

㉖魚貫,一個挨一個。

㉗本文落款爲"中華民二十七年十一月,黎錦熙序於北平中海"。中華民國二十七年,即 1938 年。

《國音字典》凡例

一、民國九年部合公布之校改《國音字典》，自民國二十一年五月七日《國音常用字彙》公布，定爲國音標準後，業經廢止。本處特編輯本書，並增收異體字、簡體字、俗字、新字、方言用字及經籍所見之字，以應社會一般之需要。

二、本書仍按舊部首排列；照標準國音，逐字以注音符號標明，兼列國字直音（分注陰、陽、上、去字樣，以別國音四聲。其本爲入聲者，並綴入字）。

三、本書每字逐加注釋，並酌引例語（書句或常用語）；對於習常應用而舊有字典未取之義訓，尤特爲注意。

四、各字兩音以上者，標㊀㊁…以別之；其一音有二義以上及一義中又行分項者，則標①②……暨（ㄅ）（ㄆ）……以別之。

五、本書除“部首總目”外，其較難檢查之字，別製“檢字表”附之。

六、本書編就後，更加檢討，其應補充之字或音義，增輯“補遺”，綴於書末。

七、《國字四系七起筆新部首》檢字法，草創於民國二十二年，抗戰期中經部會决議修訂采用。木書據以製爲《新部首索引》，附印供用，爲檢字上開一新紀元。

八、最後更附《注音符號發音表説》及《國音四呼四拼音例字全表》，凡未習國语注音者，據此研習，可以無師自通。

國音字典

一部

一 丨 揖陰(入) ❶數之始，整數之單位，凡物單個者皆曰一。❷滿，整，全，如「一臉的汗」。❸每，如「共派八隊，一隊二十人。」❹事物有不止一方面可言時，其某個方面均可以「一」稱之，如「一則以喜，一則以懼」，見論語。❺另外者，如「蟬，一名知了。」❻指定詞，猶言某，如「一天，他又來了。」❼相同，如「先聖後聖，其揆一也」，見孟子。❽整飭均齊，合於某種則律或型式，即統一之意，如「定於一」，見孟子。❾表專純無他之意，如「一往直前」，「一直走去」。❿纔，如「他一聽就懂。」⓫表略微之意，如「看一看」，「嚐一嚐」。⓬表實際作行某事或作有某種現象之意，如「用手一摸」，「甩手一走」，「天氣一涼」。⓭偶、或，如「歲一不登，民有飢色」，見漢書。⓮竟、乃，如「一至此乎」，見淮南子。⓯實、誠，如「回一怪之」，見莊子，回指顏回。⓰助詞，如「吏呼一何怒」，見杜甫詩。⓱注音符號韻母之一，橫行書寫時作「丨」。⓲姓。(「一」字通常在詞尾、語尾讀陰平，連用在陰平、陽平、上聲之前讀去聲，去聲、輕聲之前讀陽平。)

〔一至二畫〕

丁 ㊀ㄉㄧㄥ 釘陰 ❶天干之第四位。❷人口；男子成人謂之成丁。❸當，如丁憂、丁艱，皆謂遭父母喪，當憂艱之中也。❹夫役，如園丁等。❺壯，如「丁年奉使，皓首而歸」，見李陵答蘇武書。❻丁寧，再三告誡之意。❼姓。

㊁ㄓㄥ 征陰 丁丁，伐木聲，如「伐木丁丁」，見詩經。

丂 ㊀ㄎㄠˇ 考上 氣欲舒出上有所礙之謂，見說文。

㊁ㄎ 注音符號聲母之一。

丆 ㊀ㄏㄜ 和陰 同「呵」。

㊁ㄜ 婀陰 注音符號韻母之一。

七 ㄑㄧ 漆陰(入) ❶數名。❷喪事每七日設奠，至七七四十九日而止，本係根據佛教，俗稱之曰七七。❸文體名，辭賦之類，始於漢枚乘七發。(「七」字通常讀陰平，連用在去聲、輕聲之前讀陽平。)

丅 ㊀ㄑㄧ 七陰(入) 「七」本字。

㊁ㄑ 注音符號可獨用聲母之一，形體略變作「ㄑ」。

丅 ㊀ㄒㄧㄚˋ 下去 古「下」字，見說文。

㊁ㄒ 注音符號聲母之一。

丄 ㄕㄤˋ 上去 古「上」字，見說文。

丏 ㊀ㄏㄞˋ 害去 「亥」之別體。

㊁ㄞ 哀陰 注音符號韻母之一。

丌 ㄐㄧ 雞陰 ❶下基，薦物之具。❷姓。

下 ㄒㄧㄚˋ 夏去 ❶上之對，謂地位之低者。❷謂下等者，如下愚、下策。❸謂在後者，如下篇、下卷、下星期。❹對於尊貴者之自稱，如言下情、下懷。❺降，自上而下之謂，如言下雨、下雪、下山、下樓。❻使之降落，卸之使下之意，

图 25 《国音字典》一九四九年版书影

后记

我们常将辞书喻为“无言的老师”。阅读、学习中遇到疑难，只要找到合适的辞书，便是寻到良师，有了迷津宝筏，答案自不会遥远。很多时候，我们对这位“老师”却不甚了解，或迷信权威，认为经典辞书中的内容不容置疑；或对其背景一无所知，不知其专长于何处，只好束之高阁。辞书教育，是文科基础教育中的重要一环，惟有踏实每一寸土地，才可将道路走得长久且深远。然而，当下文科教育却鲜少将辞书教育当作独立的议题，这使得很多经典辞书仅在辞书史中昙花一现，花谢之后，再无人问津。很多学生，本科四年所知所用的辞书不过寥寥几部，错过了这么多的“良师益友”，怎能不遗憾？

我与辞书结缘于我的硕士论文，在恩师李无未先生的启发下，我开始着手研究日本学者渡部温的《〈康熙字典〉考异正误》，得幸有机会专研《康熙字典》《〈说文解字〉注》《说文解字》几部辞书。我的博士论文选题，也是围绕《康熙字典》展开，所涉古今中外辞书多达数十部。在发掘、整理这些辞书文献时，我发现很多辞书序跋都是内容精当、探讨深入的学术论文，通过辞书编纂，尽述其语言文字观；同时它们也是感人至深、耐人寻味的学术散文，道出辞书人在学术道路上的困惑、探索、坚持与汗水。然而，由于时代久远，很多辞书文献的序跋或鲜少被人注意，湮没文海；或于再版时删并，苦寻无门。《中华大字典》前原有八篇序跋材料，分别为林纾、李家驹、熊希龄、廖平、梁启超、王宠惠、陆费逵、欧阳溥存所作。除陆费、欧阳两位辞书编者外,皆为当时文教政法界名流,这八篇序言,或回溯汉字发展之历史,或臧否前代辞书之得失,或总结当下辞书之所需,或历数大字典编纂之艰辛,这些内容无疑是辞书史研究的珍贵史料,然而却在再版中被遗憾地删去。正因于此,我认为编写一部辞书序跋集,将这些经典辞书序跋文献应收尽收,正为当下所需。本书之功用,可总结为三点:

一是裨益文史专业大学生了解、熟悉历代经典语文辞书文献,提高阅读古籍文献能力;二是整理、汇总辞书序跋文献,为辞书史的研究提供更为充实的史料;三是通过同一内容,不同辞书文献间的纵横对比,更为直观地揭示辞书间的内外差异,为辞书研究提供更多元的视角。

想法很多,遗憾也不少。囿于精力与篇幅,本书仅选取了二十五部辞书文献,自然无法将历代经典辞书尽收囊括,很多时候只能选之又选,无奈忍痛割爱。《经典释文》《一切经音义》《通雅》《经传释词》《中华新字典》《词诠》《诗词曲语辞汇释》等,都是辞书史上的璀璨明星,希望日后有机会能再作续编,以补本书之憾。同时,作为辞书文献导读,编纂的初衷是希望学生将其自然融入相关课程的学习中,若能将所收集到的序跋书影作为点校练习的底本,与本书相互参照,则更适用于实际的教学场景,但有些古籍材料残破不清,清晰呈现的难度甚大,只好作罢。若日后能将序跋的古籍原图予以出版,作为补充,本书的功能性定会进一步提高。

读研六年,有幸一直从事辞书相关研究;工作六载,辞书也是常伴我教学、科研的案头密友。收集、查考、阅读、钻研辞书已然成为我的人生乐趣之一,希望通过本书,让更多人能走进辞书的世界,与这位无言的"良师"为伴。